Suite armoricaine

Henri et Yann Queffélec

SUITE ARMORICAINE

le cherche midi

Vous pouvez consulter notre catalogue général
et l'annonce de nos prochaines parutions sur notre site :
www.cherche-midi.com

Éditions Séguier, 1988, pour la première édition de *Mémoires d'enfance*,
d'Henri Queffélec

92, avenue de France
75013 Paris

Conception graphique : Justine Dupré
Composition : Nord Compo
Dépôt légal : mai 2023
ISBN : 978-2-7491-7640-6

AU NOM DU PÈRE

Les souvenirs, pièces détachées, l'écrivain les rattache au souffle vivant des mots. Le passé fait peau neuve et hier devient aujourd'hui. Mon père, fan de Marcel Proust, excellait à ce genre de résurrection.

Il avait les yeux bleus, pas moi. Cet océan nous a séparés. Il était né à Brest, pas moi. Encore un océan. Il ne brillait guère en breton, mais il parlait grec, latin, racontait mille histoires à ses enfants, et dans ses bons jours il se mettait au piano, chantait. Celui qui disait alors « Tu joues bien, Papa, tu chantes bien » était sûr d'avoir trop parlé. Il ôtait ses mains du clavier et c'était fini pour des mois. Timidité ? Orgueil ? Allez savoir.

Il m'appelait P'tit Vieux, Fourneau, Grand Puissant Chef, etc. Il faisait pareil avec mes deux frères, Hervé,

Tanguy, le Grand Puissant Chef aîné et le Grand Puissant Chef « petit dernier », la coqueluche de ces dames celui-là. Ma sœur Anne il l'appelait Tita, le surnom qu'on lui donnait tous. Et ma mère il aimait bien lui dire « Belle Poupée », « Belle Mignonne », « Bichon »... Puis ce fut ma sœur, la « Belle Poupée », lorsque maman ferma les yeux en 1970.

Je me pose une question en écrivant ces lignes préliminaires, la question qu'un romancier n'entend jamais sans avoir envie de tourner les talons ou d'imiter le « meuh » d'une vache égarée : « Ça parle de quoi, votre livre ? De vous ? »

De quoi, Papa, nos livres ? Ces deux monologues intitulés *Suite*, l'un suivant l'autre, moi sur tes pas. Si l'enfance y a la vedette, la Bretagne aussi. Ça parle de nous en effet, et chacun pour soi, chacun dans son temps.

Elle a bien changé, la Bretagne, depuis mon père. Il pousserait les hauts cris en voyant ce qu'elle devient à son corps défendant. Il a connu la nausée des marées noires, le cimetière écœurant des grèves où la nature se mourait, la mer changée en gadoue, mais tout compte fait le pire se donne aujourd'hui le visage du vent sous le pseudonyme éhonté d'Éole – éolienne, éolien. L'Éolien dit à la Mer : Sois belle et tais-toi. À l'individu : rien, il ne lui dit rien, l'individu n'est rien. À l'argent gros comme l'Europe et comme le veau d'or en train d'anéantir le futur à visage humain, il susurre : Mon Seigneur et mon Dieu. Et l'horizon atlantique vendu, construit, loti comme une chose foncière gérée par l'État, se couvre du béton de ces pompes à vent qui défigurent l'Océan, l'infini, debout sur les fonds marins qu'elles ont massacrés. Drôle d'époque, la nôtre, et drôle de pays. On a un Conservatoire du littoral, mais on n'est pas fichu de conserver l'horizon. On nous rebat les oreilles de l'écologie : on ne peut plus tuer un homard sans être un tueur, ébouillanter un tourteau sans offenser la loi, mais circulez, messieurs dames, quand la faune et la flore se font trucider sous la mer pour la cause éolienne, que ça vous plaise ou non.

Mon père n'aura pas vu ça grâce à Dieu. Il venait d'une Bretagne où l'on ne retournait pas un galet sans le remettre à sa place, ni ne pêchait une crevette grainée – en puissance de maternité – sans la laisser vivre. Il aimait comme un enfant ce pays qui fait corps avec la mer, et je dirais bien corps et âme avec la divine nature des choses. Il l'aimait, le respectait, le parcourait sans relâche, à pied, si bien qu'il ne reste pas un pouce carré du sol et des estrans d'Armor qu'il n'ait un jour foulé. Et s'il a beaucoup écrit sur la beauté du monde en général, esprit universel qu'il était, c'est la Bretagne qu'il dit la toute beauté, sa bonne mère sous le regard de sainte Anne – grand-mère de l'Enfant Jésus, patronne chérie des Bretons. Témoin ses *Mémoires d'enfance* où il se livre comme jamais sur sa famille et sur lui, sur son Brest natal incendié en 1944.

En 2009, je reçus de Biarritz une lettre manuscrite de l'éditeur Bernard M. Les éditions Atlantica, me disait-il, s'intéressaient aux *Mémoires d'enfance* d'Henri Queffélec.

Des Mémoires parus chez Séguier en 1988.

Je vis Bernard M. à Saint-Germain-des-Prés, par deux fois. La première, nous allâmes au restaurant. Il marchait avec difficulté dans la rue, la main posée sur mon épaule. Il a confiance en moi, pensai-je, ému par cette pression. Un homme charmant, charismatique, mon père l'aurait apprécié.

La seconde, il fut question de l'amour paternel. Nous remontions la rue Séguier, malcommode, pavée.

– Vous avez combien d'enfants ?

– Quatre, me dit Bernard M., et sa main se crispa sur mon épaule.

Je me souviens de l'instant où il s'arrêta, me regarda.

Il tenait en l'air sa main gauche, doigts écartés, pouce replié. Il prit l'index dans son poing droit et le rabattit sur son pouce, ne montrant plus que trois doigts, son regard m'enveloppait.

– Un fils, dit-il sourdement après un silence, il y a un an… Une souffrance comme je ne la souhaite pas à mon pire ennemi.

Je perdis de vue Bernard M., ainsi va la vie, et *Mémoires d'enfance* regagna les tiroirs de la postérité. Pas pour longtemps. Heureux hasard, flair, l'éditeur Philippe Héraclès l'en ressortit en 2021, et le voilà publié dans *Suite armoricaine*, accolés à mes propres souvenirs de Bretagne et d'ailleurs.

Mon père est content, je le suis, puissiez-vous l'être…

Yann Queffélec

Henri Queffélec

MÉMOIRES D'ENFANCE

La douceur et la guerre

À Yvonne
À Germaine
À Hervé, Anne, Jean, Tanguy

Dans le beau livre de souvenirs qu'il intitule Laterna magica, *Ingmar Bergman confie sans vergogne qu'il mêle constamment de l'affabulation à son récit. Il invite à ne jamais l'y croire sur parole. À défaut de dire qu'il ment, il ne cache pas qu'il embrouille le réel et l'imaginaire.*

Les entorses avec la vérité que Chateaubriand se permet dans les Mémoires d'outre-tombe *ne font l'objet d'aucune espèce d'aveu. Libre au lecteur de flairer les arrangements.*

Tout essai autobiographique serait-il, par principe, entaché d'insincérité ? La « bonne foi » que Montaigne se décerne, que Jean-Jacques Rousseau revendique, serait-elle une formule creuse ? Parce qu'un écrivain met une clarté dans la confusion, parce qu'il fait œuvre littéraire avec la sauvagerie des aventures, des confidences et des paysages, s'ensuit-il ipso facto *qu'il triche ?*

Le photographe amateur tricherait-il, automatiquement, parce qu'il cadre et isole, à un moment précis, un objectif ?

Un idiotisme a fait irruption dans le parler moderne, témoignant que l'homme de la rue reconnaît l'analyse psychologique pour un art difficile. Il s'agit du terme « le côté », servant de tracteur à un groupe de mots quand on est en panne d'une expression claire pour cerner un homme ou une femme. Dans des phrases comme : « Elle a un côté gamine qui regrette d'avoir mal tourné… C'est le côté *révolutionnaire manqué de ce monsieur…* Son côté *attachant, sa persévérance à recoller les morceaux de la casse des autres… », etc.*

L'homme qui a créé Du côté de chez Swann, Du côté de Guermantes, *serait-il à l'origine de cette mode ? L'ensemble informel extrêmement vaste dont Marcel Proust confie la traduction à ses* Du côté de… *diffère très sensiblement de la portion de caractère, aussi limitée que floue, que notre parler actuel approche avec son* côté. *Il n'en est pas moins sûr que, dans les deux cas, le mot* côté *répond au souci d'exorciser la complexité du réel. Une baguette se tourne vers un espace. Elle donne le soupçon, ou le désir, de l'existence d'une piste.*

À l'instant de remonter par un livre vers mon enfance, il m'est impossible de ne pas voir les deux titres de Marcel Proust déjà nommés clignoter dans le lointain. Tellement l'espace temporel de l'enfance aura fait un tout pour moi avec un espace de sol et une période historique. Aller du côté de l'enfance, pour moi le « Parisien » de 88, c'est aller du côté de la Bretagne et de la mer. Du côté de Morgat et de Brest. Du côté d'une guerre sanglante, la première à s'estimer mondiale…

Il était une fois un pays du bout du monde, une famille de sept enfants, une grande plage ouverte sur une baie immense, de lointaines grandes batailles, une rade pleine de rumeurs, une ville grise, des champs et des collines en fleurs, des bateaux de guerre et des bateaux de pêche, des légendes, des dianes, des maquettes, des menhirs, des statues de bois dans des chapelles perdues. Le temps s'écoulait avec lenteur. Il faisait valoir ses secondes et ses minutes, ses jours, ses semaines, ses mois, comme des agates issues d'un tiroir inépuisable.

Un maréchal naïf assurait à la veille d'une guerre que dans l'armée de son pays il ne manquait pas un bouton de guêtre. Je crois bien que dans mon enfance – une où a manqué le père – il n'a pas manqué une crête de vague, une course pieds nus sur le sable, une pâquerette, une prière, un songe.

Parmi les manuscrits qui ont brûlé à Brest en 1944 avec notre maison figurait un certain cahier « Notre beau Morgat » *que j'avais entrepris de rédiger, à partir de 1929, dans mes turnes de l'École normale. J'avais à peine dix-neuf, vingt ans, que mon enfance avait commencé de m'émerveiller. Je ne refusais pas du tout l'âge adulte. Je brûlais de m'élancer. Simplement, puisque le monde se transformait, que j'étais moi-même en pleine évolution, je me constituais, avec des souvenirs irremplaçables, ma cinémathèque. Le Morgat bonhomme et cru de mon enfance qui n'existait plus sur le terrain reposerait toujours dans les images d'un cahier. Je m'étais inspiré, pour le titre, d'un livre des frères Tharaud qui venait de paraître :* Notre cher Péguy. *Car je n'entendais pas que mon Morgat pût être seulement le mien : je m'assurais à l'avance que j'en partageais la propriété avec une foule d'amis secrets.*

Je n'avais pas commencé alors à percevoir les symptômes d'un nouveau conflit mondial. Si je l'avais fait, je serais d'ailleurs resté en retard d'une guerre. En 1929, il m'eût semblé impossible que Brest pût subir jamais le sort éprouvé par le nord-est de la France en 14-18… La guerre de 39 ignorerait mes tabous. Elle ferait envahir et occuper Brest par des troupes allemandes, qui en 1944 s'y trouveraient assiégées, de terre, mer et air, par des forces anglo-américaines et françaises. Résultat : Brest serait détruit. Presque à cent pour cent dans le secteur intra-muros, celui où s'élevaient ma maison natale, mon église et mon lycée. Le Brest de mon enfance deviendrait, pour moi comme pour tous les Brestois nés avant 39, un Brest de mémoire, dont l'âme hésiterait à flotter sur les quartiers d'une ville étrange d'immeubles blancs et de feux rouges et se réfugierait au-dessus de la rade. Après Notre beau Morgat *il y aurait un* Notre beau Brest.

… Partons du côté de ces lieux. De ces galaxies.

PREMIÈRE PARTIE

L'ARMÉE ?

1

C'est là que nous vivions. Pénètre,
Mon cœur, dans ce passé charmant !
Victor Hugo

Dans la « géographie cordiale » de la France, la Bretagne – où les soleils marins sont en réalité nombreux et des plus puissants – est une région de pluie et de vents d'ouest, de brume et de ciels turbulents. Autant pour honorer sa naissance bretonne que le romantisme, Chateaubriand affirme qu'une tempête secouait Saint-Malo la nuit où sa mère accoucha de lui. En prenant l'air d'ironiser il s'attendrit sur les vagissements d'un nouveau-né que le fracas des vagues empêchait d'entendre. Comme quoi il était voué au tumulte et à la mer ! Destiné à prendre tombe sur un îlot afin de poursuivre dans la mort, en avant d'un peuple, son dialogue privilégié avec l'Océan.

Pourquoi trop blaguer le vicomte ? La chanson populaire brestoise la plus célèbre, *Jean Quéméneur*[1], décrit l'histoire d'un pauvre bougre qui ne ressemble guère à un écrivain romantique : malheureux en amour, il ne compose pas des poèmes, il s'arsouille. Tout simplement. Pour finir, il se noie ; mais c'est par sottise, au milieu d'une cuite, pas du tout pour solenniser un amour de la mer. N'empêche que cet olibrius, comme Chateaubriand, a eu droit à une météorologie tourmentée pour la nuit de sa naissance :

Il faisait noir comme dans un four
Et, quand on pense,
Du vent de la pluie et du brouillard
Bref un véritable temps de canard
C'est ce qui mit la sage-femme en retard…

Je ne me sens pas autorisé à revendiquer ce cérémonial. Je suis né un vendredi 29 janvier, bonne période pour les coups de tabac, mais aucune tradition familiale ne mentionne de remue-ménage sur la rade. Cela s'est passé dans le calme du dehors, en fin de nuit ou en début de jour comme on voudra, entre chien et loup, sprat et sardine. Je supposerais volontiers qu'une belle journée claire commençait puisque ma grand-mère maternelle

---

1. *Barbara*, de Prévert, vient très loin derrière.

m'a régulièrement blagué sur mon mauvais goût à naître le jour où elle se disposait, enfin ! à partir en voyage. Entre nous, il n'y avait que demi-mal, car il s'agissait, bien évidemment, d'un voyage à Lourdes. Là-bas, elle eût prié pour l'heureux accouchement de sa fille. Eh bien, l'accouchement avait lieu ! Elle habitait dans la maison voisine un appartement mitoyen du nôtre et le mur de séparation n'arrêtait pas les voix. Elle accourut à l'appel, soucieuse de se rendre utile. Ne serait-ce qu'en exhortant la parturiente. En récitant *in petto* des dizaines de chapelets. En ces temps, on accouchait à domicile, même dans les quartiers sans eau courante.

S'il avait fait un sale temps, ma grand-mère n'eût pas manqué de relever cet ennui supplémentaire. Elle n'insistait que sur l'imminence de son départ en voyage. À l'en croire, elle était déjà chapeautée et avait mis son tour de cou lorsqu'on avait tapé au mur pour l'alerter.

… Si Brest m'avait réservé le même temps qu'à Jean Quéméneur et si la déconvenue grand-maternelle conduit à imaginer qu'on attendait le bébé « pour dans quelques jours », rien ne comptait d'ailleurs ce matin-là au 33, place du Château, près de la joie d'un foyer. L'échographie n'existait pas à cette époque. Prédire le sexe d'un bébé à naître relevait du charlatanisme. Mon père avait été tout de même légèrement soucieux. On a beau railler la sagesse des rues, on vit avec des gens qui l'écoutent – et ladite sagesse voulait que certaines femmes ne peuvent que des filles. Or, des filles, ma mère lui en avait donné successivement cinq, et pas un garçon.

Il l'aimait d'un amour tendre. Il lui savait gré profondément, et de le combler de mioches lui qui avait tant regretté d'être un enfant unique, et de l'attendre au foyer pendant ses longues absences dans les colonies lointaines, et d'accepter près d'elle une belle-mère devenue veuve. Il tâchait donc de dissimuler son impatience. Mais quoi, il était mâle. Dans le corps de l'artillerie auquel il appartenait comme officier, il risquait sans cesse une mauvaise plaisanterie. Alors, quoi, chef d'escadron, quand votre femme se décidera-t-elle à vous offrir un défenseur de la patrie ? Dans les grands yeux sombres, dans la barbe épaisse, ma mère savait lire une anxiété. Elle l'approuvait plus ou moins, quand bien même une espièglerie foncière l'empêchait de la prendre tout à fait au sérieux. (Qui portait les enfants ? Les hommes ou les femmes ?)

Eh bien, c'était un garçon. Enfin. Ma grand-mère maternelle – son gendre Henri Clavier, mâle qui appréciait les bons vins, confirmait le propos –, soulignait que pour la circonstance on avait bu du champagne, beaucoup de champagne. Je me demande si elle ne confondait pas le jour de la naissance avec celui du baptême. Je n'ai pas ouï-dire qu'on eût frotté mes lèvres de quelque vin que ce fût. Au baptême, dans tous les cas, j'ai reçu des grains de sel sur la langue et cela m'importe plus. Sur les fonts baptismaux de la très sombre et humide église Notre-Dame-du-Mont-Carmel appelée simplement Les Carmes, j'aurais été consacré, comme tant de petits Brestois et Brestoises, ami de la mer à mon entrée officielle dans le christianisme. « *Accipe sal sapientiae* », « Reçois le sel de la sagesse » – une sagesse marine.

S'il est, trop malheureusement, beaucoup de nouveau-nés qui devraient se prénommer Toléré ou Accepté, on aurait pu baptiser Désiré ou Aimé le petit bonhomme garçon interrompant une série de filles. Indirectement, n'est-ce pas ce qui eut lieu ? Pour manifester à son Henriette bonheur et gratitude, mon père avait réclamé sur-le-champ et obtenu pour moi le prénom principal de Henri. Lui s'appelait Joseph. Ma mère ne fit pas assaut de courtoisie pour que je m'appelle Joseph à mon tour : il y avait trois Joseph dans la proche parenté, un Avérous, un Guyader, un Quentel.

Je revenais de loin – ma grand-mère maternelle avait failli appeler sa troisième fille, ma mère, Marpha. Ce prénom, elle l'avait découvert dans ses romans favoris, *Les Martyrs de la Sibérie* et *Les Faucheurs de la mort*, deux livres qui faisaient pleurer la France, la Bretagne catholique en particulier, sur le calvaire de la Pologne. Si Marpha il y avait eu, me serais-je appelé, pour faire polonais, Tadeus ou Wladimir ? L'oncle qui jouait pour elle le rôle d'Aristote, le recteur de Kerlouan, tout polonophile qu'il fût sans doute aucun, l'aura mise en garde contre un mot déroutant. Ma grand-mère s'était rabattue sur un deuxième enthousiasme, Henriette-Anne d'Angleterre, princesse dont elle avait oublié l'identité véritable et qu'elle appelait toujours du nom de sa princesse de mère, Henriette de France. Dans les conversations nocturnes que nous échangions, de lit à lit, au fond de sa chambre, elle m'a récité plus d'une centaine de fois le passage crucial de Bossuet qui se termine par : « Madame se meurt, Madame est morte. » La jeune beauté pour laquelle Louis XIV en pinçait dur et dont la mort annoncée au milieu de la nuit avait épouvanté la cour de Versailles est Henriette-Anne d'Angleterre. Autrement dit, ma si pieuse chère petite grand-mère ne s'était guère préoccupée, pour prénommer un enfant, des exploits religieux d'un patron ou d'une patronne. L'existence d'une sainte Henriette passait à l'as. Je me dois d'observer quelque indulgence pour les dames du temps présent qui prennent pour leurs moutards le prénom de leur acteur ou actrice préférés.

Mon parrain était un cousin de ma grand-mère paternelle : Adolphe Bacquer, tailleur en chambre rue de Paris. Pour deuxième « prénom secondaire », j'écopais de son prénom principal. Je m'appelle, à l'état civil, Henri François Adolphe. Ce patronage d'Adolphe, qui me semblait inutile quand j'étais jeune, m'horripila dès qu'un certain Führer se fut rendu odieux et ridicule à l'opinion publique française. Ayant eu besoin d'un visa allemand, en 1937, pour traverser le IIIe Reich, j'ai constaté avec ironie qu'un fonctionnaire nazi de Stockholm avait réduit d'autorité mes prénoms à deux : *Henri-Adolf.* Pardon, mon François d'Assise ! Cela n'empêcha pas, au reste, une algarade farouche avec un méchant petit bonhomme à l'énorme croix gammée dans la gare de Sassnitz… J'ai vite perdu mon parrain. Je me rappelle un homme jovial et prompt, qui portait un gilet sans manches truffé d'épingles, avec un mètre en étoffe autour du cou – lorsque j'allais le voir il me faisait immédiatement grimper sur une table où il avait étalé un vieux journal et il prenait mes mesures pour une culotte ou une veste… ou les deux. C'étaient ses cadeaux. J'aurais préféré des berlingots ou des bonbons de réglisse. On ne s'inquiétait pas de mon avis.

Le prénom François me venait de mon grand-père, gendarme maritime en retraite, mort deux ans avant ma naissance et dont la photographie gigantesque ornait la chambre de ma grand-mère paternelle. Assis. En redingote. Une ancienne force de la nature. Mais doué d'un beau front, d'un regard droit et rieur… Je me réjouis que ce gaillard, grand ami des livres, m'ait rapproché de François d'Assise dès mes premiers jours, je m'étonne seulement un peu de porter son prénom. Le farceur n'aurait-il pas sur sa fin dit à mon père : « Après ta ribambelle de filles, lorsque tu auras un fils, ne m'oublie donc pas dans ses prénoms » ? Ou est-ce ma grand-mère paternelle qui est intervenue ? Ah ! les conciliabules familiaux.

Une fois casés l'aïeul et le parrain, aucune place ne restait pour la marraine : trois prénoms semblaient un maximum. Dommage. La marraine était ma sœur aînée, Marie. Ce prénom féminin n'a jamais fait difficulté dans une Église romaine aussi mariale que les églises orthodoxes pour figurer en deuxième ou troisième position dans les prénoms d'un garçon. Si une belle chanson de mer nantaise a popularisé Jean-François, l'on sait combien les gens de la côte, entre Cancale et Pornic, raffolent de Jean-Marie.

Ma sœur aînée ne m'a jamais paru froissée que son prénom eût été écarté. Âgée de onze ans deux mois le jour de ma naissance, elle se trouvait suffisamment impressionnée déjà par la charge, si honorable, que mes parents lui avaient confiée. La vie, dans l'âge adulte, ne devait pas tellement lui sourire. La maternité lui a été refusée. Je ne sais quel fut mon comportement pendant que se déroulaient aux Carmes les rites du baptême. J'ai sans doute pigné quand le vicaire m'a versé de l'eau sur la tête. Mais je me réjouis du bonheur qui illuminait alors ma très consciencieuse petite marraine, de tenir dans ses bras le minuscule bout de chou, enveloppé d'étoffes comme une poupée vivante, dont l'arrivée chamboulait le foyer de la place du Château à la façon d'un jour de Noël pour grandes personnes.

Mes parents avaient fait le bon choix. Marie n'a jamais négligé un filleul qu'elle rejoignit plus tard dans la passion pour les fleurs des champs et des jardins, l'humour, la poésie, la musique. À la différence du professeur de solfège qui m'a rendu muet une fois pour toutes, pendant ses cours du lycée, en m'assommant d'un quolibet, elle avait repéré avec joie, chez le mioche de quatre-cinq ans que j'étais, un soprano à la voix juste. Elle m'invitait à la suivre dans le salon plein de housses et de plantes vertes qui sinon m'eût été interdit. Elle s'asseyait au piano dont le parfum grave me fascinait autant que les touches d'ivoire, le jeu des pédales, les grappes de sons. Avec patience elle m'apprenait *Nous n'irons plus au bois*, *Qu'est-ce qui passe ici si tard ?*, *À la claire fontaine*, *Il est né le divin enfant.* J'étais stupéfait par ce zèle. Troublé par une voix que j'hésitais à reconnaître pour mienne et qu'une grande sœur écoutait, rectifiait doucement, j'ai sûrement vécu là une initiation modeste, mais fervente, à des joies qui ne m'ont jamais abandonné par la suite.

Mon oncle Henri répétait souvent un exemple de grammaire latine, beau reste d'études auxquelles un échec au bac mal assumé par un adolescent fougueux avait mis fin : *Musica me juvat et delectat.* Tu croyais blaguer, mon oncle, tu te trompais. Ton patronyme, Clavier, ne t'a-t-il jamais fait réfléchir ? Peux-tu admettre qu'un de tes ancêtres l'ait reçu par hasard ? Je pense à lui dans le soir de mon âge alors que deux pianistes françaises…

Chut. Pas de phrases solennelles. J'évoque une fois encore la petite pièce provinciale appelée salon et qui sentait l'acajou, l'encaustique, l'aloès et le renfermé. Avant qu'elle se réduise en 1944 à des gravats et à des cendres, indistincts dans l'amas des décombres d'une maison de quatre étages, je lui rends cette justice qu'elle a été utile. Elle ne traduisait pas une vanité bourgeoise, mais le souci familial de bien recevoir les hôtes et de réunir quelques objets plus précieux, des meubles surtout, mais aussi des livres, qui fussent heureux de dialoguer à part. Je ne crois pas qu'un occupant allemand de 40 à 44 y ait pénétré une seule fois. Alors qu'entre 1916 et 1919, des officiers américains et, entre 35 et 39, mes amis suédois, ont goûté avec amusement son sérieux. Aux espaces de rade et de ciel, de ville et de forteresse que la tribu du 33, place du Château découvrait de son balcon, notre Brest ajoutait cet asile où une adolescente et un bambin se sont émerveillés ensemble des pouvoirs d'un piano et d'une chanson.

2

J'admire la joliesse des tableaux que dresse Ingmar Bergman en fourrageant dans les souvenirs. Ils ruissellent de couleurs comme des Renoir ou des Matisse... Mais parfois j'ai envie de dire : « Comme l'enfance était belle dans l'âge adulte ! » Le droit que le metteur en scène délivre aux lecteurs de sentir chez lui l'artifice, je ne me prive pas de l'exercer. Tout ce qui concerne la mémoire des deux ou trois premières années d'Ingmar Bergman provoque mon scepticisme.

Un moraliste a bâti une de ses réflexions sur le postulat que l'homme se plaignait de sa mémoire. Je regrette d'avoir à le démentir : je n'ai jamais insulté ma mémoire. Pour quelle raison serais-je un cas unique ? Ou Apollinaire et ses admirateurs auraient menti.

Cela dit, ma première petite enfance me demeure des plus floues. Je retrouve des atmosphères, je revois très peu de scènes.

J'ai lu quantité d'ouvrages, peuplés de combien de photographies ! sur les grandes journées françaises de 1914 : l'assassinat de Jaurès, la mobilisation, la déclaration de guerre, l'invasion du territoire, la victoire de la Marne… Je me doute de ce que put être alors le bouleversement de ma famille mais ce soupçon, par trop légitime, ne s'autorise d'aucun souvenir personnel fulgurant. En juillet 14, j'avais quatre ans et demi. Nous étions partis, comme en 13, comme en 12, en vacances pour Morgat. Quand les choses se corsèrent, notre mère aura préféré laisser quelque temps les mioches avec les grands-mères tandis qu'elle regagnait Brest. Je n'ai donc pas vu les foules fébriles de cette époque. À la place, une image isolée surnage : un après-midi de chaleur orageuse sur les champs de Lesquiffinec, sur la colline du Moulin brûlé et, dans les hauteurs de Crozon, une cloche violente sonne sans s'arrêter et une voix de vieille femme a dû grommeler : « Le tocsin. La guerre est déclarée… » Fin de l'épisode. Rêve ou réalité ?

Les tout premiers moments d'une conscience qui cherche à prendre ses premières petites marques, je les ai toujours localisés, sans les dater avec précision (cela se passait avant mes trois ans, voilà tout), dans le grand lit de milieu en bois noir de la chambre conjugale. Pendant les séjours du père en Asie ou en Afrique les enfants y avaient accès. Peut-être étais-je fébricitant. Je me rappelle avec quelle volupté je fixais des yeux, au centre du plafond, un motif de sculpture. Si les fenêtres étaient ouvertes, les persiennes étaient fermées – par leurs fentes glissaient des rais de lumière qui filaient là-haut vers le mystérieux motif en semant de rapides images sur toute une zone du plafond. Sans avoir jamais vu un film se projeter sur un écran, je me faisais mon cinéma ! Une séquence revenait indéfiniment : un fantassin en longue capote et en képi de 70-71 qui saute d'un talus, géant souple et silencieux au regard triste, et derrière lui une pinède très dense, beaux troncs squameux, se dresse avec un air de reproche. L'enfant qui contemple le soldat et les arbres s'interroge en hâte : « Ce que je vois existe-t-il ? Y a-t-il un soldat et des arbres dans la chambre ? » Cinquante, cent fois, il ferme, il ouvre les yeux, remue cils et paupières, s'efforce de se persuader que le plafond n'est pas un soldat. Peine perdue. Le talus renaît toujours, de plus en plus épais et herbu. Le militaire saute, infatigable clown, en avant des pins ensoleillés où l'enfant devine que des fourmis trottinent sur et dans les plaques d'écorce trouées de galeries.

Dans sa demi-fièvre demi-veille le petit morpion ne se hausse pas jusqu'à la formule cartésienne du *Cogito, ergo sum.* Je ne refuse pas de croire qu'il erre du côté (encore les côtés) d'un aphorisme goguenard : « Si jamais je rêve, cela veut dire que je suis. » Naturellement ce n'est pas raisonné de cette manière nette. L'affirmation de l'existence ne se veut pas du tout triomphale. Le constat puéril reste sereinement simpliste. Du type « si mon camarade me fauche mes billes, j'existe ».

J'évoque cette scène d'enfance, quelque soixante-quinze ans plus tard, au matin du 8 février 1988 après une nuit où pour la énième fois j'ai vérifié la puissance luxuriante du rêve. Dehors, un noroît très violent soufflait de face. J'avais gardé la fenêtre entrouverte. Des courants d'air ululaient sous les portes cependant que la maison parisienne semblait trembler aussi fort que jadis le 33, place du Château. Inévitablement, j'ai pensé à la mer. Au ferry *Le Cornouailles* et à son commandant ami, Bruno Corre, se battant avec les vagues entre Ouistreham et Wight. Le rêve n'attendait que cela. Je me trouve soudain embringué dans une histoire de bateaux de pêche et de tempête, d'un repas froid sommaire dans une coursive avec une cinquantaine d'anciens marins – là-dessus Yves La Prairie arrive, qui m'entraîne sur une mer calme dans un long canot rapide. La mer calme se change en grand-route droite dans un paysage d'étangs… Stop. Le dormeur se réveille.

Le vestibule et l'escalier du 33, place du Château ne ressemblaient pas à la statue du philosophe Condillac. Ils n'étaient pas d'odeur de rose ! Malgré l'eau de Javel, ils sentaient l'urine de chat. J'ai noté à Auxerre que la maison de Marie Noël lançait le même message olfactif. Quoi qu'il en fût de ses cabinets extérieurs aux appartements, nichés à mi-étage dans l'escalier derrière des portes aux vitres opaques, le 33, place du Château était une maison de rêves.

L'enfant qui voyait sur un plafond un soldat innombrable sauter d'un talus se trouverait affronté, adolescent, dans un lycée parisien, en composition de philosophie, au sujet : « Le rêve, l'action et la pensée ». Entouré de camarades qui lui en imposaient par une élocution facile, il ne douterait pas d'être classé dans les derniers. Mourir pour mourir, il écrirait tout ce qui lui passait par la tête. Ô surprise : la place de troisième – ex aequo avec Brasillach, un redoublant –, lui échut. Il eut l'honneur que le maître citât, en exemple d'une écriture « gentille », un passage où il avait déclaré sans chercher midi à quatorze heures : « Le rêve est de la pensée qui a bu et qui est partie dans la nuit. » En jetant ces mots, à dix-sept ans, sur une copie, il saluait ses routes de campagne finistériennes et les soliloques de leurs ivrognes nocturnes. Mais d'abord, à coup sûr, il revivait un miocheton excité par l'immensité du lit parental et qui découvre à tâtons l'existence du rêve.

*

J'ai été élevé par ma mère dans ce qu'elle appelait « le » souvenir de mon père. La notion combinait les souvenirs personnels que ma mère gardait de son mari au souvenir idéal qu'une famille et un pays se devaient de garder d'un homme qui était mort pour les défendre. Bien qu'elle détestât l'emphase, elle prononçait couramment que mon père avait servi la patrie. Qu'il en avait été un serviteur. Il avait donné sa vie à la France.

… Mais moi, petit bonhomme qui avais six ans le soir de Morgat où j'apprenais la « mort du père », quelles images miennes me laissait-il ? De 1910 à 1914 il n'avait pas sans interruption séjourné aux colonies. Présent à Brest lors de ma naissance, il l'aura été encore pour m'offrir un frère cadet, Jean (Jean-Joseph) et une benjamine, Marie-Thérèse. Sur son sinueux front de mer, qui comprenait la presqu'île de Crozon et Ouessant, le port de Brest était protégé par une série d'ouvrages. La marine s'en remettait du soin d'en servir la plupart au corps d'artillerie surnommé depuis l'Ancien Régime « les Bigorres[2] ». Pour les besoins de la cause, par exemple pour détendre un personnel fatigué par les tropiques, on rangeait l'artillerie coloniale dans ce corps. Je sais qu'un temps mon père fut détaché du service en campagne (et cela eut lieu avant la guerre) pour commander à Brest les « forts de la côte nord ». Le Minou, Bertheaume, Trégana, etc., entraient dans son lot. Il y allait à cheval, par des routes mal entretenues, tortueuses et aux descentes fort déclives. Des bêtes ombrageuses lui valurent des chutes retentissantes. Le tout-petit que j'étais ne conserve aucune image caractéristique de ces accidents. Je ne sais que par les on-dit le dédain de mon père pour l'espèce chevaline, « la plus bête de toutes ». (Pardon, chevaux.)

En revanche, observation qui serait banale chez un adulte, je revois mon père assis à table, en haut bout, dans la salle à manger où l'on a dressé le couvert et où il déjeune avant la famille. On lui a servi un œuf à la coque. Je surveille avec attention tous les gestes de sa

---

2. Littré ne connaît pas cette acception militaire, bien classique, du mot. Chez lui, la bigorre, très curieusement, est le surnom des « nouvelles » qu'un certain abbé de Bigorre adressait à ses correspondants.

main vigoureuse, garnie de grands poils aux poignets, pour ouvrir l'œuf d'une succession de petits coups, pour saler, poivrer, puiser à la petite cuiller. Il s'essuie les lèvres sur sa serviette. Il boit un demi-verre d'eau. Je me sens plein d'admiration et de gratitude pour l'homme robuste qui mange et boit les mêmes choses qu'un enfant. Il me sourit en bavardant avec ma mère qui va et vient. Peut-être glisse-t-il sa main sans bague vers ma menotte. Il a de hautes bottes qui grincent. Par la porte-fenêtre du balcon, ouverte en grand, jaillit un flot de lumière. Des chevaux hennissent. Peut-être ceux de mon père et de son soldat d'ordonnance, qui patientent, tout en bas, devant la maison. Des oiseaux pépient. Bonheur.

Une autre image bat celle-là en puérilité. Ingmar Bergman s'en est permis bien d'autres ! Nourri aux seins maternels six mois durant (comme mon frère et mes sœurs) j'ai conclu après le sevrage une alliance fanatique avec les biberons. À deux ans et demi, trois ans, je biberonnais toujours. Si l'on m'appelait « Monsieur Biberon », je me fâchais de la moquerie. Ma mère tâchait de me gagner aux aliments solides, je ne cédais que contre un biberon… Un après-midi d'été, à Morgat, alors que je biberonnais, je fus bien attrapé d'entendre annoncer, triomphalement, une visite paternelle impromptue. Tout le monde déguerpissait dans le jardin. Le biberon à la bouche, je me réfugie dans la cuisine dont je laisse la porte ouverte en la rabattant sur moi, convaincu d'avoir trouvé la cachette idéale. Je ne réponds pas aux appels. Ils se rapprochaient. Mon père appelait comme les autres. Je reconnais le bruit, le parfum de ses bottes. J'ai vu tout à coup la porte ma sauvegarde se reculer et quelqu'un, mon père, est apparu. J'ai fondu en larmes. Honteux de m'être dissimulé aussi mal, honteux d'offrir à un colosse qui dirigeait des colosses le spectacle du fils de trois ans qui se nourrit comme un bébé.

Ô Bergman, qui sait, après tout, si l'histoire est vraiment puérile ? Les sœurs riaient aux éclats de voir M. Biberon piégé derrière sa porte, mais le père ne riait pas du tout. Il m'avait soulevé dans ses bras (j'avais laissé ma mère me retirer le biberon), il me caressait, me consolait… Six ans, c'est trop tôt pour perdre son père ; mais une fois au moins et de façon vibrante, j'aurai connu dans mon enfance, blotti contre une poitrine, la chaleur de l'amour paternel. Alors que tant d'êtres, qui ont perdu leur père beaucoup plus tard que moi, ne l'ont jamais connue.

L'attendrissement respectueux de ce visage d'homme devant la faiblesse d'un fils…

Une pareille scène, si mon enfance ne l'avait pas comportée et que mon âge mûr l'eût oubliée, la ferveur de Kierkegaard à scruter le sacrifice d'Abraham m'inspirerait-elle le même éblouissement ?

Je devais connaître une seconde fois le miracle de l'amour paternel (miracle = *mirabilia*, « les choses merveilleuses »). Un an, ou seulement une semaine plus tard. Sans effusion de larmes, mais dans des conditions qui le rendent encore plus précieux pour un ami de la *thalassa*. Le petit événement se déroule dans le site marin essentiel de mon enfance. Je suis seul avec mon père sur la plage du Portzic de Morgat. Je lui ai été confié pour que je me baigne avec lui. C'est marée haute, mais marée de faible amplitude, la mer a déposé sa laisse de goémons, peu fournie, en avant du sillon de galets. Cinq heures et demie, six heures du soir, un soleil brumeux, pas de vent, pas de goélands, pas de grosses vagues, l'énorme odeur saine et doucement piquante du repos de la mer et des algues. Nous nous sommes déshabillés en bas du sillon, là où les galets acceptent la compagnie de grosses pierres bien ensablées qui donnent un support commode. J'admire le maillot de mon père – un de ces maillots comme les baigneurs ou les bagnards en vêtent dans les petits films de Charlot, les joueurs de football dans les toiles du Douanier Rousseau. Tout d'une pièce et tombant plus bas que le genou, longues manches, larges rayures horizontales.

Avant de s'occuper de lui, mon père va s'occuper de moi. Nous sommes entrés dans l'eau. Avec patience, il me montre et démontre comment nager. Sa vigueur, sa voix nette, me rassurent tandis qu'il me soutient le corps pour que je m'allonge en renonçant à l'appui du sable. C'est un passionné de la culture physique mais, dans l'enseignement, il ne dramatise pas, ne contraint pas. Quand je bois une tasse, il feint de s'irriter contre la mer… Allez, c'est bien. Maintenant, tu peux marcher à quatre pattes. Je m'en vais nager… Il me quitte, il a besoin de l'eau profonde. Cependant qu'il brasse, crawle, fait la planche, il ne cesse guère de me surveiller. Il me lance des mots drôles. Il m'appelle, plonge, ressort la tête. Bonheur. Bonheur.

Il me met nu et me bouchonne dans une grande serviette. Il m'aide, discrètement, à me rhabiller, car je glissais contre les pierres. Il fait des dizaines, des centaines de mouvements gymnastiques. Son visage est des plus sérieux mais de temps en temps il me cligne de l'œil. Je le sens heureux. Nous sommes des complices. Un lien nous unit que rien ne pourra rompre. Je partage la plage et la mer avec les gens de Morgat ; mais les bras, les jambes, le torse de cet homme, sont à moi. À moi les poils de cette barbe et ces yeux autoritaires dont je connais les plages de tendresse.

Peut-être va-t-il chercher des galets plats pour que nous fassions des ricochets, un jeu que j'aime. Et puis les ricochets exercent la vue et les bras.

Nous regagnons main dans la main la maison de Lesquiffinec par la piste herbue du milieu des champs. Il s'arrête, me fait faire demi-tour pour que je regarde avec lui la baie de Douarnenez. Il me dit qu'elle est belle. Je l'en crois. Je garde le silence. Pour moi, tout est beau d'habitude par ici et aujourd'hui tout est encore plus beau. Mes yeux glissent contre la mer comme si je caressais la fraîcheur d'un poisson…

*

Je n'ai pas conservé de mon père un autre souvenir marin que ce bain et cette escapade naïfs sur la plage du Portzic. Ils ont eu lieu, selon ma conviction, avant la guerre. Je les situerais de préférence en 13, ce qui me donne trois ans et demi. Telle quelle, la scène aura suffi pour que la mer soit associée, inconsciemment mais profondément, à l'image paternelle.

Il faut que j'exprime un regret. L'excellente éducation, aimante et virile, que j'ai reçue de ma mère, a subi sur un point un échec relativement grave. J'avais, comme Jean mon cadet, la tripe marine. Tout ce que mon enfance apprenait, en classe comme en famille, la passionnait, mais nulle part elle ne se découvrait aussi heureuse qu'à Morgat, dans la familiarité immédiate d'une eau salée où elle se baignait le jour et dont la nuit elle entendait le murmure ou la voix puissante. J'admirais les poissons, les crabes, les coquillages, les algues, les bateaux. Les coups de senne sur la plage étaient pour moi fêtes aussi belles que des pièces de théâtre ou des contes. Je m'étais choisi pour roi secret de Lesquiffinec un grand garçon de souche norvégienne, Karl Kristensen : il avait nagé à marée haute jusqu'à un rocher du large pour y estourbir un cormoran qui se séchait les ailes et dont il avait rapporté le cadavre enroulé autour du cou. Le père de Karl voulait descendre sur les galets du Portzic avec un bâton pour rosser l'imprudent, mais le village, alerté par les sœurs et frères de Karl, avait protesté, il avait dû jeter le bâton. Embrasser le gaillard. Qui avait offert le cormoran à une paysanne. Elle en ferait un bouillon.

Oui, j'avais beau parler de suivre le métier du père, une vocation marine me guettait. Entre un bigorre et un marin, la distinction n'était pas claire !

À ce moment – j'avais huit ans et je grimpais tout en haut des arbres et dénichais intrépidement les étrilles et les crabes dormeurs dans les rochers de Poraor – le phénomène banal de la croissance a détraqué la marche des choses. Je me suis mis à grandir comme une perche, d'une poussée trop rapide et qui me fatiguait. Je maigrissais. Ma mère ne s'inquiétait pas. Il faut que croissance se passe ! Pourquoi un de ses enfants, jusque-là bien portant et qui n'avait jamais respiré place du Château ou à Morgat qu'un grand air vif, broncherait-il en route ? Lorsqu'entré dans l'eau pour me baigner je m'arrêtais pile en grelottant et me plaignais de palpitations, elle me croyait froussard. Quelque chose s'est faussé dans mes relations avec la mer. Je continuais à l'admirer, mais l'immense amitié tranquille avait disparu. J'étais indigne d'elle. Si mes sœurs, faisant chorus avec la mère, me reprochaient ma peur de l'eau, je m'énervais et certes il ne s'agissait pas d'une peur véritable, mais comment l'expliquer à des filles qui ne veulent rien entendre ?

Mon père m'a manqué dans l'occasion. Expert en éducation physique, m'inspirant toute confiance, il eût mis en route le traitement à suivre, découvert les exercices gymnastiques appropriés. Il n'eût pas négligé la musculature. Au lieu de me bourrer de bananes et de chocolat et de me témoigner une indignation vertueuse (inspirée par l'amour, bien sûr)…

Un jour, la mer m'a rendu son amitié véritable. Ce fut des années plus tard. La vocation de marin n'avait pas attendu jusque-là : elle s'était enfuie. Je n'ai pas nagé correctement avant l'âge de treize ou de quatorze ans. J'ai alors aimé puissamment les bains de mer, mais sans devenir le nageur prompt et souple dont mon cadet offrait dans toute la simplicité de sa santé joyeuse l'image ruisselante. Honte de la famille, j'avais dû à onze-douze ans recevoir les leçons de natation d'un moniteur. Avec des scènes à la Charlot quand ledit moniteur, en m'apprenant à vaincre le froid, se sentait lui-même frigorifié – il devait me quitter pour courir sur le sable. À quinze ans, me baignant avec un camarade, j'ai encore failli me noyer, par mer calme. Le camarade est allé me chercher au fond. En virant de bord j'avais avalé une grande tasse. En barbotant pour me rétablir, plusieurs autres. Un accident grotesque.

… Moyennant quoi je me baigne avec délice à soixante-dix-sept ans dans des eaux qu'on voudra bien croire pas spécialement tièdes, à la fin de septembre, sur les plages de Ouessant ou de Belle-Île. Tout est bien qui finit bien, disent les marionnettes du parc Montsouris lorsque le spectacle s'achève.

À soixante-huit ans je suis tombé tout habillé dans un bassin de Groix et m'en suis tiré avec des éclats de rire. Sans avoir lâché le mot de Cambronne comme l'a fait mon camarade Maurice Le Lannou, à vingt-cinq ans, en dégringolant d'une roche devant moi… Le baigneur impénitent des îles bretonnes revient quand même de loin. Il lui a fallu à Morgat les leçons d'un moniteur ! *Proh Pudor !*

*

Avril 1916. Guerre, vacances de Pâques. La Compagnie des vapeurs brestois n'a pas arrêté son service du Fret et la politique familiale de plein air ne s'est pas interrompue.

Nous avions loué à Lesquiffinec la même petite maison qu'en 1915. Nous nous y installâmes dès le samedi des Rameaux, pour y passer les congés scolaires jusqu'au dimanche de la Quasimodo.

Le lundi 20, dans la matinée, un télégramme adressé par l'« autorité militaire » nous joint. Non, ce n'était pas l'affreuse nouvelle que « les grandes personnes » craignaient toujours : trop de maisons dans le village l'avaient reçue au fil des temps depuis 1914. Sauf Marie, les enfants ne surent d'ailleurs pas les termes d'un message dont l'allure sèchement placide prêtait à plusieurs interprétations. Ma mère et ma grand-mère paternelle n'hésitèrent pas longtemps. Elles prendraient tout à l'heure au Fret le bateau de Brest ; à Brest, ce soir même, le train de Paris. Ensuite, destination inconnue. Peut-être « du côté du front ». Elles reviendraient… quand elles pourraient. En leur absence la grand-mère maternelle, secondée par Anne-Marie, jeune Bretonne aux coiffes de Brennilis, veillerait sur nous.

… Dans ma jeunesse, tant bien que mal, sur des bribes de confidences qui ressemblaient à du rêve, j'ai reconstitué l'événement. Quand ma mère et la mère de mon père nous ont quittés à Morgat, elles savaient qu'elles iraient à Bar-le-Duc. Mon père venait d'y être hospitalisé.

1916, grande et lugubre année de Verdun, le haut lieu glorieux et sinistre. La tuerie a commencé depuis des mois pour la prise et pour la défense de glacis, de souterrains, de sommets qui portent des côtes, et de rus, de fermes, de routes. Les Allemands mettaient le paquet, les Français le contrepaquet. Mon père, qui dirigeait des batteries situées sous le feu de l'ennemi, n'avait pas été relevé depuis le début du grand acharnement. Il n'en pouvait plus lorsqu'il lui fut demandé par téléphone de surseoir à la relève une fois encore. On savait son cran et sa conscience. L'amitié que lui portaient ses officiers et ses hommes. Tenez, tenez bon : le pays vous le demande.

C'est surtout ma grand-mère paternelle, tout illettrée qu'elle fût puisque son père, fermier processif, ne voulait aucune instruction pour ses filles, c'est elle surtout, Bretonne de l'échine de l'Argoat, qui évoquait cet entretien. Elle n'en avait jamais entendu le premier mot, bien sûr. Habitée par une émotion sacrée, elle se figurait avoir été là. C'était comme si en parlant elle touchait des objets, des vêtements appartenant à son fils. Aucune gloriole. La voix lente cherchait ses mots pour ne pas dévier à l'excès d'un texte qu'elle avait peu à peu sculpté, dégrossi dans la masse de bois du silence. La main droite ouvrait et fermait les vieux doigts que nous aimions tant porter à nos lèvres lorsque dans l'obscurité nous allions lui dire bonsoir.

– Joseph, au nom du pays, je vous demande de tenir. Il a besoin de vous où vous êtes.

– Est-ce que vous savez dans quel état je suis ?

– Oui.

– Très bien. Je suis aux ordres de mon pays. Quand vous me relèverez, je m'en irai sur une civière et ce ne sera pas de ma faute.

Même si, dans les à-coups des téléphones de campagne rudimentaires, entre des hommes qui ne se situaient pas face à l'Histoire, mais faisaient leur métier, le vrai dialogue avait été beaucoup plus simple, la grand-mère ne trichait pas. Puisqu'en effet mon père avait fini une bonne fois par craquer. Il avait été remplacé d'urgence. Transporté par ambulance dans l'hôpital des lignes arrière le plus proche. Il délirait. Il se croyait dans la cagna de son PC, épluchant des cartes à la bougie ou à la lampe électrique, écouteurs aux oreilles, anxieux d'enregistrer exactement comme de hurler des questions et des ordres.

Une pleurésie se déclara. Une fièvre de cheval… Lorsque sa femme et sa mère survinrent à Bar-le-Duc, le malade était abattu, mais lucide. Parlant bas, il s'exprimait sans difficulté notable, souvent un sourire aux lèvres… Il survivrait près d'une semaine. Comme agonie signifie lutte, il s'agissait bien d'une agonie. Comme sur le front des armées, il y eut alternance de rémissions et de crises. Compréhensifs, mais manifestant ainsi qu'ils n'espéraient pas une guérison, les médecins laissaient les deux femmes assister à ces dernières. Jusqu'à leur mort, ma mère et ma grand-mère paternelle seraient hantées par des phrases que mon père éructait et qu'elles m'ont répétées sans y changer un iota : « Batterie 2, qu'est-ce que vous foutez, nom de Dieu ?… Pièce A, allongez le tir… Sénéchal, je vous appelle ! Est-ce que vous m'entendez ?… Batterie 3. Batterie 3… Batterie 3, nom de Dieu !… » J'étais éberlué : elles envoyaient leur « nom de Dieu ! » sans aucune gêne apparente, alors qu'à l'ordinaire elles ne s'emportaient ni ne juraient jamais. Sans doute une phrase du fils et mari, devenu père de famille nombreuse, et qui mourait pour son pays, était-elle sacrée : « Batterie 3, nom de Dieu !... »

Je n'ai connu, évidemment, qu'une toute petite partie des propos réels que mon père a tenus à ma mère dans les rémissions. Cette petite partie m'impressionnait déjà tellement fort qu'à quoi bon le reste.

Alors qu'ils se tenaient la main, que peut-être ils avaient évoqué le cheptel familial savourant à la même seconde le bon air de Morgat, mon père avait souri : « Si je pouvais boire l'eau de Kéramprovost, je guérirais tout de suite. »

Je défaillais quand, dans mon enfance, ma mère me citait le regret paternel.

Le nom de Kéramprovost, un lieu-dit, s'appliquait à un grand lavoir, sis dans le bas de la grande côte de Crozon, à trois cents mètres de Lesquiffinec, plus à une source-fontaine, cachée dans une niche démantibulée d'orties et de pierres, sise à cent mètres du lavoir et qu'on atteignait par un chemin des plus boueux.

Bien qu'il fût patent que les vaches, voire les cochons, pouvaient tremper groin ou gueule dans la fontaine et bien que mon père (aux colonies il ne buvait que du thé) se méfiât des infections microbiennes, la famille utilisait cette eau pour la table. J'accompagnais souvent Anne-Marie ou mes sœurs pour la corvée des brocs. On disait qu'autrefois elle avait été miraculeuse. Cela ne nous étonnait pas. Elle avait une fraîcheur, une finesse, qui lui appartenaient en propre.

... J'ai toujours su gré à mon père, quelques jours avant sa mort, d'avoir invoqué dans sa fièvre l'eau d'une humble source bretonne. Ce désir éperdu de la fraîcheur originelle aura compté pour lui, homme loyal en recherche de Dieu, comme une eucharistie.

Une autre fois, avec douceur, il s'inquiétait de ses enfants. Peut-être dans une minute, secoué de frissons, se dresserait-il sur l'oreiller pour rectifier le tir d'une batterie de 155 imaginaire, pour le moment il scrutait l'avenir de ses filles, de ses fils. Il avait beau s'essayer à un sourire, le murmure conservait le sérieux d'une dernière volonté.

Des centaines de fois j'ai entendu réciter la phrase : « J'aimerais que les garçons apprennent le latin et le grec. »

Il devait, dans le secret de son sang, percevoir la mort proche. Mais cette prescience ne l'incitait qu'à travailler encore… Est-ce bien d'un détail qu'il se préoccupait ? Le latin et le grec lui avaient permis de courir avec de meilleures sandales sur les sentiers de la connaissance ; de mieux apprécier la valeur de vivre, d'aimer, de créer, de rire, de réconforter. Ces eaux vives, aussi précieuses pour l'esprit que l'eau de Kéramprovost pour le corps, il désirait que ses fils pussent y boire après lui. Traitera-t-on un mourant de macho sous prétexte qu'il omettait ses filles ? Le reproche me semblerait insane. Ce salut au vieil humanisme de la part d'un homme d'action qui avait parcouru le monde, aimait son pays et sa famille, n'est-il pas trop naïf et désintéressé pour prêter à la critique ? Mon père se conduisait beaucoup plus en Socrate qu'en chef d'escadron. Il avait su les servitudes, toutes, autant que la grandeur du métier des armes. Il s'abstenait de souhaiter trop tôt cette vocation pour ses fils. *Amo, amas, amat, rosa* la rose, et *Rhododactulos Eos*, voilà ce qu'il évoquait pour eux. Non pas *En avant marche*, ni *Une, deux, une, deux.*

... Aussi bien, dans l'instant qu'il ébauchait pour eux un message de valeur mystique, les mioches Henri, six ans trois mois, Jean, quatre ans neuf mois, devaient-ils se battre sans malice, riant dans les chatouilles comme des bienheureux, sur la droite de la plage du Portzic. Le secteur des Petites-Grottes, des Pierres-Blanches, offrait, aux vacances pascales, un visage spécifique. Beaucoup plus sauvage qu'à l'été. Un charme baroque, tzigane. Les tempêtes d'automne et d'hiver, la dernière équinoxe, avaient une fois de plus affouillé, chamboulé. Ouvert dans le sable des rivières bizarres ; dans le vestibule des grottes, de vastes trous d'eau pure. Les coquillages multicolores minuscules dont nous garnissions de petites boîtes d'allumettes vides abondaient. Les petits crabes verts et jaunes, les goémons safranés ou noirs, les anémones de mer, les bernicles et les bigorneaux, les *pouliks*, le silex et le schiste, tout semblait neuf et ardent comme des visages bien lavés, des murs repeints, de jolies étoffes. Nous ne nous lassions pas de courir à droite à gauche pour chercher, admirer. Pieds nus, naturellement. Tout à l'heure nous nous rabattrions vers le sillon de galets pour attendre le goûter en jouant avec des cailloux. Thérèse serait là, dormant dans son berceau. Jeanne, Germaine, Renée, arriveraient du secteur des Pierres-Bleues, l'extrémité gauche du Portzic, avec leur récolte de porcelaines, de « petits cochons ». Elles en troqueraient plusieurs avec leurs petits frères pour des coquillages roses ou des carrés de chocolat « franco-belge ».

Personne d'autre que nous. Le couple original tiré à quatre épingles et que nous surnommions M. le roi Mme la reine des Belges, se montrerait peut-être là-haut sur le rivage. Après avoir regardé la baie aux jumelles, il déguerpirait. Ce n'étaient pas gens à risquer des bottines dans le mouillé d'un sable vasard.

– Et si nous disions une prière ? s'exclamerait la grand-mère pendant les bavardages.

– Courte, grand-mère, s'il te plaît !

– Une dizaine de chapelets.

– La moitié seulement.

– Il faudra dire tous les mots. Il faut penser à votre père, à votre mère, à l'autre grand-mère. Penser à la guerre. À tous ceux qui meurent, ceux qui souffrent.

– Notre Père qui êtes aux cieux…

Nous avons prié. Quelqu'un pleurerait ensuite, moi peut-être, car il avait renversé dans le sable son pain beurré. Il arrêterait ses pleurs dès qu'une fille demanderait : « N'est-ce pas, grand-mère, que papa va guérir ? »

L'aïeule, je le comprends maintenant, se trouverait embarrassée. Trois ans plus tôt, ses prières n'avaient pas guéri sa fille aînée, mère de famille, trente-cinq ans, une des plus jolies femmes de Brest (disait le connaisseur Henri Clavier), emportée en quelques jours. Que finirait-elle par répondre à ma sœur ? Jamais au moins elle n'a subordonné la guérison paternelle à nos prières, à notre sagesse enfantine. Elle développerait pour nous la nécessité de l'espérance. Nous écoutions, les yeux perdus. L'immensité du paysage nous frappait. Son ancienneté, digne de l'Histoire sainte. La grande mer. Le sable fort.

– Est-ce que nous aurons bientôt des nouvelles ?

– Ça ne dépend pas de votre mère, mes pauvres enfants. La guerre complique le travail des Postes. Il ne faut pas s'impatienter…

– Et, pour changer de sujet : Qui veut chercher du bois sur la plage ?

Pour rendre ce service, Jean et moi nous étions toujours volontaires. Jamais biffin ayant perdu l'odorat n'a mieux aimé fouiller avec sa grosse cuiller cassée dans les poubelles, que nous avec nos mains dans la laisse de marée. Dans cette époque de l'année la mer offrait à la plage, ou à qui voudrait, une moisson de débris beaucoup plus généreuse, une abondance dont nous humions les parfums. Ils s'en étaient venus tout droit du large et des sombres fonds rocheux assaillir nos narines d'enfant comme si nous étions des baleines ou des marsouins…

Tandis que je ramassais planches, branches, morceaux de liège, et savourais l'intensité de la mer sur la plage du Portzic, j'ai donc été voué au latin et au grec par mon père comme des enfants sont voués à la Vierge. Je ressentirai la puissance de ce vœu quelques années plus tard. N'empêche que ma mère n'a pas exécuté servilement la mission qu'elle « recueillait en son cœur ». Devant les réformes de l'Instruction publique[3] et le nombre insigni-

---

3. Le tohu-bohu n'a pas commencé de nos jours.

fiant des élèves du lycée étudiant le grec (deux seulement dans ma classe pour finir), elle consulterait des professeurs au sujet de mon frère. Jean entrerait dans la section latin-sciences. Pas de grec pour lui.

Comment désapprouver ma mère ? Mort aussi bien que vivant, elle était incapable de trahir mon père. Elle a pesé sa décision. Elle a jugé que son mari, placé dans les mêmes circonstances, eût réagi comme elle le faisait.

Dans l'amour que ma mère portait à mon père, le métier d'officier tenait sa place. Elle estimait le courage une qualité essentielle pour un homme et il lui paraissait que l'armée en offrait une excellente école. Elle détestait, cela dit, la violence pour la violence. Dans sa vieillesse, ayant surpris chez ma sœur Thérèse l'insigne d'un régiment de chars dont la devise était : « En tuer », elle s'est déclarée scandalisée. Sa fille haussait les épaules :

– Que voudrais-tu qu'on mette ?

– Aimez-vous les uns les autres.

… La dépêche que notre groupe de Morgat a reçue le lundi de Pâques 26 avril 1916 n'aura pas été envoyée par une militariste forcenée, mais par une veuve qui mesurait l'ampleur de sa tâche. Pour ne pas s'effondrer, elle s'appuyait sur des vertus dont le patriotisme n'était qu'une.

Nous revenions du Portzic. Nous avons vu de loin, sur les lacets du chemin sans talus qui menait à Kéramprovost, rouler avec des ahans la lourde bicyclette à pneus pleins et à sacoche noire. Le vieil homme qui la maîtrisait, habillé d'un vieux costume à carreaux, coiffé d'une grande casquette à rebord rigide qui le faisait ressembler à un médecin en retraite, le cousin Jean le surnommait « le Chevalier à la triste figure ». La profondeur lasse du regard s'accordait si bien à la plupart des messages que portait la sacoche. Le travail dans lequel la guerre maintenait un ancien devenait par elle beaucoup plus exigeant. Les pneus pleins n'évitaient ni fondrières, ni crottins et bouses des chemins creux, ni de grimper à pied les longues côtes en poussant la « machine » … Ni d'annoncer, trop souvent, la mort.

C'était bien pour nous qu'il avait roulé de Crozon jusqu'ici. Queffélec, Lesquiffinec, cela rimait. Il retira ses pieds des pédales et il se cala pour tendre le papier couleur de violette morte. A-t-il salué ? Il aura juste effleuré sa casquette. Sans prononcer un mot. Qu'il fît grand soleil, que la guerre fût une chose atroce, chacun le savait trop bien. Il reculait déjà sa bicyclette pour signifier qu'il ne voulait ni verre de vin ni pièce de monnaie.

Une fois décachetée et lue la dépêche, devant chez Daniel, sur la petite aire bosselée, à l'entrée du sentier qui desservait la maison Prémel où nous habitions, la grand-mère, sûrement, aura conclu : « Votre père est allé au ciel, mes pauvres enfants. »

Nous aurons courbé les épaules. Marie me serrait la main, pour me protéger ou pour m'unir à sa peine. Elle s'efforçait de ne pas éclater en larmes, mais elle tremblait, elle était toute rouge, comme Jeanne la luronne, qui aura demandé ou affirmé : « papa est mort. »

L'aïeule reste silencieuse. Elle nous pousse vers la maison.

*

... Et maintenant nous dînions. J'apprenais que les us et coutumes sont une aide.

... En 1988, la mémoire projette fidèlement la scène. Tel un appareil de ciné-club à qui l'on a livré sa vieille pellicule pâle, mais toujours lisible, de l'époque du muet.

... Dans une salle, on entendrait quand même le bruit régulier de l'appareil. Ici, rien.

Le silence est devenu ce soir partie constitutive de la famille. Du village et du lundi de Pâques. De la terre et de la mer. Des corps et des âmes. Le bavardage des poules de chez Daniel, le grincement du puits Kermeur, la pendule de la cuisine, les vaches de chez Jeannie, les cuillers et les verres, jusqu'aux parfums des meubles et des fleurs, se taisent. C'est cela une famille dont le père est mort, témoigne une mémoire que je n'ai aucun droit de récuser. Car si je désirais, par une sagesse nouvelle, m'intégrer à une scène dont je devinais plus ou moins la gravité, je la regardais, l'écoutais de toutes mes forces : elle était d'abord silence et recueillement.

Je revois la fleur d'oranger sous globe, la photographie du couple Prémel, les bancs de bois, la toile cirée, la fenêtre ouverte – à quelques mètres en face, dans le crépuscule clair, il y a le carré de jardin, ceint de grosses pierres, où poussent pêle-mêle des pommiers et des coquelicots, des roses et des salades. Pas un bruit, pas une parole historique, ne montent. Il y a suspens essentiel de l'agitation et du dialogue. Cela ressemble à ces minutes marines dont le petit enfant que j'étais alors éprouve le charme prodigieux. Quand le jusant s'arrête et que le flot se fait attendre. Quand le flot ne monte plus et que le jusant ne descend toujours pas. Les grandes personnes appellent ou surnomment ces minutes l'étale.

... Impossible de me rappeler un de ces détails vivement excentriques chers aux cinéastes pour singulariser une scène morne. Nous portions sans doute des vêtements qui feraient rire nos loubards 88, mais nous ne les percevions pas, du tout, comme démodés. Ils étaient les nôtres, ceux de la contemporanéité 1916, temps réel, temps trop vrai, plein de tumulte, d'enfance et de périls.

Je ne me souviens que d'un fait archisimple. Après la soupe, Anne-Marie avait apporté un plat de haricots, légume que je détestais. En vertu du principe qu'il faut manger ce qu'on vous sert, ma mère eût garni mon assiette. Elle m'eût obligé à la finir, mais ce soir elle n'était pas là. Je connaissais l'art d'amadouer une grand-mère. Un amour-propre m'a emporté. Je ne pouvais pas déshonorer la solidarité silencieuse, à six ans trois mois, par une petitesse. J'ai tendu mon assiette. Spontanément, la grand-mère l'a garnie très peu. Je lui en ai su gré. Je couvais des yeux la portion de haricots. Ils n'avaient pas l'air si méchant. Ce n'étaient pas des guêpes ni des vipères. Faisons la paix, retirez votre sale goût comme moi avant de me coucher je retire un gilet ou une culotte. Simplifiez le sacrifice.

Tandis que personne de la tablée ne remarquait ma première bouchée volontaire d'un légume odieux, j'ai soulevé ma fourchette. Stupéfiant : je n'ai pas trouvé ces haricots détestables. Ils étaient mauvais, fades, bêtasses, ils se laissaient manger. Ils ne provoquaient pas la gorge à une expulsion scandaleuse. Buvons quelques gouttes d'eau, le tour sera joué. Je suis venu à bout de ma portion.

À l'intérieur de la tristesse familiale j'avais désormais une source de joie. J'avais accompli un effort. Je me promettais de ne jamais m'en vanter et de ne jamais l'oublier. Il me servirait, sur l'événement collectif, de petite signature enfantine.

... Le silence perdurait. L'on communiquait par le regard et le geste. Pas un fredon de mouche ni d'abeille, pas un cri de coq ni d'oiseau. Aucun signal tangible ne venait, ni de Lesquiffinec, ni de Bar-le-Duc, les deux lieux auxquels mes grandes sœurs et l'aïeule pensaient en premier. Mais leur deuil, par conséquent le mien, rejoignait par-delà les carreaux et les murs des milliers et milliers de douleurs et de silences dans tout l'espace.

Je ressentirai moins mal cette communauté sans frontière des vies et des morts dans la fin du crépuscule, quand Jeanne et moi irions chercher le lait chez Jeannie la boiteuse. Avant d'avoir atteint la ferme des Leborgne, nous verrions Marie la fileuse descendre de son seuil. Elle nous poserait la main sur l'épaule en respirant très fort. Elle dirait dans son français difficile : « Vous aussi... Mes pauvres petits. » Lesquiffinec savait déjà. Le village avait donc protégé tout à l'heure notre silence... Jeannie la boiteuse, les larmes aux yeux, nous embrasserait. Nous offrirait – « Je ne veux pas de sous demain pour ça » – une livre de beurre – « À peu près, je n'ai pas de balance, vous me rapporterez demain l'assiette » –, du beurre qui sentait bon la paix universelle, frappé d'un motif représentant le soleil (celui-là déjà couleur de beurre) admiré par un coq, puis des bonbons.

… – Votre papa était un bon homme et un brave. Il est au ciel. Votre pauvre maman. Sept enfants. Ça va être dur.

Elle attraperait dans le vaisselier une photographie. Un matelot tête nue. « Mon cousin issu de germain. Tué à Dixmude en 14. Deux ans déjà… »

Deux ans déjà au ciel… Jeanne me dira ensuite que ce cousin, un beau garçon, Jeannie la boiteuse était amoureuse de lui. Il n'avait pas voulu d'elle parce qu'elle boitait. En voilà une raison. Et la mort, le cousin avait-il voulu d'elle ?…

… Le deuil ne nous avait pas empêchés de dîner, il ne nous empêchera pas de dormir. L'aïeule, c'est sûr, aura prolongé la prière du soir par une de ces improvisations décousues et bien senties dont le recteur de Kerlouan lui avait enseigné le principe, une réflexion à haute voix sur la vie école de souffrance et de bonté.

Je dors dans le même lit que mon frère. Dans le lit voisin, Germaine et Renée. Sur un matelas, Jeanne.

Mes sœurs chuchotent. Elles sont plus grandes que moi, ont des choses à se dire. Elles reniflent. Papa est mort. Il est au ciel et dans la terre. Je ne le reverrai plus. Jean s'est endormi. Un chien aboie. Quand ai-je revu papa pour la dernière fois ? « Vous aussi », a grommelé Marie la fileuse. Comme si elle n'était pas trop mécontente. Comme si elle voulait dire « chacun son tour » … Qu'est-ce que je suis en train d'imaginer ?

Dans la nuit, je me réveillerai une fois. Piqué par une puce ou heurté par Jean. La maison Prémel et Lesquiffinec dorment. Au loin j'entends la mer, qui avait attendu la nuit pour délivrer son message. Petite voix, chantonnement, pépiement, qui profitent de la résonance d'une campagne silencieuse. La mer se fait petite souris, petit oiseau. J'écoute. J'ai aujourd'hui grandi. J'ai perdu mon père et j'ai réussi à manger une nourriture que je n'aimais pas. J'écoute la mer. Elle a une voix bonne. Il faut que je grandisse davantage. Que j'atteigne l'âge où la nuit n'empêche pas de sortir rejoindre la mer. Celle-là où j'ai vu mon père, en pleine vie, nager comme un marsouin. Celle qui tombe doucement sous les étoiles contre une plage pour nous préparer nos sables et nos coquillages, nos trous d'eau du lendemain.

3

La photographie où un père tête nue, souriant dans sa barbe, se tient debout dans le fond, légèrement surélevé par rapport à une épouse en robe claire qu'un œil expert devinerait enceinte, cependant que six enfants, justification du sourire paternel, se groupent là devant, debout eux aussi, placés en sorte que leurs six visages soient nets, – et sur la droite une grand-mère paternelle est assise, sur la gauche une grand-mère maternelle – cette image, déjà tronquée puisque les grands-pères manquent, mais qui représente une belle entité familiale, a fait sa force. Elle a rejoint les neiges d'antan. L'enfant dont la mère était enceinte, une fillette, ne sera jamais photographiée en compagnie du père et de la tribu.

La famille qui subsiste, classée toujours officiellement dans les nombreuses, ne demandera jamais qu'on la photographie en groupe.

Ma mère est revenue de Bar-le-Duc. Habillée en noir, la paroisse des veuves de guerre. Mes sœurs s'habillent de noir. Ma veste porte un crêpe.

La responsabilité qu'elle assume survolte ma mère. Elle remplace le père en restant la mère. À l'hôpital elle avait trop vite compris que les rémissions auraient leur fin : le cher malade était perdu. Discrètement, elle avait demandé quelques directives…

Messe très matinale aux Carmes à la mémoire du père. Petit déjeuner furtif, avec des brioches. Tandis que nous dévorons, une voix souriante et ferme annonce que la famille doit renoncer à beaucoup de dépenses. Les jolis vêtements, les jolies chaussures, ne sont plus pour nous ! Notez que vous ne serez pas malheureux. Vous ne mourrez pas de faim. Vous partirez toujours en vacances à Morgat pour les Pâques et pour l'été. Quand il suffoquait au Sénégal ou en Cochinchine, votre père se réjouissait tant de vous savoir au bon air de la mer. Il ne me pardonnerait pas, il aurait raison, de vous priver de cet air-là.

Le lendemain, après avoir reçu d'un professionnel des indications sommaires, ma mère nous a tondus elle-même, Jean et moi, dans la salle à manger. Elle ne nous fit peut-être pas aussi mal que des cris le laissaient entendre, mais elle nous fit mal. Très mal. Et puis quelles têtes ! Petit garçon ingénu, j'ignorais que je portais jusque-là de belles boucles blondes ou bien je m'en moquais. Aucune poussée narcissique ! Je laissais dire les jeunes dames qui caressaient les boucles : les grandes personnes se croient toujours obligées de bêtifier avec les enfants… En revanche, je sus parfaitement dans les yeux de mon frère, puis dans l'armoire à glace, que mon crâne ras était grotesque. Je n'eus pas besoin d'attendre les rudes blagueurs de ma classe de troisième pour lancer des quolibets à ma tête de veau.

Afin de me consoler, tout en m'aiguillonnant, ma mère me parlait à voix basse des petites lettres hebdomadaires que j'avais écrites à mon père depuis la fin de 14. Sauf la dernière en date, qui partageait les honneurs du portefeuille avec la grande photographie familiale, il les gardait, sous élastique, dans son bureau. Elle en avait placé deux dans le cercueil de mon père et rapporté toutes les autres, qu'elle montrerait à ses amies, à mes sœurs Marie et Jeanne. Il m'est arrivé, à près de quarante ans, à la mort de ma mère, d'en retrouver une. Une lettre de gosse : j'y célébrais l'adresse de mon cousin Avérous dans ses imitations du mouton. Une lettre un peu cuistre, aussi, car des nouvelles parues dans *La Dépêche de Brest et de l'Ouest* s'y étalaient, concernant les entrées de bateaux dans « la » rade. Avec le nombre des coups de canon tirés par chacun d'eux pour saluer la terre ; par la batterie du Parc-au-Duc, aux avancées de la Penfeld, pour leur répondre.

*

Ma mère et ma grand-mère paternelle nous avaient dit, à Jean et moi, non sans fierté, que nous étions devenus pupilles de la nation. Mes sœurs le devenaient pareillement mais cette même qualité chez des filles semblait moins frapper les deux femmes. Les pupilles, à Brest, nous les connaissions déjà et il n'y avait chez eux que des garçons – c'étaient les pupilles de la Marine. Cette institution m'attendrissait, m'enchantait. Comme plus tard les Die Wiener Sängerknaben[4]. Pour la raison que, malgré leur jeune âge, les pupilles de la Marine figuraient rituellement dans les défilés militaires dont la guerre multipliait le nombre et qu'ils y figuraient avec leurs fifres, ne jouant jamais qu'un air, mais à la perfection, et quel air !

Dans les jardins de mon père
Les lilas sont fleuris…

Les clairons, les trompettes d'artillerie, la Musique des équipages de la flotte, je chantais, fredonnais tous les morceaux avec eux. Mais les fifres des pupilles ! Je chavirais. Comme toute la ville. La population libérait par eux sa gaminerie originelle, une immense nostalgie du bonheur et de la paix. Le jardin de mon père, les lilas, les tourterelles ! Dès que les sons pointus caractéristiques montaient de la fosse de l'arsenal, sons blancs d'acier, cris neigeux de

4. Le chœur des petits chanteurs de la cathédrale de Vienne, merveille du monde.

grands oiseaux, signifiant que les pupilles se mettaient en marche pour défiler sur le cours d'Ajot, je me précipitais au balcon. Je voulais voir, entendre, chanter. Et rêver.

Où mon père avait-il fait ses études primaires ? J'avais toujours cru que c'était dans l'école laïque de son quartier, le Forestou-Izella. J'apprends que non. Qu'il avait débuté chez les frères de Tréguier. Inclinons-nous. Ce dont je suis sûr, on me l'a trop répété, c'est qu'à la manière de Péguy il saluait, chapeau bas, la conscience des instituteurs. Ayant décroché une bourse par concours, il était entré au lycée en classe de sixième.

Me trouvant ce qu'on appelait alors, chez un enfant, des « dispositions », ma mère, qui dès mon tout jeune âge avait commencé à m'apprendre à lire et à écrire, m'avait fait entrer, avec l'accord paternel, dans les toutes petites classes du cours Fénelon, l'établissement religieux que fréquentaient mes sœurs. Je n'y aurais pas été un bon élève. Il me semble que je remuais beaucoup. Je me levais de mon banc, je marchais à quatre pattes, je me mettais à courir. Ou bien je somnolais. Mon frère me manquait. Aucune des petites filles ne m'intéressait. La plupart des maîtresses étaient la douceur même, mais il y en avait de revêches. J'aimais les fuchsias du jardin, mais l'odeur des feux de Bengale, lors des petites fêtes, m'exaspérait. Une solennité dans l'aspect des lieux, les horaires, les saluts, me pesait. J'ai connu sur les bateaux le plancher qui inquiète parce qu'il bouge, je connaissais au cours Fénelon le plancher calme qui inquiète parce qu'il est ciré, parce qu'il fait glisser. Malgré les « dispositions » mes résultats étaient peu brillants. Je me rappelle une distribution de récompenses où je suis demeuré les mains vides, tandis que mes camarades, tous, recevaient des épées de carton, des livres, des couronnes.

Pupille de la nation, non seulement j'avais droit soudain, comme tout petit Français, à l'instruction primaire gratuite, mais à une bourse d'externat de l'enseignement secondaire. En attendant l'âge de jouir de cette bourse, je pourrais entrer dans les petites classes du lycée... La politique d'économies maternelle bondit sur l'occasion. À mon retour de Morgat, je me suis rendu au cours Fénelon embrasser les maîtresses que j'aimais bien, et puis, c'était à deux cents mètres, j'ai gagné le lycée. Le proviseur, M. Brugeas, méridional ami de l'oncle Avérous, me conduisit chez M. Mongard, le maître des dixièmes, qui m'affola par sa corpulence – plus l'odeur de cigare qu'il me prodigua en m'embrassant. Un brave homme.

Petites classes harmonieuses, travailleuses, joviales. J'avais été placé en dixième provisoirement, pour achever l'année scolaire quitte à redoubler si je ne suivais pas, mais je suivais. Le gros M. Mongard était content de moi ! Neuvième : M. Lestic, un petit homme strict. Huitième : Mme Caro, qui gardait son chapeau en faisant la classe. Septième : Mme Fillette, une réfugiée des provinces du Nord, pour laquelle je me suis pris du grand amour. Aujourd'hui encore, je démêle mal ce qui se passait en moi. Je l'aimais parce qu'elle portait en arrivant du dehors un chapeau à voilette qu'elle suspendait à une patère, parce qu'elle enseignait bien, et que chez elle on apprenait beaucoup ; parce qu'elle souffrait d'avoir quitté son pays natal ; parce qu'elle s'appelait Fillette, drôle de nom pour une dame… et je l'aimais parce qu'elle avait une fille. Cette fille, gentille petite un peu effarouchée, bien gantée, un cartable à la main, venait parfois chercher sa mère, sa dame Fillette, après la classe. Je voyais en elle la fillette de Mme Fillette, une créature de rêve, méritant tous les dévouements. J'avais huit ans dans le début de cette année scolaire et l'idée de mon crâne mal tondu me retenait, mais était-ce déjà l'effet de la croissance, je caressais l'idée d'un mariage alors que je ne connaissais rien au sexe. À Morgat, nous jouions parfois dans les champs, avec des couronnes de boutons d'or et de pâquerettes, au cortège de fiancés. Comment le mariage avec la fille se conciliait-il avec un amour pour la mère ? Le vert paradis des amours enfantines, qui peut fleurir dans la salle de classe la plus ingrate, n'est pas simple.

Je n'ai jamais adressé la parole à Mlle Fillette. J'ai ignoré son prénom. Quant à Mme Fillette, si elle a compris que je l'aimais un peu beaucoup, elle n'y aura perçu rien que de sain, de naturel.

Avec les sous que la grand-mère maternelle m'offrait pour toutes les aiguilles, épingles de sûreté, épingles à cheveux, dénichées dans les rainures de plancher, j'avais joué à la loterie du Champ de bataille. Ma mère l'avait permis, car elle y avait gagné trois jours de suite un kilo de sucre, denrée qui se raréfiait. Chanceux à mon tour, le forain m'offrit pour mon gros lot à choisir dans un bric-à-brac. Les yeux écarquillés, j'ai désigné une horreur éblouissante : un cerf dix-cors, terre cuite de dernière qualité, passé au brou de noix. Je l'ai enfoui dans ma poche. J'ai couru d'une traite à la maison offrir l'œuvre d'art à ma mère. Pendant la course, le cerf, qui avait gardé tout de même sa ramure, s'était cassé une patte. Il tenait encore debout, dans une attitude penchée. N'importe, c'était le premier vrai cadeau que je lui faisais, ma mère m'a embrassé. Le cerf mutilé a eu les honneurs d'une place au salon, dans une vitrine, entre un vase de Sèvres et une porcelaine anglaise.

Juillet, fin de l'année scolaire, je ne reverrai plus Mme Fillette non seulement parce que je change de classe, mais parce qu'elle regagne son Nord, perspective dont la voici radieuse. Jamais ses yeux ne m'ont paru aussi jolis. Elle part et je n'ai pas accompli un seul exploit pour elle ? En tapinois je me glisserai dans le salon. Je m'empare d'un cerf mystiquement redevenu le mien, je l'enveloppe dans une feuille de journal. Tandis que Mme Fillette remet son chapeau et ses gants et se dispose à rejoindre sa demoiselle Fillette, debout dans l'entrée de la classe, rayonnante elle aussi parce qu'elle retourne dans le Nord, je plaque le petit paquet sur le pupitre magistral.

– C'est pour vous ! C'est un cadeau !

Lorsqu'elle déplie la feuille de journal, une honte m'étrangle. En une seconde, mes conceptions esthétiques ont viré de bord. Je ne vois plus qu'une hideuse camelote dans mon dix-cors à la patte cassée. Mme Fillette connaît la petite musique des cœurs d'enfant. Elle s'exclame. Elle est encore plus jolie, plus radieuse. Elle m'embrasse. Deux fois. Je jette un regard à sa fille, qui me regarde aussi, et je m'enfuis dans la cour.

*

Pendant cette année de septième dont le souvenir sentimental me réchauffe, l'armistice avait été signé.

Une circulaire passa dans les classes pour notifier la fière nouvelle aux élèves, avec une récréation exceptionnelle de durée illimitée. La classe de septième donnait sur la cour la plus éloignée. Bien avant que le porteur de circulaire – il avait perdu à la guerre un bras et un œil – l'eût atteinte, le tapage des autres classes, des autres cours, qui allait en grossissant, folle rumeur de grotte aux milliers d'échos, nous avait alertés.

Une atmosphère de sujet de dictée, de *Contes du lundi.* Je ne sais plus quel commentaire, bien senti, Mme Fillette nous aura servi en nous appelant « ses enfants », nous qui étions déjà les enfants de la patrie. Je la revois très bien en revanche, dans la cour de récréation, debout entre une flaque et le marronnier du centre, qui s'entretient avec M. Lestic. Deux petites silhouettes. Breton prudent, M. Lestic, tête nue, manteau noir, porte un parapluie derrière le dos. Mme Fillette a remis son chapeau à voilette. Que se disent-ils ? Je crois deviner au moins qu'ils ressentent l'inadéquation du décor à la taille de l'événement. Ils seraient incapables, comme leurs petits élèves, de gommer d'un coup les quatre années sauvages.

Laissés à eux-mêmes, les enfants, près d'une centaine, se sont divisés en groupes de sept ou huit, les copains avec les copains, qui avancent au pas cadencé dans tous les sens, bras dessus bras dessous, en braillant. *La Marseillaise* a fait long feu. *La Madelon* marche mieux, beaucoup mieux. Et puis, je le regrette aujourd'hui, nous nous déchirons la gorge avec délectation sur la moquerie archi-usée où les foules imaginent que se dépose le secret de la sagesse alors qu'elle ne traduit qu'une autosatisfaction lâche.

Ah ! il a fallu, il a fallu qu'il aille
Ah ! il a fallu, il a fallu y aller.
Mais il a fallu, il a fallu qu'il aille
Mais il a fallu, il a fallu y aller…

Pour nous, qui est ce « il » ayant commis un faux pas ? Le *Kaiser* ? Le *Kronprinz* ? Le Boche en général ? L'erreur que ce « il » a commise, de déclencher une guerre, nous lui retirons sa valeur criminelle pour en faire une farce bête. Une plaisanterie manquée. Dans un immense jeu de barres, celui qui se croyait le plus fort a été vaincu.

Mme Fillette et M. Lestic auraient-ils dû nous interrompre et nous sermonner ? Ce matin-là, en ce lieu-là, nous ne pouvions pas entendre les notes déchirantes, quelque part sur le front des armées et la lisière d'une France envahie, du « clairon de l'armistice ». Avec la sonnerie aux morts qui l'accompagnait et qui bloquait net les illusions prétentieuses.

… Dans le même temps, d'ailleurs, un Adolf Hitler nous aura justifiés. Il n'était pas un gosse, lui. Cela ne l'aura pas empêché de voir dans la guerre folle qui avait commencé en 14 une partie perdue par son pays en suite d'une erreur d'arbitrage. Et, quand il y a erreur d'arbitrage, on recommence. L'on recommencerait donc. Et cette fois les troupes allemandes n'envahiraient plus seulement le pays de Mme Fillette, elles occuperaient Brest. Quand il faudrait les en déloger, toute la ville passerait à la casserole. Gravats et cendres. Adieu petite cour de récréation pour Alphonse Daudet, pour les dictées en classe de septième, où M. Lestic et Mme Fillette, tout humbles devant l'événement, laissaient se défouler leurs élèves irréfléchis.

4

Le petit gars qui braillait à la victoire le 11 novembre 1918, qui aurait neuf ans le 29 janvier 1919, se mettait donc à grandir comme une perche. Aux vacances de l'été 19, il souffrirait de palpitations en se baignant et il refuserait d'apprendre à nager. Ce qui l'irriterait, le culpabiliserait, sans détruire un bonheur essentiel. Quand on l'interrogerait sur son « plus tard », il répondrait « militaire ». Quelles études ? Latin-grec… Dès le quatrième trimestre 19, il attaquerait la première déclinaison latine. Celle qui émerveillait Péguy. *Rosa*, la rose.

Militaire… Si je disais que le souvenir paternel, entretenu par mère et grand-mère paternelle, a plus compté dans ce désir qu'une ville ou une époque, je déplacerais simplement le problème. Mon père avait été poussé vers l'armée par son Brest natal. Par le climat de patriotisme où sa génération s'élevait.

Qu'on raille, débine, insulte, le Brest de mon enfance, un Brest disparu, pudiquement appelé « l'ancien » ! Il aura semblé barbare, vieux jeu, revêche, invivable à beaucoup, on ne niera pas, esthétiquement parlant, que sa gueule n'ait eu sa personnalité sauvage. Ville sérieuse, têtue et rêveuse, drue et râblée, concentrée sous pluie et brumes, soleil ou bourrasques, devant sa rade, sa flotte, sa Penfeld, son arsenal. Les fortifications à la Vauban n'avaient pas conservé leurs batteries ni la plupart de leurs ponts-levis, mais leur architecture d'ensemble était demeurée intacte avec leur énorme système de glacis et de douves. Un dédale pour artilleurs, amoureux, rêveurs, petits enfants. Les Brestois déboussolés qui ont exigé au lendemain de la Seconde Guerre mondiale qu'on les supprime, les ont regrettées par la suite. Les siècles avaient dégagé leur valeur monumentale. Appareil guerrier en moins, elles avaient tourné en œuvres d'art, en jardins baroques.

Exactement la ville qui convenait, en 1916, pour recevoir les troupes américaines. Son château et son enceinte n'avaient pas changé depuis l'époque où une grande escadre appareillait de sa rade, sous Louis XVI, pour fournir aux insurgents d'Amérique un secours décisif.

Notre maison, dans cette ville d'accueil, posséderait avec toutes celles de la place du Château un emplacement privilégié. On ne pouvait pas habiter de manière plus ostensible dans l'intra-muros. En 1944, face à une citadelle quartier général d'une garnison SS refusant de capituler, c'est vrai que cette maison se trouvait aux premières loges pour flamber, exploser, dégringoler. Mais ne s'était-elle pas trouvée non plus en 1916 aux premières loges pour voir se déployer sur une large esplanade les manifestations les plus imagées de l'alliance américaine ? En avant des longues baraques oriflammées YMCA qui s'installeraient à la vitesse des maisons de korrigans, des détachements d'élite feraient l'exercice, des équipes de base-ball et de basket-ball se succéderaient. Prestige des prestiges, exactement devant chez nous, sur la droite de la place, directement sous les yeux et les oreilles du groupe familial qui s'agglutinerait au balcon, de Thérèse aux grands-mères et Anne-Marie, une musique militaire américaine s'installerait en chaque fin d'après-midi arrivant du port de commerce avec ses instruments blancs. En sus d'un programme changeant elle exécuterait *La Marseillaise* et le *Star-Spangled Banner*, puis repartirait à pied, derrière un tambour-major de deux mètres de haut, en jouant *A Jolly Good Fellow*.

Les deux hymnes nationaux avaient beau m'être archiconnus, ils me bouleversaient à chaque fois. Je les écoutais tête nue et en faisant le salut militaire. Je fredonnais leurs paroles. Je ne comprenais rien au texte américain, la belle affaire ! C'était une langue alliée, venue nous aider en France comme ces gaillards et ces *Misses*, ces cuirassés aux mâts métalliques trapus et ajourés. J'avais perdu l'homme que j'aurais aimé à distraire dans son labeur dangereux par les nouvelles de la ville qui recevait la gentillesse et les ressources du peuple américain, mais n'étais-je pas là, justement, pour le remplacer ? Pour témoigner à des alliés notre gratitude tout en attendant l'époque où je serais militaire à mon tour.

L'*American Way of Life*, qui suivait fidèlement les troupes, n'avait pas encore mis au point le Schweppes ni le Coca-Cola, mais le chewing-gum et toute une série de danses, one-step, fox-trot, tango, shimmy séduisaient l'enfance et la jeunesse brestoises. À neuf ans je ferais gigoter mes sœurs et leurs amies en tapant sur le piano *Good Bye Pa Good-bye Ma* ou *Hail ! Hail ! The Gang's All There !*

… La guerre entraînait au 33, place du Château, propriété de mes parents, une valse des appartements meublés. Des groupes d'Américains en occuperaient deux. À notre quatrième étage, la famille se tassait, libérant des pièces. Même la grand-mère paternelle a quitté sa chambre et sa solitude. Dans ce qui aurait dû être un bureau, et ne le fut jamais, elle accepta la compagnie de deux enfants. Ma sœur Marie, qui sert d'interprète, couche au salon. Je partage mon lit avec Jean… Cette cohabitation franco-américaine, ce grouillement humain, ont fonctionné sans à-coups.

Il y eut pourtant un scandale… dans l'ombre : un officier américain qui habitait la chambre de l'aïeule paternelle et qui avait promis à ma mère, selon un rite sacro-saint, de ne pas recevoir de femme, reçut la visite de la mort. Il s'est tué un après-midi d'un coup de revolver. J'appris le suicide (non ses causes, toujours demeurées secrètes) quinze années plus tard. Les adultes, en 1917, respectaient les enfants, et les équipes médicales et policières américaines opéraient aussi vite que les constructeurs de baraques. À mon retour du lycée, j'ai trouvé que le couloir sentait tout drôle (j'ignorais l'odeur d'éther). J'ai remarqué deux ou trois silhouettes d'officiers de marine américains, préoccupés, silencieux. J'ai pris mon goûter habituel dans la cuisine. Quand j'irai dormir avec mon frère dans la chambre du fond, je ne me douterai pas une seconde que dans la pièce d'en face – il me semblait que des tampons d'ouate avaient été glissés sous la porte – le locataire avait disparu. Trois jours plus tard, un pasteur militaire qui portait le nom, amusant pour nous, de Verity, remplacera le suicidé : cow-boy bedonnant, à grandes bottes odoriférantes, il sortait de ses poches des feuilles de cantiques et des bonbons inconnus délicieux.

Ma mère avait obtenu sans peine de ses locataires étrangers un règlement moitié en espèces, moitié en denrées alimentaires – touchées à leur coopérative. Je n'avais pas soupçonné jusque-là qu'on mît en conserve autre chose que des sardines ou du pâté ! Je me rappelle certaines grosses boîtes de fer sombre, tout cabossé, qui contenaient... du beurre. Nous nous régalions de pêches et d'abricots au sirop, de fraises de Californie. Le placard de la chambre où je dormais, vidé de ses vêtements, s'était changé en une caverne d'Ali Baba. Dès qu'on ouvrait sa porte, des bouffées de parfums vous assaillaient : cannelle et vanille, poivre, lard.

Curieuse abondance de richesses de la paix – avec cela nous étions en pleine guerre sur terre et mer et, le 14 juillet, le contingent de troupes françaises à défiler sur le cours d'Ajot n'était pas moins important, marins et soldats, que l'américain. J'allais souvent à l'hôpital maritime, avec mère, frère et sœurs, visiter les blessés, les malades. À la maison, nous faisions de la charpie, des « colis du soldat ». « Ne gaspillez pas le pain », criaient les murs, conjointement avec : « Taisez-vous, méfiez-vous, les oreilles ennemies vous écoutent. » Nous apprenions par la bande qu'un bateau avait été torpillé à la sortie du goulet de Brest, qu'un second avait sauté sur une mine. Mon cousin Jean, quatorze ans et gaillard, rongeait son frein de ne pouvoir se battre. Il venait me chercher pour que je me cache avec lui dans des jardins nocturnes, histoire de crier « Embusqué ! » au passage de tel « salaud ».

Nous ne mourions pas de faim, ma mère tenait parole, et nous allions en vacances à Morgat. Mais nous touchions des étrennes dérisoires le matin de Noël dans nos vilaines galoches. Dans le climat de fête de l'enfance qui marquait un jour comme celui-là, j'en souffrais malgré moi. Une année, j'ai eu droit à un objet minuscule dont l'étiquette n'avait pas été retirée : 0,95 F. Comme si ma mère avait voulu me rappeler la profession paternelle, il s'agissait d'un caisson d'artillerie. Sans canon, sans soldats amis ni ennemis, que faire avec une pièce pareille ? Une autre fois, Jean et moi nous nous sommes partagé un grand sac de billes. La marraine de mon frère, aisée et fidèle, commandait pour lui au Bon Marché de Paris de beaux jouets coûteux, mais ma mère défaisait à peine leur emballage. Elle renvoyait le cadeau, échangé, sur vue du catalogue, contre de l'utile. Un impressionnant château fort moyenâgeux venu dans une caisse qu'il fallut déclouer reprit ainsi le chemin d'un Paris qui dépêcha un mois plus tard un lot de deux douzaines de serviettes-éponges.

Aussi bien, par la faute d'une vieille dame instable ou rouée avons-nous connu, mon frère et moi, dans le domaine des jouets, notre royaume illusoire : l'armée des soldats de René Saliou. Fils unique, ce René, archigâté par mère, grand-mère maternelle, s'était dégoûté de ses soldats de plomb. La légende lui en attribuait un millier. Ils dormaient dans des cartons au lieu de servir. Nous avions vu un jour, à la dérobée, la couleur de quelques-uns, mais « Chut, on ne vous en montre pas plus, déclara la grand-mère. Vous les verrez tous bientôt, quand nous vous les donnerons, et nous vous les donnerons tous : René ne fait rien avec eux... » René, grand seigneur, approuvait. Il avait quatre ans de plus que moi, ne méprisait pas ma compagnie, déjà il savait par cœur de longs passages de *Vingt Mille Lieues sous les mers* et d'une traduction de *L'Iliade.* Jean et moi, nous étions abasourdis. Notre mère, à qui nous avons rapporté les choses, nous a conseillé le calme, mais son scepticisme a diminué lorsque, rencontrant la grand-mère Saliou, elle entendit, sans l'avoir provoquée, une déclaration formelle : « Oui, chère madame, les soldats de René iront à Henri et Jean, petits garçons bien gentils qui ont eu le malheur de perdre leur père alors que René a eu la chance de garder le sien » (fait prisonnier en 14 par les Allemands, délivré par l'armistice).

Cinq, dix fois, pendant nos vacances à Morgat, la vieille dame revint sur le sujet, chaleureusement appuyée par fille et petit-fils. « En octobre, en novembre, qu'Henri et Jean viennent donc déjeuner à la maison en toute simplicité, la rue de Paris n'est pas si loin de la place du Château, ils repartiront avec les soldats. »

Je songeais à part moi que Dieu pétrissait les gens avec la même facilité que nous des enfants la glaise du Portzic. L'été précédent, je ne m'étais pas spécialement bien comporté envers une personne dont la bienveillance bêtasse me portait sur les nerfs. Un matin, ma mère m'avait appelé, alors que je jouais dans le jardin, pour un bonjour à la grand-mère Saliou, debout sur la route, par-dessus le muret. Diversion, peut-être, pour en finir avec un entretien pesant. En tout cas, l'aïeule avait foncé dans les propos sucrés. « Oh ! le petit Riri ! comme il est mignon, quel beau garçon, le petit Riri, mais non il faut dire le grand Riri, c'est merveilleux comme il pousse comme il a des yeux bleus comme il ressemble à sa mère, c'est moi qui serais contente », etc. Devant ces balivernes, le gamin qui jette des cailloux dans la mer parce que ça fait plouff se révolte en moi. À toute vitesse, j'arrache une touffe d'herbe et la lance à la figure de l'idiote. Il fallut que je fasse des excuses. Ma mère me parlait sur un ton très sévère. Elle disait que je lui faisais honte. Je sentais qu'elle se forçait. L'incident n'alla pas plus loin. Elle détestait les salamalecs. Elle devait rire sous cape, tout en pensant que je tenais d'elle autant que de mon père.

J'avais tout de même lancé de l'herbe et voilà que Mme Saliou mère nous offrait, à Jean et à moi, une foule de soldats. De quoi reproduire toutes les grandes batailles.

Les manœuvres militaires me passionnaient. Si René Saliou pouvait dire la composition de la flotte grecque devant Ilion, tribu par tribu, avec le nombre exact des bateaux et de leurs rameurs, je connaissais par cœur tous les détails de la victoire d'Austerlitz.

Une année se déroule encore. Brest, ce n'était plus Morgat. Répétées ou non, les invitations étaient tout de même restées dans le vague quant à la date. L'honneur familial commandait que nous ne les prenions pas au mot. Un été revint. Un nouveau temps de Morgat. L'ami René, qui n'avait ni frère ni sœur, erre de nouveau du côté de Lesquiffinec et sa grand-mère et sa mère recommencent à nous agiter sous le nez les trop fameux soldats. Nous n'étions pas des garçons simples ! Qu'est-ce qui nous occupait tellement à Brest ? Chaque dimanche, nous avions été attendus rue de Paris ! « Quand vous déciderez-vous donc ? Des garçons, tellement gentils sous les autres rapports, manquer à ce point de confiance ! » Et patati patata.

La morosité n'était pas mon fort ni celui de Jean. Tous deux nous savions nous amuser avec des riens. Ces soldats qu'on semblait sans cesse nous promettre finissaient quand même par nous turlupiner. J'avais ma religion de l'honneur, mais celle-ci n'enseignait pas la bêtise. N'était-ce pas bêtise que de faire la fine bouche devant une proposition qui ne pouvait plus ne pas être sincère ? Pauvres soldats qui vous morfondez dans les cartons au lieu de défiler, drapeau en tête, sur les planchers et sur les tables, il faut que des garçons qui savent y faire avec une armée pensent à vous.

Ce nouvel été de Morgat s'achève sur des invitations plus pressantes encore. Une promesse nous est arrachée, à mon frère et à moi, que nous viendrons sans tarder déjeuner un dimanche. Un dimanche d'octobre. Un dimanche de bel automne. On ne pouvait pas mieux dire ! Naturellement, nous emporterions les soldats de René. Alors c'est entendu ?

Ma mère n'avait pas abdiqué tout scepticisme. Un dimanche d'octobre ou d'automne, formule vague ! Jean et moi nous avons fait son siège, elle a cédé enfin. Museaux bien lavés, soupçon d'eau de Cologne sur les têtes tondues, deux garçonnets pour image d'Épinal, main dans la main, sont partis ensemble, un dimanche matin, après la messe des Carmes, pour chez les Saliou.

… – Tiens ! Riri et Jeannot ! Comment se fait-il que vous soyez là ? Entrez donc au moins, ne restez pas à la porte.

La grand-mère cillait, cillait, cillait. La mère accourait. Elle cillait, cillait aussi. J'ai flairé l'entourloupette, d'autant plus que René, manque de chance, n'était pas là pour servir de liaison avec les deux dames. Qu'avais-je à perdre ? Un deux trois j'ai envoyé ma phrase :

– Nous sommes venus, Jean et moi, chercher les soldats de René.

– Oui bien sûr mais…

La vieille dame regardait la jeune. Elle avait usé d'un « mais » alarmant ! La suite apaisa nos craintes.

– … mais ce n'est pas tout cela. Défaites-vous. Vous allez rester déjeuner. Ce sera très simple et vous pourrez partir de bonne heure.

Elle n'avait pas prononcé « partir avec les soldats ». Et alors ? Depuis deux années, n'était-il pas entendu que nous partirions avec eux !... J'interrogeais les odeurs de l'appartement. Rien de remarquable, sinon un léger parfum de rôti. L'atmosphère bretonne classique, la cire et le bois, le chat et la poussière. Cela ne sentait pas les soldats de plomb en train de se réveiller dans la nuit d'un meuble :

– On vient nous chercher !... Peut-être les cartons avaient-ils été rangés à la cave ?

– ... vous allez déjà boire un verre de limonade. »

Offre-t-on de la limonade à des enfants que l'on va éconduire ? Je considérais Jean avec un attendrissement qui me rassurait. Quel adulte aurait le cœur assez desséché pour rouler un enfant qui a la bonne bouille de celui-ci ? Qui rit en fermotant les yeux ?

La conversation traîne pendant un déjeuner dont j'apprécierais beaucoup l'abondance et la qualité sans le soupçon qui m'a réenvahi. Jean ne se doute de rien. Il joue avec les porte-couteaux, admire une salière à tête de chouette, rit aux anges. Le dessert, c'est du riz au lait, son plat préféré ! Il se laisse resservir par la grand-mère. Ai-je eu tort, dans le jardin de Morgat, de lancer de l'herbe à ce visage trop lourd, trop secret ?

Le temps passe. Ne devrais-je pas me ressaisir ? Interrompre une conversation sur les fiançailles de Marie, en reparlant des soldats ?

Au moment où je vais me lancer, l'aïeule, pateline, se penche vers sa fille.

– Ces enfants, vraiment, sont la gentillesse même. Il serait dommage que nous les accaparions. Ils ont besoin de remuer comme tous les garçons. Leur mère doit aussi les attendre.

Ce n'est pas de l'herbe, c'est un caillou pointu que j'aurais dû jeter à cette femme ! Je suis interloqué. Je m'en veux de ma pensée. Moi le petit-fils d'une grand-mère maternelle qui enseigne et pratique la bonté ! J'éprouve la même douloureuse impuissance que dans une lecture, lorsque le malheur s'acharne sur un personnage dont on est devenu l'ami…

Je m'impose une contenance. Les deux frères remettent leurs manteaux. Jean est de plus en plus hilare. Comment de « grandes personnes » osent-elles tromper une telle gentillesse ?

… Notre mère sourit et nous embrasse. Elle nous remet de l'argent pour que nous allions acheter un gâteau. Je me doute qu'elle juge sévèrement les Saliou à part elle-même. J'approuve sa discrétion. Je regrette les soldats de René, toute cette armée qui se rouille et se décourage, mais tandis que Jean et moi dévalons les marches de l'escalier de bois en faisant tinter avec une baguette les barres de fer de la balustrade, je me dis qu'avec un frère comme le mien je possède le meilleur compagnon de jeu du monde.

*

J'étais là quand Jean est né et qu'il a été baptisé – je ne me rappelle rien. Les images qui me trottent dans la tête, je les dois à des albums de photographies.

Je ne le revois pas à Morgat le soir où les enfants apprennent la mort de leur père. Il était là cependant. Il avait joué à la plage.

Il entre dans ma mémoire claire une des années suivantes, à Morgat, lorsqu'il tombe gravement malade, avec forte fièvre et délire, et qu'on nous fait prier pour lui et que je surprends le médecin confier son inquiétude à ma mère. Il devait avoir six ans.

Et si le retard du souvenir s'expliquait par un compagnonnage intensif ? À l'école, au lycée, nous n'avons jamais été dans les mêmes classes[5], mais combien ensuite avions-nous besoin l'un de l'autre ? Je n'ai jamais ri franchement à l'histoire de Mark Twain, si plaisante fût-elle : « Ma mère à ma naissance a eu des jumeaux. L'on n'a jamais su lequel de nous deux était mort. » Cette violence d'un sentiment de fraternité que j'ai connue par expérience, sur le tas pour ainsi dire, ne me paraît pas si délirante.

Je remercie ma sœur Germaine d'avoir déclaré à des tiers qu'elle n'avait jamais vu ses frères se disputer.

Si quand même. Nous nous sommes disputés, bien sûr, nous n'étions pas des anges de lumière ; mais la réconciliation venait vite.

J'admire la solidarité avec laquelle nous avons vécu, dans leur ingénue luxuriance, toutes les joies et les richesses, profondes et simples, de nos Brest et Morgat.

---

5. Nous avions suivi ensemble des cours de catéchisme. Jean devait me couvrir de honte un jour, lorsque interrogé à brûle-pourpoint sur « nos premiers parents » il reprit triomphalement la réponse que l'aumônier susurrait : « Napoléon et sa femme ! »

Combien nous avons savouré sans le dire l'orientation face à l'ouest du 33, place du Château. La familiarité de nos fenêtres, persiennes et toit avec les pluies et les vents. Les ululements dans les fentes. Les tambourinades échevelées contre les plaques de zinc. Le remue-ménage du vitrage de l'escalier. Nos jeux toujours ensemble dans les coins et recoins de l'appartement, à quatre pattes sur le plancher, nous ont procuré une science des lieux n'appartenant qu'à nous. Les trous creusés par des souris dans des encoignures et où parfois disparaissait malencontreusement une bille après une troublante hésitation, qui les connaissait en dehors de nous, qui s'y intéressait ? Souris que nous entendions couiner la nuit dans leurs errances, grignoter parfois, trotter sur leurs petites pattes plus agiles que les cavaliers de plomb, nous ne leur souhaitions guère de mal. Elles aussi elles admiraient les caches, les énigmes d'une armoire, d'un plancher ! Elles aimaient le 33, place du Château, n'était-ce pas souvent comme pour nous leur maison natale, elles ramassaient des miettes et des raclures avec la même innocence que nous à Morgat les mûres et les aiguilles de pin. Jean a illustré au mieux notre amitié obscure avec elles un matin qu'il apporta sous les yeux de ma mère un piège, mis par elle, où une souris, encore vivante, s'était prise par la queue. Il l'invita en quelques paroles douces à l'admiration, à la tendresse, pour le petit bout de chair animale qui formait un être. Ces oreilles, ce nez, ces yeux, cette attention furtive. Tant et si bien que ma mère, amusée ou convaincue, a libéré la bête.

Une grande complicité dans l'ingénuité a joué à Brest, 33, place du Château, entre les enfants et les adultes. La présence de mon père manquait aussi à chacune des trois femmes qui semblaient régner au-dessus de nous et s'appuyaient sur nous en nous dirigeant.

Un jeu dont mon frère et moi nous avions inventé les règles, fixées par moi dans un latin de cuisine, faisait l'admiration de ma mère par le sérieux avec lequel nous nous y adonnions sans déranger personne par des courses et des cris. Le football l'avait inspiré – il prétendait même à en être un, par perles interposées, que nous projetions par un jeu du pouce et de l'index vers un ballon minuscule en papier d'étain. Deux équipes de onze, chacune sa couleur. Des dominos faisaient la cage des buts. La toile cirée de la salle à manger, un terrain idéal (sur le plancher, nous disposions de stades secondaires). Après la tombée de la nuit, certains après-midi pluvieux, quel passe-temps de rêve ! Les équipes se rangeaient dans des boîtes d'allumettes vides. Pour la plupart, leurs joueurs provenaient des rideaux de brise-bise admis à la retraite par ma mère. Le cimetière municipal fournissait les perles noires. Nous profitions des visites fréquentes que nous y faisions avec la grand-mère maternelle pour fouiller dans la décharge à fleurs et couronnes. Ce grappillage ne nous choquait pas plus que de ramasser des glands ou des galets. Il nous était indispensable. Comment, sinon, eussions-nous représenté l'USO, l'Union sportive ouvrière, l'équipe brestoise qui jouait en maillot rouge et noir et que nous refusions d'oublier même si elle se débrouillait moins bien dans les championnats que l'Armoricaine et l'Association sportive brestoise, perles blanches et perles bleues.

Merveilles de l'imaginaire. Dans des matériaux infimes et passe-partout nous lisions la complexité d'un corps humain, d'une âme humaine. Aucun prodige ne nous arrêtait. Nous décrétions certaines perles des joueurs remarquables. Elles étaient nos Chayriguès, Gamblin, Dewaquez, Jules Dominique, Robert Coat, tous joueurs réels de Brest ou de Paris. En cette seconde, je me rappelle une perle jaune, un tout petit peu plus grosse que le format courant – elle m'enthousiasmait par son adresse. Unique de sa couleur et de sa taille, nous la sélectionnions d'office une fois par mois pour nos rencontres « internationales ». Combien de buts aurai-je marqués avec elle, en tirant de loin, au poste d'extrême droite ou gauche !

Je ne prêche pas pour ou contre une école de jeux d'enfants, je raconte ce qui fut. Jean et moi, nous n'avons pas eu besoin de riches jeux éducatifs pour nous distraire. Pour entraîner nos rêves, sinon nos intelligences. Étaient-elles en vérité si mal émoustillées par nos perles de gosses ? Jean deviendrait un excellent mathématicien. Sans doute un après-midi avons-nous pioché dans le salon l'article « Échecs » de la *Grande Encyclopédie* et y avons-nous découvert des enchantements d'un caractère plus grave – jamais pour autant nous n'avons abandonné nos perles footballeuses. Au Portzic, Jean avait acquis une grande adresse pour atteindre avec un galet un autre galet, déjà lancé en l'air, et dont la chute s'amorçait. Facéties d'un fils d'artilleur, bonnes tout juste à exercer la vue ?

Je n'exclus pas que le sens mathématique n'ait trouvé là sa nourriture. Deux pierres qui se choquent au lieu de s'éviter, des calculs d'angles et de courbes extrêmement subtils ne peuvent-ils jaillir de cette rencontre, avec une réflexion sur les probabilités ? Un couinement de souris, une affreuse poupée ont le droit de déclencher le sens de la maternité, le sens du lyrisme. Nos « du côté de Brest » et « du côté du Portzic » furent pour Jean et moi des « du côté de la pomme de Newton ».

*

Le monde y mit du sien. Je raconte là, sans affabuler, de l'à peine croyable. Des bonheurs fabuleux dont les petits garçons de 88 seraient mieux inspirés en cherchant des exemples dans *Le Petit Prince*, *La Petite Sirène*, ou dans des passages de la Bible comme les cailles et la manne de l'Exode, plutôt que dans les bandes dessinées ou à la télévision.

Le concours mystérieux et constant apporté à deux enfants par la création ne s'est accompagné d'aucun « Aaaah ! » Le beau titre de Vercors, *Le Silence de la mer*, est seul à définir sa discrétion.

J'ai tu jusqu'ici un des motifs qui à partir d'une matinée indécise nous ont poussés à fouiller, triturer avec zèle, les laisses de marée. Il rejoignait un des plus vieux instincts des hommes et des femmes de la mer et des îles : la recherche des épaves. Notre quête à nous s'était subitement mise en branle pour une épave à l'échelle de nos mains et de nos yeux de petits mâles. Une épave pour petits garçons. Un jeu. Un symbole. Un matin nous avions à l'improviste découvert un petit bateau de liège collé dans les goémons. Après un temps de strict émerveillement, l'idée nous vint, normale, que nous pourrions en découvrir d'autres ; cependant nous hésitions à y croire… Défiance indigne : jour après jour, nous avons trouvé un petit bateau de liège, et quelquefois nous en trouvions deux, trois, une fois même quatre. Aucune bredouille. Visiblement, les petits bateaux de liège appartenaient à la surabondance du monde marin au même titre que les bigorneaux, les bernicles, les varechs ou les galets. Tous minuscules, tous réussis avec le bon pointu de l'avant, le bon petit rond de l'arrière. Un arrière fendu pour le gouvernail que le monde nous laissait à fournir et qui serait un débris d'ardoise. Des taches, des éraflures, des bosses authentifiaient l'unité navale construite par des artisans. Celle qui a servi, lutté dans les vagues. Des vrais bateaux. Preuve : ils flottaient admirablement. Nous exultions. Pour les trous d'eau dissimulés dans l'éboulis de rocs des Pierres-Blanches, comme certain *Trou des Gobis*, ou étalés dans un large d'océan à l'ouvert des Petites-Grottes, il n'existait pas d'escadres convenant mieux à nos manœuvres de navigation côtière ou transatlantique.

La politique familiale d'économie interdisait les bateaux peinturlurés, couverts de voiles, qui provoquaient les regards enfantins dans les vitrines des marchands de jouets (celui de Brest s'appelait Noël, un comble !). Mais quel besoin aurions-nous eu de rêver à eux ? Sans mot dire, dans l'accord parfait de coups d'œil complices, nous les avons traités en dérision. Nous plaignions secrètement leurs propriétaires et ne nous abaissions même pas à les nommer « jouets pour gosses de riche ». Avant tout, ce n'étaient pas des vrais, non, ce n'étaient pas des affronteurs de la mer. Ils sentaient la peinture et le vernis, non le goudron et la sardine. En flairant nos morceaux de liège comme de petits chiens, nous y dénichions sans peine des odeurs de rogue, de marée.

Sur la manne qui abreuva les juifs au milieu du désert, et sans retirer à l'événement son charisme, la science a proposé des explications. Les petits bateaux de liège présents dans la laisse de marée du Portzic avaient pour nous un aspect miraculeux, qu'ils ont toujours gardé, mais nous nous doutions bien – inutile de dialoguer là-dessus – que, si la main de Dieu les guidait vers nous comme entièrement nôtres à l'instant même de la trouvaille, ils n'étaient pas de fabrication angélique. Des hommes de la mer les avaient faits bateaux. Des costauds, des barbus, qui en connaissaient long sur les mouvements des poissons et des vagues. Des pères et des grands-pères qui n'avaient pas autrement pensé à nous, mais qui savaient très bien comme des garçons frémissent quand ils tiennent à la main une esquisse, une idée matérielle, de bateau.

Tout en ayant raison de ne pas chercher plus loin, d'admirer une conjonction de la bonté de Dieu avec l'adresse et la bonté humaines, je me persuade que nous étions là sur une bonne piste. Le Portzic ne formait une plage autonome qu'entre la mi-jusant et la mi-flot. Sinon, la pointe des Petites-Grottes qui le fermait sur la droite asséchait, le Portzic devenant l'extrémité orientale d'un long ourlet de plage qui allait de la pointe de l'Aiguille – sur la gauche du Portzic – jusqu'au port et à la jetée de Morgat, voire un peu au-delà. Je me persuade que les petits bateaux sans nombre, dénués de tout signe personnel, que nous ramassions au Portzic parmi une moisson de débris très diverse, avaient été taillés au couteau Pradel[6] par les pêcheurs de Morgat. Ils les destinaient à la ribambelle de leurs fils, petits-fils et fils d'amis. Pas spécialement soigneux (et nous ?), ces galopins-là savaient que, des petits bateaux, ils en auraient toujours à tire-larigot : il leur suffirait de demander. Trente coups de canif, une demi-minute, le papa ou le tonton taillerait le bateau et voilà, petit ! Alors ils veillaient très mal sur leur flotte. Ils confiaient effrontément leurs unités, toilées de papier journal, à la grande mer. Comme elles ne faisaient pas de marche arrière, elles filaient au large par tout vent d'ouest si on ne les rattrapait pas…

… et du large, après le malmenage marin de rigueur, les courants les refoulaient vers les côtes de l'est, à commencer par le Portzic. À une lieue de Lesquiffinec dans l'est, la grande plage de l'Aber, que la famille visitait deux ou trois fois l'été pour les chardons bleus de ses dunes, les lançons bleus de sa rivière, avait aussi, dans une laisse de marée moins goémoneuse, ses petits bateaux de liège.

—

6. Publicité non payante.

Qu'on ne s'étonne pas si Jean l'excellent mathématicien choisirait, après ses bachots, de préparer l'École navale. Si Henri aimerait à traiter dans ses livres des histoires de mer. Pupilles de la nation, nous avions été faits pupilles des pêcheurs de Morgat par la grâce de la mer. Elle était venue, des années, attendre nos rêves sur une plage comme une vedette vient chercher l'amiral pour le conduire à bord. Ne nous laissant que la charge de découvrir le ponton d'embarquement dans le charroi des goémons. La multiplicité des quais d'un port n'est pas plus simple.

5

Je viens de commencer le latin et je n'ai pas dix ans, qu'un mariage secoue la famille. J'y vois une festivité. Une occasion de rencontres drues avec une autre famille nombreuse, où les oncles s'appellent des cousins, le père joue de la flûte, la mère fabrique dans sa cuisine des sucres d'orge. Plus le tutoiement jovial avec un gaillard devenu beau-frère (drôle de mot), qui sort de quatre années de guerre dans les zouaves. Il ne tarit pas en histoires héroïques.

Un tralala. J'ai oublié mon béguin pour Mlle Fillette. Les froufroutements de la robe verte de ma cavalière m'impressionnent. Ce qui ne m'empêche pas de blaguer. Dans le taxi à l'intérieur molletonné – mon premier taxi – qui me conduit aux Carmes (le transporteur a prévu un cortège, moitié de taxis, moitié de fiacres), j'interpelle un beau jeune monsieur.

– À qui ai-je l'honneur ?

Mon toupet sidère l'adulte... L'après-midi, je danse comme un dératé. J'éblouis ma cavalière par ma connaissance des airs américains.

... Dans les jours suivants, plus d'une fois, je surprends des soupirs maternels : « Pourvu que Marie soit heureuse ! » Je bondis. Je rassure, de mon mieux. Marie a épousé un brave. Qui est allé chercher et rapporter sur son dos un camarade « tombé entre les lignes ».

J'ignore qu'un professeur du lycée, locataire de notre 33, et qui prêtait des livres à ma sœur, lui a fait des reproches. Elle se mariait beaucoup trop tôt ! Pourquoi ne pas commencer un nouveau cycle d'études ? Elle aimait tant la littérature ! Les jeunes filles doivent forcer l'entrée des universités !...

J'ignore qu'à la sacristie des Carmes, lors des félicitations rituelles, un lieutenant de vaisseau timide – et pas si timide ! – a chuchoté à Marie, les larmes aux yeux en lui souhaitant bien du bonheur, qu'il eût désiré l'avoir pour femme.

... C'était un mariage de lendemain de guerre. Cinq filles sur les bras dans une époque où les jeunes mâles s'étaient sinistrement raréfiés, ma mère se sentait des responsabilités très lourdes. Elle avait beaucoup lu La Fontaine. Se souvenait d'un héron et d'une demoiselle trop difficiles.

*

L'abattage dont j'ai fait preuve lors d'une cérémonie familiale n'a pas duré. Je viens de franchir un seuil. Au vu de ma taille, le professeur de gymnastique me place en tête quand nous marchons en rang, mais je suis le plus jeune d'une classe de quarante élèves. Il m'arrive de me demander, attitude nouvelle, si ce n'est pas un désavantage. Chez le professeur principal, un fringant qui arrive droit des casernes, j'obtiens des résultats en dents de scie.

Commence une période qui durera trois années scolaires et que je puis qualifier de vaseuse. Une croissance trop rapide m'essouffle. Je prie le bon Dieu, mais je doute de mes forces. Je songe à la vaillance de mon père et cela m'humilie. Si Jean et moi ne sommes plus tondus à la maison et fréquentons un coiffeur obscur de la rue Monge, nous sommes vêtus de vieilles affaires, d'oncles ou d'enfants d'amis, qui nous engoncent. Les comparaisons que j'entends trop souvent de ma scolarité avec celle des cousins ou de camarades me dégoûtent. L'éclat des mots de passe, latin-grec, Saint-Cyr, se ternit.

L'année de quatrième, la dernière et la pire, aura sans doute été la seule de toute mon enfance dont l'idée me laisse un malaise. Trop de nuages y ont couru sur le bleu de mes joies essentielles. Effet de la puberté ? Surtout, très médiocrement, l'indignité du professeur principal. Il n'aimait pas son métier et il ne l'exerçait pas. Je ne dirai de lui que son surnom, légué par les générations précédentes : *Crâne pointu.* Telle Mme Caro, il gardait un chapeau (un feutre) dans la classe, mais lui ce n'était pas pour le chic, c'était pour ne pas attraper froid… Pour éviter les crânalgies, disaient les ricaneurs. Nous guettions les moments, trop rares et trop brefs, où il soulevait son couvre-chef pour se lisser une cime désertique et sacrée. Je pense qu'il nous méprisait. Il nous bombardait de devoirs écrits qui selon les mêmes ricaneurs lui servaient de papier à water, car il ne corrigeait aucune copie. Avec cela, il « collait » pour des riens. L'atmosphère chez lui était à la frousse. La quatrième s'appelait *classe d'orientation* : un assez grand nombre parmi nous y étaient entrés avec le souci d'étudier le grec. La morgue de *Crâne pointu*, son incompétence dans la langue d'Ésope, les ont découragés presque tous. Les « latin-grec » ne sont demeurés que cinq ou six.

Sourdement, j'étais dans une époque de sève. Je cherchais le visage d'un père chez tout adulte mâle exerçant une autorité. *Crâne pointu* à cet égard me faisait très mal. Un père tel que le mien n'eût pas montré ce comportement de ganache ! C'était impossible ! Nous avons eu droit, une semaine, à des numéros d'enthousiasme, les seuls de l'année, où, sous prétexte d'initier nos basses intelligences à *L'Énéide*, il enseigna et prôna la théosophie. Il est le seul professeur que j'aie jamais entendu violer, délibérément, la neutralité religieuse. Nous avions beau être des gamins et, en soulageant nos vessies à la récréation, nous gausser de la grandiloquence professorale, singer *Crâne pointu* théosophant aux gobis et aux chinchards (nous le savions un pêcheur à la ligne fanatique), nous ressentions durement un abus de pouvoir, un manque de respect à l'enfance.

J'ai fait ma première communion solennelle au milieu de cette année vaseuse. Encore que j'aie chahuté pendant la retraite qui précédait, elle fut très fervente. J'en attendais cependant des lumières qui ne vinrent pas. Ma mère et ma grand-mère paternelle avaient quitté Brest deux jours avant pour Bar-le-Duc, afin d'assister à l'exhumation, dans les formes légales, du cercueil de mon père, dont elles allaient pouvoir enfin rapatrier le corps. L'exhumation avait lieu le même jour – et je me figurais en plus à la même heure ! – que ma communion. Il m'avait été instamment recommandé de penser aux deux voyageuses durant la cérémonie.

Il pleuvait. Sans quitter des yeux la chapelle du lycée, je m'efforçais de me représenter un cimetière militaire sous la pluie. À travers le halo des fumées d'encens je voyais des dalles mouillées. Des parapluies noirs. Les silhouettes noires de ma mère et de ma grand-mère. Des soldats trempés qui présentaient les armes, des officiers, des drapeaux fanés, des cercueils qu'on rangeait les uns près des autres, sous des bâches, en attente. Ce qui ne m'empêchait pas, dans le même instant, de regarder et entendre notre aumônier du lycée, cramoisi par l'émotion, qui évoquait la joie de nos familles, de nos pères, de nos mères… De nos pères. De nos papas.

… Durant une petite activité professorale marseillaise, j'ai lu en 1941 des narrations d'élèves qui avaient choisi pour thème leur journée de première communion. Elles ne faisaient pas dans la dentelle mystique ! Cinq lignes sur le beau costume blanc, la parenté qui se pressait à l'église ;

trente lignes sur le festin familial et les cadeaux. *Enfin ce fut fini*, écrivait dans le soulagement de sa conscience enfantine un bon gars qui, ayant ainsi réglé son compte au plus grand des sacrements, passait de la sainte table à l'autre, la vraie.

Ma journée de première communion a ignoré cette *furia* matérielle. Elle fut, trois années après l'armistice, une vraie journée de guerre. Ma grand-mère maternelle avait appelé à la rescousse sa fille de Saint-Renan, ultrapieuse et qui n'avait pas eu d'enfants, mais la bonne tante Amélie, qui m'offrait un crucifix, ne remplaçait pas pour moi les deux absentes qui, régulièrement, revenaient occuper nos pensées. Pendant le déjeuner, que ne marquait aucun effort culinaire, c'est tout juste si nous n'avons pas pleuré. Sur le soir, vêpres chantées, une partie de perles footballeuses avec Jean, ou un faux duel au fleuret, auront renouvelé l'atmosphère, ils n'auront pas déraciné un souvenir qui resterait lourd.

Ma mère et ma grand-mère paternelle sont revenues de Bar-le-Duc exaltées aussi bien qu'épuisées. Les croix de bois à perte de vue des cimetières de l'Est, les ruines des villages, leur avaient redit l'horreur de la guerre. L'immensité du massacre des hommes. Pensant à haute voix devant nous, ma mère ne sait plus si elle n'aurait pas dû laisser là-bas le corps de mon père, parmi l'armée des petites croix blanches, non loin de Verdun, dans l'herbe et la terre qu'il avait défendues. La grand-mère paternelle se tait. Elle désapprouve ces hésitations, mais juge inutile de le dire, puisque ce qu'elle souhaitait depuis cinq années se réalise – le corps de Joseph est en route vers la Bretagne. Il va reposer dans la tombe dont elle et François avaient acheté l'emplacement de leurs deniers au cimetière de Brest. François et une petite Renée y reposent déjà.

… En tête du cortège avec ma mère, ma grand-mère paternelle, Jean et mes sœurs, je suis à pied, sur les pavés des rues, la prolonge d'artillerie qui transporte le long cercueil massif drapé de tricolore. Mes oncles Henri et Joseph ne sont pas loin. Leur présence d'hommes faits, le souvenir de leurs paroles d'encouragement, me soutiennent. Et l'amitié du petit Jean, dont je garde la main dans la mienne. Sur les trottoirs, des femmes se signent, un afficheur enlève sa casquette, un officier s'arrête et fait le salut militaire, cela aussi me soutient. Le prêtre chante des choses vagues dont la cadence correspond au pas des chevaux…

Je connais bien la route du cimetière, mais après le « retour » au pays du cercueil de mon père, je vais la pratiquer souvent. Il y aura, une année, un rite du dimanche matin. Tout de suite après la messe et le café au lait, nous partons sous la conduite maternelle dire une prière sur la tombe, arroser, changer les fleurs. Le gardien, un mutilé de guerre, nous connaît. Il indique les brocs les plus commodes et qui ne font pas eau. Si j'ai besoin de perles noires, je vais fouiller dans la décharge.

*

Les hirondelles ont recommencé de cisailler l'air au large du balcon et, peu à peu ou très vite selon la couleur de l'âme, l'été revient. Comme d'habitude. Après l'année *Crâne pointu*, c'était nécessaire ! Malheureusement, et cela ressemble à un coup de grâce, l'été ne débouche pas sur les merveilles de Morgat. Sur l'irremplaçable chocolat au lait du premier soir dans la petite villa dont nous réveillons les persiennes ankylosées et le fourneau. Tandis que les grands-mères, fenêtres ouvertes, font les lits, un crépuscule infini nous voit chanter, jouer, courir dans un jardin, dans des jachères ineffables, en compagnie des bourdons musiciens, des coquelicots, des marguerites qui s'endorment…

Lors du dernier septembre, j'avais su que je faisais mes adieux à Lesquiffinec et au Portzic. Une cérémonie quasi officielle s'était déroulée entre gosses dans les décors du *Trou des Gobis*. Quelles phrases ai-je donc pu prononcer, debout pieds nus sur un rocher goémoneux, dominant la flaque où j'avais lu si souvent les étendues de l'Atlantique, voire la fosse des Kouriles, la baie d'Along, Diego Suarez ? La peur de l'emphase n'avait pas la partie belle devant la certitude que l'heure était grave ; qu'un clairon n'eût pas été déplacé. J'avais apporté la fine fleur et le plus gros morceau de mon escadre : un cuirassé. René Saliou, décontenancé de ne pas avoir tenu parole pour ses soldats, m'avait obligé un jour à le lui prendre. La pièce, qui en imposait par le poids, le volume, un bleu intense, présentait le défaut non négligeable de faire eau par l'avant. Elle coulait au bout de trois minutes avec des glouglous si on ne l'enlevait pas à temps pour la vider. Des forbans de notre espèce ne s'arrêtaient pas, bien sûr, à ce détail. C'était *le* cuirassé, avis à tous les petits bateaux de liège !

Cet après-midi-là j'avais offert le cuirassé à Christian Christensen, mon pote du Portzic. Lui retournerait à Morgat. Lui rejouerait dans le *Trou des Gobis*. Le prince de l'escadre lui revenait de droit. Ai-je vraiment trouvé des mots pour lui demander qu'il veille sur l'intégrité de nos Pierres-Blanches et connaisse indéfiniment les grandes joies qui avaient été les nôtres, ou ma générosité l'ahurissait-elle ? Christian pleurait. Constamment prêt à se battre s'il s'estimait frustré, il n'en avait pas moins à mes yeux un cœur d'or. J'imagine qu'il cherchait désespérément ce qu'il pourrait m'offrir en échange d'un cuirassé[7] inouï. Alors qu'avec ses larmes il me faisait déjà un cadeau royal ! J'avais envie de plonger les mains dans sa tignasse fauve comme dans un tas de goémons.

La joie d'accomplir un beau geste ne supprimait pas le désarroi. Notre famille quittait Morgat pour de bon (si l'on pouvait dire). La mère, les grands-mères, Anne-Marie étaient en train de faire les malles et les sacs pour un dernier Morgat-Brest. Encore un jour, un petit paquet d'heures, je ne reverrais plus la perfection de ce sable, de cet amoncellement de rocs, de ces goémons hirsutes, de cette baie céruléenne. Ni de cette allée des Pins dont je connaissais chacun des arbres et dont je vénérais l'ombrage ecclésial des branches contre les aiguilles rouges.

---

7. J'ai oublié de noter que la merveille avait perdu deux de ses quatre cheminées.

Sans oublier cette pointe, baptisée par nous la montagne Salaun, où Annie m'avait embrassé : seul des garçons, j'avais osé ramper sur la falaise pour aller lui cueillir en bordure d'abrupt une petite fleur rare.

À onze ans, on sait beaucoup de choses essentielles que les grandes personnes ont oubliées. Inversement, elles se mettent de côté, parce que c'est ainsi, des tas de connaissances…

Faut-il le regretter ? Si à chacun de nos « pourquoi ? » une réponse claire était donnée, Jean et moi comprendrions-nous mieux ?

Quand nos parents avaient fait choix de Morgat et de Lesquiffinec, pour les vacances de leurs enfants nés ou à naître, ils avaient loué chez des habitants. Petites fermes, sommairement aménagées. En fait, ils nourrissaient l'espoir, quand ils en auraient les fonds, d'acheter une villa. Peu avant la mort de mon père, ils étaient en pourparlers actifs au sujet d'une certaine maison proche de Kéramprovost. Le 26 avril 1916 avait mis fin à ce mirage.

Ma mère avait trouvé une solution honorable : en union avec une amie veuve de guerre, à qui elle céderait une aile « indépendante », louer une villa grande et claire, au centre d'une pelouse sauvage, que sa propriétaire, encore une Brestoise veuve de guerre, différait d'occuper pour des raisons financières. Quand j'évoque aujourd'hui « notre » maison de Morgat, c'est à cette maison-là que j'en ai, sauf souvenirs intensément solennels comme l'annonce de la mort de mon père. Avec le Portzic, elle a cristallisé définitivement mes nostalgies de Morgat. Je revois la chambre mansardée, tout entière occupée par les lits, où dormaient trois filles, deux garçons. Mon petit lit de fer, à gauche de la fenêtre, garnissait une encoignure. Des cinq enfants, je m'imaginais le plus proche de la mer, celle-là qui la nuit parlait toute seule et savait que je l'écoutais. Je n'étais pas moins bien orienté d'ailleurs pour écouter les histoires invraisemblables, quelques-unes pénibles, mais captivantes toutes, que Jeanne débitait sur un ton d'évidence.

Brusquement, notre propriétaire avait décidé de vendre sa maison de Lesquiffinec. Le prix qu'elle fixait dépassait de beaucoup les possibilités familiales. Cela humiliait ma mère. Elle avait décrété qu'après tout il existait aux environs de Brest bien d'autres sites de vacances marines que Morgat. Elle ne se doutait pas, sans doute ne savions-nous pas nous-mêmes, à quel point nous ressentirions ce changement de lieu comme une dépossession, un expatriement. Morgat allait devenir pour nous un paradis perdu, parfaite image – gens et paysages – de la douceur et de la vérité de vivre.

Sur la foi de propos d'amies, confirmés par l'oncle Henri Clavier, ma mère était allée visiter, dans le pays des abers[8], un endroit dont jusque-là nous ignorions le

8. Profond estuaire de rivière en Bretagne (*Petit Robert*). Je préfère le mot breton « aber », qui se retrouve dans des toponymes gallois ou écossais, à « ria ». Des abers, il y en a sur toutes les côtes bretonnes, mais on a coutume de nommer « le pays des abers » le rivage qui va de la baie de Morlaix à la pointe Saint-Mathieu. Il possède comme trois abers-modèles : l'Aber-Ildut, l'aber Benoît et l'aber Wrach.

nom farouche : Lampaul-Plouarzel. Elle y avait trouvé à louer, partiellement, une grande maison qui ressemblait à la demeure convoitée jadis près de Kéramprovost. Manquant de points de comparaison, des Lampaulais l'appelaient le château. Ce n'était qu'une brave grande maison, isolée de la route par un jardin en friche. Ma mère évita de nous en dire monts et merveilles. Un trait de mœurs lampaulaises la scandalisait. Aujourd'hui, comment ne pas en sourire ? Le bruit courait que les petits enfants du pays, avec le plein consentement de leurs familles, se baignaient nus et par bandes sur les plages, à la manière océanienne. De vrais petits sauvages... Je ne devais jamais vérifier le racontar.

L'âpreté de cette côte léonarde extrêmement cisaillée, à l'estran chaotique précédé de champs de récifs et de hauts-fonds dangereux, où les vents d'ouest apportaient régulièrement le sinistre la bémol (sûrement dans le mineur) d'une « bouée sonore » et où se dressaient, par centaines, des meules noires de goémons ramassés à la fourche et que l'on brûlerait pour finir, fumées immenses, parfumées comme si l'on brûlait la mer elle-même, aurait dû séduire le gosse du *Trou des Gobis* et des coquillages du Portzic, le petit thalassophile contemplateur du jeu des vagues et du bruit des galets, mais le fanatique de Morgat se tenait sur le reculoir. Des falaises lui manquaient dans le site immédiat. L'élégance aux mille reflets des bleus et des gris safran ou rosé de la baie de Douarnenez avait cédé la place à une sorte de hirsute monotonie. La liesse des barques sardinières manœuvrant par escadres autour des bancs, aux allées et venues individuelles de côtres drus appelés des gabares et qui ramassaient du sable, de gros canots, de plates. Des rumeurs de naufrage, de pillage, peuplaient l'air. Au jusant, des carcasses de bateaux torpillés affleuraient dans la cohue des récifs. L'horizon se hérissait de silhouettes d'îles incroyables. Ouessant, un énorme dogue. Molène la pustuleuse toujours en train de brûler ses goémons comme un soldat américain de mâcher son chewing-gum.

La puberté trouvait son compte dans une réaction de rejet par laquelle une eau froide et pure s'appelait glaciale.

... Des camaraderies, le sens du bonheur que charrie l'enfance, un sens du pittoresque affiné par la libre circulation des réflexions à la table familiale, empêchaient la mélancolie de l'emporter. Une marche, un soir, sur un sentier tout en petites montagnes russes, entre chien et loup, sur les sillons d'un champ perdu où l'on avait arraché des pommes de terre, me grisa, seul avec la lumière du ciel, un angélus, la vesprée, une douceur de printemps attardé, le vol des bourdons et des alouettes, seul avec la solitude. Tel poème de Rimbaud me renvoie aujourd'hui immédiatement à cette heure-là... Vacances rudes quand même. Si les bains d'enfants nus ne semblaient pas exister, les costumes de deuil des femmes de cette côte existaient ! Ils m'effrayaient : oppressantes chapes noires dont le caparaçon transformait un être en une sorcière cruelle, maudite. Château ou pas, au rez-de-chaussée de la maison habitait un malade « perdu ». On entendait les râles, la nuit, sous le plancher. La grand-mère maternelle faisait prier pour le malheureux. Dans une introduction hésitante, elle ne précisait pas si elle souhaitait une délivrance pour lui par la guérison ou par la mort. Il mourut après trois semaines. Nous sommes allés à l'enterrement. Une centaine de femmes en chape noire avaient envahi l'église. Les voix des hommes raclaient les voûtes avec une énergie barbare. La comédie du sacristain myope vérifiant dans la clarté des vitraux si on ne lui refilait pas, pour les « sous des chaises », des pièces fausses, n'a pas dû nous amuser du tout ce jour-là.

Si Dieu lui-même, selon un proverbe portugais bien connu, écrit droit avec des lignes obliques, l'expérience humaine rougirait-elle de se former dans les tâtonnements ? Bien qu'elle détestât incriminer un professeur, ma mère avait pris conscience des insuffisances de *Crâne pointu.* Pour la bonne exécution du vœu paternel, elle obtint qu'un ancien professeur de collège religieux, retiré au presbytère de Plouarzel, village le plus voisin, le nom le disait de Lampaul-Plouarzel, me donnât des leçons de grec. Au rythme de trois fois une heure par semaine.

Ai-je beaucoup amélioré mon grec durant ces séances ? Comment répondre ? J'ai approché là un excellent prêtre, disert et savant, grand fumeur, ami de la musique, exprimant aussi bien la piété que la joie de vivre. Plouarzel était à une lieue. Une bonne route y conduisait, bordée de hauts talus. On n'y croisait guère, toutes les cinq minutes, qu'une petite voiture à cheval. Un matin sur deux j'avançais dans la brume – brume parfois très épaisse. En m'enfonçant dans les terres, je n'entendais plus la bouée sonore, mais le paysage évoquait la campagne où la grand-mère maternelle situait les brigands, les chevaux sauvages de son enfance. Machinalement, je me tenais sur mes gardes. Je me sentais loin des villes, des foules, des marchés, de la lecture et de l'étude, aux prises avec un chemin qui, malgré mes repères, pouvait me jouer des tours.

Une coutume, que j'ai mise au point, me soulageait. À une bifurcation s'élevait droit une haute croix de mission. Plein de pitié pour le bon Dieu perdu seul avec moi dans le brouillard pelucheux, je me suis penché, j'ai posé mes lèvres sur le socle. Plus loin, à même les ronces et les fougères du talus contre lequel elle se plaquait, une seconde croix attendait – une dalle plate mal dégrossie, une de ces œuvres d'art informes comme on en rencontre brusquement dans les fins fonds du Léon et qui semblent sortir d'une préhistoire, d'un temps où les pierres se levaient d'elles-mêmes. Elle aussi, elle a eu droit au baiser.

Aimant Dieu, ne pouvais-je saluer ses images ? Mes saluts étaient furtifs. Avant de les donner, je regardais bien la route, afin que personne ne me surprît. La honte n'inspirait pas cette prudence. Piété veut discrétion.

Si personne, sauf peut-être un bohémien, n'a dû surprendre des effusions enfantines que même Jean a ignorées, le recteur de Lampaul, dont les fenêtres donnaient sur la grand-place du bourg, me découvrit un jour de derrière ses rideaux, me signant et disant une prière avant d'attaquer un paquet de bonbons. Il confia le fait à ma mère. Il riait sans se moquer. Heureusement. Sinon, il m'eût blessé. Il avait fait toute la guerre sur le front et il respectait l'enfance. Lui-même il se pliait à des scrupules. Taillé en armoire à glace, il se cachait dans son jardin pour fumer la pipe.

Si je n'ai pas rendu justice tout de suite aux ressources lyriques du charme difficile de Lampaul, ces vacances bizarres n'auront pas représenté un temps perdu. Je prenais de l'âge dans un brouillard. Je ne distinguais pas mon chemin, pourtant j'avançais. Mes baisers aux croix de pierre n'étaient pas enfantillage. La croyance dans les « choses invisibles » qu'enseigne le « symbole des apôtres » et que je manifestais ainsi a continué de m'habiter. L'enfant a le droit, sinon le devoir, d'apprendre à soupçonner et considérer les difficultés qui assaillent le cœur des adultes.

Le garçon de onze ans qui traversait à pied une campagne brumeuse pour prendre des leçons de grec chez un vieux prêtre était celui-là qui, durant les derniers mois, dans la chambre qu'il partageait à Brest avec sa grand-mère maternelle, affrontait des questions. L'aïeule était déjà couchée le soir dans son lit de merisier quand moi-même je gagnais le mien. Je n'ouvrais pas la lumière pour me déshabiller. À tâtons, j'embrassais une grand-mère qui soulevait un peu la tête. Sans bruit, au risque d'une chute, je grimpais sur une malle pour baiser le manteau de la petite Vierge de plâtre qui habitait une encoignure. Après quoi je me fourrais entre les draps et je priais. Et combien de fois ai-je buté alors, de toute ma naïveté, dans les obstacles purs d'une nuit spirituelle ?

Puisque les adultes nous incitaient à prier avant les compositions, je ne voulais pas faire la mauvaise tête.

Je priais de mon mieux pour une bonne place… Après un instant, une inquiétude me bourrelait. Les camarades n'auraient-ils pas travaillé mieux que moi ; rendu de meilleures copies ? N'était-ce pas faire de la lèche et tout bonnement tricher que de quémander en priant une bonne place peut-être imméritée ? Non sans un effort, je tranchais. Je laissais la solution à l'entière grâce de Dieu. J'avais prié selon les conseils, mais j'acceptais d'avance n'importe quel résultat. Donnez-moi n'importe quelle place.

J'avais dépassé 1,70 mètre et grandissais encore. En tant que veuve de guerre, ma mère avait obtenu pour mon frère et moi, à bas prix, des coupons d'un certain « drap du port » couleur bleu marine. Dans cette étoffe poilue, raide et grattante, les élèves féminins d'une mystérieuse école technique nous taillaient des costumes aux manches et aux jambes trop courtes et qui s'imprégnaient de pluie avec une familiarité déconcertante.

À mon entrée dans la classe de troisième, je présentais l'allure d'un maigre et d'un rustaud.

… Mais le professeur principal n'est pas surnommé *Crâne pointu.* D'abord, il a de jolis cheveux bruns qui s'argentent sur les tempes. Ensuite, il en a imposé tellement à ses élèves de l'année précédente qu'ils n'ont pu lui imaginer un surnom… Il s'appelle Abel Dubreuil. Né loin de la Bretagne, il éprouve pour elle tout à la fois de l'admiration et de la répulsion. S'il a envie de se moquer d'elle, il la devine secrète et il cherche à l'aimer. Il va se prendre d'affection pour le gaillard mal triflé et mal chaussé qui ne s'est pas assis devant la chaire mais, près de la porte, occupe tout de même la première rangée. Un Breton assurément. Suivant le discours du maître d'un regard attentif sans renoncer à son propre rêve.

DEUXIÈME PARTIE

L'AVENTURE

1

J'ai nourri admiration, gratitude, envers des professeurs de Louis-le-Grand. Celles qu'au lycée de Brest m'a inspirées Abel Dubreuil ne sont pas plus grandes. Mais, outre qu'il fut à Brest, et de loin, mon maître le plus doué comme le plus dévoué, je comprends aujourd'hui, à la lumière d'une vie longue, qu'il a joué près de moi, dans le domaine affectif, un rôle privilégié. Secret. Ardu. Aux limites du trouble, encore qu'il soit toujours demeuré sain. Voici l'homme dont la personne aura le mieux incarné pour moi un père arraché par la guerre et que je m'obstinais, dans ma nuit, à chercher.

J'ignore les raisons pour lesquelles sa femme et lui, qui avaient dépassé la quarantaine, n'avaient pas d'enfant. J'ai rencontré nombre d'enseignants qui se réclamaient d'une réflexion philosophique sur la laideur de la vie et la fatalité des guerres pour justifier leur refus d'une descendance. Était-ce le cas ? La gravité d'allure de notre professeur, sa manière un peu hautaine d'aborder les idées, s'interprètent dans les deux sens. Le doute que j'exprime est uniquement subjectif.

Le refus philosophique d'une descendance est une chose ; un souhait instinctif et intense du corps et de l'âme en est une autre. Surtout quand on a choisi, ou accepté, une profession qui vous mette à un contact permanent de l'enfance et de l'adolescence.

Je revois la classe d'Abel Dubreuil étudiant avec lui, devant lui, le poème de Hugo qui commence par :

Laissez. Tous ces enfants sont bien là…

et dont la première strophe s'achève sur l'invite :

Venez, enfants, venez en foule !

… Un homme dont aucun enfant n'a jamais égayé le foyer de ses cris peut-il appliquer son attention, sans faire un retour sur soi-même, à un texte qui se place, aussi nettement, dans la ligne du *Sinite parvulos ad me venire ?* Surtout quand une trentaine d'enfants l'écoutent et le regardent.

Courteline a déraillé le jour où il a raconté la nigauderie du professeur qui se méprenait sur l'intérêt d'une classe pour des confidences trop intimes : à en croire l'écrivain, le malheureux dessina au tableau, en larmoyant, certains organes sexuels. Les élèves jouaient l'apitoiement, mais se délectaient. Courteline, lourdement, appuie leur raillerie.

Abel Dubreuil ne nous donnait pas matière à nous moquer. Il ne nous traitait pas en camarades ni en complices, il respectait notre enfance et il ne trahissait pas l'autorité du maître. Nous ne nous sommes pas interrogés un seul instant, j'en suis sûr, si le choix, par le professeur, d'un poème sur l'enfance, trouvait sa cause, consciente ou inconsciente, en marque de défi ou de nostalgie, dans un drame personnel. Un texte chassait l'autre. La semaine suivante, nous étudierions :

Les Turcs sont passés par là. Tout est ruine et deuil.

Et, dans quinze jours :

Waterloo ! Waterloo ! Waterloo ! morne plaine…

et chaque fois nous aurions le même souci scolaire de vénérer sans tout à fait comprendre.

Cette attitude, justement, me valut de me faire épingler dans le poème qui exalte l'indulgence de Hugo pour des enfants bruyants. Calmement, j'avais survolé le vers :

… effarouchent la muse et chassent les péris…

Et, lorsque Dubreuil m'a demandé : « Qu'est-ce que c'est pour vous, Queffélec, un péri ? », je me suis trouvé tout bête. Un brouillard s'abattait autour de moi. Je connaissais les « péris en mer », je sentais bien qu'il ne s'agissait pas d'eux. Alors, un péri, oui, qu'est-ce que c'était ?

– Vous ne voyez pas ?

Oh non, je ne voyais pas du tout.

– N'ouvrez-vous donc jamais un dictionnaire ?

… Dubreuil n'irait pas plus loin dans la remontrance individuelle. Aucune main ne se levait dans la classe – d'un coup d'œil, il savait que mes camarades avaient partagé mon insouciance. Il nous a lavé la tête à tous. Révélant à trente petits Brestois qu'un péri était un « génie » de la mythologie persane.

Dans une autre occasion, pour une version latine, je m'en tirerai moins bien. Nous avions à traduire un texte d'Ennius, une description de la plus ancienne Rome. Quand Dubreuil, rituellement, « rendit les copies », il s'arrêta sur une trouvaille, défiant le bon sens, qu'offrait la mienne. Pour traduire *Lustrabant compita porci*, j'avais accouché d'un « Les porcs éclairaient les carrefours ».

Tandis que la classe pouffait de rire, il s'enquérait, avec un faux sérieux, si les porcs d'Ennius tenaient selon moi des torches dans la gueule ou traînaient des lampes.

J'ai gardé le silence. Je me revoyais piochant mon lexique latin-français à la rubrique « *Lustro, as, avi, atum, are.* 1) Purifier. 2) Éclairer ». Des porcs purifier des carrefours, eux symbole de la saleté ? Impossible. Éclairer ? Mais oui, pourquoi pas ? Ils ont la peau blanche. Eh bien les anciens Romains les plaçaient la nuit comme des repères. Exactement comme dans la jeunesse de ma mère les crieurs de nuit brestois, à mon époque les agents de ville, s'affublaient dans l'obscurité de pèlerines blanches. Gamin habitué durant les vacances, la nuit tombée, à pister sur le sol, dans les bruyères, la trace d'un sentier, j'approuvais. Astucieux, les vieux habitants de Rome !

Mes camarades s'esclaffaient trop spontanément de ma technique d'éclairage urbain pour que je pusse leur reprocher une servilité d'élèves. De mon côté, j'avais trop de respect envers Dubreuil pour que sa traduction magistrale « On sacrifiait des porcs dans les carrefours » n'emporte pas mon adhésion. Et cependant ! Bien sûr, sa formule à lui procédait d'une démarche logique. « *Lustrare* 1) Purifier. » « Des porcs purifiaient les carrefours. » Et comment cela ? Ils les purifiaient selon la méthode religieuse romaine. Autrement dit, un sacrificateur en égorgeait un dans chaque. Oui, mais enfin moi, petit Brestois coureur de landes et de pistes nocturnes, fallait-il que j'écoute bouche bée ? Une équivalence entre un porc et la purification ?

S'il est arrivé à Dubreuil de se gausser de moi, ce fut taquinerie. Mon éclairage porcin des rues de Rome resta chez lui ma mésaventure la plus grave. Un matin, une mouche me piquait. J'ai riposté à une observation qu'il venait de me faire. Ma riposte étant suivie d'une observation nouvelle, j'ai répliqué du tac au tac. Cela tenait du jeu et de la grogne. Dubreuil sourit enfin :

– Queffélec, vous êtes aussi subtil que Socrate.

La phrase ne tombait pas dans des oreilles de sourds. À la récréation, tous mes camarades m'avaient surnommé Socrate. Conjointement avec plusieurs autres, le surnom a tenu ferme jusqu'à mon départ de Brest pour le Quartier latin. Son origine avait été à la longue oubliée de tous. Le surnom a la force magique d'un tatouage. Que représentait Socrate pour des enfants qui, presque tous, ignoraient l'ancienne Grèce ? Rien, je suppose : ou à la rigueur, un vieux bonhomme chauve. Ils ne se doutaient pas quel compliment énorme Abel Dubreuil m'avait servi histoire de rire. Moi non plus d'ailleurs, dans les débuts. Curieusement, ce ne serait pas la seule fois où j'aurais l'honneur d'être associé à la Grèce. En 1930, à l'École normale, par la faute d'un placard officiel malencontreux, je deviendrais pour un groupe de copains, la rime poussant à la roue, « Queffélec Grec ».

*

Une fois le temps, Abel Dubreuil convoquait un élève devant le tableau sans rien lui dicter à y écrire. Il regardait son type, réfléchissait, puis le questionnait à bâtons rompus, de manière libre et solennelle, devant le public de ses camarades.

Comment deviner quand une telle épreuve vous tomberait dessus ? Personne n'avait de truc. Le prof lui-même, je le crois, improvisait. Purement et simplement.

Un d'entre nous gâcherait là presque toute son année… Il s'était permis de sourire alors que Dubreuil, rendant des copies de narration française, évoquait, je ne sais après quelle association d'idées, des familles où les enfants battaient leurs parents. Le sourire agaça le maître. Mon camarade – appelons-le Martin – avait au surplus un sourire d'une discrétion prodigieuse, la bouche demeurant close, une ombre infinitésimale caressant la peau à toucher le bas des ailes du nez, une malice obscure s'envolant des yeux.

– Martin, pourquoi riez-vous ?

Silence de Martin. Attention farouche de toute la classe. « Martin, je vous ai interrogé. Pourquoi riez-vous ? »

Martin ne bronche pas. Je le connaissais têtu. Je ne me doutais pas à quel degré…

Une troisième et une quatrième fois, Dubreuil, en vain, le presse de répondre.

– Martin, venez ici.

Martin, qui siégeait au deuxième rang de la petite salle en gradins, descend et va se placer devant le tableau.

– Martin, regardez bien vos camarades.

Non pour désobéir encore, mais parce que dans l'occasion rencontrer nos yeux lui serait insupportable, Martin regarde le plafond. Dubreuil néglige ce détail. Avec violence, il reprend sa question. Se heurte au même mur de silence.

Un ange, plusieurs anges passent.

– Très bien, Martin, allez prendre vos affaires.

Il y a dans la classe une atmosphère électrique. « Être mis à la porte », nous n'avons jamais vu cela encore. Il nous semble sûr que nous allons droit à ce drame. Nous sommes à la fois émoustillés et consternés. Martin jouit d'une très bonne cote parmi nous. Il est trop secret – il nous en donne la preuve – mais il a de l'honneur et de l'allant. Dans les parties de foot, nous le choisissons volontiers pour capitaine : il dribble très intelligemment et il tire des deux pieds. En plus, il est bon élève et il ne fait pas de lèche.

Nous n'avions pas prévu la décision de Dubreuil.

– Martin, vous irez vous mettre là-haut, dans un bout du dernier rang, choisissez celui que vous voudrez. (Il y a là un secteur vide.) Tant que vous n'aurez pas répondu à ma question, je ne m'intéresse plus à vous. Il sera inutile que vous leviez la main. Vous assisterez à la classe, je corrigerai vos copies, mais je ne vous tiens plus pour mon élève.

Rouge comme une pivoine, les dents serrées, Martin monte les gradins. Des planches craquent dans le silence.

– Reprenons où nous en étions quand un impoli a interrompu la classe.

*

Un soixante-huitard appellerait notre professeur une peau de vache ; la troisième ABC du lycée de Brest 1921-1922, une classe de pleutres.

Il se tromperait.

Peu d'élèves éprouvaient pour Dubreuil ma tendresse grande et inquiète, mais tous lui étaient reconnaissants. Il s'acquittait de son métier de prof avec une rigueur absolue. Le dédain et la peur avec lesquels nous suivions les laïus méprisants j'm'enfoutistes de *Crâne pointu*, cédait ici la place au zèle, au respect. Nous le sentions, Dubreuil s'intéressait à l'intelligence de chacun de nous. Il brûlait d'en obtenir le maximum. Un acharnement qui ne s'accompagnait d'aucune pratique brutale : il ne collait jamais. Toutes les copies étaient soigneusement corrigées – une écriture limpide, à l'encre rouge. Encore qu'il lui arrivât de railler les excès sportifs, je le comparerais, autant qu'à Socrate, à un entraîneur de football. Il gardait ses distances, mais il descendait sur le stade et il suivait de près tous nos mouvements.

Quel soulagement pour moi, de telles méthodes. Je n'étais pas loin, en commençant l'année, de me juger très mauvais élève, dépassé par les programmes. Voilà qu'un homme de l'âge qu'avait mon père l'année de sa mort ne me rejetait plus dans les ténèbres extérieures ; voilà que j'existais pour lui. Son regard se posait sur moi aussi souvent que sur n'importe lequel des camarades. Je figurais à part entière dans une sollicitude mâle qui ne se livrait pas, qui se cachait, mais s'exerçait avec quel bonheur.

Du troisième tiers de la classe où je stagnais lors des compositions, d'un coup, et parce que Dubreuil me rendait attentif à ce savoir qui m'avait rebuté, je me trouvais propulsé dans le deuxième. Aux approches du premier.

Étonnement ému de sentir, peu à peu, que Dubreuil m'aime bien. Que ses taquineries éducatives à la Socrate se colorent à mon égard d'une peur de faire mal. Il me savait le plus jeune de ses élèves, il me savait orphelin de père. Surtout, je le crois, il appréciait l'ingénuité baroque de mon habillement et de mon ardeur. Ma joie visible à écouter dans un demi-rêve les réflexions d'un maître sur la justesse d'une image de Hugo comme sur un problème de morale. Dans une veillée de ferme, l'enfant qui s'imprègne d'un conte.

Un matin, après que nous avions traduit un texte de César, il demande : « Queffélec, fermez votre livre. Récitez-nous par cœur le passage que nous venons d'étudier. »

Je ne peux chasser une frousse. Quel exercice Dubreuil aura-t-il donc inventé ? Je me lance. À mon ahurissement, comme les sept saints dormants d'Éphèse ou les petits enfants de saint Nicolas sortent intacts du saloir ou de la roche, les dix-huit lignes du texte de César jaillissent de la mémoire, allègres, sans une omission ni une faute. La classe écoute, médusée.

– Très bien. J'en étais sûr, mais il fallait vérifier.

… Et Dubreuil enchaîne sur une exaltation, que Cohn-Bendit et Geismar n'eussent guère appréciée, mais que la philosophe Simone Weil eût applaudie, de l'attention conjuguée avec la mémoire. Pour une fois, j'écoute mal. Mon cœur bat très vite. Si Dubreuil a vérifié que j'avais une bonne mémoire, j'ai vérifié de mon côté qu'il m'aime bien. Qu'il me croit capable de progresser. Qu'il souhaite que je le fasse. Je me revois sur la plage du Portzic me baignant à côté de mon père. Soutenu dans l'eau par mon père. Je ne suis pas seul sur la route où j'avance.

*

Au cours du troisième trimestre, un matin, Dubreuil m'invite à quitter mon banc. À venir devant le tableau.

Sur le moment, je me figurais qu'il improvisait encore. Je me persuade aujourd'hui qu'il avait préparé son coup. Il avait des choses à me dire. Pour leur assurer du poids, il ne voulait pas me les dire en aparté. Mes camarades, il le sentait, m'aimaient bien. Ils écouteraient religieusement le débat.

– Queffélec, j'ai une question à vous poser. Quand vous aurez passé vos bachots, quelle carrière envisagez-vous ?

Le sang me monte à la tête. Par la fenêtre, là-bas, entrouverte sur la cour, j'entends pépier un moineau. Je vois sur l'estrade professorale la grosse montre blanche au boîtier dressé comme un crabe en colère. Pourquoi cette enquête soudaine ? cette solennité ? Là-haut, je sens le pauvre Martin, les bras croisés, qui me regarde.

– … Saint-Cyr, monsieur.

– Saint-Cyr, pourquoi Saint-Cyr ?

– Pour être militaire…

Je voulais dire en plus : « comme mon père ». Mais j'ai pensé que mon père avait préparé Polytechnique, non pas Saint-Cyr.

– Et pourquoi désirez-vous être militaire ?

Ne serait-ce pas le moment, le lieu de citer mon père ? Tout à coup, je réalise que je m'adresse à un civil. Je ne sais même pas si Dubreuil a combattu. Dans quelle mesure lui et sa famille ont été mêlés à la Grande Guerre. Un flot d'images me submergent comme un personnage de film d'aventures. Les grandes vagues du Portzic un lendemain de tempête. Mon frère et moi travaillant, jouant ensemble. Les fortifications qui ceinturent Brest. Les fifres aigus des pupilles de la Marine. La plainte acide, criarde, des trompettes d'artillerie sur Recouvrance. Le coup de canon de sept heures du soir. La cloche de l'arsenal. Un long appel de sirène dans la fosse de la Penfeld. La musique américaine hissant *La Marseillaise* dans le ciel. Un casque de poilu troué par les balles. Le drapeau noirci, déchiré, du 19e d'infanterie. Ma grand-mère paternelle qui me murmure : « C'est drôle. Tu lèves les doigts de la même façon que ton père… »

Où sont les mots pour traduire en une seconde le tohu-bohu ? Je me borne à soulever un bras en direction de la fenêtre. Cela signifie sans doute qu'il ne faut pas tant m'interroger, moi, petit bonhomme, mais tout le décor, tout le dehors où je baigne : une ville, une famille, une guerre, une époque, le ciel et la mer…

Dubreuil a interrogé déjà, dans sa vie de professeur, des centaines d'élèves. Il ne va pas se démonter devant mon silence. Il savait qu'il se lancerait dans des complications en m'interrogeant – quand elles surgissent, il ne les craint pas. Il se souvient de son enfance à lui, petit garçon aux prises avec un maître, gamin dont il ne se connaît pas pour tellement différent aujourd'hui bien qu'il ait pénétré loin dans l'âge adulte, dans les choses de la vie. La Bible, Hugo, Shakespeare, Platon imprègnent aujourd'hui ses idées, mais il n'a pas rompu avec une peur enfantine, profonde et respectable, de trahir l'indicible. De rompre avec l'essentiel de l'être… Dans cette optique il se passionne pour la tâche qu'il vient de commencer. Il s'amuse, un peu tristement, d'avoir été dans un dialogue, lui un homme mûr, l'interlocuteur qui demande « pourquoi ? », conjonction chère aux clowns et à l'enfance. Il ressent qu'il se heurte en moi à la Bretagne secrète, celle-là qu'il a peut-être maladroitement humiliée dans Martin, l'élève qu'il a expulsé tout en le gardant. Ce matin, cependant, il veut aboutir. Il faut que la sauvagerie bretonne accepte qu'on l'aide. Qu'elle ne se replie pas sur elle-même. Qu'elle s'ouvre à l'amitié d'autres forces.

Il parle, dirait-on, à ma place. La voix douce, il a des mots pour la guerre. Elle a tellement fait souffrir. Combien de temps et de travail faudra-t-il pour que notre pays s'en relève !... Il a des mots pour la plaque de marbre, à l'entrée de la cour d'honneur, où la liste trop longue des élèves du lycée morts pour la France figure inexorablement. Il sait que le nom de mon père y est gravé. D'un regard appuyé, il me le fait comprendre. Il s'est penché vers moi et je perçois le bruit de son souffle, le frémissement de ses paupières et de ses tempes. Je revois mon père dans l'eau du Portzic. Si aimantes, si aimées que soient une mère et des grands-mères, il faut des hommes pour s'entretenir avec les garçons orphelins de père.

– Oui, Queffélec, je respecte vos intentions. Mais êtes-vous sûr de ne pas y foncer tête baissée ? Avez-vous longuement discuté avec vous-même ?

Mes yeux bleus fixent ses yeux noirs, qui ne se dérobent pas. L'intérêt qu'il me montre me fascine mais la question qu'il a posée m'arrête. Lui, l'intelligence même, lui qui a les clés du savoir, ignorerait-il l'évidence ? Qu'un destin ne se discute pas ? La guerre m'a enlevé mon père – la nécessité s'impose que je le remplace. Que je retrouve sa route et son sillage. Comme une algue renaît sur la pierre d'où une algue a été arrachée. Les clairons qui ont mission de sonner dans Brest ont besoin de mâles à entraîner derrière eux.

Un temps, nous nous observons, nous nous défions, nous nous soupesons l'un l'autre. Le moineau n'a pas cessé de pépier. Ni les fortifications qui doivent arrêter l'ennemi, de ceinturer Brest. La mer continue de déposer sa joaillerie de coquillages sur les sables du Portzic. Les petits maquereaux nacrés, azurés, de grouiller dans la rade. Devant son gourbi du port de commerce un clochard dort dans les herbes sales en serrant une bouteille entre les doigts... Mais il y a toujours, dans les villages qui entourent Verdun, les grands cimetières militaires dressés comme de belles vignes.

Dubreuil, tête inclinée vers sa montre, sourit enfin.

– Est-ce que votre travail, cette année, vous intéresse ?

Quel interrogatoire tordu. J'ai envie de répondre que de travailler avec lui me passionne, mais ce serait cuistre. Un « Oui, m'sieur » me suffit.

– Vous ne dites pas cela pour me faire plaisir ?

Il a tourné sa chaise vers moi et je vois le haut, bien boutonné, du gilet blanc crème. Une joie gonfle ses joues. Mon père devait avoir ce maintien quand, dans le Fouta-Djalon ou sur les plateaux malgaches, il bavardait avec ses officiers et ses hommes, à ce que l'on m'a raconté, pour les garder en bonne humeur.

« Oh non ! M'sieur. »

Je me tords les mains. J'aurai besoin, ce soir, d'une partie de perles avec Jean sur la grande toile cirée.

« Oui, vraiment l'étude vous plaît ?

– Oh oui ! M'sieur. »

Je ne mens pas. Un autre flot d'images m'emporte. Depuis que je suis petit, j'ai vécu à Brest environné de livres. J'ai connu très tôt la joie de lire et d'écrire et je ne m'en suis pas privé. J'ai entendu parler d'un certain « index », mais ma mère me laisse fouiller, moi le fils de mon père, dans tous les placards et bibliothèques. L'étude, elle aussi, me renvoie à mon père, et pas seulement les trompettes d'artillerie. Et pas seulement les livres sur le 75, sur le siège de Sébastopol vu par un canonnier, mais les Dumas, les Vigny, les George Sand, les Loti, les Balzac, les Jules Verne. Les fascicules de l'œuvre entière de Hugo – il y en a plus de deux cents – garnissent tout un immense tiroir. Je vais à eux pour un oui, pour un non.

« Alors, si vous aimez l'étude, ne croyez-vous pas que d'autres carrières s'offrent à vous que Saint-Cyr ? »

Je ne vois rien à répondre. Dubreuil a enchaîné sur le niveau très faible, au lycée de Brest, des élèves qui préparent Saint-Cyr, puis sur les possibilités mystérieuses, qui me seront accordées un jour, de poursuivre à Paris les études que j'aime.

Je tombe de haut. En ce troisième trimestre j'ai encore amélioré mes résultats. J'ai pris pied dans le premier tiers de la classe. Dans les yeux de mes camarades je lis qu'ils me tiennent désormais pour un « bon élève ». Avec cela, je m'estime loin du compte. J'aimerais à dévorer le savoir, mais quoi, je reste un garçon de onze ans en difficulté avec sa croissance, un enfant dans la main de Dieu. La confiance que me témoigne un excellent professeur, un homme dans lequel j'ose revoir mon père, peut-elle régler un destin ? Un dialogue d'un quart d'heure va-t-il détruire le plan fixé une fois pour toutes ?

… Dubreuil me renvoie m'asseoir. Il a dit qu'il n'aborderait plus avec moi le sujet dont il venait d'être question. Il me considère comme un élève « sérieux ». Il se fie au temps pour m'éclairer comme il faut.

La cloche sonne la récréation. Je pressens que dans la cour les camarades vont m'asticoter : « Eh ben, Socrate, qu'est-ce que tu penses de ça ? Dubreuil ne veut pas te lâcher ? » Avec eux, j'ai la langue mieux pendue. Je me débrouillerai.

Je me promets de taire l'épisode à ma mère. Il la concerne, je ne le nie pas. Seulement il est impossible d'expliquer à une mère le climat d'une salle de classe. Tout le halo d'un dialogue dont je n'ai pas fini de « discuter avec moi-même ». Pour parler comme Dubreuil. Un Dubreuil qui ressemble à mon père…

Dans les couloirs, je croise des cyrards. Leur nonchalance, l'élégance de leur calot bleu horizon, me gênent pour la première fois. Ils sifflotent. Ils jurent. Ils envoient du « con », des « merde » et des « tu me fais chier ». On ne les punit pas pour leur verdeur alors qu'on a collé la semaine passée un élève de seconde qui cambronnait, et ils en abusent. Dubreuil a peut-être raison.

*

Je ne dis rien non plus de l'événement à ma grand-mère maternelle quand je la rejoins le soir dans sa chambre et que nous bavardons de lit à lit.

Au lieu de me tourner sur la droite comme je fais pour dormir vite, je suis resté couché sur le dos. Les propos de Dubreuil me trottent dans la tête, mais j'écoute aussi et je parle comme d'habitude. Grand-mère, une fois de plus, évoque la période qui a le plus marqué son enfance : un séjour de cinq années – entre huit et treize ans – dans le presbytère d'un abbé Le Bloas, un oncle maternel, recteur de Kerlouan, un des villages demeurés les plus sauvages de la région des abers, encore plus secret que Lampaul-Plouarzel. Je questionne, et chaque fois je pourrais prononcer moi-même la réponse à un mot près, mais j'écoute avec une excitation étrangement nouvelle : si Dubreuil s'intéresse à moi au point de chercher à modifier mon avenir comme on modifie le cours d'un ruisseau, est-ce vraiment parce que de douzième je suis passé septième en composition française ? Que, seul de toute la classe, j'ai appris pour la composition de récitation un long texte supplémentaire facultatif, un poème de Vigny, récité sans faute et pas comme un automate ? Non. Dubreuil aime l'enfant que je suis dans sa sauvagerie naïve. Jamais il ne saura que j'ai posé les lèvres sur des croix de carrefour, ni que ma grand-mère maternelle petite fille a échangé le matin des *Benedicamus Domino... Deo gratias* avec les vicaires de Kerlouan rencontrés dans une cuisine presbytérale, mais ces détails l'enchanteraient. L'amitié, l'affection, se nourrissent de traits simples. L'érudition n'est pas le dernier mot de l'intérêt d'un être. Peut-être irai-je un jour à Paris, mais il ne faudra pas que je me déracine. Que je me coupe de mes ancêtres qui ne parlaient pas le français et dont la plupart ignoraient l'écriture, mais qui ont ri et peiné, aimé, chanté, loué Dieu, transmis la vie…

– Est-ce que ton oncle n'était pas un peu trop sévère ? Qu'est-ce que tu m'as raconté sur les livres chez toi qu'il a brûlés ?

Je connais trop bien l'incident, mais j'ai besoin de le réentendre. Si Dubreuil, comme je le pense, a pour moi une amitié sincère, il l'acceptera. Je ne suis pas le recteur Le Bloas ; mais ni moi, ni celui qui me fait la faveur de s'intéresser à moi, nous ne sommes autorisés à renier ce prêtre.

– Qu'est-ce que tu veux ? Il était un homme si bon ! Le cœur sur la main ! Quand il est venu chez moi à Brest et qu'il a vu ma belle édition de Voltaire, quarante volumes, une belle reliure, il m'a dit : « Maria, tu n'as pas honte ? Tu ne sais pas que Voltaire est à l'index ? Un ennemi de la religion ? Allez, mets-moi ça au feu… » Et les Voltaire ont brûlé dans le four de la boulangerie, une belle belle édition.

– Ne regrettes-tu pas ?

La grand-mère rit dans l'ombre.

– Si, bien sûr. Qu'est-ce que tu veux, c'était un homme si bon. Il n'a jamais repoussé un mendiant de sa vie. Au presbytère, une vraie procession. « Un pauvre est un ami de Dieu », disait-il, et la *karabassen* le grondait car la moitié des plats partait souvent avant qu'elle ait rien mis sur la table… Les Voltaire, si, je regrette, mais il y a beaucoup plus triste que ça.

Un silence.

– … Mais qu'est-ce que tu as ce soir ? Il faut que tu dormes, voyons. Autrement je ne pourrai pas te réveiller demain. Tu arriveras en retard au lycée. Allez, dis-moi bonsoir et dors.

– Bonsoir, grand-mère.

– Bonsoir.

… Je reste couché sur le dos. Je savoure le passé de ma grand-mère, qui se relie au mien, qui appartient au mien. Quelle bonne pâte, mon aïeule. Elle encense l'oncle Le Bloas, mais ce brûleur de livres ne pouvait pas être meilleur qu'elle. Jeanne, la semaine dernière, m'a conté, sous le sceau du secret, une histoire sensationnelle. Alors que l'oncle Henri Clavier était fiancé à la tante Amélie, grand-mère, que déjà ces fiançailles n'enchantaient guère, avait appris, de source sûre, qu'Henri Clavier avait encore des « liaisons ». Malgré les pleurs d'Amélie, amoureuse, elle avait décidé la rupture. Et justement l'oncle survient, mais il pleure, lui aussi, il est effondré : il vient de recevoir un télégramme. Son frère, capitaine d'infanterie, a été tué au combat en Indochine. Les rebelles ont emporté le corps. La grand-mère, à ces nouvelles, ne sait plus que pleurer pareillement. De rupture de fiançailles il ne sera jamais question. La tante Amélie épousera son grand coureur au cœur sensible.

… Encore une histoire qui enchanterait Dubreuil.

Un remorqueur déploie un coup de sirène dans la fosse de la Penfeld. Cri guerrier, peut-être, mais profond, digne d'un instrument de musique. Dubreuil l'écoute-t-il de son côté et songe-t-il au charme des voix de Brest ? Des remorqueurs chantent-ils sur la Seine ?

… Un sujet de français, donné en devoir par Dubreuil, me hante : « Éclairez par des exemples et commentez les vers de Rostand :

Comme les chardons bleus qui poussent sur nos plages
Ils ont des cœurs d'azur dans des piquants sauvages… »

Ma mère et Jeanne avaient tenu à me donner un coup de main pour traiter ce devoir. En exemple principal, elles m'avaient fait décrire l'incendie du Bazar de l'hôtel de ville. Les héros de ce drame étaient de toutes petites gens…

Sans doute. Et Dubreuil n'avait pas mal noté la copie… Je m'inquiète néanmoins ce soir si dans son esprit un tel sujet n'impliquait pas une exaltation de cette Bretagne dont il cherche la clef. Paysages et gens. Dans un texte d'Anatole France que j'ai lu avant de l'avoir en dictée, une institutrice, Mlle Jenseigne, se représente ses élèves sous la forme de petits encriers vides où elle verse de la science. Quand Dubreuil s'installe dans sa chaire magistrale face à la troisième ABC du lycée de Brest, peut-être nous voit-il sous forme de chardons bleus étagés sur une pente.

L'envie me prend d'appeler ma grand-mère. Pour une fois, c'est moi qui l'inviterais à prier. En déclinant l'intention : Dubreuil.

La grand-mère ne dort pas – elle soupire ou elle prie – mais elle doit rester en dehors de ma classe.

Je prierai tout seul pour Dubreuil et je dormirai.

2

Un bonheur ne viendrait-il jamais seul ? Dubreuil a défait certaines bandelettes. Il m'a dégagé de toute sinistrose. Et voilà que, l'été, nous retrouvons Morgat.

Lampaul-Plouarzel n'avait pas ébloui ma mère. Elle s'en était voulu de lâcher le Portzic de ses vacances enfantines, la plage où elle avait rencontré mon père pour la première fois, nagé avec lui. Comme en cachette, elle s'était rendue à Crozon. Sur les arrières de Lesquiffinec, dans des sites que, tout petits, nous surnommions « la Montagne » et où nous ne marchions jamais, elle avait déniché une location pas ruineuse. Une maison à un étage et sans caractère, dont les propriétaires élèvent deux vaches, se réservant la moitié du rez-de-chaussée et les dépendances. Près d'elle, évidemment, l'ancienne petite villa de Lesquiffinec nous apparaît comme un palais. Et alors ? Le Portzic, d'autre part, est à un bon kilomètre, mais nous avons des jambes. Avant tout, nous retrouvons Morgat et Lesquiffinec, lieux qui ont peuplé de leurs merveilles notre mémoire.

… Et qui vont la peupler encore. Ma mère a rencontré Dubreuil. Elle a ignoré l'interrogatoire devant le tableau. Elle a simplement su que je progressais ; qu'il serait dommage d'interrompre l'élan. Naïvement, elle nous a inscrits, Jean et moi, chez les sœurs du Saint-Esprit de Crozon, à des « cours d'été », nom pompeux pour des exercices pédagogiques matinaux des plus modestes. Trois fois par semaine… J'y aurais volontiers l'impression d'un retour en arrière, mais, si ça ne casse pas des briques, on s'amuse bien. L'établissement où nous nous rendons est en réalité une école de filles. En dehors de nous il n'y a que trois garçons, noyés comme nous dans la foule des donzelles en sarrau bleu, petit ruban dans le chignon. Tout ce monde dessine des rondes en chantant *Le Pont d'Avignon*, *Malbrough s'en va-t-en guerre*, en ébauchant des mouvements de gymnastique, durant les récréations qui occupent une bonne moitié du temps. Je me couvrirai de gloire par une narration qui porte sur une description de plage, mais ma copie sur le sujet « Qui vole un œuf vole un bœuf » sera jugée déplorable. J'aime beaucoup les sœurs, tellement différentes entre elles mais toutes consciencieuses, toutes amies des fleurs et des oiseaux, et qu'un rien distrait. J'ai naturellement mes préférées. Elles me rappellent Mme Fillette.

Sans doute les sœurs veillent-elles au grain, aucune amourette ne s'ensuit avec une de nos petites camarades.

Celles-ci sont trop nombreuses. Sans le vouloir, l'élève de Dubreuil les trouve toutes puériles. Cela ne m'empêchera pas de chavirer la veille du départ, dans le crépuscule du soir, après que mon frère et moi sommes allés remercier, embrasser les sœurs. Du dehors, des fillettes nous ont aperçus. Elles sont quatre ou cinq. Aussi timides que dégourdies, elles se mettent à nous suivre sur la route en laissant entre elles et nous un bon intervalle de cinquante mètres. Elles agitent des mouchoirs, elles nous appellent de nos prénoms, nous acclament, nous invitent à revenir l'année prochaine. Nous rions, nous répondons je ne sais quoi. Jean trouve le jeu drôle, moi je suis remué. Si je n'avais le souci de mon frère, je ralentirais le pas. Je courrais peut-être vers les gaillardes pour en attraper une et l'embrasser.

*

Oui, Dubreuil m'a changé. Je constate que, sur la plage, je ne fais plus de châteaux de sable, ne pousse plus de petits bateaux dans les flaques. Plusieurs fois j'ai grimpé les rochers familiers pour revoir le *Trou des Gobis*. Aucun enfant n'y jouait. Aucun gobis ne tressautait dans des océans. J'ai trouvé l'endroit poignant, austère. Je me suis demandé comment, deux années plus tôt, j'avais pu y être aussi heureux.

Facilement, je me promène seul. Je m'assieds devant un paysage et je contemple. Le ciel, la mer, les pierres, le sable, les fleurs, les insectes. Les vagues me fascinent… Un paysan de Lesquiffinec me surprend un après-midi en arrêt aussi devant un champ d'avoine. A-t-il bu ? Il ne sent pas le vin.

Il me parle de la campagne et des bêtes avec enthousiasme. Quand les mots lui manquent, il s'en passe et il rit. Son rire me met en communion avec cette terre qu'il aime, vers laquelle il se penche pour en détacher un débris de motte sombre, une matière qu'il polit indéfiniment, tel un bijou, et dans laquelle je peux reconnaître l'homme de la Genèse.

Les jours suivants, je rôde vers les avoines dans l'espoir d'une nouvelle rencontre. Le paysan ne se montrera plus. La campagne, comme la mer, est grave.

Un soir ensoleillé, je descends au Portzic avec Jeanne et Germaine. C'est une marée basse de bon coefficient, et du côté de l'Aiguille nous apercevons un pêcheur de crevettes – un cousin Guyader – dans l'eau jusqu'à la ceinture. Nous nous déchaussons, allons vers lui. Une conversation s'engage – un écho répercutant nos paroles. Le cousin est hilare. Si les crevettes le boudent, il se dit environné d'un banc de sardines, il n'avait jamais vu cela. Hop, un coup d'haveneau, il lève son filet et y plonge la main. Il a pris une sardine ! J'embrasserais la mer, j'embrasserais les roches. La baie de Douarnenez figure le lac de Tibériade, le cousin Guyader un pêcheur des Évangiles – Pierre ou André. Une sardine, prendre une sardine, que c'est beau.

Quand nous regagnons la maison, mes sœurs et moi évoquons le Portzic d'il y a deux années comme une époque lointaine, avec des « tu te rappelles »… Jamais nous n'avions entendu dire qu'un homme du pays eût pêché une sardine à l'haveneau – des mulets, oui, et des lieus, abandonnés par le jusant dans des mares – mais il y a deux ans, il y a trois ans, nous avons vu des veilleurs couchés à plat ventre au bord de la falaise sur ce que nous nommons « la montagne Lannou ». Ils étaient chargés de repérer les bancs de poissons par transparence dans une mer calme. S'ils en apercevaient un, ils agitaient un petit drapeau blanc ou ils donnaient un coup de trompette. La mer était-elle alors plus féconde ? Ou les hommes boudent-ils désormais ce métier de veilleur ?

Pas de morosité. Nous nous retournons pour admirer la baie. Ma sœur Jeanne récite à mi-voix un poème.

« De qui est-ce ? »

D'abord, elle ne veut pas dire. Je proteste. Elle lâche dans un soupir : « La princesse de Noailles. »

Et à tue-tête, mains en porte-voix, elle crie : « Anna de Noailles ! » Et pouffe… Elle a un rire de gorge qui arrive par rafales et que je ne connais qu'à elle.

« Tu ris parce que par rapport à toi je suis un petit garçon.

– Pas du tout.

– Tu ne ris tout de même pas de ce que tu as récité, qui n'était pas drôle ?

– Je ris parce que j'ai envie de rire. »

Dubreuil se doute-t-il que j'ai une grande sœur un peu fofolle ? Que, dans mes devoirs de français, des phrases qui ont eu droit à l'approbation professorale venaient d'elle ?

Comme le sentier longe le champ d'avoine, Jeanne s'arrête devant de gros liserons éclatants qui s'ébattent dans un roncier. Elle se penche. Que va-t-elle dire encore ? Elle chuchote : « Coucou, petit liseron », se retourne et, les yeux au loin, édicte :

Se peut-il que tu sois dans la nuit éternelle,
Toi qui avais été !

Je frissonne. Elle me pince l'oreille.

– Toujours Anna de Noailles. Pour un soldat mort à la guerre.

Le soleil vient de se coucher. Germaine, qui n'a pas écouté Jeanne, affirme qu'elle a vu le rayon vert. L'autre hausse les épaules. Le rayon vert n'existe que sur la mer.

Nous arrivons à la maison. Quoi qu'on ait pu dire de celle-ci, des vacances à Morgat restent uniques…

Dans le lit, un qu'une fois de plus je partage avec Jean – ce compagnonnage m'enchante, il me semble parfois que j'ai deux sommeils –, je n'entends pas la mer comme je le faisais la nuit voici deux années et je le regrette. Cette voix paraissait vivre. Marcher sur le sol jusqu'à Lesquiffinec. S'arrêter devant la villa et jouer toute seule sous les étoiles. En espérant que je l'entendrais.

Et le regret s'efface : un autre émerveillement marin est venu à moi. Les yeux clos, je contemple dans l'eau la sardine du cousin Guyader, une toute belle et qui se multiplie. Dix, vingt, trente sardines me filent entre les jambes, petits navires, petits oiseaux vif-argent, image suave du bonheur, de la beauté du monde, et de l'amitié. Dubreuil célébrait la mémoire ; il pourrait célébrer encore ces rêveries qui ne dépendent pas de nous, ce cinéma qui se met en branle sans que nous tournions la manivelle et dont les films ont une telle qualité de grain. Si je voulais, ne compterais-je pas les écailles de cette sardine-ci ? Ne croiserais-je pas le regard rêveur de celle-là ?

Jean dort la tête contre mon épaule. Je me dis qu'un jour lui aussi, avant de s'endormir, verra des sardines jouer sous ses paupières comme dans la profondeur marine et je me sens heureux.

*

Qu'est-ce donc, au juste, ce Paris désigné par Dubreuil comme le centre du savoir ? Dans la presqu'île de Crozon, le mot « Parisien » hante et heurte les gens du cru. Il désigne toute personne à l'allure étrangère et qu'on n'a pas classée comme brestoise. On ne pratique pas le terme « touriste ». L'« Anglais » – il vient des Anglais – figure une variété excentrique de Parisien.

Si le Crozonnais, en son for intérieur, n'éprouve pas de haine envers le Parisien (il n'en a pour personne et les Parisiens font marcher les commerces du bourg), il le considère, d'office, un crâneur. Qui séduit les gens, voire les trompe, parce qu'il sait le beau langage. Alors qu'au fond il n'est pas plus malin qu'un autre.

… Un dimanche, dans quelques années, j'interrogerai ma grand-mère paternelle à son retour de la grand-messe :

– Es-tu contente du sermon ?

– Oui. Le prêtre a parlé de l'Évangile du Parisien et du républicain.

Comment ne pas regarder mon aïeule avec plus d'attention ? Non, elle ne blague pas ! Je réprime mal une grosse envie de rire et m'abandonne à une émotion délicieuse. J'embrasse ma grand-mère en chantonnant. Quelle famille ! Et le fils de cette femme est entré à Polytechnique ! Et il a toujours profondément aimé et respecté sa mère, comme moi je respecte et j'admire et j'aime ma grand-mère et la défendrai toujours contre les prétentieux, les prétentieuses…

Encore, d'ailleurs, n'ai-je pas réfléchi. L'interprétation que les chères oreilles grand-maternelles donnent à un Évangile n'offrait rien de ridicule dans le contexte breton. Le Parisien n'est-il pas dans une église de campagne l'homme qui s'installe au premier rang ? Le républicain ne s'est-il pas confondu longtemps au Léon et en Cornouaille avec l'ennemi des curés ? Non seulement les deux termes disaient beaucoup plus à ma grand-mère que les véritables (et combien de gens ignorent à l'heure actuelle ce qu'est un pharisien ou un publicain !), mais ils lui présentent un paysage spirituel raisonnable et clair.

… En cet été 1922 de Morgat, je ne discutais guère avec moi-même ce mot de Parisien que j'entendais à tout bout de champ – déformé souvent en Parigot – et que personne ici ne m'applique, malgré mon costume, à cause de mes rousseurs et de mon allure tranquille. Je m'essaie au tennis. Une raquette de pacotille. Je me débrouille ! Tandis que Jean reste au Portzic édifier châteaux et bateaux de sable, je fréquente la Grande Plage. En utilisation d'un personnel en surabondance et qu'elle répugne à renvoyer (sait-on jamais ?), l'armée y rétribue les services d'un moniteur. Un sous-officier qui a fait la guerre. Il se met en chandail et maillot et, pieds nus, il attend sur le sable, marée permettant, tout garçon de bonne volonté. Saut, course, lancement de poids, basket-ball, football. Je suis un de ses meilleurs clients. Je n'ai pas renoncé définitivement à Saint-Cyr et ce militaire costaud et souriant, agile comme un singe, me séduit.

Un après-midi, le bonheur m'inonde. Aussi bêtement et superbement qu'on découvre un oiseau ou une fleur, je me suis créé un ami. Une découverte absolue... Trois élèves du moniteur et moi, nous jouions au football sur un but. J'ai avisé un garçon, un peu en retrait, qui regardait nos tirs. Le Parisien craché. Bien peigné, chandail élégant, chaussettes fines dans des espadrilles neuves. Je l'ai négligé. S'il voulait jouer, qu'il s'avance ! Nous n'étions pas un spectacle ! Ni non plus des sauvages ! Un Dubreuil m'aimait bien !... Et puis, brusquement, j'ai eu pitié. Dans sa parisianité, le garçon aux belles espadrilles inactives, seul sur la Grande Plage, faisait empoté en face de nous. Comme par mégarde, j'ai laissé le ballon filer vers lui. Il a eu le bon réflexe de tous les vrais garçons : il s'est mis en marche, a tiré dans le ballon. Mains aux hanches, rieur, je l'ai regardé. Il a parfaitement entendu le langage de mes yeux. Non pas : « En voilà un toupet ! », mais : « Viens, si tu aimes le ballon ! » Il est venu.

La partie achevée, il ne s'éloigne pas. Nous bavardons, échangeons nos noms. S'il n'est pas un Parisien à proprement parler, je l'adopte comme tel séance tenante. Il habite à la porte de Paris. Un lieu assurément chrétien : Saint-Mandé. Depuis trois années, il passe des vacances à Morgat. Chez un oncle médecin, resté sans enfants, le

Dr Firmin. Je connais ce nom. J'y associe l'image d'une grande auto verte.

L'amitié m'inonde.

– À demain ?

– À demain.

La mer n'a pas encore atteint les Petites-Grottes et je file au Portzic pour chercher Jean. Il a sculpté dans le sable une escadre : sept cuirassés, sept torpilleurs, trois sous-marins. J'admire l'ouvrage. Ne serait-ce pas l'indice d'une vocation ? Qu'en penserait Dubreuil ? Machinalement, je ramasse une coquille d'ormeau mutilée sur les roches par les vagues, mais qui a conservé sa nacre. Je l'offrirai à Jeanne, qui collectionne.

« … Échange de bons procédés », constate-t-elle un quart d'heure plus tard en me remettant une lettre inattendue. L'enveloppe porte :

M. Henri Queffélec
coureur cycliste
en villégiature à Lesquiffinec
Crozon-Morgat

Je reconnais l'écriture d'un pote du lycée. Sa plaisanterie n'est pas nouvelle. Le patronyme Queffélec appartient aussi à un grand confiseur brestois, nullement parent, et dont les deux fils, Charles et Lolo, sont en effet coureurs cyclistes amateurs.

– Il t'appelle Henri, s'amuse ma sœur. Quel retardataire. Comment ne sait-il pas que tu t'appelles Zèphe ?

Les propriétaires de la maison que nous louons ont deux fils, deux sauvageons, Joseph et Denis, dans le même rapport d'âge que moi et Jean. Il n'en a pas fallu davantage à Jeanne pour nous baptiser immédiatement Joseph et Denis, prénoms que l'usage a déformés en Zèphe et Nie. Les victimes s'insurgent quand des sœurs les appellent de la sorte mais, ô contradictions du cœur humain ! une fois ensemble, bien isolées dans leur duo fraternel, elles ne se privent pas de se lancer du Nie et du Zèphe en se tordant de rire. Elles ont même imaginé des variantes, par exemple le Zébu et le Dionze.

– Est-ce que tu es allée chez le Dr Firmin ?

– Pourquoi cette demande ? Aurais-tu la fièvre ? Montre-moi ta langue.

Je rassure ma mère. J'ai rencontré un neveu du docteur, un garçon de mon âge. Je ne dis pas que je brûle d'amitié pour lui. Que je l'admire. Cette aisance avec laquelle il s'est joint à des inconnus. Cette gentillesse d'expression, toujours nuancée de quelque réserve. Il évite les superlatifs et le rire bruyant. Il n'interrompt pas celui qui parle…

– C'est très bien. Le Dr Firmin a une excellente réputation. Dois-tu revoir ce nouveau camarade ?

– Oui. Demain.

Maman a jeté un mot que je n'avais pas prononcé. J'ai rougi. Elle va trop vite. Ou pas assez vite. Camarade n'est pas le juste mot. Je me défends d'oser dire celui qui conviendrait. Dans ce brouhaha familial. Nous sommes neuf, assis sur de vieilles chaises dépareillées, autour d'une table qui branle, dans la fumée d'un puissant plat de sardines qui ne feutre pas son odeur. Rien de parisien là-dedans, rien de saint-mandésien. Nous dînons comme si la baie de Douarnenez était là au milieu de nous. La rudesse des pêcheurs et de leurs barques habite les peaux grillées qui se superposent sur les poissons comme des feuillets de schiste et qui craquent doucement… Non, un ami parisien ne s'insinuerait pas dans un tel décor. Jamais de la vie. La toile cirée, dans l'usure des gros lavages, a perdu ses dessins et ses quadrillages. Elle compose une vieille plaque anonyme. Une laissée-pour-compte.

Il faut pourtant que je parle de lui.

J'attends que Renée ait fini de se disputer avec Thérèse pour une question de cuiller et je demande : « Est-ce que c'est correct à votre avis de prononcer "Morga" ? »

Je ne dis pas qui prononce de cette manière.

– Comment, « Morga » ?

– Eh bien oui. Nous prononçons tous « Morgatth », nous faisons sonner le t.

Les gens réfléchissent. Répètent « Morga, Morgatth ». La grand-mère maternelle elle-même s'intéresse à la question. Il faut dire « Morgatth » puisque les gens du pays prononcent « Morgatth ». Ce sont eux les maîtres du nom. Elle n'a jamais non plus entendu prononcer différemment.

Personne, tant mieux, ne me questionne sur l'origine d'un souci linguistique. Un plat fait le tour de la table pour que nous y mettions les arêtes de nos sardines. Un chat miaule déjà de plaisir et de hâte devant la fenêtre.

Je rêve au garçon de Paris qui prononce « Morga ». Comme la grand-mère qui a parlé, je possède un amour-propre local.

Cette prononciation molle, qui s'évite la fatigue d'un son appuyé, me semble sur un nom de lieu entachée de mépris pour la Bretagne… Et pourtant, et pourtant, je me refuse à la condamner. À travers l'espace, j'en appelle à Dubreuil. À ses « cœurs d'azur dans des piquants sauvages ». Comment réagirait-il ? Est-ce vraiment du mépris que « Morga » manifeste ? Ne serait-ce pas plutôt une pudeur ? Quelque chose comme : « Nous Parisiens reconnaissons que nous n'avons pas toute l'énergie bretonne. Nous n'essayons pas de lutter avec vous sur ce terrain. »

Et si j'abordais le sujet avec lui ? Est-il possible qu'un homme ou une femme du pays ne l'ait jamais repris sur son « Morga » ?

… – Est-ce que tu viens faire un tour ? Vers Poraor ?

Je tressaille. En voilà encore un nom de lieu ! Po-ra-or, que nous prononçons Poror, à la crozonnaise ! Jacques (il s'appelle Jacques), c'est vrai que nous sommes tout de même nous Bretons un peu barbares !

J'ai accompagné Jeanne, Germaine et Renée. Une voix a proposé timidement un crochet pour revoir « l'ancienne maison », l'idée ne prend pas. La famille a de bons rapports avec les propriétaires actuels de la villa, mais un retour vespéral sur les lieux offrirait quelque chose de funèbre. Ces gens, que nous ne jalousons pas, ont transformé le coin. Affadi les vitres par des rideaux, des tentures. Planté une haie de rosiers. Remplacé la petite porte basse par une grille. Et un chien aboie sitôt qu'on s'approche… Poraor, non, rien que Poraor.

Le cœur battant je retrouve intacte la sauvagerie de la grève chaotique, traitée par la mer comme une carrière d'écueils, dégringolade immobile et remue-ménage figé de tables de pierre informes, de menhirs ratés, d'une rocaille pavoisée d'algues éclatantes.

– Germaine, tu te rappelles ?

D'un doigt incertain, Germaine montre une flaque, mystérieuse dès qu'on l'isole, creusée dans une assemblée de blocs, et où les laminaires plongent à l'envi leurs lianes.

Était-ce bien là que Germaine et moi nous avons attrapé il y a deux ans nos plus belles pièces ? Je me souviens d'un trou rectangulaire très humble. Une grande roche vaguement carrée, à flancs droits, bien encastrée à droite et à gauche, formait un des petits côtés. Une fissure s'ouvrait sous elle, béante, tentante, où j'ai plongé trop vite la main. Oui, la fissure était habitée, mais le crabe-chèvre que je touche ne m'a pas laissé le temps de retirer mes doigts, il m'a pincé au pouce, très dur, et j'ai crié. Je saignais. J'ai sucé, trempé le pouce dans la mer et, armé cette fois d'un crochet de fourneau, fouillé la cache. Il en est sorti non pas un, mais cinq crabes-chèvres, gigotant à qui mieux mieux et que nous avons capturés tous.

Je demande à ma sœur pourquoi cette année nous n'avons pas fait équipe et ne sommes pas retournés aux crabes.

Elle rit.

– Parce que nous sommes trop vieux.

Je ricane. Ne serait-elle plus capable, vraiment, de descendre dans la crique par un sentier qui n'effrayait pas nos petites enfances ?

Sans écouter la réponse, j'étudie le sentier, large d'à peine trente centimètres, grossière écorchure de la falaise, piquant vers l'abîme, presque à tombeau ouvert, sur une cinquantaine de mètres. Je ne peux pas ne pas le trouver ahurissant d'audace. J'admire du même élan les anciens côtiers du pays, des gens qui n'avaient pas froid aux yeux ni aux pieds, et ma sœur et moi, une ancienne sœur, un ancien moi. Germaine a plus ou moins raison. Nous ne sommes peut-être pas trop vieux, mais nous avons changé. Nous pesons davantage nos actes... À la fin d'une journée qui, en m'apportant un ami, semble me renouveler corps et âme, je prends nettement conscience que j'ai un passé. Je ne suis plus le gamin pieds nus, sac à pommes de terre sur l'épaule et crochet de fourneau dans la main droite, qui se précipite vers une grève sans mesurer le danger, sûr de sa victoire sur le peuple fourmillant des crabes.

Merveille de ces fins de jour. Le regret d'avoir perdu un secret d'enfance et la communication instantanée avec la sauvagerie de la pierre et de la mer, ne persiste pas devant ces tons du couchant. Devant l'infini de beauté qu'est ce cirque marin, masse devenue aussi pure et simple qu'un œuf, la baie de Douarnenez, l'eau plane et les falaises – la baie de Morgat s'y taille filialement un retrait où elle s'enroule en escargot autour de sa plage jusqu'au môle naturel de la presqu'île de Kadorc'h. J'ai un passé, mais c'est bien aussi pour cette raison que Dubreuil a voulu me guider. Qu'un jeune garçon parisien a joué si vite avec moi et m'a offert, je le crois, son amitié.

... Nous revenons par les vieux petits chemins. Une landaie que j'avais laissée maigrelette s'est changée en un boqueteau touffu. Deux lapins se sauvent. Je salue la barrière démantibulée, goudronnée de neuf, qui prétend clore une jachère. Le repli de terrain où je ramassais des camomilles pour ma grand-mère maternelle. La grosse pierre, enfouie à même la grosse terre d'un talus, et que nous appelions l'ancien menhir. Les grands ronciers où en septembre nous viendrons peut-être en bande cueillir des mûres…

Une mauvaise rencontre : un groupe de six personnes habillées avec recherche et qui parlent haut. Les femmes, largement poudrées, laissent dans l'air un parfum de coiffeur. Faute d'un meilleur vocabulaire, nous pensons tous les quatre, même Jeanne, « des Parisiens » et cela me peine. Mon Parisien à moi n'a rien à voir avec des hurluberlus qui marchent dans la Bretagne sauvage comme en pays conquis. C'est la première fois qu'à cette heure, dans ce coin éloigné des grands hôtels et des grandes villas, nous croisons de ces visiteurs indignes. A-t-on idée de maltraiter l'air marin ? Mange-t-on les sardines dans une sauce à l'eau de Cologne ? En tout cas, puisque ces messieurs-dames jouent à ne même pas nous remarquer, aucun d'entre nous ne prononcera un salut.

– C'est beau la nature ! plaisante Jeanne comme nous dépassons les fâcheux.

… Aucune réaction. Ces gens sont blindés.

… Ne se dirigeraient-ils pas vers Poraor ? Quoi qu'ils fassent, ils ne toucheront pas à notre petite enfance. Au Morgat sauvage et immaculé qui nous avait ancrés dans la beauté du monde.

3

Tandis que j'approfondis l'amitié de Jacques, je sens s'éloigner, glisser vers un horizon où il va s'engloutir, un certain Morgat. J'aimerais à ralentir cette fuite ; mais tous les livres, des missels noirs avec un signet doré jusqu'aux anthologies à couverture cartonnée des écrivains latins, en passant par les poèmes de Villon, du Bellay, Ronsard, Lamartine, Hugo, enseignent la même leçon que la grand-mère maternelle discourant à Brest dans son lit de merisier : le temps s'en va. Personne n'a repéré le procédé de locomotion du temps, il s'en va et personne ne le rattrape. Ceux et celles qui disent qu'il ne faut pas perdre son temps commettent un abus de langage. Gaspillé à des besognes futiles ou vécu dans de belles tâches, plein de bonheur ou plein de souffrance, le temps se perd comme un nuage se perd, comme une idée se perd, le temps s'en va ! Les professeurs d'histoire en savent quelque chose, qui s'efforcent indéfiniment d'en classer, d'en diviser, le souvenir. L'enfance lâche la main du garçon ou de la fille. Elle devient matière de mémoire, tout comme cette marche d'une légion romaine, décrite par César, que Dubreuil, dans son intérêt pour moi, m'avait provoqué à réciter.

L'allée des Pins a changé aussi fort que, entre la fin de septembre et Pâques, dans le secteur des Pierres-Blanches, changeait la configuration des trous d'eau, des rigoles et des roches. Mais les Pierres-Blanches, en juillet, rentraient dans l'ordre ; alors que les arbres ne retourneront jamais à leur minceur juvénile… Ils y seraient d'autant moins incités que leur image actuelle ne durera pas. Comment avais-je ignoré, naïf, qu'il n'existe pas d'arbres spécialement vieux ? Que n'importe quel jeune pin a la vocation de la vieillesse ?

Et s'il n'y avait que l'allée des Pins ?…

Un trouble à la fois plus grand et moins morose que la fuite du temps habite heureusement Socrate-Joseph… Henri. Non seulement Jacques est Jacques, mais il a une sœur, Simone, plus jeune d'une année. Elle serait le portrait féminin de son frère si elle ne devait suivre un traitement dentaire qui enlaidit son sourire. Ce qui ne tue aucunement son charme. Parce qu'elle est honteuse de ne pas se sentir à son avantage, Simone rosit (elle a une peau très tendre), elle balbutie pour des riens. Brusque, elle tourne le dos, découvrant un jeu de nattes blondes, et se sauve en petite sauvageonne parisienne. Simone, Simone, on vous aime, ne boudez plus. Jacques m'apprend la prononciation « Morga », mais vous, Simone, vous me révélez « tatate ». Sans rire du tout, c'est ainsi que vous désignez Mme Firmin la sœur de votre mère. Vous glissez le mot, telle une évidence. Vos yeux tranquilles, petites agates violettes, se révolteraient si on vous blaguait.

Et pourtant ! La collection des prénoms que portent mes tantes a beau m'amuser telle une vitrine d'antiquités ou un couplet de chanson – Marguerite, Claudine, Élisa, Joséphine, Émilie, trois Catherine, Marthe, Amélie –, je trouve une allure d'excellent aloi au terme « tante ». Je n'ai aucune envie de le mutiler. Tatate, pourquoi pas patate ? Donner à la tante Claudine – qui porte des coiffes curieuses, munies d'une bride – du « tatate Claudine », reviendrait à lui lancer de l'herbe dans la figure... J'aime trop Simone pour manifester un désaccord dont elle ne s'inquiète sans doute pas. Peu à peu, « tatate » perd son ridicule. Tourne au pittoresque. Aidé par le visage de Mme Firmin, un peu gras, très bienveillant, un humour dans le sourire. Très vite, elle et son mari m'ont invité à un goûter – sous un parasol, dans le fond d'un jardin, et des oiseaux sautillent sur le gravier des allées. À deux cents mètres d'une baie océane, derrière un massif de roses, en plein Morgat, j'imagine étrangement connaître un avant-goût de Paris. L'on me parle de sujets variés, on évoque familièrement devant moi des lieux comme Londres ou Limoges, comme si j'avais déjà beaucoup circulé, moi qui n'ai jamais quitté le Finistère qu'en rêve.

Je savoure cette aisance. J'écoute, j'apprends comme dans une classe de Dubreuil. L'oncle Firmin – bizarrement, le mari d'une tatate n'est pas ici un tonton – a soigné pêle-mêle richissimes, familles de pêcheurs et de paysans, et il raconte des histoires vertes.

Que je le veuille ou non, je préserve d'ailleurs un royaume inviolable. Les conversations sur le cancer, nouveau fléau, ou sur l'affaire Seznec-Quéméneur, ne m'empêchent pas de songer qu'une mer irrésistible va entrer tout à l'heure dans les Petites-Grottes et couper le Portzic de la Grande Plage – ni qu'une planète nommée Terre, toute chargée de peuples, tourne dans l'espace. L'habile possession du beau langage français n'assure pas la propriété des êtres ni des choses. Par moments, je céderais volontiers, comme ma sœur Jeanne, à un fou rire. Ou je déclamerais des vers de Hugo. Oui, Simone, le monde échappe aux jolies phrases et il change sans cesse. Non, Simone, Paris n'est aucunement l'univers. Si Dubreuil s'est mis en tête de m'y envoyer, vous démontrez quant à vous que la joie des vacances n'y trouverait pas son compte. Je vous contemple, chaussée d'espadrilles bleues et jupée de lin blanc, debout sur le sol breton. À toute vitesse, vous me chuchotez que vous adorez Morga. Je vous demande si vous connaissez le bois et la plage de Lostmarc'h, vous écarquillez vos agates. À défaut d'oser vous battre avec un nom sauvage, vous questionnez dans un souffle : « Où est-ce ? »

… Tandis que je parle, je revois les lieux. Lostmarc'h, comme Laber, appartient aux grandes sorties de la smalah familiale, avec grands-mères et pique-nique, dans une atmosphère de découverte du monde – les solitudes, le vent, le soleil au zénith, les sources, les chardons bleus, la mer immense. À Lostmarc'h, une fois, les grands-mères se sont mal entendues au sujet de la marche du retour. L'on n'a jamais débrouillé ensuite laquelle avait commis une erreur pour le rendez-vous. Toujours fut-il que ma grand-mère paternelle et moi, après avoir attendu, puis erré, nous nous sommes perdus dans les sentiers de forêt. Le soleil se couchait. Il faisait sombre sous les arbres, qu'agitaient de soudaines rafales. J'étais dans un âge où l'on croit au loup et je serrais fort la main d'une aïeule redevenue pour moi la bonne mère-grand. Je pleurotais, sentais la fatigue et quand même appréciais l'aventure. Un garde forestier, vêtu d'une houppelande blanche, a surgi tout à coup de l'épaisseur des taillis ou du fin fond des légendes. Après avoir ri de notre misère, il nous a guidés vers l'orée bienfaitrice. Par pitié pour mes petites jambes l'aïeule m'avait juché sur son dos. J'étais bien. Je somnolais. Dans un rêve je surprenais en riant la grognonnerie de ma porteuse contre l'autre grand-mère, qualifiée de « méchante femme » …

Simone vient de situer Lostmarc'h. Le ton gentiment péremptoire, elle murmure :

– Vous voulez dire le bois des Chasseurs ?

Je ne réponds rien. J'entends l'appellation pour la première fois. Elle me paraît banale. Lostmarc'h, voilà qui sonne, et qui sonne juste. Car il ne s'agit pas de désigner seulement une armée d'arbres. La forêt de Lostmarc'h se termine sur de hautes dunes d'un blanc crayeux d'où l'on plonge de vingt mètres sur une plage barbare, grande ouverte sur la violence du large. Sauf exception, et quelle que soit la hauteur de marée, les vagues de l'océan y achèvent leur chevauchée par des rouleaux puissants comme des murailles de blocs et qui dégringolent dans un bruit d'avalanche.

La petite Parisienne aurait-elle deviné ma déception ? Elle ajoute, la voix haute :

– Je trouve l'endroit très joli.

J'ai fabriqué un sourire de gratitude. Si je reprochais à Saint-Mandé de commenter un chef-d'œuvre de la nature par un mot passe-partout, je serais un mufle. Dubreuil met en garde contre les épithètes laudatives. Il n'a pas sur moi prêché dans le désert.

Lostmarc'h, joli ? J'entends la mer qui éclate de rire. Elle n'a que faire des idiomes, des dictionnaires. Elle est ardeur et vie, plénitude sans appel.

… Le délicat Dubreuil choisit pour ses élèves des poésies sentimentales, mais il reste un ami de Rabelais. Il nous a livré, en thème latin, un texte qu'il avait peaufiné sur la naissance de Gargantua. En suggérant de traduire Grand gousier par *Grande Guttur.*

… Saint-Mandé, peut-être, est joli. Pas le tintamarre marin ni la solitude sylvestre de Lostmarc'h !

… Tu t'embrouilles, petit cuistre. Tu es bien jeune pour légiférer en esthétique. Lorsqu'une fille te demandera si elle est jolie, vas-tu couper les cheveux en quatre dans ta déclaration ?

J'ai amusé Jacques et Simone en leur rapportant un sujet de composition française délivré par *Crâne pointu* : « La bicyclette est plus qu'un sport. C'est un bienfait humain. » Je plaisante les profs et ne suis pas loin cependant de me dire que le tennis est plus qu'un sport, c'est un moyen de rencontre. Jacques et Simone m'ont proposé de louer avec eux et Georges, un pur Parisien fils unique, un petit court, bien abrité, situé en arrière de la plage, que l'on baptise « tennis Peugeot ». Les lignes blanches sont mal tracées. Le filet a des trous. Oui, mais je fais équipe le plus souvent avec Simone et goûte un fier bonheur dans des duos où il ne se passe rien et où il se passe tant de choses. Mes compagnons trouvent que je joue bien, car je cours et je cogne. Ils m'incitent à persévérer dans le tennis. Dubreuil se moquerait de moi. Il me faudrait d'ailleurs une raquette neuve. La relique familiale avec laquelle je joue m'a été confiée avec des soupirs maternels, elle a servi à mon père, puis à Marie, mais elle a déjà fait l'objet d'une réparation à la colle forte. Elle en a gardé une espèce de cicatrice et, quand je smashe avec violence, elle fait entendre une espèce de plainte ou de protestation. Le moyen de la remplacer ? J'attendrai six années…

Au début de septembre, comme Jacques et Simone vont quitter Morgat, les Firmin nous invitent, Georges et moi, à déjeuner. Je surveille mes gestes. Le docteur voudrait que je boive largement de son bordeaux, je défends mon verre. J'admire tout. Le chien et le chat, les aquarelles, un sabre d'ordonnance, un buste d'Hippocrate, les œufs mimosa, le lapin à la crème. Jusqu'aux frites, que je crédite d'une élégance de goût parisienne.

Me sera-t-il impossible de parisianer le dessert ?... Hum. Vous les pommets de la boulangerie de Crozon, c'est la tante de jeunes Parisiens qui vous a choisis. Pour qu'on vous consomme dans la coquetterie de sa villa. Décidément, je trouve au mien un fumet spécial.

... Petit snob. Ne vois-tu pas que ce gâteau a subi un coup de feu parfaitement breton ?

– Prenez-vous du café ?

J'envoie sans rougir mon « Oui, merci, madame ». Chez nous, à midi, seules ma mère et mes grands-mères boivent du café. Mais les livres ne disent-ils pas qu'il faut que jeunesse se passe ?

Simone, pour décliner le café, a un coup de tête nonchalant. Quand il s'agit d'offrir le sucre, la voici debout, preste et gamine. Elle s'est parfumée avec un flacon de sa tante – un peu trop, mais honneur aux mains généreuses : elle ouvre un sillage. Elle aussi est née en 1910. Six mois plus tard qu'un certain bougre. La différence d'âge idéale entre mari et femme.

Bravo, Georges le placide. Non seulement sa petite cuiller ne tombe pas (la mienne a commis cette maladresse) mais il sort une brillante raison pour refuser du sucre : il veut apprécier le café tout seul. Inscris cela, mémoire. Je regarde ma tasse. J'interroge le liquide qu'elle contient, noir comme de l'encre, et hume son arôme. C'est vrai que...

– Alors, le champion de tennis, vers quoi se tourne-t-on ?

Le docteur m'a saisi le bras – je bénis le ciel car je n'ai rien renversé.

– … Jacques m'a dit que vous vous destiniez à latin-grec. Ce n'est pas moi qui médirais de la filière. Pour m'inscrire en médecine, j'ai dû étudier le grec et je tire mon chapeau à cette langue. Votre nom, d'ailleurs, hein, sonne grec. On a dû vous le dire : *kéfalé*, la tête. Je ne sais pas si Queffélec veut dire quelque chose en breton, mais pour moi, hein, vous êtes un garçon de tête.

Tout le monde rit. J'adresse un sourire à Simone. Satisfait de son succès, le docteur enchaîne sur le petit nombre de débouchés auxquels une filière latin-grec semble conduire. N'est-ce pas ce que tu m'as dit toi-même hier, mon Jacquot, toi qui vises Sciences Po ou, à la rigueur, HEC ?

– Oui et non. Un latin-grec peut très bien, en classe de première, chauffer aussi du côté scientifique. Faire le bac math élem. Préparer ensuite n'importe quelle école.

Je bois une longue gorgée de café. Je me rappelle un titre de livre attrapé au vol dans une vitrine : *Nos actes nous suivent.* « Nos » actes, qu'est-ce à dire ? Nous ne forgeons pas tout seuls notre destin. Si dans cette villa paisible je me trouve, une minute, au centre d'un débat sur les études latines et grecques, je le dois à la volonté paternelle. À l'affection d'un agonisant pour la culture qui avait formé les profondeurs de sa jeunesse. (Je ressens dans la gorge le goût grave, l'écho lancinant, du café que je viens de boire.) Sur son lit de mort, l'officier n'a pas prononcé le nom d'une école militaire. Simplement « latin-grec ».

Une source d'un autre type que le Kéramprovost qui hantait la mémoire de ses lèvres, mais une source, encore fraîche et secrète, de bonheur, de plénitude.

… Simone m'a enlevé une tasse qui se préparait à choir.

– Heureusement vous êtes moins distrait au tennis ! Mon frère vous parle.

– Oui, Henri. N'est-ce pas que tu pourrais aussi bien, avec latin-grec, faire Navale que le professorat ?

– Pourquoi le professorat ?

– Si, mon vieux. Normalement, c'est le cas de le dire, latin-grec mène à Normale lettres.

Je tombe de mon haut. Et si nous discutions du dernier ou prochain tour de France ? de la coupe Davis ? Je n'ose confesser que je connais à peine le nom de cette école dite « normale » – comme si une école pouvait être anormale ! – et vraiment pas du tout les carrières (encore un mot singulier) qu'elle offre.

… Professeur, je ne me vois guère professeur ! Entre nous, Jean, imagines-tu dans une chaire ton adversaire au football-perles ?

J'ai aimé Mme Fillette. J'admire Dubreuil. Mais s'enfermer quand il y a le monde ! Les cinq continents. La beauté de la mer. La course à pied et la musique. Toutes les îles inconnues. Tous les mystères. Toutes les solitudes, toutes les foules.

Le docteur me donne une tape sur le genou.

– Mon neveu déblatère, mon cher kéfalé. Non non bien sûr vous n'allez pas être professeur. Un Breton, c'est Navale qui l'attend, bien sûr.

– … Et c'est la plage ou le tennis qui attend nos jeunes, rectifie Mme Firmin. (Elle a ceint déjà son tablier de vaisselle, une petite merveille, article parisien évidemment.) Surtout, ne prenez pas le chien avec vous. Il y en a eu deux d'écrasés depuis huit jours. »

Dehors, je propose un tour dans le bois de Kadorc'h, au-dessus du port de Morgat. Après cette conversation trop sérieuse, j'ai besoin de me secouer. Cheminer avec Simone dans des paysages que ma petite enfance a tellement aimés me sera joie. Depuis une semaine, mes sœurs, mon frère et moi sommes confiés à ma grand-mère paternelle. Ma mère, l'autre grand-mère, sont retournées à Brest. Elles ont demandé que nous priions pour la tante Amélie. Comme elles ne pleuraient pas, nous avons pensé que l'alerte ne serait pas grave. La bonne tante Amélie, l'ingénuité même, quelle maladie aurait le cœur de la blesser… Avant son départ, ma mère a réglé notre location jusqu'à la fin de septembre. J'ai compris que nos retrouvailles de Morgat, dans une maison sans âme et trop éloignée de la mer, l'avaient déçue. De pauvres oisillons, tombés d'un nid suave du vrai Lesquiffinec, voilà ce que nous avions été. Désormais, une fois pour toutes, les vacances nous mèneraient ailleurs. Inutile de compter sur Morgat.

Les arbres de Kadorc'h ont perdu de leur sveltesse, mais le changement est ici beaucoup moins prononcé que dans l'allée des Pins. Je jouis d'un parfum intact, d'entre boulangerie et grange, je jouis des chenaux rouges, purulents de résine, qui zigzaguent entre les plaques d'écorce, je jouis des pommes, épaisses, closes comme d'énormes boutons de fleur. Je reconnais le fredon légèrement cristallin des aiguilles quand une brise les agite.

… Mon Kadorc'h. Notre beau Kadorc'h. Je me blottis sur mes secrets. N'était-ce pas hier que la charmante petite Simone jouait à la poupée ? Sa parisianité ne pourrait pas comprendre. Oui, mon enfant, ma sœur, ton équipier de tennis a vécu ici même une scène médiévale. Pendant la guerre. Si ton Morgat n'avait pas le temps de jouer alors à la station balnéaire et si je marchais pieds nus, gamin de sept ans, comme tout gosse de pêcheur, je t'assure que certaines gens connaissaient trop bien leurs droits. Nous étions venus à Kadorc'h, ma grand-mère maternelle et moi, ramasser des branches mortes. Aucune grille, aucun barbelé ne fermait le bois. Rien qu'un écriteau « Propriété privée » dont les intempéries effaçaient les lettres. Nous avions emporté de la maison un seul sac, le vieux noir, pas trop grand. Eh bien un homme – pas le grand garde à houppelande, si tendre, de Lostmarc'h, mais un type banal – nous a bondi dessus comme nous nous en allions : « Où vous croyez-vous donc ? Je vous traînerai en justice ; videz-moi ce sac plus vite que ça, c'est absolument interdit ce que vous avez fait. » Ma grand-mère, les larmes aux yeux, a silencieusement obéi. Plus tard elle m'a dit : « Cet homme était un sans-cœur. Il ne faudra jamais, toi au moins, faire comme lui. »

Silence, donc, sur une telle anecdote. En contrepartie, je désigne du bras *le* môle qui s'allonge là-bas dans une trouée entre les arbres – il y a ainsi comme cela, parmi les choses, des êtres d'un caractère unique. L'article défini les coiffe comme une gloire. À Brest, il y a *la* rade... *Le* môle, ce long ouvrage qui se détache de la côte avec l'élan d'un sauveteur, d'une Vierge, d'un chien de garde, pour protéger des lames les bateaux fragiles... C'est sur *le* môle qu'un matin de chaleur et de marée basse j'ai filé vers un attroupement. Un bateau était revenu de la baie avec des sprats au lieu de sardines. Toute une charibotée – les poissons font quelquefois des farces. Plutôt que de chercher à vendre, les pêcheurs avaient renversé leurs prises sur le quai. Un ruissellement rutilant. Se servait qui voulait. Une dame m'a offert un vieux journal, dont j'ai fait un cornet pour le garnir. La pêche miraculeuse. Des seigneurs, ces hommes-là. Non pas les peigne-culs laissant pourrir un bois mort qui eût été trop heureux de brûler dans un fourneau.

Les sprats, le mot ne dit rien à Simone. Elle confond, je crois, avec les gobis. La pêche l'intéresse de loin. Elle craint les algues urticantes et les vives.

Pourquoi une faiblesse féminine inquiéterait-elle ? Le rôle d'un mâle est aussi de montrer, de former. J'apprendrai un jour les crabes et les crevettes à ma Parisienne.

Nous revenons de Kadorc'h par la Grande Plage. Jacques et Georges font leurs adieux au moniteur. Très peu d'enfants à jouer sur le sable. Charme et mélancolie des fins de saison sous un soleil luxuriant. Le marchand de gâteaux en blouse blanche qui fond sur nous de loin avec son éventaire (ce métier de plage n'existait pas dans mon enfance) nous signale qu'il termine sa dernière semaine. Il brade les pains au chocolat. Miraculeusement, j'ai ce qu'il faut – un billet que ma grand-mère maternelle m'a offert à son départ pour me récompenser de menus services – et je peux régaler Simone.

Séparation devant la villa. Pas d'embrassades ni de formules solennelles, mais des mains bien serrées, des rires et des sourires, un peu de gêne, le temps qui passe, l'avenir, l'impuissance des mots. Alors qu'il va pousser la porte, Jacques le précis note que nous n'avons pas échangé nos adresses. Tandis que j'admire qu'il porte sur lui un stylo, la « place du Château » l'enchante. Il se plaint de ne m'offrir à Saint-Mandé qu'un nom de rue très courant, Louis-Pasteur – comme si une rue de Saint-Mandé pouvait être courante !

– Quand tu viendras dans un lycée de Paris, tu viendras chez nous… affirme-t-il, et il se reprend : D'ici là, bien sûr, à Morga l'année prochaine.

Je guette la réaction de Simone. Elle approuve le frère d'un air sérieux. Avec embarras il me faut dire que je doute de revenir à Morgat.

– Ah non ! mon vieux. C'est bien, Morga.

– Ma mère a d'autres projets.

– Tâche de la faire changer d'avis.

Nous rions. Les adultes !

– Allez, pas d'histoires, on s'écrira, on se reverra.

L'aisance parisienne. Je ne me vois pas en professeur, mais je vois clairement Jacques en diplomate ou en député.

… Pas si vite. Restons des garçons. Demi-hommes, demi-enfants.

4

Je sais gré à Jacques d'avoir dit que Morga, c'était « bien ». Je préfère ce dire au « joli » de Simone. Dubreuil enseigne un adjectif grec, beaucoup plus juteux et sûr de soi que le français « bel et bon » dont il semble la traduction littérale : *kalokagathos*. Jacques, inconsciemment, aura-t-il pensé à ce mot ? Si oui, tu as raison, cher Parisien. La bonté, la beauté se marient dans notre coin de golfe.

… Le climat sentimental de la journée m'a poussé à revenir par l'allée des Pins et le Portzic. Je nourris malgré moi deux inquiétudes : et de constater que les lieux bénis de mon enfance, où la mer et les arbres m'ont initié à lire la création, étaient moins beaux que des yeux naïfs le songeaient ; et de découvrir que les lieux ont changé depuis avec trop de violence.

*

Ici une parenthèse.

Les compliments que je prodigue à des paysages peuvent amuser, irriter le lecteur ou la lectrice. En tout cas, le laisser incrédule. S'il connaît d'aventure le Portzic 1988, il risque de trouver à mes louanges le « plus » marseillais. Je persiste pourtant et je signe : j'ai un témoin sûr. Lorsque, dans ma jeunesse, j'appelais « notre beau Morgat » le Morgat de mon enfance, je visais juste. Le Morgat que j'avais vu et retenu n'était pas simplement le mien, celui de ma famille. Il appartenait à la communauté des visiteurs qui aimaient les paysages et avaient reconnu son *carmen*.

Plus d'une fois au cours des pages précédentes j'ai relevé des signes mystiques dans les événements : les petits bateaux de liège qui s'échouaient au Portzic ; la coïncidence de l'exhumation de mon père, à Bar-le-Duc, avec ma première communion... La vie a ses propres idéogrammes. À nous de les lire. En voici un encore.

Cela se passe un matin pluvieux des années 70-74, à Paris-sur-Seine, du côté de l'église Saint-Thomas-d'Aquin. Je me hâte. Avant de traverser une rue, je regarde le trottoir d'en face et... pas de doute : derrière la baie vitrée, entre des casse-tête bantous et des porcelaines de Delft, le Portzic. Affublé d'un cadre noir et dix fois trop lourd, soit, mais c'est lui, intensément lui, jubilant face à la pluie parisienne du dehors. Je traverse la rue. Le tableau est signé Camille Maufra, un de l'école de

Pont-Aven. J'ai appris à aimer ce peintre. J'ignorais qu'il eût travaillé à Morgat. Mon cœur bat à grands coups. Si j'enlevais ce Portzic, que ferais-je d'autre que reprendre mon bien ? Sous les espèces d'un rectangle d'étoffe peinte, là, à trente centimètres de moi, je contemple toute mon enfance.

Incroyable peut-être mais vrai, Maufra se sera installé, pour cadrer sa toile, à l'endroit même par lequel, neuf fois sur dix, nous arrivions à la plage. Sur la droite. Au débouché d'une (invisible) allée des Pins. Juste au-dessus des Pierres-Blanches. Il a tourné son chevalet cap sur l'Aiguille, le gigantesque monolithe barbare dominant à gauche dans une grève le chaos des roches qui ferme le site. Quand a-t-il opéré ? Je connais mal sa biographie. S'il est mort en 1918, comment exclure, a priori, qu'il ait visité Morgat lors d'un de nos séjours ? Je ne me souviens pas d'avoir rencontré jamais un peintre en action au bout de l'allée des Pins, alors que j'en ai vu travailler plusieurs sur les quais du port, mais quoi, une mémoire enfantine qui reste muette sur l'atmosphère française en juillet 1914 manque de poids. Elle peut fort bien avoir sauté un bonhomme solitaire aperçu un jour dans son coin tout occupé à une tâche mystérieuse avec un drôle d'attirail. Les grands-mères étaient discrètes. Elles auront dit aussitôt : « Viens-t'en par là. Il ne faut pas déranger ce monsieur. »

Exactement la toile rêvée pour illustrer « notre beau Morgat ». La pureté d'une solitude sauvage et douce. L'assemblée des roches et des eaux. La vie autonome d'une création qui ressemble à un grand animal paisible en train de bouger pour se distraire. La mer a commencé à monter dans le creux d'un début du jour sans autre présence humaine que l'artiste, sur un sable humide et plan où un couple de goélands cherche nourriture.

Pas une zone de ce paysage que je ne puisse peupler de noms, de visages, d'histoires. Les herbes du premier plan, je les ai foulées de mes pieds nus. J'ai souri à ces taches blanches minuscules, des marguerites qui se réveillaient avec le jour comme des personnes et que je ne croyais pas blesser en les cueillant. J'en ai offert un bouquet à un gaillard allongé près d'une belle dame. Sur le sentier qu'on ne voit pas et qui s'ouvre à droite de ces fougères, j'ai pris la poudre d'escampette devant le reptile conduit par ma fanfaronnade à sortir de son trou. Je n'ai jamais su s'il était lézard, couleuvre ou vipère. Tout en bas il y avait l'empilement confus des galets, rangés par milliers et milliers comme les épaves blanches et grises des cataclysmes de la préhistoire, prêts toujours à s'entrechoquer en baroques cymbales sous les soubresauts des lames d'une tempête. Les enfants se figuraient grands destructeurs parce qu'ils piochaient librement dans la réserve, mais ils ne faisaient que l'effleurer. La mer avait l'œil et la force : les galets dispersés par les gosses retournaient tôt ou tard près des leurs, comme les vêtements que les enfants laissent épars dans une chambre regagnent le placard entre les mains des parents.

Je suis entré naturellement chez l'antiquaire. Le prix dépassait mes possibilités. Il n'avait rien, je suppose, d'excessif et je ne crois pas que le tableau, exposé ainsi, ait longtemps attendu l'acheteur. Je souhaite qu'il n'ait pas émigré chez quelque spéculateur richissime. Où qu'il soit présentement, puisse-t-il être aimé.

... Les yeux experts de Maufra avaient saisi toute la beauté originelle de notre Morgat.

*

... En cette fin d'après-midi dans les paysages bien-aimés, le garçon que l'avenir trouble ne se rassure qu'à demi. Il vient chercher le passé en témoignage de continuité et en effet, si les arbres de l'allée des Pins ont forci, au moins ils demeurent tous. Le parquet de leurs aiguilles mortes, que çà et là le soleil atteint du bout de sa flèche, a toujours ses tons brun-rouge de vitrail. Je reconnais le pin que mes grimpées avaient élu pour le meilleur. Il a renoncé aux basses branches qui servaient à mon envol vers sa cime, mais il sent bon la beauté de vivre. Le tronc squameux que je frappe de la main sonne le rude. Une agate. Le granit.

Le Portzic de ce septembre n'est guère plus peuplé que n'était le nôtre : quelques silhouettes d'enfants galopent ou tremblent, perdues sur la plage. La mer souveraine continue de baisser en bon ordre, vaguelette sur vaguelette, sans un cri, à peine une rumeur d'herbe qui tombe, la joie de la besogne faite, l'horaire caché dans le sang, merveille des marées. Vers l'Aiguille, la statuaire des premiers âges est en place. Rien n'a été volé dans l'atelier abandonné par les géants. Le Petit Gros Rocher trempe dans l'eau à mi-pattes le vieux corps dont je sais la peau revêche, hérissée et trouée, garnie dans le bas par des régimes de moules, des laminaires, des varechs.

Oui certes. Mais je n'ai pas pu refuser de voir, sur la pente qui sépare de la plage les premières maisons de Lesquiffinec, un paquet d'autos qui stationnent là comme chez elles. Des hommes en étaient descendus, leurs groupes vont et viennent. Des cartes se déploient – sûrement des plans de terrains. Des ordres se lancent. Des costauds en bottes ou à souliers de soldat fichent dans le sol, aussi facilement que mon oncle Adolphe ses épingles dans une étoffe, des piquets de bois. J'avais bien entendu dire que les villas, d'ici peu, allaient se construire au-dessus du Portzic, j'avais envoyé promener la nouvelle. Pourquoi pas un pont suspendu entre Kadorc'h et Douarnenez ? En fait d'actes sacrilèges, la guerre de 14 suffisait. Après avoir cassé tant de têtes, de bras et de jambes d'hommes, on allait casser du paysage ? Non et non, personne ne toucherait au Portzic.

Eh bien si. Et le petit gars ancien élève de Dubreuil qui s'apprêtait à suivre la filière latin-grec sans savoir où elle déboucherait n'y pouvait rien du tout. La rage de détruire existait, patiente, hypocrite au point de se déguiser en fureur de construire. Les aspects du monde aussi bien que les maisons et les hommes. Avait-on épargné le Temple de Jérusalem, la Troie d'Ilion, la tour de Babel ? Pourquoi ménagerait-on le Portzic ?

*

Je suis allé à la recherche des vieux chemins cabossés que mes sœurs et moi nous avions pris l'autre soir pour revenir de Poraor. Ceux-là, je l'exige, ne défailliraient jamais. Échapperaient au phénomène que je me résous à nommer – le tourisme.

Une voile commence à se déchirer pour moi sur une douloureuse comédie.

... Il ne se déchirera tout entier que dans mon âge mûr. Très tard.

La pureté sauvage dont nous avions joui à Morgat, ma famille et moi, dans les paysages de terre et de mer, avant 1921, était pureté en sursis. D'autres saccages et leurs conséquences accaparaient alors l'activité humaine. Sinon, l'opération de lotissement, d'aménagement, avait été programmée avec minutie. L'allée des Pins n'était pas née de graines folles sélectionnées et semées par un suroît habile, elle avait été décidée par un groupe d'hommes d'affaires. Les chemins, des pistes droites, qui menaient à travers les champs purs de Lesquiffinec au Portzic, ne devaient pas leur rectitude aux paysans ni à leurs chevaux, mais à ces mêmes hommes, pariant sur le progrès de l'automobile et quadrillant le terrain des villas futures. On faisait à Morgat ce qui avait réussi à Deauville et à Dinard et sur la Côte d'Azur. On avait élu cette grosse perle sauvage comme un diamant à partager entre gens cossus. Morgat serait une grande station balnéaire, célèbre pour l'ourlet de sa plage, l'orientation de ses hôtels, son ciel, son climat. Le nom de Peugeot que portait un petit court de tennis ne devait rien au hasard. Morgat intéressait les gens de l'automobile. L'automobile était plus qu'un sport, elle était un moyen de ratisser l'argent.

Si mes camarades, mon frère et moi avions pu nous sentir les roitelets sauvages du Portzic tant de matins, de midis et de soirs, seuls avec l'immensité du sable et des roches, du ciel et de la mer, êtres vivants et mobiles frères des oiseaux, des mouches et des poissons, nous tenions ce privilège de la guerre. Elle avait arrêté net le processus d'urbanisation. Fait pousser de l'herbe et des ronces là où des chantiers devaient s'ouvrir. Les taureaux avaient continué à brouter des marguerites sur l'emplacement des garages et des jardins de villa.

Comédie ou drame ? Nous n'avions pas volé le privilège, mes sœurs, mon frère et moi, nous dont le père était tué à Verdun pendant tout ce répit sur la baie de Douarnenez.

Quand j'évoque les palinodies du deuil et de la finance, tous ces zigzags de la marche du monde, je repense au titre du cinéaste Carné *Drôle de drame*. Je me redis la fameuse remarque de Louis Jouvet : « Bizarre, bizarre… »

*

Je n'ai, ce soir-là, que douze ans et demi. C'est-à-dire que je ne boude pas, carrément, l'enfance. Mes idées moroses sur l'avenir de Morgat n'ont guère tenu devant le charme âcre et vigoureux des gros petits chemins tous enfermés dans leurs talus, jardins de fougères et de ronces autant que chemins, qui me reconduisent.

Je m'apprête à discuter avec mes sœurs sur les œufs mimosa. Nous qui aimons tant la sauce mayonnaise, pourquoi nous priver de ce régal ? Et qui sait si, tout à l'heure même…

C'est ma mère que j'aperçois d'abord. Dans sa robe noire. Son beau front calme a conservé le cerne rouge et sa toque de veuve. Je devine… Oui, la tante Amélie est morte. Les médecins ne pouvaient rien pour elle. Perdue depuis deux mois, elle n'en disait rien ni à l'oncle Henri ni à personne. L'enterrement a eu lieu. Sûre de ne pas trahir une sœur qui s'effaçait toujours, qui ne pensait qu'à rendre service, ma mère a évité de détruire nos vacances en nous télégraphiant. Elle a demandé au curé de Crozon une messe pour demain matin. Nous irons tous. La grand-mère maternelle est à Brest, chez une de ses sœurs – qui habite à deux pas du cimetière, ma mère le tait, mais je fais à part moi la réflexion.

Dans la soirée, j'apprendrai que la tante est morte d'un cancer. Je garde pour moi que le développement de cette maladie obscure tourmente le Dr Firmin. Jusqu'ici, ma mère ne redoutait pour nous que la tuberculose.

Le bloc familial ne reviendra plus à Morgat. Nous y passerons isolément à diverses reprises, attristés et quand même sereins. Notre Morgat a rejoint les mythes. Les promoteurs ne peuvent pas l'atteindre.

5

La deuxième ABC du lycée de Brest a hérité d'un professeur principal gravement cardiaque. Sans le manque d'effectifs dont l'Université souffre depuis la guerre, il y a dix ans qu'il eût pris sa retraite. Plein d'enthousiasme pour la matière de son enseignement, il oublie trop souvent son état de santé. Et qu'il a devant lui, non des étudiants, mais des potaches. Nous le chahutons sans vergogne. Si nous ne disposions de l'acquis Dubreuil, il nous ferait perdre notre année. L'acquis est là ! La facilité nouvelle avec laquelle je travaille et je rêve m'émerveille sans arrêt.

... Une lumière d'automne, sur la cour de récréation, un après-midi – un soleil rose sombre devant lequel les lances drues d'une averse défilent et, dans tout le ciel, de l'or s'éparpille – m'excite à la fois comme une rareté météorologique et parce que je me découvre observateur. Je ne me doutais pas encore de la familiarité intense qui existait entre attention et distraction. Outre que j'ignore tout de l'impressionnisme, à commencer par son nom, je suis archinul en dessin, en peinture. Il me serait impossible d'esquisser avec un crayon tout ce que j'ai vu. Mais j'ai vu. J'ai senti vivre, frétiller, palpiter, une lumière, un effet de jour, aussi nettement que dans mes trous d'eau, à Morgat, un lançon ou une algue. Encore à Morgat une vénération de principe pour la mer et son domaine me soutient-elle. Ici, le décor utilitaire de cette cour lycéenne, avec son mur carcéral, des cabinets insolents et grotesques au premier plan, aurait dû empêcher la vibration. À d'autres ! La beauté se joue des obstacles. Elle prend n'importe quelle forme.

Dubreuil a sarclé la mauvaise herbe des peurs que *Crâne pointu* avait semées. Je ne me proclame pas un aigle. Je m'incline par principe devant mon complice de la section A (nous ne sommes plus que deux élèves aux séances de grec), si méthodique et persévérant – mais rien n'arrête ma curiosité. Pour les classes de latin et de français j'ai choisi une place tout en haut des gradins, contre le mur. J'ai un banc pour moi tout seul et j'y siège comme dans une aire, me hâtant de lever la main quand le prof interroge. Une fois sur deux, mon intervention est nulle. Cela entraîne, avec les rires des camarades, un jugement blagueur du maître : « Trop jeune, trop jeune ! », qui me vaut un surnom supplémentaire, mais l'échec ne m'impressionne guère.

Devant moi, à toucher mon cahier de brouillon, j'ai posé un crucifix minuscule. Personne ne peut se douter de sa présence. Il est là chez lui. Je le regarde avec la même joie tendre que la dalle de pierre, fichée contre un talus peu avant Plouarzel, sur laquelle je posais mes lèvres par des matins de brume. Voici la vieille Bretagne mystique installée dans la classe. Dubreuil est-il chrétien ? Je ne le crois pas, tout comme je suis sûr qu'il ne désapprouverait pas ma conduite. Un tel homme ne retire pas comme cela sa confiance.

Il m'a lancé. J'ai droit à des initiatives.

Malgré ses « Trop jeune, trop jeune », notre singulier professeur s'intéresse d'autant plus à moi qu'il habite comme locataire au premier étage du 33, place du Château. Ma mère offre pour lui à sa femme, contre la toux, les sucres d'orge dont la belle-mère de Marie lui a donné la recette et qu'elle fabrique par foucades. La classe a vite fait de connaître un rite : le prof qui s'arrête dans une phrase, la gorge sèche, tire de son gilet une petite boîte métallique et l'ouvre en clignant de l'œil dans ma direction. Les jours où il est particulièrement bien disposé, il offre des sucres d'orge à des élèves du premier rang. Il y aura une scène, un jour, dont je serai le seul à posséder la clef. Le prof, après cinq minutes de latin, se lance dans une méditation à haute voix sur les déceptions de l'amitié : on se croyait au mieux avec quelqu'un et patatras ! ce quelqu'un vous joue un vilain tour. La classe, blasée, écoute le morceau de bravoure comme elle écouterait une description du forum d'Auguste ou les subtilités du vers dodécasyllabe.

Tandis que je me paie une pinte de bon sang. Le discours est codé. Hier, après une année d'hésitation, ma mère a augmenté le loyer du prof et il a pris la chose très mal.

Autant en emportent les vents et les crachins. Le personnage, pendant les séances de grec, où il n'y a que deux élèves, s'entretient affectueusement avec son auditoire. Il affecte de voir en nous, sûr comme deux et deux font quatre, de futurs professeurs, des gens à qui l'on peut en dire long déjà sur des sujets tabous. Presque des collègues. Il persifle les parties de pêche à la ligne de *Crâne pointu* sur les falaises du goulet vers la pointe du Diable. Inconscient d'être chahuté lui-même plus qu'à son tour, il plaint en souriant, l'air très supérieur, un maître d'internat que nous malmenons. Il nous lit des poèmes de sa composition – sur la mésaventure de Deschanel tombant la nuit de son train présidentiel en pleine campagne.

Des cheminots ont vu, dans une nuit bien noire,
Un fantôme nu-pieds vêtu d'un pyjama.
Il allait faire entrer un homme dans l'histoire,
La portière s'ouvrit trop tôt – plus de lama !...

De digression attendrie à digression savante, puis à un numéro comique, le temps passe. L'auteur dont nous avions ouvert le livre reste en rade. De telle sorte que j'éprouve bien du scepticisme sur ma valeur réelle en grec, si forts soient les compliments que la femme du prof répercute à ma mère. Sur l'atmosphère de ces classes à trois – de vraies « leçons particulières ».

L'acquis de Dubreuil rattrapera cela, je m'en persuade. Je ne suis pas moins certain que, dans cette histoire de professorat, je verrai clair tôt ou tard. Je m'appuie sur le sérieux de mon complice. Il s'est renseigné aux sources. Il sait tout ce que veut dire la filière latin-grec, si impopulaire auprès de nos camarades. Ce n'est pas lui qui la débinera jamais. L'École normale ? Oui, mon vieux, elle existe, et son nom ne présente rien de drôle. On ajoute d'ailleurs – sa voix baisse en prononçant le mot – « supérieure ». Il faudra t'y faire, à ce nom-là ! Elle prépare essentiellement au professorat, et alors ? N'entre pas qui veut. Pourquoi se dissimuler la rudesse du concours : plusieurs centaines de candidats pour pas tout à fait trente places. Étonne-toi que nous ne soyons que deux à tenter le coup dans notre année de lycée ! Il se frotte les mains, longues mains blanches habiles à tourner les pages des dictionnaires, à jouer du porte-plume. Un échec, mon vieux, dans de telles conditions, n'est pas déshonorant. Et puis un Brestois n'a peur de rien, qu'en dis-tu, Queffélec ?

Je pourrais dire que beaucoup de Brestois me semblent craindre le grec, mais je ris sans répondre, les yeux dans le vide. Pourquoi ma joie profonde serait-elle atteinte ? Ou bien je me suis laissé fourrer dans un engrenage, je ne peux plus me retirer et vogue la galère ; ou bien j'ai conservé ma liberté et le moment venu je bifurquerai. Avant les échéances, n'importe comment, des années s'écouleront. Elles seront suprêmement riches. La terre, la mer, l'humanité, la vie, ces grands mots ne dissimulent pas de la pacotille.

*

Ma mère a aimé le chant et le piano. Si elle les a délaissés pour elle-même, elle s'est appliquée à en offrir à ses enfants le goût magique. Manque de dons, médiocrité de l'enseignement, les résultats n'ont pas été trop brillants. N'empêche que le piano familial, un Elcke (le nom est resté gravé en moi), reçoit chaque année la visite de l'accordeur aveugle. Il ne figure pas chez nous une surface de bois à dépoussiérer, mais une personne, douée du mouvement et de la voix, témoin amical de notre volonté d'associer la musique à notre besoin de rêve et à notre bonheur. Aux nuages, aux pluies, aux vents, aux étoiles de notre Brest de la place du Château.

Pour mon compte, ce piano m'est devenu nécessaire. Je l'aime autant que le tennis, c'est-à-dire énormément. Si je conjecture que Dubreuil dédaigne le sport, je ne doute pas que ce défenseur des poètes, de la richesse musicale des langues, ne soit un mélomane.

Il faudrait s'exercer. Avoir un professeur de piano qui eût conservé l'esprit de fureur et d'allégresse. Un qui s'accroche à vous pour que vous vous accrochiez aux musiciens. Pour que sous vos yeux, sous vos mains et vos oreilles, les partitions ressuscitent dans une lumière de Pâques… Plus facile à imaginer qu'à obtenir ! Cet automne-là, ma mère a rencontré dans la rue son ancien professeur. Cette personne de mérite, après s'être sacrifiée pour ses parents, puis pour son frère officier de marine, s'est retirée dans une pension pour dames, que tiennent des religieuses. Elle y a installé son piano, elle donne encore des leçons. Me voici du jour au lendemain son élève. L'enseignement que je recevais chez une septuagénaire de la rue de Siam, qui faisait assister ses deux chiens aux leçons et prolongeait celles-ci par l'intrusion de son beau-frère et une démonstration de clarinette, a quand même été jugé inopérant.

Cher nouveau professeur, je n'ai pas le droit de médire de vous, car nous nous aimions bien. Vous étiez l'ingénuité même. Une réplique de la tante Amélie. Jules Laforgue, qui savait la mélancolie des pianos bon chic bon genre, eût écrit un poème rien que pour vous. Je prenais ma leçon le dimanche matin. Je venais chez vous directement de la messe de huit heures aux Carmes, où j'avais communié, en mangeant le long des rues un pain au chocolat (je l'achetais chez le pâtissier Winter et il était ce jour-là mon petit déjeuner, retardé par le jeûne eucharistique). Je vous trouvais, debout depuis peu, en robe de chambre. Vous m'invitiez à me mettre au piano pour *mes* gammes, tandis que vous vous habilleriez derrière un rideau. C'est tout juste si, comme le loup des jeux enfantins, vous ne me nommiez pas les différentes pièces de vêtement que vous passiez, alternant une remarque sur une bretelle de combinaison avec une critique sur ma vélocité. Après quoi vous surveniez, annonçant : « Et maintenant la leçon véritable. » Ce que vous démentiez en vous asseyant sur le second tabouret. Car en fait un bavardage commençait. Vous m'interrogiez sur la santé de toute la famille, un par un, une par une, à commencer par les grands-mères, et vous ne me laissiez pas ignorer non plus vos insomnies, vos poussées de fièvre. Un soupir sur la brièveté de l'existence. M. Untel ou Mme Unetelle vient encore de mourir. Le curé de Saint-Michel a raison de dire qu'on n'est sur la terre qu'en passant. Là-dessus, un éclat de rire.

– En vérité, Henri, si on nous écoutait croirait-on que vous prenez une leçon de piano ? Soyons sérieux. Avez-vous pu travailler votre Chopin comme il faut ?

– Mademoiselle, je…

– Nous allons bien voir.

Je fixe des yeux la partition. Je me concentre. Pan, encore un discours. Ah ! Chopin, quelle vie malheureuse. Il lui aurait fallu…

J'aime trop mon professeur pour lui couper la parole d'un « Quelqu'un comme vous ». Je ronge mon frein…

Tout de même. Lors de ces rencontres plus semblables à des nouvelles de Tchekhov qu'à des leçons de musique, j'aurai fini par apprendre des « morceaux ». La fraîcheur d'âme de mon enseignante me gardait en amitié fervente, et pour la merveille appelée piano, et pour tous les hommes étranges dont l'âme était chanson perpétuelle…

Et tant pis : quand l'envie de piano me saisissait à la maison un jour de congé, j'allais sus au tabouret. Riche de ma seule naïveté, je partais à la découverte. Déchiffrant vaille que vaille une sonate de Mozart dont l'*andante* me faisait chaque fois frémir – et j'en avais des palpitations à l'avance –, puis improvisant à perte de son, durant des heures, des valses, des rêveries, des marches, des tempêtes, des recherches. Dans ce cafouillage j'étais profondément heureux. S'il ne pleuvait pas, je laissais près de moi la fenêtre ouverte. Je me sentais communiquer avec le monde, écouté par les arbres et les oiseaux de la place. Par les remorqueurs de la fosse de la Penfeld, qui ne manquaient jamais de décocher un long dièse ou un long bémol pour dire leur amitié, leur envie de fuir avec mon rêve. Le vieil Elcke a brûlé en 1944 dans l'incendie de toute la maison. Venu d'Allemagne, depuis des dizaines d'années il avait fait sa souille à Brest, adapté ses cordes germaniques aux soleils mouillés, aux souffles d'océan, de notre bout du monde. Vieux chien-loup qui laisse les enfants de sa maison lui grimper sur le dos en tirant ses poils, il aura supporté sans grogne mes fausses notes. Quand pour ma délectation j'écorchais l'ouverture de *La Flûte enchantée*, il m'aurait plutôt, s'il l'avait pu, léché les mains.

D'un grain de poussière, l'imagination tire des royaumes, des Amériques. Apprenant dans la même phrase qu'un amiral brestois, Jean Cras, avait été un compositeur et que sa parenté possédait contre Ouessant un îlot tout en roc, je m'étais bâti sur-le-champ l'image d'une maison-forteresse, piquée en haut d'une falaise. Un homme robuste et aux tempes argentées y jouait du piano dans la pénombre tandis que dehors la mer se déchaîne. Ce tableau à la Dali s'est bien calmé. J'ai su que l'amiral Cras n'avait jamais mis le pied à l'îlot Keller. Même pas à l'île d'Ouessant. Un environnement romantique peut être source d'inspiration, mais l'accouchement des œuvres n'en exige pas un, il se satisfait d'un décor apparemment simple. Un créateur doit toujours appréhender ce que son horizon visible cache, mais il lui faut toujours se maintenir des horizons, pour mieux conserver l'esprit de soif et de désir. Dans une maison vétuste, Marie Noël aura eu ses palais enchantés. Le vieux piano et le balcon déglingué du 33, place du Château auront suffi, avec le Portzic, à m'offrir la planète et le ciel avant que j'aie franchi les limites de mon département natal.

Il est vrai que les gaillards de 1789 avaient donné à celui-ci un nom singulier : le Finistère. Autant dire que les enfants d'un tel pays se confrontaient automatiquement à un au-delà. Je gage que Dubreuil le savait. Au lieu de s'appesantir sur les ignorances de ses élèves brestois en littérature et dans les arts, il subodorait les richesses de leurs nappes phréatiques – leur sensibilité sauvage.

De la musique avant toute chose ! Je ne connaissais pas le nom de Verlaine et j'ignorais son cri. Franc-tireur au fusil de carton, j'appliquais cependant le programme verlainien. Il y avait près de neuf ans que je formais les caractères des mots sur du papier. Je n'étais pas chiche de lettres avec mes camarades. Mais pour me défouler de mes poussées d'un lyrisme naïf, l'instinct ne m'a pas incliné d'abord vers les mots. Vers la construction de poèmes. Le bouillonnement relevait de l'indicible. Dans une telle pêche, le bon haveneau était la musique. En toute innocence, je me dirigeais donc vers le piano. Et mes doigts furetaient, tandis que mes oreilles redoublaient d'attention, anxieuses de discerner le trait mélodique fuyant sous le couvert des algues.

*

L'esprit d'audace et de rêve qui était le mien depuis le coup d'épaule de Dubreuil et mon amitié pour Jacques, me laissait, je crois, un garçon simple et gai. Un bon compagnon pour ses proches.

Le nombre de ceux-ci, dans la vie scolaire, avait plus que doublé. En classe de seconde mon statut de lycéen avait changé. Obtenue par un concours, une bourse dite « d'État » s'ajoutait désormais à celle de pupille de la nation. Externe simple avant l'été, je me retrouvais demi-pensionnaire, ce qui me mêlait autrement davantage aux rythmes épais de tout l'établissement, à la communauté des pierres, des corps et des âmes. L'influence de Brest et de ma famille sur moi reculait au profit d'un être collectif qui tenait d'une région, d'un équipage et d'une cohue. À sa pression exagérée je résistais spontanément, et non par l'orgueil, mais par une sereine volonté d'indépendance. J'étais dans la patouille. Il fallait se débrouiller sans moniteur.

J'arrivais au lycée le matin pour sept heures et demie. J'en sortais pour entendre la pétoire du Parc-au-Duc tirer son coup de canon vespéral – dix-neuf heures. Sauf le jeudi, je prenais au réfectoire mon repas de midi. J'y avais ma serviette de table individuelle en toile rêche, dûment numérotée, changée en début de semaine. C'était d'autre part dans une salle qu'un écriteau baptisait « étude » et où je disposais d'un casier, que je faisais l'essentiel de mon travail préparatoire aux classes. Des gars presque tous nouveaux pour moi m'environnaient alors. Pour une bonne moitié, c'étaient des pensionnaires et, pour les neuf dixièmes, ils appartenaient à la section D. Les sciences-langues. Que les ABC appelaient plutôt les sans-latin et qui se joignaient à nous pour « l'histoire et géographie ».

Ma grand-mère paternelle n'a jamais pénétré dans un lycée. À défaut de percevoir en quoi mon activité scolaire avait changé, elle admirait d'office une métamorphose qu'elle déchiffrait dans le projecteur de ses songes, comme l'Évangile du pharisien et du publicain. Dans demi-pensionnaire il y avait pensionnaire. Le mot me rapprochait donc, très fort, de mon père. Celui-ci n'avait-il pas été pensionnaire sans interruption toute une partie de sa jeunesse ? Au lycée de Brest, puis dans un lycée de Paris, puis à l'École polytechnique... Galeries mystérieuses du vocabulaire : pensionnaire ressemblait encore à pensionné, le terme qui définissait la grand-mère pour les bureaux après les morts de ses mari et fils. Demi-pensionnaire – pensionnaire – pensionnée de guerre. Le chiffre des pensions grand-maternelles avait beau être modique, les démarches et paperasses nécessaires pour l'établir, la régularité des versements éblouissaient en secret la bénéficiaire. La France lui paraissait un arbre de haute taille, un pensionnier, qui produit des fruits toute l'année. J'étais en train, comme son fils et comme elle, d'en savourer un.

Comment aurais-je éprouvé le même calme ? J'acceptais la transformation de ma vie scolaire puisqu'aussi bien elle m'était imposée, mais quelle rupture entraînait-elle ! Combien le petit crucifix, combien les heures de piano m'ont aidé alors à faire triompher l'esprit de joie issu de mes ancêtres. Je revivais inconsciemment l'expérience de ma grand-mère maternelle, quand, du jour au lendemain, elle avait quitté le pieux et douillet presbytère de son oncle le recteur. Je n'avais pas eu, comme elle, à changer de lieu, pourtant j'avais basculé aussi, bel et bien, dans un nouvel univers moral.

J'ai atteint en 1988 un âge où l'on se méfie viscéralement du manichéisme et des affirmations tranchées. Force ne m'est pas moins toujours de dire que des clivages spirituels – donc invisibles – existaient dans le turbulent lycée de Brest. Les externes libres n'étaient pas du tout des petits saints. Les non-latinistes, pas forcément des rustauds. N'empêche que d'une année sur l'autre la « salle d'étude » m'avait introduit dans un monde où je ne pouvais plus me reconnaître. Le pire n'était pas pour moi, élevé par des femmes, la tranquille grossièreté verbale de tant de mes voisins de réfectoire et de salle d'étude, mais leur laxisme. Voler s'appelait faucher et faucher n'était pas interdit. Copier aux compositions s'appelait se démerder – une attitude que dictait la sagesse. Le visage jovialement rondouillard de camarades que je savais pertinemment de grands copieurs et qu'on disait les meilleurs de la section D m'ahurissait encore plus qu'il ne m'attristait. Le poème de Hugo sur la conscience déraillait-il ? Les piquants sauvages chers à Dubreuil entouraient-ils des cœurs pourris ? N'avais-je pas idéalisé la Bretagne ? Les gaillards des grandes classes que mon enfance prenait jadis pour des fanfarons, de simples chahuteurs de couloir, n'étaient-ils pas, vus de près, des rusés ou des brutes ?

Je ne m'ouvrais à personne de ma déconvenue. Un de mes camarades, pupille de la nation comme moi, aurait pu m'y inciter dans nos entretiens intimes, car il jugeait sévèrement le milieu des pensionnaires, mais sa franchise m'embarrassait plutôt – outre qu'un contentieux subsistait entre nous d'une vieille histoire. Un matin – nous étions élèves de quatrième –, nous nous étions jetés l'un sur l'autre en courant comme des fous pendant une récréation. Dégâts des deux côtés. Un mois plus tard, mon camarade, pour une raison que je n'ai jamais sue, attrape une colle. Sa mère, qui appartenait au genre nerveux, file se plaindre près du censeur.

– Vous pratiquez le deux poids deux mesures ! Lorsque mon fils a eu les dents cassées dans une dispute, le coupable n'a pas été puni !

– Je vous somme, madame, de me donner le nom de ce coupable…

Bref, à mon tour j'avais écopé d'une colle. Le censeur avait convoqué ma mère. Embarrassé, il avait joué les mâles qui n'en peuvent mais devant des réactions féminines. Ma mère l'avait laissé dire. Elle trouvait l'incident stupide. Elle s'était contentée de me glisser un mot pour flétrir les gens acariâtres et avait battu froid sa collègue. Quant à moi, j'attendis de mon camarade une explication. Comme elle ne vint jamais, une obscurité demeura dans la franchise de nos rapports. Lorsqu'il se plaignait des plaisanteries obscènes où se complaisaient tel et tel, il me donnait envie de hausser les épaules alors que je m'accordais avec lui.

La sociabilité que j'avais reçue en partage m'empêchait, n'importe comment, de jouer les solitaires. Je ne me défendais pas de trouver quand même comiques les garçons qui s'imaginaient des « durs » – un d'entre eux avait lancé le mot, il faisait fureur – parce qu'ils disaient chiottes au lieu de cabinets, dessinaient à la craie des postérieurs sur les murs et utilisaient pour s'asseoir le coussin, baptisé sous-cul, où ils transportaient de classe en classe leur matériel scolaire. Je riais des efforts d'élégance que ces mêmes faux trublions accomplissaient le samedi pour aller dormir chez leurs « correspondants ». De forts souliers où miroitait le cirage remplaçaient les sabots déjetés. Des foulards neufs de pacotille s'ouvraient autour des cous. Les cheveux puaient la violette et la gomina. Un nœud assassin tordait la cravate noire que le règlement imposait... À tout prendre, j'aimais mieux ces rigolos que le groupe chic des externes simples de première ABC, qui nous faisaient l'honneur de poireauter quelques minutes le matin et le soir à l'entrée de notre cour de récréation. Des gens à casquette de sport ou, suprême chic, à feutre mou que traversait une grande aiguille à tête d'ivoire. Plusieurs portaient des guêtres, un ou deux une canne. Ces messieurs, qui parlaient haut leur langage codé, sentaient la famille où l'on n'attend pas qu'un objet soit usé pour s'en débarrasser. L'un d'entre eux s'appelait Clouzot. Je ne l'aurais pas remarqué spécialement sans ses coiffures excentriques. Il est de fait qu'il avait des yeux noirs attentifs et ne semblait pas trop dupe de son extravagance en face des épais pensionnaires non-latinistes aux manches de lustrine et au sous-cul luisant. Le moyen toutefois de conjecturer qu'il deviendrait un grand cinéaste ?

Je le revois comme je revois le paysage où son regard allait et venait. Les deux grands côtés de la cour rectangulaire en terre gravillonnée rappelaient encore par leurs piliers de granit, froids et claustraux, le collège religieux dont le premier Empire avait fait un lycée. Mais à l'ouest, en plein milieu d'un des petits côtés, des cabinets spectaculaires, surélevés comme en hommage à leur fonction, s'épanouissaient. Un décor saugrenu. Excellent pour un film réaliste… Clouzot n'était pas né à Brest. Il ne s'y fixerait pas. Il n'en avait pas moins vu tout ce qu'il y avait vu. Malgré une expression froidement ironique de garçon blasé avant l'heure, je me persuade que ses yeux de visuel ne perdraient rien des images lycéennes… Brest n'était pas le village lointain du *Grand Meaulnes*, ensemble trouble d'un bourg paysan, de champs et de bois, mais une cité rude, bâtie contre une rade et un arsenal, soumise à une histoire. La vie des peuples ne s'écrit pas dans la soie. Les bateaux qui se construisaient avec ordre et tumulte dans les ateliers et les bassins de la Penfeld et de Laninon n'embarquaient pas des femmelettes.

Les voyages et les guerres dont le destin de Brest signifiait l'existence à travers les siècles étaient-ils ou non jeux de mâles ?

En attendant son avenir indicible, la cour de lycée s'offrait telle quelle comme terrain de jeux aux adolescents avec le même flegme qu'une mare gelée, une clairière, une jachère. Fils d'un commissaire-priseur ami des artistes, Clouzot a peut-être évoqué Breughel en contemplant ces parties de football primitives. Les règles s'inspiraient de la même stricte indépendance que les nôtres, à Jean et à moi, dans les manipulations de nos perles. Des corps lourdement habillés se déplaçaient, tourbillonnaient, se renversaient, appelant et criant, à la poursuite d'une petite pelote de caoutchouc déteint dans laquelle les pieds tapaient vaille que vaille. Il arrivait que la luronne se glissât dans un des cabinets et s'y faufilât dans le trou. Palabres consternés entre les équipes. Après des salamalecs, un camarade se dévouait toujours, et presque toujours le même, Marthe obscure, méprisée autant qu'admirée. Il allait plonger le bras dans les déjections. Une fois dégagée la récalcitrante, il filait au robinet de la cour la nettoyer et se nettoyer lui-même, puis la partie reprenait, haletante.

L'enthousiasme des luttes à la choule qui opposaient des villages médiévaux puisait dans les mêmes réserves de sauvagerie…

Une fois sur deux, je ne me bornais pas à regarder. J'entrais dans une équipe, où je ne le cédais en excitation à personne. J'usais pourtant d'une prudence. Je portais des souliers, alors qu'une moitié des pensionnaires, dès que le sol était boueux, gardaient leurs sabots. Gare aux tirs de ces plouks ! Le sabot quittait le chausson et voltigeait derrière la balle, pouvant atteindre un adversaire à la tête. Si je ne crois pas avoir jamais reçu un de ces projectiles, il m'est arrivé de voir trente-six chandelles le jour où une pelote m'a frappé au milieu du front. Un coup extrêmement brutal, décoché par un costaud à deux mètres de moi. Comment ne suis-je pas tombé ? J'ai reculé, cependant que mes coéquipiers hurlaient de joie. Ils m'avaient choisi comme gardien – un but dont des châles marquaient les limites – et involontairement j'avais sauvé la situation. Voici le plus beau : le tireur qui m'avait atteint ne jouait cette fois-là qu'à titre exceptionnel, pour se distraire et nous éblouir. Il appartenait à la classe de mathématiques. Il se nommait Alexis Thépot, gardien de but du stade universitaire brestois, l'équipe officielle du lycée. Bonne référence : peu d'années ensuite, le gaillard deviendrait le gardien titulaire de l'équipe de France. Arrêter un tir d'Alex Thépot, fût-ce involontairement, ne vaut-il pas un prix de l'Académie française ? Cher Dubreuil, est-ce que je déraisonne ? Rappelez-vous comme vous aimiez l'indulgence de Hugo envers les enfants.

*

Le demi-pensionnaire qui approche une bonne partie de la journée des pensionnaires mal embouchés et ne faisant pas mystère de leurs pensées lubriques, reste sans doute aucun le petit-fils de ses aïeules et le fils de sa mère lorsqu'il revient le soir au 33, place du Château. Lorsqu'il se rattrape dans un bon dîner des purées de pois aux croûtons et des navarins brunâtres qu'il a boudés au réfectoire. Lorsqu'il va surprendre la grand-mère paternelle dans la nuit de sa chambre pour l'entendre chuchoter avec sa patience de fourmi un *Notre Père*, un *Je vous salue, Marie*, et pour l'interrompre d'une caresse émue et rieuse sur le bout du nez. Il peut maintenant pénétrer en face, dans la chambre de la grand-mère maternelle, et s'y déshabiller sans allumer. P'tit Gwède – mes sœurs, Jean et moi ne désignons jamais autrement la grand-mère maternelle, tandis que nous appelions P'tit Kêf l'autre grand-mère – m'attendait bien sûr. Je l'embrasse dans le noir, je me couche, et la cérémonie de la prière commence aussitôt. Je réponds sans rechigner. Critiquer la répétition des formules est une idée qui ne me vient pas. Je prie comme je joue au football, ou comme je marche dans la rue – simplement, sereinement. Il faut une sirène de remorqueur, la chanson bien rythmée de fêtards nocturnes ou les miaulements d'un chat, pour me distraire. Toute la nuit, derrière ses persiennes, la fenêtre reste ouverte. L'amitié avec l'air et l'espace est un principe sacré. Elle aide au calme de la prière. Le 33, place du Château ne se sépare pas du monde : Brest et Recouvrance, la terre et la mer, la pluie, le soleil, les oiseaux.

Quelques secondes après le dernier « ainsi soit-il », une conversation à bâtons rompus s'engage. L'aïeule, sans conteste, en est la dialoguiste principale. Elle se remet très mal de son nouveau grand deuil. Deux filles sur trois, c'est trop. Pauvre Amélie. Au ciel bien sûr, mais quand même. Une si « bonne personne »... L'aïeule ressent le besoin de parler, encore et encore, pour combattre la solitude impuissante qui l'envahit à chaque tombée de la nuit. Les tirades sur la vieillesse et sur la mort, entrecoupées de soupirs, se multiplient. « Ne vieillis pas. C'est affreux de vieillir. » Ai-je profité d'un silence pour noter qu'une famille aimante l'abrite et que nous tenons à elle de toutes nos forces, elle affirme qu'une vieille bonne femme n'intéresse personne. Et c'est bien normal, car la jeunesse a mieux à faire que d'écouter des jérémiades !

– Oh ! grand-mère, tu te trompes sur nous !

– Je sais que je déraisonne. Je suis folle de te raconter ces choses. Je devrais me taire et mourir.

– Mais non, grand-mère.

– Si, bien sûr. J'ai tellement de gens, désormais, qui m'attendent. Je les devine, là-haut, qui m'appellent. Je serai près de Dieu avec eux. De là-haut je pourrai mieux veiller sur les miens. C'est vrai que je vous aime bien tous. Je puis te le dire : je n'ai jamais eu à reprocher quoi que ce soit à ton père. Il a été un gendre parfait. Quand un de ses enfants, sans penser à mal, me heurtait dans le couloir, il le rappelait : « Veux-tu bien présenter des excuses à ta grand-mère... »

Comme j'entends P'tit Gwède sourire, je veux parfaire ce retour à la joie.

– En somme, Papa ressemblait à Louis XIV. Tu m'as dit que le Roi-Soleil était d'une exquise politesse dans les couloirs de son palais de Versailles.

Mon mot drôle tombe dans le lac. Un soupir s'élève. Le refrain trop connu le suit : « Ce n'est pas joli de vieillir. Il ne faut pas vieillir… »

6

Je n'ai pas souvenir d'avoir tari une seule fois, par un refus d'écoute, les propos grand-maternels. Je n'étais pas un ange. Rien qu'un garçon, avec sa balourdise spécifique. Mais le sentiment de jouer un rôle m'empêchait de céder trop vite au sommeil. Je songeais que mon besoin de football durant les récréations rejoignait le souci de P'tit Gwède de remuer des phrases dans l'ombre. Elle tapait dans les mots comme moi dans la pelote en caoutchouc. Elle courait le long des idées. Elle marquait ses buts étranges.

Il y eut des soirs où les larmes se mettaient de la partie. La vieille femme s'efforçait de pleurer en silence – je savais bien qu'elle pleurait quand elle reniflait. Après une minute, le voisinage de cette souffrance devenait insupportable. S'endormir, lâcheté ! Je repoussais mes couvertures.

Je sautais du lit pour aller, de tout près, consoler la pleureuse. Je traitais P'tit Gwède avec la même familiarité que l'autre grand-mère. Posais mes lèvres sur le nez, les cheveux, les paupières, le front. Finissais régulièrement par arracher un petit rire à celle que ma miséricorde gamine rajeunissait.

– Comment ? C'est toi qui me consoles ? Une honte ! C'est le monde renversé.

– Le monde n'est pas du tout renversé ! La maison ne branle pas. Il en faudrait d'autres.

P'tit Gwède réfléchit. Pas plus que moi, elle ne se doute que les « autres », auxquels je fais imprudemment allusion, existent bel et bien. Ils le prouveraient en 1944, lorsqu'ils écraseront comme une noisette le 33, place du Château. Simplement, l'aïeule évoque en elle-même les transformations que notre coin de ville a subies depuis qu'elle s'y est installée. Je suis au courant : par intervalles il lui arrive de ressusciter pour moi des images et des noms. Sous le paysage que le balcon familial domine, une sorte de ville d'Ys repose. Elle a sa mystérieuse rue des Sept-Saints, tortueuse et délabrée, où l'on jouait du couteau dans les bouges. Les cadavres, quand il y avait meurtre, se rejetaient dans le « grand trou », un précipice utilisé comme décharge…

– Retourne vite te coucher. Tu es là pieds nus.

– Alors, promets-moi que tu ne pleureras plus.

Est-ce que je ne parle pas à ma grand-mère comme à un enfant difficile ? N'aurait-elle pas raison de trouver que nous renversons les données du monde ?

– Oui, oui, je te promets. Allez, va vite au lit.

*

P'tit Gwède a passé dans un presbytère des années d'enfance où la civilisation paysanne des veillées l'aurait marquée le plus si elle était demeurée alors au foyer maternel, mais son oncle, le recteur de Kerlouan, conteur et orateur-né, a rattrapé cela. Elle a eu sa bonne ration d'histoires et de légendes. Inconsciemment, je devine que je tiens en elle une représentante d'une culture populaire orale que les livres ne remplacent guère. Puisque la tristesse excite encore son besoin de lancer des mots, de décrire gens et choses, profitons-en.

Je sais l'art de couper l'herbe sous le pied à sa mélancolie en la conduisant à me reraconter des scènes marquantes de son existence. En réfléchissant avec elle, pieusement, à toutes les richesses d'un passé. Le « beau navire », appelé *Mémoire*, qui enchantait Guillaume Apollinaire, peut être le lit de merisier où une grand-mère veille dans la même chambre qu'un petit-fils. Par toutes mes questions, j'aide P'tit Gwède à recréer sa vie, de la même façon que mes bons yeux neufs lui ont permis des centaines de fois de retrouver ses lunettes, d'enfiler une aiguille.

– C'est vrai ce que tu m'as raconté sur la grève des ouvriers boulangers de Brest en je ne sais plus quelle année – tes ouvriers n'avaient pas voulu se joindre à leurs camarades et…

– Comment ? Si c'est vrai ? Bien sûr que c'est vrai ! À mon âge, on ne s'amuse pas à mentir.

– C'était quand même curieux. Tu as dû le sentir la première, tu as profité d'une chance bizarre.

– Non, bien sûr. Je payais comme il faut mes ouvriers boulangers. Je ne craignais rien, tout simplement parce que je n'avais rien à craindre.

– Et tes collègues ne s'étonnaient pas ?

… Depuis quelques instants, l'envie de raconter a grimpé chez l'aïeule. J'en ai l'intuition absolue. Appuyons un tout petit peu plus, le récit va surgir.

– … Ils devaient être jaloux, que tu sois la seule chez laquelle le travail continuait. Ils devaient…

– Ils devaient rien du tout ! Pourquoi n'avaient-ils pas agi d'abord comme il fallait ?

… Et l'histoire, de A à Z, va renaître. Un conflit du travail à Brest dans les toutes premières années du siècle. Clichés naïfs en série. Une délégation de patrons boulangers se présentant, affolée, chez P'tit Gwède, pour qu'elle ferme boutique. « Ces gens cassent tout. Ils vont arriver dans cinq minutes. Vous avez juste le temps. » Refus narquois de P'tit Gwède. « J'ai toujours bien traité mes ouvriers. Je ne fermerai pas. » « Très bien, madame Guyader, vous allez voir ce que vous allez voir. » Elle avait vu. Je voyais avec elle. Le daguerréotype sans défaut du cortège des grévistes, petite centaine d'hommes à casquette, blouse flottante et gros sabots, débouchant place Ornou devant la boulangerie qu'on prétendait menacée. La bande s'arrête. « Ah non ! ici nous ne lancerons pas de cailloux dans les vitres ! » Le chef compte : « Un… deux… trois » et les ouvriers boulangers de Brest crient, récrient, l'acclamation que P'tit Gwède me répète fidèlement trente années plus tard : « Vive Mme Guyader ! »

Tout à l'heure, lorsque je manœuvrais pour que l'histoire se mette en route, j'étais porté à rire. Je connaissais tellement bien ce que j'allais entendre. Tous ces événements vieillots où des personnages sommaires défileraient dans un ordre inchangeable. Un texte d'image d'Épinal… À naïf, naïf et demi. J'étais piégé à mon tour. La clameur qui s'était élevée place Ornou me réchauffait le cœur. Elle vibrait pour moi tel un cantique de l'Avent ou un Noël. Je ne descendais pas d'une lignée de brutes. L'oncle recteur qui jetait au feu les livres de Voltaire était dans le même temps un homme pitoyable, ouvert à toute détresse.

Charme excentrique de ma ville natale. Récemment, les ouvriers du port, qui réclamaient une augmentation de salaire, s'étaient mis en grève. Un cortège avait défilé dans les rues du centre avec des drapeaux rouges, chantant *L'Internationale.* Par prudence, beaucoup de gens avaient fermé les persiennes… Comme les manifestants passaient dans le bas de la rue du Château, en secteur bourgeois et calme, une jeune fille avait vidé sur eux d'une fenêtre d'étage une carafe d'eau, et avant de disparaître leur avait fait un pied de nez. On avait pu croire l'incident grave. Une morpionne des Blancs insultant les sans-culottes ! Pas mal de gens du quartier ne traînaient-ils pas des nostalgies royalistes ? Le cortège avait hué la maison. Des chefs ouvriers y avaient pénétré sur-le-champ… Ah ouiche ! Tandis que les manifestants reprenaient leur marche, leurs chefs avaient exigé de connaître la coupable, mais pour lui décliner un sermon paternel. Du genre : « C'est idiot et dangereux ce que vous avez fait là, mademoiselle ! Ne recommencez jamais ! » La blondinette, les larmes aux yeux, n'avait rien répondu. C'était une grande espiègle, que le bruit de la rue avait excédée. Ma sœur Jeanne, voire ma mère, aurait, je le pense, été capable du même geste.

Gaminerie... Loin de s'alimenter dans le désir de remettre au pas les classes populaires, le nostalgique royalisme brestois s'inspirait d'une tendresse. La recherche du père commun. On eût surpris les intéressés comme leurs adversaires en tenant devant eux ce langage, pourtant il n'exprimait pas une tricherie. Le mot fraternité ne datait pas de la Révolution. Il n'était pas né dans le panier à son où le bourreau jetait des têtes de ci-devant, mais dans les paroles du Christ.

P'tit Gwède avait atteint un âge et des deuils qui la rendaient indifférente à la politique. Abonnée au journal *La Croix*, elle n'y regardait que les grandes informations religieuses. À la différence de ma mère, que l'existence avait chargée de responsabilités lourdes et qui jugeait intolérable de ne pas avoir le droit de vote quand « le premier ivrogne venu » l'avait, elle laissait délibérément l'activité politique aux hommes, avec l'usage du tabac et la fréquentation des cafés, mais sa petite enfance avait baigné, sûrement, dans un milieu de sensibilité royaliste. Combien de fois l'aurais-je entendu dire, sans du tout s'effrayer de parler cru, qu'elle avait « sucé l'amour des rois avec le lait de sa mère ». Quand elle avait jeté cette phrase, elle s'arrêtait. Elle avait touché le bout. Son royalisme était une force aussi inexplicable que la vie même. Que le lait féminin.

Un royalisme de type artisan, pour chevaliers du Graal. J'ai lu que depuis le xve siècle la célèbre nostalgie portugaise, la *saudade*, se confondait souvent dans les cœurs avec le sébastianisme : l'espérance fiévreuse et impossible du retour à Lisbonne d'un jeune roi Sébastien, poète au cœur pur, parti combattre les Maures en Afrique et vaincu là-bas. Le royalisme de P'tit Gwède, comme celui de sa mère ou de son oncle, procédait d'un culte de Louis XVI. Le roi qui aimait son peuple et que son peuple avait odieusement mis à mort ne reviendrait jamais. Il fallait continuer de le chérir. Et chérir avec lui, que la France eût ou non un roi, le principe monarchique. Le tison.

Voyant à quel point la fouille dans le passé revigorait l'aïeule, je me piquais au jeu. Nous mettions en commun nos calculs pour déterminer quel chiffre d'ascendants ferait remonter au règne de Louis XIV, à Jeanne d'Arc, à saint Louis. Tôt ou tard, nous nous perdions. Je m'enthousiasmais quand même de constater que nous rattrapions le Roi-Soleil et ne chavirions que vers Henri IV.

P'tit Gwède avait connu son arrière-grand-mère maternelle. Pourquoi celle-ci, à son tour, n'aurait-elle pas connu la sienne ? Et celle-là, pourquoi… Frisson, délicieux. Je regrettais moins de ne jamais avoir pu m'aventurer à Morgat tout au fond de la grotte de l'Autel, une que sa folle renommée prolongeait sur trois kilomètres, jusque sous Crozon. Notre prof de seconde n'avait qu'à fermer les yeux, prétendait-il, pour marcher dans la Rome de

Cicéron, l'Athènes de Sophocle. Une performance, incontestablement. Mais pour érudit ! Alors que P'tit Gwède et moi, en nous appuyant de façon honnête sur des trisaïeules de trisaïeules, nous grimpions loin, sans aucune rupture, dans l'histoire de France. P'tit Gwède avait vu la calèche (évidemment une calèche) de Napoléon III et d'Eugénie de Montijo. Elle avait employé à ses débuts un garçon boulanger qui avait vu Louis-Philippe marcher dans la rue et dont le père avait aperçu, de loin, Marie-Antoinette. Un cousin de P'tit Gwède au troisième degré, notaire de son état, avait découvert qu'un de nos ancêtres habitait au XVIIe siècle dans l'archipel des Glénan. Un homme qui exerçait peut-être le pillage d'épaves. Mais, qui sait, n'avait-il pas connu par la Marine des personnes qui, elles, avaient fréquenté Bossuet ? Colbert ? Mme de Maintenon ?

Quand nous acceptions de nous interrompre, nous avions bonne conscience. Nous n'avions pas perdu notre temps. Nous n'avions pas prononcé une parole de haine.

*

Décemment, je ne pouvais plus redemander à l'aïeule de me raconter Roulik. Jadis, par ses contes pleins de fées et de miracles, de rois et de princesses, de loups et de petits enfants, de forêts et de bateaux, elle avait assuré pour moi tant de glissements harmonieux dans le sommeil et le songe. Mais j'avais trop grandi. Je ne mordais plus aux fées. Dommage. À défaut de savourer encore le suc des histoires, j'eusse admiré la conteuse. L'art de structurer un récit. De dresser un paysage. Le recours innocent à des réalités, toujours les mêmes, que la répétition ornait d'un prestige. Les rois ne se déplacent qu'en calèche. N'offrent à leurs invités que du malaga ; à leurs reines et à leurs filles, que des robes de soie et d'alpaga. P'tit Gwède n'avait jamais été pimbêche. Elle ne se prosternait pas devant la naissance ni l'argent. Elle prenait simplement, en racontant des histoires plus vieilles qu'elle, son plaisir d'artisan de village à qui l'on a confié de repeindre un tableau.

Adieu donc la légende enfantine, mais à nous les vrais drames : dans ce domaine aussi P'tit Gwède avait un trésor. Le Bazar de l'hôtel de ville. Le crime de la Grande-Palud. Les mutins du *Foederis Arca*... Ah ! ces mutins, quelles bonnes angoisses ils m'auront procurées. Blaise Cendrars écrit, dans *Bourlinguer*, que le poste d'équipage d'un long-courrier, par gros temps, fournissait un lieu d'écoute idéal au récit de leur exploit sinistre, mais une chambre à coucher brestoise, par nuit d'hiver à vent qui ulule et grand pont qui siffle, n'était pas non plus un cadre inadéquat. Surtout, ô Cendrars, quand la vieille femme qui dévide l'aventure a vu de tout près quelques minutes avant que la guillotine se mette à chuinter les quatre mutins condamnés à mort debout dans leur charrette en compagnie de leurs aumôniers. Oui, Cendrars, ils étaient passés à trois mètres de sa carriole. Les « bois de justice » étaient venus à Brest. On a beau être élève de seconde A et disserter de chic sur les poètes de la Pléiade et les règles de la tragédie classique, on n'en participe pas moins aux faiblesses de l'humaine nature. Même si l'on perçoit que le chuintement de la « veuve » selon P'tit Gwède ressemble au glissement de l'habile poisson Roulik dans le clapot, et même si la réflexion de l'ancienne boulangère sur la beauté musclée d'hommes qui vont être décapités sonne comique, on se laisse gagner par la peur et l'horreur. On n'est qu'un gosse en chemise de nuit allongé dans un vieux lit au dernier étage d'une maison dont le toit de zinc frissonne sous les rafales.

Je ne me doute pas qu'un jour viendra, dans plus de cinquante années et alors que le 33, place du Château aura été rayé des cadres où, méticuleusement, j'étudierai le dossier du drame avant de lui consacrer un livre. Deux grandes guerres ont malmené la planète, l'humanité s'est fait honte à elle-même par des cruautés inédites, mais l'histoire du trois-mâts du Havre qui, en 1864, voilà plus de cent ans, n'a pas atteint Veracruz, son port de destination, continue de hanter les mémoires maritimes. Après que Cendrars en a authentifié le tonus, le *Foederis Arca* figure la grande classique des récits de mutinerie. Les magazines spécialisés dans les drames sanglants la repassent chaque année. Un écrivain des plus vigoureux, Jacques Perret, lui a vers les années 50 consacré un roman…

Entre la réalité qui va surgir pour moi des archives et la version que P'tit Gwède présente sans vergogne, je découvrirai des différences notables. Le moyen de les attribuer à l'aïeule ? Il me semble sûr que la voix publique, selon la coutume, porte le chapeau. Pour l'ossature de l'histoire, l'aïeule ne m'a répété que ce qu'elle avait entendu dire dans l'origine : le *Foederis Arca* de Brest-Recouvrance, celui des rafiots, des cabarets, des quartiers marins et populaires dans la fin du second Empire. Elle n'avait mis sa touche personnelle que très discrètement, par les procédés classiques des conteurs, en imaginant les dialogues, en piquant çà et là des adverbes et des adjectifs.

S'étonnera-t-on si j'ai rectifié sans plaisir le récit grand-maternel dans mon livre ? Les exigences naïves de la conscience populaire, autant que la vérité historique, inspirent le respect. Les mutins n'ont pas eu à jeter dans la mer l'épouse du capitaine qu'ils avaient tuée et celle-ci n'a pas eu à implorer vainement leur pitié : le *Foederis Arca* n'avait pas embarqué de femme dans le port de Sète. Mais peut-on en vouloir à tous les simples du temps jadis, ces loups de mer fleur bleue, ces Margot roulant du rire aux pleurs, d'avoir introduit spontanément un personnage de victime féminine autour duquel cristalliser leurs troubles nostalgies ? Ils avaient besoin de planter leur « Madame se meurt... Madame est morte... » au centre d'un drame. Ce n'est pas dix fois, c'est plus de cent fois, que P'tit Gwède m'a parlé des soldats qui agonisent sur le champ de bataille et qui dans le délire appellent leur mère. Et chaque fois son récit a bouleversé mon cœur d'enfant.

Tout proche du lit de l'aïeule, un des deux placards muraux de la chambre contient, avec des vêtements, la bibliothèque grand-maternelle. Je ne l'ai jamais explorée. Je sais qu'elle n'est pas bien montée alors que dans presque toute la maison il y a des meubles où les livres abondent. J'ai quand même accepté, dans ma petite enfance, que

P'tit Gwède me prête ses romans favoris – *Les Martyrs de Sibérie* et *Les Faucheurs de la mort* – tout comme elle sera heureuse, plus tard, de lire les Balzac et les Dickens que je lui propose. Je respecte par principe les livres, quels qu'ils soient, lus et relus, qui ont alimenté une bonne volonté humaine. Une soif de culture. P'tit Gwède n'a pas protégé ses Voltaire contre la hargne d'un oncle prêtre, mais n'avait-elle pas pour commencer acheté toute l'œuvre de Voltaire ? Elle, une fervente du Christ ! Tandis que je m'apprête à dormir, il m'est bon de savoir qu'au creux d'un mur, dans une espèce d'armoire secrète, repose ainsi une petite source.

Au lieu de blaguer P'tit Gwède pour une érudition en matière polonaise dont des romans populaires, plus des racontars, forment l'essentiel, je la questionne avec sérieux sur un pays où elle n'a jamais mis les pieds, elle qui pour tout grand voyage est allée à Lourdes. Je m'émerveille de tout ce qu'elle sait ou croit savoir. Elle m'apprend à dire *Bos Coz*[9], une expression qui signifie selon elle : « Vive la Pologne ! » et que les paysans polonais hurlent avant de succomber aux lances des cosaques. Bien qu'elle dispose des informations de *La Croix*, il est douteux qu'elle ait pris pleine conscience que sa Pologne était aujourd'hui nation indépendante. Le pli de plaindre et d'exalter les Polonais pour leur servitude et leur résistance avait été

—

9. Aucun Polonais interrogé de nos jours n'a reconnu l'expression. Apparemment, jadis, la ferveur pour la Pologne n'était pas chicaneuse. Ce qui expliquerait la blague : « "Ah ! ah !" dit-il en polonais, car il connaissait cette langue. »

observé si longtemps ! Il ne pouvait pas disparaître en quelques années. Nous-mêmes, jeunes lycéens, nous nous y perdions. Nous avions surnommé « la Pologne » un professeur d'histoire et géographie à la longue barbe rousse. Nous le créditions d'une polonophilie ardente. Lui, bien sûr, il devait savoir que la Pologne est libre ! Sa voix cependant, lorsqu'il aborde pour le programme les fleuves et les villes de ce pays, se charge d'un tel deuil que nous avons l'impression qu'il erre dans un mythe. Il décrit plutôt une Pologne de songe. Celle d'avant les partages. Celle qui attirait les partages comme le bijou le voleur.

P'tit Gwède n'est pas du tout lugubre. Elle vibre, au contraire, aidée par une conviction : entre un Polonais et un Breton, l'identité de tempérament est éclatante. Même générosité, même acharnement au travail, même amour de la terre, même bravoure. Même ferveur catholique. Et même défaut (unique) : la boisson. Autrement dit, les Polonais sont plus que des cousins germains. Des frères. D'ailleurs Sienkiewicz, leur grand écrivain, celui qui a donné *Quo vadis ?* à la chrétienté, est venu s'établir chez nous. Il s'est fait construire un château à Perros-Guirec, entre terre et mer : Costaérès.

– Un château ?

– Où il reçoit tous les malheureux de Pologne, bien sûr. Il a le cœur sur la main.

– Il n'est pas comme le prince russe !

Le légendaire Brestois (l'oncle Henri ne le dément pas) s'orne, pour l'immédiat avant-guerre, d'un personnage fabuleusement riche, fabuleusement bon cavalier, à la fabuleuse barbe noire. Entre Kerhuon et Saint-Marc, en face de Plougastel, il possédait un domaine ceint de murs, gardé par des molosses. Un château, évidemment. Caché à la vue par des pins gigantesques où nichaient les corneilles… Personne, jamais, n'a réussi à me dire le nom ou le prénom du personnage. C'était le « prince russe » et cela suffisait. De temps en temps, comme s'il avait chevauché depuis Paris, sinon Pétrograd, il surgissait au galop dans les hauteurs de Brest sur son grand cheval noir, qui caracolait, fonçait dans la pente. Comme par hasard, une fois que le narrateur avait ainsi dressé le tableau, les choses s'arrêtaient pile. Cheval et cavalier fuyaient dans un nuage. Personne ne pouvait jamais dire ce qu'il advenait du richissime. Vivait-il en 1914, lorsque la guerre éclatait ? Lorsque toute la rue de Siam sentait le cuir de Russie après le défilé des soldats russes venus par mer et qui, affublés chacun d'une couverture, montaient s'embarquer à la gare dans les wagons de marchandises. « Hommes : 40, chevaux (en long) : 6… » Mystère. On parlait d'un diamant très gros qui lui aurait appartenu. Qui s'était évanoui, volé dans un cambriolage ou subtilisé par un invité. Ou une invitée. À moins que le prince lui-même… Chut !

– Sienkiewicz est polonais. Il est forcément meilleur que les Russes, dit P'tit Gwède.

– N'es-tu pas aussi sévère pour les Russes à cause de l'emprunt qu'ils n'ont pas remboursé ?… Mais pourquoi le gouvernement français, qui avait incité les gens à souscrire et avait garanti les titres, n'a-t-il pas honoré son engagement ? »

P'tit Gwède rit dans le noir. Le Job de la Bible a prévenu : l'argent file entre les doigts comme le sable du Portzic. Qui s'attache à lui perd sa peine.

Je tarde à répondre. Dans l'absolu, l'aïeule a raison. N'empêche que je me scandalise. Un après-midi, ma mère a ouvert devant moi, dans la chambre de P'tit Kêf, un placard auquel je ne m'étais jamais intéressé – il avait une serrure minuscule, toujours fermée à clef, et je le croyais réservé à ma grand-mère paternelle. Surprise : là-dedans se blottissaient plusieurs tas de papiers, très bien rangés.

– Est-ce que cela t'amuserait de voir de l'emprunt russe ?

– Je croyais que c'était fini. Que ça ne comptait plus.

– Ça ne compte plus, mais on nous a laissé les titres. Une honte. Pour ton instruction, il me semble que tu dois en regarder un… Oh ! puis non, à quoi bon ? Tout ça c'est du vent.

Elle referme le placard. J'ai à peine eu le temps de distinguer une feuille, en papier très fort, où j'ai reconnu le mot « russe ».

– Es-tu absolument sûre, maman, que ces papiers ne valent plus rien du tout ?

– Absolument ?… À peu près sûre, oui.

– Alors, pourquoi les garder ?

– Pourquoi, pourquoi ?

Maman n'a pas rougi, mais elle est embarrassée.

« Ils ne dérangent personne, lâche-t-elle enfin. J'ai pensé à m'en servir, pour envelopper des pots de confiture, j'ai eu honte. Un jour, peut-être, des antiquaires s'occuperont d'eux. Pauvres chiffons de papier... »

Le placard des fariboles russes n'a plus été ouvert pour moi. Théoriquement, je me moque de son contenu, toutefois je ne l'oublie pas. Que je le veuille ou non, ces papiers stupides constituent des archives. Ils ont valeur d'épaves d'un passé naufragé. De photographies d'un mirage...

– Dis-moi, grand-mère, est-ce que tu n'as pas pitié du tsar ? Ne trouves-tu pas qu'il est mort comme Louis XVI ?

– Ah non ! Celui-là était peut-être un saint... J'ai pitié du tsar, bien sûr, parce que je suis faible, mais il a été odieux pour les Polonais.

Elle médite.

– Que d'horreurs sur la Terre. Dieu doit avoir du mal, quelquefois, à s'y reconnaître. Heureusement, il est bon. Sa main est lourde, mais il est bon. Très bon. La tante Amélie, qui s'y connaissait, n'a jamais douté de sa bonté. Allez, dors. Dormons tous les deux. Toi, surtout.

– Pourquoi moi surtout ? Toi aussi il faut que tu dormes bien. Je dis ça en égoïste ! Il ne faut pas que tu oublies de me réveiller demain matin – ou j'arriverai en retard au lycée.

– Sois tranquille, je n'oublierai pas... Ou il faudrait que le bedeau des Carmes oublie de sonner les cloches de sept heures moins le quart – ce serait la révolution dans le quartier... Allez, bonne nuit.

– Bonne nuit.

*

Je lirai intégralement l'année prochaine ces poèmes dont Dubreuil nous avait touché un mot et que Jeanne évoque à l'occasion en se léchant les lèvres – ils sont d'Alfred de Musset et ils ont pour titre *Les Nuits.*

J'hésiterai à trouver ma lecture aussi belle que je m'y attendais. Quelquefois, ai-je le droit de le dire ? une éloquence m'ennuierait. Je perds le fil… Mais certains passages me procurent le frisson qui entraîne la débâcle du sens critique :

Poète, prends ton luth, et me donne un baiser […].
Rien ne nous rend si grands qu'une grande douleur […].

Au coin de mon feu vint s'asseoir
Un étranger vêtu de noir
Qui me ressemblait comme un frère…

…Je ne voudrais pas me moquer de Musset. Ni même en avoir l'air. Pourtant il me faut dire que dans cette œuvre, ce que je préfère en fin de compte, c'est le titre : *Les Nuits.* La sensibilité du lecteur, de la lectrice, s'en empare comme d'un instrument de musique indépendant du poème. Nous jouons dessus un contrepoint tout en lisant. La vie cosmique, les événements obscurs de notre vie personnelle, interfèrent avec les confidences et les réflexions d'un homme.

Je crois bien que l'alexandrin : *Poète, prends ton luth, et me donne un baiser*, qui jadis m'aura fait frissonner me semble aujourd'hui parfaitement emphatique. Énorme et sans fin, l'histoire humaine universelle à laquelle j'ai été mêlé me passionne autrement que la rupture d'une sauvageonne érudite et géniale, George Sand, qui a changé trop de fois de compagnon d'oreiller, avec son dandy génial. Cette douleur ne mérite guère à mes yeux le nom de « grande ».

Les nuits ! Chacun de nous a les siennes. Pourquoi soupçonner d'office dans le mot un dépit amoureux ?

J'ai joué plus d'une fois sur le vieil Elcke, entre la Noël 1935 et les Pâques 1940, la partition pour piano d'*Eine kleine Nacht musik*, la pièce de Mozart qu'un ami suédois m'avait révélée. J'y écoutais tout autre chose que des brouilles entre amants. Dans une Europe où s'entraînaient des barbaries nouvelles, j'y trouvais un chant d'espoir gamin et probe, essentiel. Un exemple svelte de la réponse mozartienne au bonheur qui est un des droits de l'homme.

Une petite musique de nuit... Avant que les mélodies d'*Eine kleine Nacht musik* m'exaltent, j'aurai déjà connu cette petite musique, jouée par P'tit Gwède et moi, dans toutes ces heures imprécises d'entre veille et sommeil de ma jeunesse enfantine. Une toute petite, une minuscule musique de nuit. Le bruit de la mer à Kerlouan, les cris de révolte de la Pologne, y remplaçaient la science des violons et des flûtes. Le frère du recteur chrysostome et antivoltairien, un recteur lui aussi et un chanteur émérite, nous prêtait sa voix comme il le faisait de son vivant aux paroisses voisines. Nous chuchotions : ce chuchotement était musique. Louis XVI, le roi que j'aimais à mon tour puisqu'il avait aimé le peuple et s'était sacrifié pour lui, aimait la musique, ma mère me le certifiait aussi fort que l'aïeule. Sur ses instructions j'avais appris un air qu'elle me demandait de lui chanter au piano *Pauvre Jacques*. Dans la tour du Temple, la nuit, à travers les murs, Marie-Antoinette le fredonnait à son mari parce qu'elle savait combien il y était attaché. Vrai ou faux ?

*

En des occasions exceptionnelles, ayant senti à la voix que l'aïeule avait renouvelé son énergie, qu'elle ne déraillerait pas dans la tristesse, j'aborde, carrément, le sujet de la mort. Je passe au lycée pour un « brave type » et un rigolard. Mes camarades n'ont peut-être pas tort. Je reste quand même le garçon privé de père beaucoup trop tôt, et qui s'interroge. Un pensionnaire vient de mourir à l'infirmerie du lycée : Jean Nicolas, un petit, un silencieux, qui s'abstenait de toute grossièreté et que j'aimais beaucoup si je ne le fréquentais guère. Il a été emporté par une méningite. La salle d'étude a vécu rudement sa semaine. La place de Nicolas demeurait vide et c'était comme s'il allait revenir. Retremper sa plume dans l'encrier de porcelaine vissé à la table de bois et s'absorber dans un problème, tête penchée, rageur. Mais il ne revenait pas. Il ne reviendrait jamais. Les « durs » ses voisins feignaient de rêvasser, se rongeaient les ongles. Ils avaient été frappés, comme nous tous, par les yeux et la voix d'un proviseur, d'un censeur, d'un surveillant général, proches des larmes. Aucun doute : il n'était pas normal, il était sinistre, de mourir à l'âge de Jean Nicolas. Puisque la mort avait choisi celui-ci, c'est qu'il était le meilleur d'entre eux. Au dortoir, ils évoquaient le disparu dans des conciliabules…

– Quand sait-on exactement que quelqu'un est mort ?

– Quand son cœur ne bat plus, que sa respiration s'arrête. Qu'il n'y a pas de buée sur le miroir qu'on place devant sa bouche.

… Notre professeur principal, aussi, pourrait mourir, lui que nous chahutons tant et plus à cause du débridé mariolle de ses cours. Sans arrêt, il frôle la crise cardiaque. Il a enseigné à sa femme l'art de le saigner et de le garrotter en cas d'étouffement et sa femme a répété toutes les indications à ma mère avec l'espoir qu'elles seraient transmises par moi aux élèves, mais la mimique du prof durant ses malaises nous paraît tellement bizarre qu'elle nous amuse au lieu de nous épouvanter. Un d'entre nous, je ne l'invente pas, s'appelle Lafolie. Son père est le médecin traitant du prof. Lafolie, un luron, exploite une situation privilégiée. Il s'offre des séances de pitreries auxquelles aucun d'entre nous ne résiste. Excédé, le prof voudrait le mettre à la porte mais il sent chaque fois une crise approcher, il a juste le temps d'aller s'asseoir, de se glisser une main sous le gilet, sur le cœur.

« Lafolie ! » avait-il réussi, une fois, à gémir de son bureau, et il n'osait même pas regarder l'élève qu'il appelait : il savait qu'il chavirerait. Lafolie !… Il se cache le visage de la main gauche et, de la droite, fait deux ou trois petits gestes nerveux pour montrer la porte. « Lafolie ! Sortez. » Ce « sortez », qui s'appelle grammaticalement un impératif, a le ton d'un supplicatif. Lafolie ne sort pas. Les gestes vers la porte se répètent, mécanique désaxée, puis la pauvre main droite retombe et une voix prononce : « Vous ne voulez pas sortir ? Eh bien, restez… » Capitulation de Dupont à Baylen, de Bazaine à Sedan. Nous nous tordons de rire. Le prof ouvre sa boîte de pastilles et se sert. Nous ne réfléchissons pas qu'il a failli mourir.

P'tit Gwède aussi est cardiaque. Les plaques roses, légèrement noirâtres, qui colorent ses joues, viennent peut-être de là, mais elle ignore les malaises dramatiques du prof. Les palpitations dont il lui arrive, par temps d'orage, de se plaindre, ne durent guère. Je ne la reconnais pas pour une vraie malade, elle qui monte ses quatre étages, lentement mais d'une traite, n'a pas besoin de canne pour marcher, parle à table d'une voix sonore. Cependant il faut la croire quand, dans le noir de la chambre, elle désigne son mal par des mots précis : une fissure à l'aorte. Le détail m'impressionnerait fâcheusement si l'aïeule ne le livrait avec le sourire. Cette fissure à l'aorte, l'évêque de Quimper et de Léon, monseigneur Duparc, Adolphe comme mon parrain, fils de boulangers lorientais, l'a aussi.

– Écoute bien la prochaine fois que tu pourras l'entendre aux Carmes. Tâche d'aller par exemple à la confirmation. Tu remarqueras comme, de temps en temps, sa gorge siffle dans une longue phrase – et il s'arrête une seconde.

– Ta gorge ne siffle pas.

– Mais moi je n'ai pas de beaux discours à dire comme lui. Quel orateur.

– Meilleur que ton oncle ?

– Il a fait des études plus fortes et il est évêque : il parle mieux, évidemment. Ce qui ne veut pas dire que l'oncle de Kerlouan aurait déshonoré la cathédrale de Quimper en y prenant la parole. Il parlait aussi bien le français que le breton. Monseigneur Duparc ne sait pas le breton. Ça doit l'ennuyer quelquefois.

... Un silence. Quand j'étais petit, je trouvais normal d'ignorer le breton. Je le croyais réservé aux gens de la campagne. Ma mère nous avait appris une cinquantaine de mots pour nous débrouiller dans les fermes. *Nesket aman*[10]*?* *Tom eo, vat*[11]*!* J'aimerais soudain en savoir plus. Sur les arrières de Lesquiffinec, l'été dernier, je me suis réjoui bien sûr d'un entretien avec un homme de la terre, un vrai, les sabots tachés de purin, mais il m'en aurait dit tellement plus si nous avions conversé en breton. Et les pêcheurs ! Ces rois de la mer bavardant sur le quai en regardant les bateaux, quelle bêtise de ne pas les comprendre !

« Il faut prier pour monseigneur Duparc. C'est une lumière. Ce serait une grosse perte s'il partait. Il faudrait qu'il se ménage. Comme j'ai la même chose que lui, j'ai le droit d'en parler. Se coucher tôt, avoir de bonnes nuits. Amélie l'aimait beaucoup. »

Elle soupire brusquement.

---

10. « Il n'y a pas de beurre ? »
11. « Il fait chaud, oh oui ! »

– C'est une privation très dure pour les prêtres de ne pas avoir d'enfants mais ils ne connaissent pas la douleur de les perdre.

– Tante Amélie ne veut pas que tu sois triste.

– Et c'est toi qui me réconfortes !

Ce soir, le paradoxe la fait rire. Place du Château ou rue Amiral-Linois, une bande passe dehors. Garçons et filles braillent vite et fort « Derrière chez moi il y a un p'tit bois… » et la vieille femme chantonne avec eux. Elle sait pourtant que la suite est grossière. On ne peut pas demander à la jeunesse qui s'amuse dans la nuit d'envoyer des cantiques. Ni la complainte de Louis XVI. *Eine kleine Brests Nacht musik.*

7

Un mois avant Pâques je reçois une lettre de Jacques, écrite sur joli papier bleu. Lui et Simone vont passer à Morgat les congés qui viennent. Ils seraient heureux de me revoir.

… *Que dirais-tu d'un déjeuner chez l'oncle et tatate ? Ils apprécient ta noble compagnie d'helléniste, tu t'en es rendu compte. Tâche qu'il fasse beau. Pas de mauvaise plaisanterie…*

Ma grande joie est douchée par une seconde lettre. La nouvelle adresse du couple Firmin m'y est donnée. Scandale ! Ils ont fait construire… au-dessus du Portzic ! Ils habitent, autrement dit, dans une de ces villas dont mes salopards de l'an dernier piquetaient l'emplacement. Comme c'est allé vite ! Pauvre allée des Pins. Pauvre Portzic.

… Et si je refusais l'invitation ?

J'aime trop Jacques et Simone. Je crois l'oncle et la tante plus faibles que méchants. Privés d'enfants, ils se consolent comme ils peuvent dans leur aisance matérielle. Ils ne sentent pas qu'un arbre, un paysage, souffrent et meurent comme les hommes.

*

Au Fret, où je débarque du vapeur brestois, il n'est pas question pour moi de prendre le petit train de Crozon. Au temps glorieux de mes Portzic, ce train n'existait pas et puis je veux déguster la route. Éprouver ma mémoire des raccourcis, des barrières de champ, des échappées sur les lointains. Ainsi que celle des faits divers familiaux associés, pêle-mêle, à des lieux où la tribu a pérégriné.

La matinée pourrait décevoir. Pas de pluie nette. Un brouillard humide. On ne voit pas au-delà de cinquante mètres et j'avance dans un coton qui suinte. Mon cœur bat vite. En réalité je suis heureux, très profondément heureux. Seul avec le temps du dehors sur la presqu'île de Crozon. Seul avec mon enfance et ma mémoire. Je loue Dieu, car ce matin je suis absolument sûr d'aimer la nature de toutes mes forces. Je ne viens pas à elle en cuistre de classe de seconde, préoccupé de réfléchir sur elle pour mes compositions françaises. Je suis en elle comme dans le centre de ma vie, entouré d'elle de toutes parts. Sous ce brouillard, il y a de l'église. Une lumière de galerie, de bas-côté. Une odeur de cierge et de courants d'air. Si je proclame tout le premier ma nullité en dessin et en peinture, pour ce qui est de sentir la beauté du monde voici que je ne crains plus personne. La rosée sur le trèfle. La rosée sur les crosses de fougères. La rosée sur les ronces. Une ornière interrompue où des marguerites ont trouvé asile. Un chêne têtard engoncé de lierres.

… Et le plus beau : le grisollement des alouettes. Cachées, elles sont là, quelque part au-dessus de moi, chantant dans l'aigu de leurs voix fraîches la joie de vivre et le soleil invisible. Elles sont venues à ma rencontre en délégation taquine et bien entraînée. Elles m'apportent les clefs de mon enfance. Leur musique n'a pas varié d'un seizième, d'un centième de ton depuis les matins où elles s'élançaient au-dessus de moi, qui n'étais qu'une petite pousse d'homme en ce temps-là, moins haut que les blés, butant dans les mottes, donnant la main à une aïeule. Les clairons et les flûtes de mes arrivées au Portzic, c'étaient elles. Elles, les bienvenues que chantaient les hameaux, de Lostmarc'h, de Gondour, de Postolonnec, d'Irgast. J'ai envie de m'agenouiller. Je chante moi aussi. Ma joie augmenterait, si c'était possible, de constater que cette voix forte n'arrête pas les oiseaux. L'enfance a pris le nom de jeunesse, mais elle continue. Je distingue son sillage. Je chante avec les oiseaux.

Qu'en sera-t-il quand je déboucherai tout à l'heure sur le Portzic ? Rien ne m'enlèvera jamais cette joie qui m'inonde. La certitude que les paysages de Morgat et de Crozon me reconnaissent pour leur ami ou leur enfant. Que la beauté de la terre et de la mer, quoi que fassent les hommes, est inépuisable… Par des numéros de *L'Illustration*, j'ai vu beaucoup d'images de villes et villages, de forêts et sentiers, que la guerre avait dévastés dans le nord et l'est de la France. Je m'étais dit qu'il serait impossible de refaire jamais du vivant avec ces squelettes d'arbres et de maisons, ces trous démoniaques. J'avais tort ! Je souris à un coquelicot. À une tribu de bouquets de lait[12].

Les alouettes chantent.

*

Tout seul avec un lieu et un temps retrouvés, je pense clairement à des poèmes. L'envie de chanter qui provoque le cœur et la gorge ne signifie-t-elle pas la présence chez moi d'une force qui ose à peine dire son nom, mais qui est là, farouche pour la première fois, réclamant son heure ? On l'appelle d'un mot un peu ridicule, mais que j'accepte : « faire des vers ». Je sais que ma sœur Jeanne a écrit des vers. Pourquoi ne pas suivre l'exemple ? J'ai envoyé jusqu'ici promener tous mes débuts de poème – trop d'ennuis avec la rime ! –, est-ce que je ne manque pas de sérieux ? de persévérance ?

Peut-on se borner à aimer les formes du monde ? À dire son bonheur de vivre et de voir la lumière, par une marche, par des chants à tue-tête ?

Sur un piano, mes doigts vont et viennent tout seuls. Je serais aveugle que la mélodie ne me causerait pas plus de peine. Toute partition est devenue oiseuse : jouer, créer,

---

12. Des primevères. Le mot breton qui les désigne se traduirait « fleurs de beurre ».

se fondent, se confondent. La poésie ne jouirait-elle pas du même souffle de liberté ? Je ne me souviens pas qu'ironiste à l'occasion, Dubreuil ait jamais blagué la poésie. Je le revois, je le réentends, nous lire une strophe de Hugo. Ses cheveux noirs se gonflaient d'une gravité nouvelle. Les veines de son front saillaient. Ses yeux se perdaient au loin. Moïse descendant de la montagne et parlant tout seul…

J'avance d'un pas souple. Un lapin tout neuf boule et s'envole d'une touffe d'herbes. Je distingue une des chanteuses – immobile dans sa palpitation aérienne, on dirait que l'alouette agrippe une corde, voix toujours parfaite.

« Trop jeune, trop jeune… » Je me répète, en riant, la critique routinière de mon prof. Pourquoi « trop » ? Comment pécherait-on par jeunesse ? Le langage « Ne vieillis pas, ce n'est pas joli de vieillir » contient sûrement sa part de vérité… Je brise une branchette basse qui m'a mouillé la joue. J'admire les fils de la Vierge blanc-gris, disposés à la sauvage sur le dessus d'un carré d'ajoncs comme la lessive d'une roulotte de bohémiens.

Qu'est-ce que j'en sais, de ma vocation véritable ? La poésie ? Ne serait-ce pas la musique ? Le début d'une sonate en la dièse majeur me cavalcade aux oreilles et dans les doigts. L'instant d'après, je frissonne et je transpire – j'écoute la longue phrase de lamentation qui habite la *Marche funèbre* de Chopin…

… et je n'ai pas fini de m'interroger. La chapelle qui servait de repère sur la fin du premier raccourci, je n'y pensais plus, mais elle a surgi. Elle n'avait pas oublié.

Secrète et fidèle dans son bosquet, grosse barque de maçonnerie sans âge, porte close, clocher vide, modestie et silence… Alors, poésie ou musique ? Musique ou sacerdoce ? Ou musique et sacerdoce à la fois ? Le tintamarre des orgues ébranle la pinède solitaire.

*

Le point fort de ma journée restera ce matin mystérieux, dont je relie le charme à la retrouvaille du chant des alouettes et à la solitude. Je me promets de multiplier les escapades en pleine nature. La camaraderie et l'amitié, valeurs sans prix, doivent comprendre la terre et la mer, les arbres et les nuages, la Bretagne, tous les pays inconnus.

… Et Paris peut-être ? En revoyant Jacques, j'ai senti intacte mon affection pour lui. Simone m'a encore troublé par sa voix, ses traits, ses sautes d'humeur. Avec cela, il m'a semblé que je mordais moins à la parisianité de mes amis. Je les aime dans leur jeunesse. Dans leurs silhouettes originales. Et puis nous partageons tant de souvenirs chers, de riens subtils, belles heures vagues devant la mer, fous rires, acharnement tennistique. Mais s'ils étaient nés à Bordeaux ou à Marseille, à Lons-le-Saunier ou Arras, les en aimerais-je moins ? Puis-je le jurer ?

La villa Firmin occupe, sur la droite de la pente douce qui sépare Lesquiffinec de la mer, l'angle du bas. L'entrée du sentier qui descend sur la plage au secteur des Pierres-Blanches s'ouvre à quelques mètres de sa porte. La clôture en fil de fer limitant son emprise n'empiète pas sur l'allée des Pins, dont les troncs de la file de gauche gardent leur indépendance. N'empêche que de grosses branches musclées viennent s'aplanir au-dessus des roses et des œillets du jardin, comme flattées que l'envahisseur accepte leur voisinage. Je n'aime pas cela. Personne ne s'inquiète de mon opinion. Inutile de jouer les paysans du Danube…

… mais au lieu de cette maison pimpante où un phonographe, installé au jardin sur une chaise de fer, lance une goualante de Maurice Chevalier vers le soleil et la mer, j'ai bel et bien vu, moi, les mottes lourdes, épaisses, d'un labour d'automne. Pour avoir retenu leur image aussi bien que l'air d'une chanson, ne me serais-je pas douté qu'un jour je ne les verrais plus ? Une terre énergique et dure. Viandeuse. J'ai admiré le tortillement des lombrics tranchés par le soc et qui refusaient de s'éteindre – ils étaient deux vies maintenant, jaillies d'une seule, deux vies rose sang, crispées sur leurs destins. Aux Pâques suivantes, le déchiquètement du sol aurait disparu, comme une plage déchirée par les pas des enfants retrouve son lisse après la marée. Le blé lèverait, herbe tendre…

Hélas !

Quand je suis arrivé, Mme Firmin, en tablier multicolore, gants de caoutchouc rose, assurait une mort paisible au gros lapin qu'elle tenait dans son giron : elle lui avait fourré entre les dents un entonnoir, où elle versait du rhum. J'ignorais cette manière de tuer une bête. Je me demande si je ne préfère pas un procédé brutal.

Le docteur me cligne de l'œil.

« Voilà qui promet une chair de lapin parfumée comme il faut… et que cela ne vous détourne pas du petit verre de bienvenue ! Après les kilomètres que vous avez dans les jambes, monsieur l'helléniste boira bien un madère ? ou même un porto ? »

Helléniste, helléniste… Je souris par inattention. Je regarde le lapin qui dodeline et dont la tête s'effondre.

« Arrêt du cœur. Il n'a pas souffert. Pas de crise de *delirium tremens.* Allons, Simone, va nous chercher de quoi boire. »

Il a déjà saisi le lapin et l'emporte sans discrétion excessive pour le faire uriner sur les graviers et pour le dépouiller. Il siffle *La Madelon.* J'évoque les labours qui s'étendaient sur ce terrain. Qui nous les rendra ? L'air, heureusement, sent l'algue fraîche, le grand large, la résine et le roc. J'entends la vaguelette de marée. Au ralenti. La mer savoure le poli de son Elcke, la plage aux mille touches blanches. Là-haut, athlète délivré, le soleil issu des brouillards étale sa force… Mon Portzic. Ma merveille. Mes pieds nus d'enfant claquent sur le sable des Pierres-Blanches. Un crabe vert fuit sous une roche du *Trou des Gobis.* Le croassement métallique d'un corbeau tinte contre une falaise…

Inévitablement, le Dr Firmin, qui m'a servi un porto d'adulte, me questionne sur mon avenir. Quand j'étais petit gosse, les gens de rencontre s'exclamaient en me voyant : « Comme il a grandi ! » Le refrain a changé : « Ce grand garçon, qu'est-ce qu'il fera plus tard ? » Jacques devine ma gêne. Il répond à ma place :

– Tu sais bien que ton helléniste doit préparer l'École normale.

– Où avais-je la tête ? Bien sûr !

Pour me montrer qu'il a des lettres, le médecin raconte l'histoire de Démocrite, le charmant philosophe qui se décrocha la mâchoire dans un éclat de rire et en mourut. Le motif de la rigolade ? Il avait surpris un cheval à boire du vin. Quand le lapin de Madame avalait son rhum, nous aurions pu mourir comme Démocrite.

– À la santé de ce brave Démocrite et de son ivrogne de cheval ! termine-t-il en levant son verre.

Une gorgée de porto (c'est la seconde fois de ma vie que j'en bois) m'a rendu hilare. Je trinque avec Simone (qui boit de la grenadine) et Jacques. Le chat de la maison s'est blotti sur mes genoux. Je ferme les yeux et me retrouve sur la route du Fret à Crozon, seul avec les alouettes et le brouillard, remuant des projets grandioses. La poésie ? Mais pourquoi pas ce qu'on nomme « la littérature ». Mais alors sous quelle forme ?... Cela se décidera le moment venu. Ramasser ce que la vie apporte, aussi simplement que je ramassais jadis aiguilles de pin ou morceaux de bois pour faire du feu, offre un sens. Recueillir dans des mots les joues du Dr Firmin et leurs fibrilles rouges, l'odeur de cigare qui se mêle à celle de la mer. Les doigts me démangent. Cette fois ils ne cherchent plus le froid soyeux de l'ivoire, la joue nerveuse d'un bémol, mais, tout naïvement, un porte-plume.

On parle, on parle. Le docteur a invité deux de ses grands neveux. L'un prépare Navale dans ce qu'il nomme

« une boîte de Versailles », l'autre termine à Rennes une deuxième année de droit. Nous sautons de sujet en sujet, de plaisanterie en plaisanterie. Simone rougit chaque fois que le mot « amour » se prononce et ses doigts fuselés, faits pour le piano, ne manquent pas non plus de s'étirer alors sur la nappe. J'admire un bouquet de roses, protégé du soleil par un rideau, qu'une abeille indécise contemple en se dandinant. Nous votons sur la question de savoir si le lapin sentait le rhum comme il avait la charge de le faire. Quatre voix pour, trois contre. Le docteur, qui ne met pas en doute nos sincérités, affirme qu'il sait pourquoi nous n'avons pas voté d'une manière unanime : le rhum s'est réparti de façon inégale dans le corps de M. Jeannot.

Raconter cette atmosphère, ces mœurs. Cette cuiller d'argent qui tinte sur le carrelage. Le coup de sonnette du facteur. Les lèvres trop charnues, couleur de lombric, de Mme Firmin. Les grelots du rire de l'étudiant en droit. Les éclairs au café de la pâtisserie de Crozon qui se dégustent alors que Madame gémit sur le naufrage récent d'un maquereautier, pris dans la brume et le vent, face au cap de la Chèvre.

Je regarde le neveu qui prépare Navale. Gaston, grand brun à tête ronde, élancé, les yeux noirs qui furètent. Mon frère Jean en sera-t-il bientôt au même point ? Je revois les cahiers de brouillons fraternels. Leurs marges sont remplies de dessins qui ne trompent pas. Des bateaux de pêche et de guerre, des quais, des matelots, des officiers de marine. En voilà un qui a capté mieux que moi le message du *Trou des Gobis*. Le message de la rade de

Brest. Le message des sirènes de remorqueur dans la nuit. À moins que...

J'ose demander à ce grand brun, en le vouvoyant, ce qui l'a poussé vers Navale.

– Tu peux me tutoyer, mon vieux. Et moi je ne peux pas répondre à ta question.

– Le succès de l'uniforme près des femmes, blague naturellement le médecin, qui cherche le regard de Simone, laquelle, naturellement, rougit. La comédie humaine. Je me souviens des ricochets du Portzic.

– Mon oncle est un farceur incorrigible, proteste Gaston. S'il fallait dire quelque chose à tout prix, je citerais le voyage. J'ai envie de voir du pays.

– Dans ma classe, j'ai l'impression qu'un fort tiers choisira de préparer la médecine navale. Elle aussi promet les voyages.

– Bien sûr, tonne l'oncle. Mais Gaston a des nerfs de midinette. Donner un coup de bistouri le ferait tomber dans les pommes. Les marins ont besoin de médecins !

– Mon pauvre oncle, tu n'y es pas. T'imagines-tu que nos officiers de marine, aux Dardanelles, étaient des midinettes ? Lorsque Guépratte fait aller ses avisos à toute vapeur entre le deuxième et le troisième Tas de Pois, là-bas, devant Camaret, c'est un homme, un fameux.

Le docteur boit une bonne gorgée. Un neveu aussi viril, qui lui fait honneur, a le droit de le rembarrer.

*

– Allez faire un tour, les jeunes gens, vous avez le monde entier devant vous.

Je rends grâce à Mme Firmin. Elle nous met dehors avec la même sûreté que maman jadis envoyant ses rejetons sur la plage…

– Où veux-tu aller, Henri ? Nous avons deux bonnes heures. Edmond a la permission de son père, nous irons te reconduire au Fret en auto.

J'ai choisi la route sauvage de Postolonnec. Elle est intacte, celle-là, comme mon amitié pour Jacques. Nous ne rencontrons personne – ni touristes ni, hélas ! paysans. Un seul troupeau de vaches et il paît en désordre, dans une landaie. Lesquiffinec serait-il en train de vendre ses terres ? Sur la baie, heureusement, des bateaux travaillent, caseyeurs et ligneurs, à l'arrêt ou en marche, voiles noires, brunes, blanches. Bleu de lin, jaune safran, rouge coquelicot. Et le « monde entier » dont la généreuse Mme Firmin nous garantissait la présence, reste merveille, dans son entièreté comme dans son détail infime – une coccinelle qui se pose sur ma main et que j'offre à Simone, les nuances d'une corolle de marguerite qu'un marcheur a tirebouchonnée et qui se défroisse, vrai miracle de Lazare. Un caillou.

Nous bavardons tant et plus, mais je ne cherche pas à me livrer pleinement. Un souci plane sur ma joie. Fragilité de Morgat. Fragilité de l'heure. Définition de la voie à suivre qui me permettra de sauver l'éphémère…

Un pneu de la De Dion-Bouton est dégonflé. J'admire, sans les envier, la science technique de Gaston et d'Edmond avec leur boîte à outils. Le premier kilomètre en voiture m'enchante, mais les pieds regrettent ensuite leur inertie. Ni les yeux, ni le nez, ni les oreilles, ne s'estiment non plus tout à fait libres.

Adieu sur le quai du Fret, sous le grand ciel pommelé, dans le beau parfum âcre de la grève où la mer commence à descendre. Quand reverrai-je Simone ? Et toi, journée d'enfance ou de jeunesse, que restera-t-il de toi ? Vas-tu mourir comme ces bigorneaux dont un enfant me propose un bol et qui s'agglutinent en un tas gris verdâtre de petites billes, êtres vivants qui retournent à la matière ?

8

L'année de seconde s'achève sur un trimestre où, comme d'habitude, la lumière, la verdure nouvelle, le chant vif des oiseaux de la place du Château, rajeunissent mon Brest. Et, comme d'habitude, j'éprouve ma fatigue de « croissance ». Au réfectoire, je boude les ragoûts tendineux et je bois trop d'eau. (Mon récit vole bas. Mais Bergman est autrement précis !) La cour de récréation tourne ensuite autour de moi et je me sens fade et mou… Les places de composition accusent la défaillance. Au troisième trimestre justement, elles comptent double. Des prix que je pouvais décrocher se dérobent. Baste ! L'été va revenir. Avec son souffle libérateur…

… et tout un approfondissement de la Bretagne : en accord avec une amie veuve de guerre, ma mère a écouté la suggestion d'une condisciple de son pensionnat du Calvaire. Nous passerons les vacances en Cornouaille, à La Forêt-Fouesnant – le village où Pêr-Jakez Hélias le Bigouden a aujourd'hui ses feu et lieu.

… Ce n'est pas Morgat, bien sûr. Je veux dire *notre* Morgat, celui du Portzic et de Lesquiffinec, celui où je laissais en septembre tant d'images pour les retrouver, drues, en avril ou juillet de l'année suivante… Bruit d'insecte. Le début d'un sentier. Une branche. Un bloc de pierre. Tics d'un pêcheur. Un fredon de brise dans une serrure. Le soleil meringuant l'écume d'un rouleau… Oui. Mais avec La Forêt-Fouesnant, tant de richesses insoupçonnées accourent quand même ! Le livre de la Bretagne était si vaste et divers et je ne m'en doutais pas. Je me dépayse dans ma propre région.

Toute une Bretagne qui après la Seconde Guerre mondiale se réfugiera dans les fêtes folkloriques, dans les cartes postales du « vieux temps », est là, fraîche et véritable, jeune temps juteux et affirmé, actuel dans ses costumes paysans, dans le morcellement des terres, les mœurs, la diaprure des sites. Appuyée à la barrière d'un champ, on peut voir en pleine matinée, appartenant au paysage aussi fort que la ronce et le chêne, une jeune créature souriante et souple, sur la tête le château de sa coiffe aux mille plis dont les rubans lui volent sur les épaules. J'assiste à une « fête des pommiers ». Elle réunit, dans une prairie, un millier d'hommes et de femmes venus applaudir les mêmes luttes que les paysannes de Gauguin dans *Le Combat de Jacob avec l'Ange* : des mâles sveltes en tenue sombre, tête nue, pieds nus, qui se bousculent et s'arrachent l'un l'autre de terre faisant voler l'herbe et la poussière, à la chevaleresque et à la brutale, pour l'honneur et un panier de victuailles. En avant d'un empilement de barriques de cidre, une buvette joviale. Assis sur des pliants, les joueurs de biniou, intarissables et apoplectiques. Cent couples se forment, se déforment. Les hommes ne sont guère moins chamarrés que les femmes. Tout cela grave et gai, primitif et rituel. Un peuple qui existe et le prouve. Un *cogito* à la bonne franquette, mais sûr de soi. Je danse et je bois, je fais de la lutte ou je regarde les lutteurs, donc je suis.

Un jeune paysan (il a perdu son chapeau) s'approche, blond et titubant, de ma sœur Jeanne qui considère la scène. Il l'invite pour une gavotte. Elle refuse, horrifiée : la danse lui répugne et ce jeune homme sent la boisson. En breton, lourdement, il l'injurie. Il imagine qu'elle le méprise parce qu'elle est Parisienne et lui un paysan. Il s'éloigne, mais par intervalles il reviendra pour gueuler sa rancune.

Faut-il que l'incident gâche la découverte ? Le groupe que je contemple et où je m'insère est mon pays. Des gaillards tout semblables à ce godiche sont tombés au front, par dizaines de milliers, en 14-18, tout au long du grand sacrifice humain. Que les mœurs, librement, reprennent donc l'espace ! Là-bas, les chevaux dételés d'un tilbury fermier broutent sans surveillance près d'un amoncellement de vélos. Herbus, bosselés, compacts, les talus de la prairie disent une très très vieille histoire. Quelque part dans la campagne, un coq neuf chante.

Je me rappelle, au lendemain de l'arrivée, mon émerveillement. À droite et à gauche de la petite maison que nous avions louée, les choses se passaient comme dans la chanson enfantine : il y avait des jardins et, dans ces jardins, des arbres et, dans ces arbres, des fruits… Ces fruits, des cerises belles et bonnes, leurs propriétaires cédaient pour quelques sous le droit de grimper les cueillir. Ayant ramassé leur content, ils se désintéressaient du surplus. Jean et moi et nos camarades, nous nous en sommes donné à cœur joie. Devant le Portzic, mille et mille fois, la baie de Douarnenez aurait recréé sous nos yeux le lac de Tibériade, La Forêt-Fouesnant nous réservait le jardin d'Éden. Ici, là, libres d'accès, luxuriantes et mystérieuses, des hêtraies, des chênaies, des charmilles, pleines de froufroutements et de ramages. Je livre délicieusement cette Bretagne à ma mémoire. Je me crée spontanément des lieux favoris. Sur le trajet du cap Coz, une de nos deux plages, j'ai repéré un domaine de légende – une vieille maison et sa sylve posées contre une eau tranquille qui peut être une baie marine, mais aussi un lac.

Qui autour de moi a entendu parler de Marcel Proust ? Jeanne, lectrice fervente de Mme de Noailles, une grande amie de Marcel. Mais à l'époque, Jeanne ignore cette amitié-là. Personne ne prononcera donc le nom auguste… alors que nous contemplons des sites où Marcel Proust a séjourné. À défaut de la guérison, il y a recueilli un apaisement. C'est par la Cornouaille qu'il a connu la Bretagne. À cause de la Cornouaille qu'il a identifié la Bretagne avec la tendresse. Toute sa sensibilité musicale s'est employée à découvrir la nappe de poésie où la toponymie bretonne baigne. Beg-Meil par exemple, le nom de la station que le Dr Proust avait choisie pour Marcel et qui se trouve à une lieue seulement de Fouesnant ou du cap Coz. On peut être sûr que dans la mémoire proustienne Beg-Meil a joui du même traitement que Guermantes et Combray.

Pour moi, en 1924, le nom de Beg-Meil ne me séduit guère. Je ne songe pas du tout à y lire la lumière du soleil sur le sable d'une pinède authentique. C'est aussi que je ne suis pas malade ; que la réputation mondaine de Beg-Meil effarouche ma famille ; que j'habite, non pas Beg-Meil, mais La Forêt-Fouesnant. Je ne me reproche rien : l'ami du vieil Elcke est tout de même ce que P'tit Gwède appelle un *scouarnec*. Un qui a des oreilles. Un que passionne le monde sonore. Si je boude le nom de Beg-Meil, j'admire ceux des cours d'eau de Quimperlé, une ville qui vient juste pour moi de sortir de l'ombre. Deux rivières s'y joignent, l'Isole et l'Ellé, pour former la Laïta. Sitôt que j'évoque ce trio de toponymes, des nymphes dansent devant moi, des chœurs d'oiseaux remplissent l'espace. Le peuple qui a inventé ces phonèmes pour désigner des eaux vives est grand.

Du coup je fais un retour sur les rivières de ma rade. Leurs noms, sans doute moins musicaux, ont aussi leur grâce, leur vigueur propres : l'Elorn, l'Aulne, la Penfeld… Sacrée Bretagne.

… Laissons Brest. Pour l'heure, nous rendons allégeance à Quimper, chef-lieu de notre département, ville clé du charme de Bretagne, répétons-nous avec la rumeur publique. La famille s'y offre une visite avec repas en crêperie, descente de l'Odet (encore un nom de rêve) sur le *Roi Gradlon*. Je pénètre dans ma première cathédrale. Toute mon enfance m'a préparé à cette rencontre. Je ne suis pas déçu. P'tit Gwède, qui n'a pu nous accompagner, m'a redit le matin même que la posture du monument évoquait l'inclinaison de la tête du Christ sur sa croix. Je me sens fier de remarquer après elle un trait que je salue comme une vieille connaissance. *Scouarnec*, je suis encore un *lagadec :* un garçon qui a des yeux. L'image de ce chœur nettement déjeté à droite comme en effet la tête du Christ va se ficher dans mon souvenir. Lorsque deux ans plus tard je descendrai du train à Paris pour la première fois, et ce sera dans une gare devenue en 1988 « l'antique », l'incroyable, celle qui ouvrait sur le haut de la rue de Rennes par un escalier gigantesque, la cathédrale de Quimper me fera la surprise de me bonjourer. Elle me saute aux yeux. Car la rue de Rennes, entre la rue du Four et l'église Saint-Germain-des-Prés, incline aussi la tête. Du haut de mes marches, j'ai vu filer la longue allée centrale d'une nef.

La Cornouaille émoustille ma mère et ses amies. Elles entendent bien, comme des collégiennes, la découvrir en long et en large. À Quimper, elles ne se priveront pas de nous entraîner, sans rien boire, au Café de l'Épée – si nous négligeons les fresques de Lemordant nous serions des béotiens ! Puis elles vont toutes seules chez le grand antiquaire Jacob (le père de Max). Elles sortent de cette visite riant à gorge déployée. M. Jacob serait un fort galant homme. Il s'intéresse plus à ses clientes qu'à ses meubles et à ses faïences.

Le consortium des veuves de guerre et de leurs relations affrète un petit autocar jaune, brinquebalant de toutes ses vitres, pour découvrir Pont-Aven. Tout en ignorant ce que signifie l'école des peintres qui porte ce nom, il sait la réputation du lieu. Il sait que le chantre de la Bretagne, l'auteur de *La Paimpolaise* et du *P'tit Homme*, y habite. Je devrais en avoir honte, nous passons à Pont-Aven une journée fofolle. À l'époque, les paysages étaient toujours ceux qui avaient inspiré Gauguin, Sérusier, Maufra, Van Gogh. Ils étaient frais, sous un ciel où les nuages dessinaient mille collerettes, comme des agates et des prunes, des sources vives. Nous les regardons à peine. Nous ne soupçonnons pas, au-delà d'un bois d'Amour dont nous applaudissons le nom, la chapelle de Trémalo et son *Christ jaune.*

… Alors que nous nous régalons dans une crêperie, les deux vieilles crêpières monumentales, dont les doigts parcheminés ont des gestes tantôt cyniques, tantôt suprêmement doux, s'acquittent de la tâche avec un sérieux et un silence de moines. Les poêles d'un noir d'ébène, cabossées tels de vieux cargos, chauffent sur des chenets au-dessus d'une petite mer de flammes. Leurs crêpes cuites et enlevées, un lardon du fond des âges descend cérémonieusement oindre la fonte, salut bonhomme du règne animal.

Avant le festin, la visite Botrel !… Nous comptions seulement admirer du dehors le logis dont une boulangère a donné l'adresse avec fierté mais, comme nous nous plantons là devant, un homme solide, béret basque sur la tête, ouvre la grille, la pipe à la bouche, paquet de lettres à la main. Ces dames ont reconnu immédiatement l'auteur de *La Paimpolaise*. Elles se précipitent, une veuve de guerre a tous les droits : « Monsieur ! Maître ! Monsieur Botrel !… » Dérangé, mais flatté, le chanteur ôte pipe et béret. Nullement blasé, il écoute des phrases de gratitude adulatoire, puis il se frappe le front :

– Vous allez entrer ! un instant !

– Oh ! Monsieur ! Oh ! Maître…

– Bien sûr. Vous verrez ma femme et vous excuserez mon désordre.

Nous sommes reçus avec bonne grâce. Je revois la profondeur claire d'une pièce où un piano noir est grand ouvert et dont une ribambelle de photographies tapissent les murs. Tranchées de 14, ports de pêche, chapelles, femmes en coiffes, cabarets montmartrois. Portraits dédicacés de généraux et de ministres. Naturelle, Mme Botrel conquiert ces dames, qui ronronnent. Elles auront la discrétion de ne pas s'attarder, de ne pas même réclamer une chanson, trop heureuses déjà d'avoir approché l'intimité du grand homme. Botrel sort avec nous. Il a ses lettres à poster. Bien que la visite impromptue m'ait causé une gêne, que je m'interdise de jouer l'épieur, le *lagadec* surprendra un geste. À la dernière seconde, Botrel évite de reprendre le béret qu'il avait déposé sur une chaise. Il dégage d'une patère un chapeau breton, qu'il coiffe sans sourciller. Il s'agit pour lui, certainement, de soutenir un personnage. En notre fin de siècle, nous dirions « défendre une image de marque ». Pub, tu n'es pas née en 1988.

Une quarantaine d'années plus tard, je sonnerai un soir à la porte d'un chalet de Kingston, dans l'Ontario, domicile du professeur de l'université locale, qui m'a invité à dîner. J'entends aussitôt, sans reconnaître l'air, qu'un piano a commencé de jouer. Une servante noire m'ouvre la porte. Dans le vestibule, elle m'aide à retirer mon pardessus. Le ou la pianiste frappe toujours – un son banal – et il me semble que je n'en crois pas mes oreilles. Je regarde la servante. Imperturbable, elle me pousse dans le salon-bureau. C'est le professeur qui joue, coudes au corps, sur un méchant piano droit, souriant de sa farce, la partition sous les yeux. Il ne me saluera que le morceau de bienvenue achevé, et c'était *La Paimpolaise.* Il savait ma qualité de Breton. Donc…

*

Une longue marche sous la pluie, dans des paysages sauvages, en compagnie d'un camarade et de son père – qui a emporté une carte d'état-major – ranimera les forces, les interrogations qui furent les miennes à Pâques durant une matinée solitaire. Médecin de marine ayant bourlingué de par le monde, servi aux Dardanelles, le père de mon camarade se passionne en silence pour la nature. De temps en temps il va vers une fleur, une plante, il la touche, hoche la tête, s'éloigne. Nous ne recevrons de lui qu'une tirade, sur le Gulf Stream et la température de l'eau de mer. J'aime ces taciturnes. Un quart d'heure, l'homme s'arrête et regarde sans mot dire, tout en haut d'un crêt, devant le point de vue subit : la limpide sérénité d'une ria gonflée par la marée comme une belle figue verte. Une autre fois, il s'acharne sur la porte d'une chapelle, finit par l'ouvrir. Dans l'intérieur, où il n'y a ni un banc ni une chaise et où les oiseaux que nous avions inquiétés d'abord ont posément regagné leurs nids, il nous montre des statuettes en bois de saints et de saintes, vermoulues, écaillées, décolorées, qui m'attendrissent. Vers la fin du retour, la pluie tourne à la brume argentée, le sol fume, une lumière secrète irradie les feuillages des hêtres, nous atteindrons La Forêt-Fouesnant dans un concert d'oiseaux.

Un matin, avec mission d'acheter un cent de sardines fraîches, j'aurai le droit à une sortie personnelle, départ de très bonne heure : Concarneau aller et retour. C'est pour moi un exploit sportif, car je fais le trajet sur une lourde bicyclette de Saint-Étienne et les côtes sont rudes, mais un autre aspect de la course me séduit encore davantage. Je suis seul face aux paysages. Seul avec le film et les aléas de la route.

Enchaînant sur les belles découvertes élémentaires de la faune marine au long de l'enfance, enchaînant sur mes premiers enthousiasmes pour les pêcheurs bleus et rouges de la baie de Douarnenez, cette matinée sans prétention inaugure une amitié qui ne s'achèvera, je pense, qu'avec mon corps : pour les richesses vivantes de l'Océan ; pour les hommes qui les recherchent.

Dès que je débouche, en nage, tout en haut de la grande descente qui pique sur le port de Concarneau, une odeur me provoque. Est-elle bonne, mauvaise, il faut que je tranche. D'abord, où prend-elle son origine ? Les suintements rougeâtres, les débris glissants que j'aperçois devant ma roue, puis les tombereaux, traînés par des canassons, dont chaque passage redouble cette sacrée odeur, me renseignent. Des têtes de sardines. Je n'hésite plus : une odeur lancée par des poissons ne peut être ni nocive, ni désagréable. Le port de pêche qui sentirait l'arôme de bonbons se déshonorerait. Hume cela, petit mâle. Je hume. Et mon vélo descend la côte avec souplesse. Chaque fois que passe un tombereau, je m'émerveille de l'abondance des mers et de l'habileté des pêcheurs.

Sur le quai, dans la cohue sonore et bigarrée où l'odeur du poisson monte en musique d'ambiance, j'ai vite fait de savoir que j'aurai sans peine mon cent de sardines. Tenant à la main mon vélo, je m'octroie une contemplation du bassin où les thoniers, à l'abri de l'îlot de la Ville close, reposent et sèchent leurs voiles comme les cormorans leurs ailes. Quelle leçon. Quelle énigme. Parmi tous ces bateaux je n'en vois pas un qu'il faille retirer comme on retire un fruit pourri d'une assiettée. Pas un qui choque par son allure terne ou criarde. Le Christ a célébré les fleurs des champs pour la beauté de leurs bigarrures ; il aurait pu célébrer pareillement les thoniers de Concarneau, œuvres de chantiers d'artisans, soumises au goût des pêcheurs et de leurs familles – et cependant tous des œuvres d'art. Les *lagadec* de la côte non seulement distinguent un oiseau à trois milles de distance, mais ils sentent qu'une grand-voile rouge coquelicot s'épanouira somptueusement dans la compagnie d'une trinquette lie-de-vin, d'un tourmentin vert bouteille, d'une coque bleu sardine. Il paraît que ces hommes jurent et crachent beaucoup. Et alors ? Pas une des couleurs qu'ils choisissent ne jure ; et le village de leurs bateaux frappe les yeux comme un musée de peinture d'une capitale.

*

À deux reprises, quittant le Finistère, je pénètre dans le Morbihan. Un petit choc à chaque fois. Un département, cela existe !

… Mais Lorient était si proche. Un de nos cinq ports de guerre. Autrement dit, un frère de Brest. Un petit frère, doté lui aussi d'une rade, un plan d'eau beaucoup moins vaste, beaucoup moins grave. Nous prenons le soin de le traverser. Pour visiter Port-Louis et Gâvres. Inconvénient de ces excursions en bande : nous effleurons les sites.

Un ami automobiliste passe à La Forêt. Il conduit les volontaires – j'en suis – à Quiberon, qu'il ne connaît pas… Nous descendons d'auto sur une pointe basse, jetons un coup d'œil et nous détendons les jambes. Hop nous repartons. Fin de Quiberon… Si je n'approuvais l'affirmation de Tchekhov : « Rien de ce que j'ai vécu n'a été vécu en vain », je qualifierais cet après-midi-là de temps perdu, mais l'expérience a été utile. Elle m'aura mis en garde contre les faux voyages.

Peu après le 15 août, une alerte. P'tit Gwède s'est exposée au soleil, sans chapeau, pour lire dans un fauteuil du jardin – elle a été frappée d'une congestion cérébrale. Deux jours plus tard, elle a retrouvé l'élocution et la mémoire, elle se relève, marche comme devant. Le médecin la déclare hors de danger. Nous nous apercevons peu à peu, durant l'automne, qu'elle n'en décline pas moins. Le soleil n'était sûrement pas le vrai coupable. La fameuse fissure à l'aorte ne constituait pas non plus l'explication décisive. Le chagrin a miné l'aïeule.

9

Toute vie humaine pratique une accélération de l'histoire. Est-ce pour cela que mon année de première m'apparaît comme plus brève que celle de seconde ? J'avançais le long d'une route balisée. J'avais pris, et je gardais, la direction de Paris. J'aurai un examen à passer, le premier bac, et en théorie je risquais un échec. Ta, ta, ta, une voix balayait l'incertitude : rien ne s'opposerait à l'élan.

Une raison échoue à mettre en brèche l'impression, entièrement subjective, d'une année qui glisse toute seule, alors qu'elle fut chaotique... Premier trimestre scolaire, en fait, des plus vasouillards. Le jeune professeur principal que nous devions toucher n'avait pas fini son service militaire. Deux semaines sans classes de français, de latin, de grec. Près de deux mois, ensuite, à encaisser un défilé de personnages pittoresques, mais que nous récusons à l'avance parce qu'ils sont provisoires : un ancien prêtre, personnage gênant et gêné, imbattable en latin ; un spécialiste des langues celtes qui pleurait en évoquant Ouessant ; une dame que les « durs » – deux redoublants, pensionnaires et grands fumeurs, dont l'un s'appelle Le Crâne – s'efforçaient de faire rougir…

Dans des circonstances qui provoqueraient en 1988 la fureur d'un comité de parents d'élèves, les bases que Dubreuil nous avait données deux ans plus tôt révélèrent leur solidité. Sans elles, le jeune agrégé ardent qui nous prit en charge au milieu de décembre, juste avant les congés de Noël, n'eût pas tiré grand-chose de sa troupe.

Étrange année. Je l'ai appelée chaotique. L'adjectif rocambolesque n'eût pas moins convenu… Avec cela, une année qui glisse ; qui se soude sans peine à la précédente et annonce la suivante avec le même flegme.

Le succès au bac n'entre ici que pour la forme en ligne de compte. Le grand événement, le seul, le vrai, sera une nomination en thème latin, un premier accessit, au concours général des lycées et collèges. Je ne me dissimule pas combien il peut sembler ridicule de claironner pareille distinction, d'autant plus dangereuse que l'expression « fort en thème » caractérise le bûcheur obtus, mais, vu le processus bonhomme de l'événement, je ne crains rien. Il ne faut pas prendre les enfants du bon Dieu pour des canards sauvages ni, a priori, les lauréats du concours général pour des élitistes ou des pète-sec. Ils méritent au moins la même tolérance de principe que les joueurs d'échecs du Luxembourg, les pétanqueurs de Marseille. Si j'ai pu ressentir un petit pincement au cœur en affrontant le concours général, je connaissais la même émotion gamine en partant pour la pêche aux crabes. En commençant avec Jean une partie de football-perles.

Je ne savais d'ailleurs même pas qu'il existât un concours général avant qu'un beau jour, en classe de grec, le jeune prof, qui avait reçu la circulaire décrivant son organisation, annonce froidement à ses deux élèves qu'il se proposait de les envoyer concourir : mon complice, en français et en version latine ; moi, en version grecque.

Le godelureau que j'étais riait sous cape. Les épreuves du concours général se déroulaient dans les chefs-lieux de département, donc le lycée de Brest m'offrirait le voyage de Quimper, où je serais logé au lycée. Savoureux, ce petit intermède ! En plus, je trouvais piquant, ayant été jadis surnommé Socrate, de concourir en grec.

Mais quelque chose me chiffonne. J'estimais que notre cher jeune prof, dont c'était la première année d'enseignement, s'exagérait ma valeur en grec, langue où quant à moi je me jugeais très faible. Bien sûr, face aux lycéens de toute la France, et d'abord de Paris, de petits Brestois n'avaient dans toutes les disciplines que des chances dérisoires. N'importe comment, aussi, aller à Quimper était drôle. Bien sûr. Bien sûr… À tant faire, cependant, que de concourir, pourquoi m'aligner dans une épreuve, la version grecque, où j'obtiendrais inévitablement une note grotesque. Alors que…

Eh bien, oui, alors que ! Je me cognais ici à un obstacle majeur : à savoir que l'idée qui m'envahissait, jaillissant en trait de lumière, frisait l'outrecuidance, défaut détestable. Mon père m'a manqué alors. Durement. Je n'osais consulter ni mère, ni camarades. Et l'idée insistait, patronnée par une mémoire douce et fidèle. Souviens-toi comme, sur la fin de l'année Dubreuil, tu t'étais pris au jeu des exigences du maître. Tu devenais imbattable en thème latin. Tu savais penser latin. Oui, mon vieux. Et il t'en reste quelque chose, petit crétin, que tu le veuilles ou non.

Où ai-je puisé l'audace de parler à mon prof ? Ce fut, je suppose, dans l'esprit d'espièglerie que je partageais avec Jeanne, Jean, Thérèse et ma mère. J'ai prié ma timidité d'aller voir ailleurs deux minutes. Après la fin du cours, non sans circonlocutions à la japonaise j'ai demandé au prof s'il ne pourrait pas envoyer son élève indigne concourir en thème latin plutôt qu'en version grecque. Sa réponse, immédiate, m'abasourdit :

– L'économe du lycée a les moyens de vous offrir deux journées à Quimper. Je vous inscris aux deux épreuves. Elles ont lieu deux jours de suite.

Le voyage se déroula dans la joviale et lyrique atmosphère, irréelle à la fois et réelle, du livre de Jean Giraudoux *Provinciales*. Je vivais dans une apesanteur goguenarde, élève détaché d'un lycée tel un spécimen, me mesurant pour la gloire avec des centaines d'adversaires inconnus – sauf un petit Quimpérois qui broyait du noir et remuait comme une nichée de souris – et j'admirais les attentions de l'Instruction publique envers ses ouailles. J'étais logé à l'infirmerie du lycée La Tour-d'Auvergne. Lit de fer à deux couvertures, lavabo à robinet d'eau froide, serviette nids d'abeille. Au petit déjeuner, miracle, trois œufs sur le plat. Il était servi à sept heures, les épreuves commençaient à huit, dans l'intervalle je me promenais sur un chemin de ronde moyenâgeux. J'en dominais une place publique inoffensive où les oiseaux chantaient, de lourds soldats bleus en manches de chemise et bandes molletières jouaient au football. Si ce climat d'innocence n'excitait pas les méninges, il ne les détraquait pas non plus. Le petit pincement au cœur que je ressentais à l'ouverture de l'enveloppe cachetée contenant le sujet par un professeur, ne durait qu'un instant.

L'épreuve de version grecque, la seconde, respecta les prévisions. J'ai lu le texte plusieurs fois de suite, comme on nous l'avait inculqué, me référant sagement au titre, brave lueur solitaire, et pas une piste ne s'ouvrit. Des majuscules indiquaient des noms propres dont j'ignorais s'ils désignaient des personnes ou des villes. À nous, le dictionnaire. Peut-être traduirait-il, en citation, un long passage… Pauvre de moi, quelle nuit. Je me demande quel magma j'ai pu remettre, honteux et amusé, petit Breton barbare qu'on aurait dû surnommer Charlie Chaplin plutôt que Socrate.

Tout autre en ses deux premières heures avait été l'épreuve de thème latin. Le texte à traduire, du Montesquieu si je ne m'abuse, contenait nombre de ces abstractions typiquement françaises que Dubreuil s'acharnait à nous faire saisir par les yeux de Cicéron ou de César. Ces pièges étaient devenus des copains rigolards.

J'eus donc achevé assez vite mon travail. D'une belle écriture ronde (Adieu, ma charmante ! Où es-tu aujourd'hui ?) j'ai recopié mon brouillon. Puis j'ai entrepris de relire. Crac, un perfectionnisme rageur m'avait saisi. Je me suis lancé à bride abattue dans les ratures, ne laissant guère une ligne intacte, reraturant des corrections, surchargeant à la puissance deux et trois. Je songeais vaguement que j'annulais des chances déjà minuscules au départ, je m'en moquais. Tout était perdu sauf l'honneur. Dubreuil et les Latins me pardonnaient ma fièvre. C'était leur assentiment qui m'importait. Non pas le bougonnement du vieux prof autoritaire et myope qui baptiserait mon travail un torchon et ne se soucierait pas de lui mettre une note.

Quand le proviseur en personne, des mois après, me lut le télégramme venu de Rennes l'informer qu'un élève de son lycée, portant mes nom et prénom, avait décroché une nomination en thème latin au concours général, je suis tombé naturellement de mon haut. Je revoyais ma copie aux allures de grand brûlé couvert de pansements. J'éprouvais le dilemme de Pantagruel. J'avais envie de pouffer de rire de la comédie officielle dans laquelle j'étais fourré, tandis que la pensée qu'il existait des professeurs assez follement dévoués pour ne pas abandonner à sa honte une petite copie toute gribouillée, me faisait venir les larmes aux yeux.

En tout cas, le bruit était grand dans Landerneau. Ma mère me lut un articulet de *La Dépêche de Brest* qui félicitait pêle-mêle mon professeur, le lycée et moi. Dans les couloirs, des élèves de math élem et philo, et jusqu'à des cyrards, me décochèrent les regards qu'ils réservaient à nos meilleurs joueurs de football. Le conseil de classe me vota une récompense hors-série – une somme de cent dix francs (qui m'expliquera ces dix francs ?). Mon prof recevait la charge de me guider dans un achat de livres qui me seraient remis en juillet lors de la distribution solennelle des prix. Il m'accompagna dans une grande librairie de Brest. Il affichait un faible pour la poésie, ce qui me réjouissait, mais je ne m'apercevais pas que cet homme affable, élégant, érudit, avait des goûts vieillots. Au lieu de me faire connaître Paul Valéry, il me maintint du côté de Sully-Prudhomme, le poète préféré de ma mère avec Alfred de Musset, et d'Albert Samain, dont il fallut faire venir de Paris le *Jardin de l'Infante*.

Si je m'appesantis à ce point sur mon succès inattendu de coq de village au concours général, ce n'est pas vraiment pour les œufs sur le plat de l'infirmerie du lycée de Quimper, salés et poivrés par un connaisseur, ni pour les affres naïves d'un perfectionnisme de fort en thème, c'est en raison de l'influence que ce succès exercerait sur mon destin. Que cette influence drôlichonne eût été normale ou anormale, je n'ai pas, me semble-t-il, à le savoir. Je constate le fait.

Les épreuves du bac survenaient. De nouveau le train de Quimper, avec ses courbes et ses escarbilles, ses paysannes en coiffes et ses hurlements siffleurs, ses échappées sur des paysages qui représentaient de fiers morceaux de Bretagne. Je ne serais pas hébergé cette fois dans une infirmerie de lycée mais chez un docteur parent d'une amie de ma mère, et qui avait eu vent de mon succès au concours général. Fatalement, je retrouvais en lui, homme doté d'une barbe et qui s'intéressait à tout, qui avait servi au front et qui n'avait pas eu de fils, le portrait de mon père. Comme d'habitude, la fin de l'année scolaire me fatiguait, j'avais un grand besoin de vacances. Dopé par le concours général et par la gentillesse de mon hôte, je ne m'en faisais quand même pas une miette. La vie dans tout son détail me paraissait si curieuse et drôle. Lors de la première épreuve, la dissertation française, j'ai échangé de grands signes avec un camarade. Lui me signifiait qu'il avait pris le sujet numéro trois et qu'il séchait. Moi, je mimais la décontraction farouche qui m'habitait. À d'autres, la gravité de l'examen ! Notre rassemblement de jeunes gens et jeunes filles très sages, chacun vissé à sa table particulière comme dans une manufacture d'objets délicats, quel spectacle bizarre. Personne ne chahutait. Personne ne lançait d'avions en papier ou n'imitait le chat. Celui-ci carburait sur Montaigne, celui-là sur du Bellay. Incroyable. Et puisque moi aussi j'étais dans le coup, puisque moi aussi je jouais, je tartinais. J'admirais l'aisance des phrases à se relayer l'une l'autre. La copie avançait comme un bon petit train. Les voyageurs pour le premier bac, en voiture.

Déjeuner riche et rapide. Avec une tasse de café – ainsi le voulait le docteur paternel – là-dessus il me proposait, avant le retour en salle pour la version latine, de me reposer les yeux, en auto, dans la campagne. Ma décontraction applaudit. Oui, monsieur. Oui, papa. Un peu de ruisseaux et de vaches, de bon air et de taillis, avant Cicéron ou Pline le Jeune ! Aïe. Le conducteur, appréciant ma gaminerie, voulut me montrer de près un hameau dont il trouvait les habitants lunatiques. Il s'engagea sur un méchant petit chemin, sale et obscur, où il manqua un virage. Nous roulions à quatre kilomètres-heure, nous avons versé dans un fossé boueux. Avec nos bras, impossible d'en sortir ! Et la version latine ? Dans la première ferme, les gens, qui exultaient de notre mésaventure, voulurent bien nous aider : ils attelèrent un gros cheval au pare-chocs de l'auto et nous fîmes trois cents mètres derrière les énormes cuisses du canasson. Ouf. Je suis arrivé en retard devant la salle d'examen. J'ai pu rendre grâce à la lettre Q de figurer en queue de liste. L'homme qui faisait l'appel des candidats attaquait la lettre N. Cela dit, je riais encore. Se faire traîner en auto derrière un cheval, je croyais que c'était réservé à Buster Keaton et à Charlot, eh bien, un petit Breton pouvait vivre la même farce. À peine si j'ai eu un frisson dans le dos, comme nous attendions la distribution des textes, lorsqu'un officiel, de sa chaire, a hurlé le nom de mon voisin de droite, candidat de latin-langue :

– Monsieur Lehideux !

S'appeler Lehideux et recevoir son nom dans la figure devant deux cents zèbres n'était déjà pas drôle. Mais l'officiel, dès que mon voisin avait eu le courage de se lever, enfonçait le clou.

– Monsieur, vous êtes un sot.

Le pauvre Lehideux avait, je crois, signé le matin, en toutes lettres, une copie qui devait rester anonyme.

Et l'appariteur n'avait jamais lu sans doute l'Évangile de la femme adultère.

… Et nous avons composé.

*

Le voyage de Quimper me laissait une seconde fois des images de vaudeville. Il me parut logique, ayant vu la première vadrouille aboutir à un succès, que la suivante n'entraîne aucune déception. L'annonce de l'admissibilité au bac ne me troubla guère.

Pourtant, je revenais de loin. J'avais été repêché, dans des conditions particulièrement déshonorantes pour l'époque : il me manquait neuf points sur soixante et les connaisseurs répétaient qu'au-delà de cinq points les jurys ne repêchaient plus. J'avais joui d'un fameux traitement de faveur, que je devais avant tout, non à mon livret scolaire, mais au brave accessit de thème latin. La récompense qu'un Brestois avait décrochée dans un concours où les lycées parisiens alignaient leurs champions avait flatté l'académie de Rennes. Elle ne s'était pas senti le courage de me recaler au bac, un sort que j'avais pourtant mérité sans conteste.

Les ricochets du Portzic ! Les causes et les conséquences ! Le même renom inattendu jouerait un an plus tard. Quand je postulerais, après le second bac, une classe de première supérieure. On m'avait, clairement, donné à entendre qu'un lycée de Paris était pour moi un morceau trop gros : mon livret scolaire (« Trop jeune, trop jeune ! »)

ne mentionnait aucun prix d'excellence, la récompense-étalon exigée pour obtenir Paris. Sur les conseils de mon complice en latin-grec, j'ai payé d'audace. Comme lui, qui disposait de meilleures cartes – ayant toujours décroché le prix d'excellence –, j'ai postulé en premier pour Louis-le-Grand, en second pour Rennes… et j'ai obtenu Louis-le-Grand. Le proviseur de ce lycée s'inquiéterait des raisons de ma victoire. Il subodorerait un appui politique. Erreur : les voies universitaires avaient suffi. L'académie de Rennes avait « appuyé le dossier » du bougre finistérien qui avait lutté d'égal à égal, en thème latin, avec des cracks de Paris.

Nos actes nous suivent, bien sûr, mais dans quelle obscurité ! quels méandres gamins !

Cher Dubreuil.

10

Des dramaturges, entre les deux guerres, ont prétendu voir dans l'année du bac une période sentimentalement cruciale de la jeunesse : l'année même où l'éveil de tendres amours plus ou moins déchirantes coïncidait avec le commencement d'une lutte pour la vie. Quelle blague sociologique ! Outre que le bac n'intéressait alors qu'une faible minorité de jeunes, son exaltation mythique n'eût offert de sens que pour une faible minorité de cette minorité : des garçons, quelques filles, d'une bourgeoisie dorée qui affrontaient tardivement l'examen – vers dix-huit, dix-neuf ans. Trop jeune ou non, je me suis présenté au premier bac à quinze ans et demi. La grande excitation intellectuelle qui m'emportait ne s'accompagnait d'aucune poussée mélancolique et ne m'empêchait pas, au choix, d'être encore un gamin ou un gosse. Un grand gosse, toujours prêt à une intense partie de rigolade avec son frère…

… ou à une séance de défoulement, d'aventure sonore, sur les touches, les blanches et les noires, du vieil Elcke. Était-ce lui ou moi qui jouait ou jouais, je ne savais plus. Ou lui et moi ? La mélodie qui courait devant mes mains comme l'ombre d'un nuage au Portzic sur le sable humide et que je rattrapais et qui m'esquivait sans cesse, jaillissait-elle de ma fantaisie ou des grottes du clavier ? Après une demi-heure de fièvre, je m'éblouissais d'errer sur la terre et la mer. Je projetais de grandes vagues blanches, des rocs sombres. Je secouais des sapins et des chênes, je pénétrais dans des golfes. La certitude me hantait que des merveilles d'îles étaient là, toutes proches, n'attendant que le creux d'un bémol ou la falaise d'un arpège pour sortir de la brume…

Ma mère ne me parlait jamais de ces voyages fous. Je sentais que, loin de les désapprouver, elle les respectait. Si, dans bien des domaines, elle voulait pour un rien m'aiguillonner par des comparaisons avec le sérieux de mes cousins, de tel de mes camarades, pas une fois elle ne m'a reproché une frénésie musicale qui eût peut-être réclamé une discipline. Pas une fois, quand j'ouvrais la porte de la pièce où le piano avait émigré, elle ne m'a crié : « Tu ne crois pas que ça suffit pour aujourd'hui ? » Jamais elle ne m'a opposé un de mes amis proches – il habitait au second étage de la maison ! – qui avait acquis au piano une très belle technique.

Elle se posait sûrement des questions. D'elle-même, elle suspendit les leçons que je prenais avec ma si gentille mais si fofolle vieille demoiselle pour m'en offrir – à un haut tarif – chez une autre vieille demoiselle, quelque peu sourde et très originale, tenue pour le meilleur professeur de piano de Brest et qui faisait travailler déjà ma sœur Thérèse.

On ne saura jamais en quoi j'ai « profité », ou non, d'un enseignement beaucoup plus strict. Ma nouvelle Muse ne cherchait pas une seconde à flatter, à séduire. Le « travail » était son alpha et oméga. Dix fois par heure, elle me menaçait, pour le cas où je ne m'appliquerais pas davantage, de me renvoyer : « Je n'ai jamais eu un élève pareil ! Votre doigté, dans la première mesure, m'a fait honte ! » Elle me gardait cependant. Je lui apportais, comme à un médecin, un « cas ». Même si elle grognait, ma bizarrerie l'intéressait.

J'aimais bien ma grognon. J'admirais comme sa capacité auditive, des plus faibles dans l'entretien oral, renaissait fougueuse, intacte, devant les notes de piano. Je savourais la liberté que prenait une fois le temps sa rigueur, de s'abandonner à jouer des groupes de mesures qui lui trottaient dans les mains et la tête – preuve que la musique n'avait pas abdiqué pour elle ses valeurs de lyrisme. Les vieux doigts gambadaient. L'instrument chuchotait, pérorait, rêvait…

J'ai compté à mon actif un numéro de « Charlot prend des leçons ». Avec des plantes vertes et un buste de Chopin, deux pianos habitaient le salon : un droit, d'exercice, le seul avec lequel j'entretenais des rapports ; un quart de queue, monumental, la peau d'ébène toujours luisante et le clavier fermé. « Si un jour votre morceau est correct, je vous mettrai au Gaveau », lançait-elle parfois, et d'un ton qui restait menaçant, de telle sorte que je ne la croyais pas. J'avais tort. Un après-midi, ma sonorité lui agréa. « Passons au Gaveau, vous l'avez mérité », grogna-t-elle. J'ai ressenti le même trouble que le cuisinier dérangé à ses fourneaux pour être présenté à un grand de ce monde. J'avais les doigts moites. Elle ouvrit le clavier, retira une dentelle. Quelle dentition somptueuse possédait le monstre. « Allez-y, attaquez. » En fait d'attaque, j'ai effleuré. Rougissantes, mes premières mesures ont glissé contre les touches et, comme l'instrument ne les repoussait pas, elles ne me semblaient pas trop maladroites. Mais le professeur m'a interrompu : « Qu'est-ce que c'est que cette attaque-là ? Vous n'avez donc rien dans les nerfs ? Un Gaveau, ce n'est pas un édredon ! *Forte*, *forte*, quand on prend le soin de dicter cela sur la partition, c'est bien pour que les gens obéissent ! » Ah bon. Il s'agissait de faire du bruit ? Cher Gaveau et chère demoiselle, un élève averti en vaut deux. Un tiers de blague, un tiers de docilité, un tiers de curiosité musicale – j'ai cogné. Han. Le rugissement arraché à la bête fut bref. « Arrêtez, mon Dieu ! C'est épouvantable ! Mais c'est qu'il casserait tout ! Non, vous n'êtes pas mûr encore ! Retournons tout de suite au piano d'exercice. »

Jean s'est tordu de rire quand je lui ai rapporté la scène. Malgré sa sensibilité attentive et son besoin de rêve il avait dû très vite abandonner le piano, son excellente mémoire ne se pliait pas à retenir des notes. Bon frère, il ne s'en réjouissait pas moins quand il m'entendait dialoguer avec le vieil Elcke.

Lorsque j'ai gagné Paris, ma petite vocation musicale était vaincue d'avance. Tant pis. Dans les embrouillements de ma jeunesse elle m'aura procuré une abondance de joies. Si les pianos ressuscitent, j'espère que dans la vallée de l'Hébron je retrouverai le mien, le nôtre. En une telle journée, comment se refuserait-il à une improvisation ? Quand les montagnes sautent d'allégresse dans l'aurore comme des brebis, quand les lions boivent au torrent patte à patte avec les gazelles, n'aurons-nous pas droit lui et moi à un bref et immense aparté de retrouvailles et de fuite ? Te rappelles-tu le mi bémol des remorqueurs dans la nuit ? Le friselis des notes hautes qui ondulaient aux fifres des Pupilles ?

*

La vocation religieuse, encore plus intérieure que la musicale, s'accordait moins mal qu'elle au chaos primesautier de mon année de première.

La piété ne bronchait pas. Je me confessais régulièrement. Presque toujours à M. Garrec, dont l'armoire se trouvait aux Carmes dans le fond du bas-côté droit, non loin d'un pilier devant lequel une lampe rouge éclairait une reproduction de la Sainte Face. Au patronage je suivais pourtant les cercles d'études que dirigeait l'abbé

Legrand, un prêtre irénique. Fort sensé. Il avait exposé, un soir, avec finesse, une question de morale. Dans un enthousiasme sincère, mais des plus ridicules, j'avais émis le souhait que la Chambre des députés recrute chez les ecclésiastiques, philanthropes désintéressés, un bon tiers de ses membres. Il s'esclaffa. Ce n'était pas un khomeiniste.

« Tu n'y es pas. Jamais de la vie. Ça n'irait pas mieux, pas mieux du tout. »

Je me taillais de gros succès, dans les réunions familiales, à imiter les ukases que M. Garrec, moteur à deux vitesses et à deux puissances, envoyait du haut de la chaire : voix lente d'abord et disséquant les mots ; puis à tue-tête. Son cri le plus célèbre demeurait le cocorico antiféministe d'une messe de huit heures : « La-nef-est-ré-ser-vé-é-é-é-e… aux HOMMES ! » Solide et vif, il gardait les yeux fermés durant ses homélies. Bien équilibré sur ses jambes, le rebord de la chaire bien empoigné, il balançait le haut du corps tel un pendule. Ces messieurs de la police l'avaient repéré comme un orateur de choc, susceptible d'agiter les foules. Il était écouté avec soin dans une époque où les relations se tendaient de nouveau entre la hiérarchie de l'Église de France et la République. Le Cartel des gauches avait enlevé le pouvoir à l'« union sacrée » de la Chambre bleu horizon. On remettait les dissensions religieuses sur le tapis.

À titre de scandale, *La Dépêche de Brest* publia des paroles que j'avais eu la bonne fortune d'entendre à la source. Un ministre ayant menacé de reconduire à la frontière les religieux, expulsés avant 14, qui étaient revenus se battre sous l'uniforme français et qui se retrouvaient depuis officiellement indésirables sur le territoire, des manifestations s'étaient produites ici et là. M. Garrec les commenterait avec jubilation. Sans oublier de se balancer ni de fermer les yeux, ni de respecter son rythme d'élocution à deux vitesses. Que le gouvernement se le tienne pour dit ! La résistance n'était qu'à son début !

« … et s'il faut descendre dans la rue, mes frères… NOUS-DES-CEN-DRONS-DANS-LA-RUE !… et, si l'on veut qu'il y ait du sang, IL-Y-AU-RA-DU-SANG !… Oui, mes frères… »

Je garantis la fidélité de ce texte, qu'illustrait bien sûr un de mes numéros d'imitation, au discours d'origine. Je revois la place que j'occupais ce matin-là dans l'église des Carmes. Pour une fois, j'avais dû me rendre à la *missa pigrorum*, celle de onze heures et demie, et je me tenais debout, près du fond. Quand les paroles qui contenaient le *dans la rue* et le *il y aura du sang* eurent été lâchées, j'avais noté leur valeur comique de morceau de bravoure, non leur poids de violence, et ce furent mes voisins qui m'alertèrent, par quelques-uns de ces *mouvements divers* bien inconnus des messes habituelles : des coups de coude, des grognements, une canne qui tombe, un « Mince, alors ».

En promettant du sang aux ennemis de l'Église, l'abbé Garrec ne signifiait pas du tout qu'il les rosserait, les blesserait. Le sang qui coulerait serait celui des défenseurs du christianisme. Au spectacle de sa fougue, on pouvait s'y tromper. Gandhi et le lord-maire de Cork avaient popularisé alors l'expression « résistance passive », mais on ne savait guère ce qu'elle recouvrait.

N'importe comment, je ne me troublais pas. J'avais l'abbé Garrec à la bonne. Si son élocution trahissait la rouerie d'un *ars oratoria*, des propos comme les siens valaient tellement mieux, par leur carrure, que les discours larmoyants académiques.

Un orateur de passage, qui avait droit, sans être évêque, au titre de monseigneur, divisait justement la paroisse. Il avait terminé son sermon sur la mort et le respect des morts en récitant le poème de Sully-Prudhomme *Les Yeux*, qu'il savait par cœur.

Bleus ou noirs, tous aimés, tous beaux,
Des yeux sans nombre ont vu l'aurore…

Il avait récité, la voix ample, respectant les virgules et détachant les fins de vers, sans perdre du regard le long crucifix, pendu au mur, qui lui faisait face. Les dernières syllabes achevées, il les avait laissées comme s'égoutter dans le silence. Puis, rapidement, il avait fait à voix haute le signe de croix.

Dans l'assistance, une bonne moitié des femmes pleuraient. Je pense que ma mère était du lot. Mais quelques vieilles dames austères et beaucoup d'hommes critiquèrent l'effet de théâtre.

… J'étais là. Le monseigneur m'avait choqué par une tenue d'apparat. Et puis, au lieu de nommer Sully-Prudhomme, il avait cru élégant de dire « le poète » :

Dubreuil eût blâmé cette afféterie. Quand même, il m'avait ému. Il sentait la gravité d'un thème qu'il avait veillé à ne pas exploiter par du macabre. En récitant *Les Yeux*, il ne bombait pas le torse. Il croyait à ce qu'il disait…

Un gamin, je restais un gamin, malicieux et sensible. Dans ma petite *légende dorée*, que je me racontais parfois la nuit pour chasser le souvenir désagréable d'un incident récent, il y avait l'histoire de Jean revenant avec moi du lycée. Dans le haut de la rue du Château, nous avions rencontré un enterrement (comme dans le couplet de la *Quille*). Deux mètres en avant des chevaux du corbillard marchait l'abbé Legrand, étole, surplis et barrette, accompagné d'un enfant de chœur. Il chantonnait du latin. Je reste sur le trottoir en diminuant l'allure, le temps que le cortège passe, mais que fait mon frère ? Comme moi, il aimait la douceur de l'abbé. En voyant par surprise son ami prêtre au milieu d'une rue, avec sa barrette et un enfant de chœur, comme un qui se promène ou qui part en voyage, il avait ressenti le besoin irrépressible d'aller à lui, de se frotter à sa soutane, d'obtenir de lui un tapotement sur la joue et un sourire. Il n'avait même pas remarqué le corbillard et ses chevaux, ou ce cortège bizarre ne lui signifiait rien.

Le *sinite parvulos ad me venire…* vécu à la brestoise. L'abbé Legrand, désorienté, s'efforçait d'écarter l'importun, mais en ne balbutiant que des « Mon petit… Mon petit… ». A-t-il raconté la scène, plus tard, au presbytère ? Si ses camarades et lui ont cru bon d'en rire, c'est d'abord qu'ils redoutaient un attendrissement.

Prêtre, cela voulait dire qu'on renonce au mariage…

Quand ma jeunesse bâtit une vie sacerdotale idéale, soupçonne-t-elle combien les images qu'elle forme s'inspirent d'une vie de moine ou d'érudit ?

Un bureau-bibliothèque. Des livres partout. Dehors, des forêts. Des plages. Des falaises. Des chapelles. Un piano. De vieux chemins. Des hirondelles et des mouettes...

En désordre, mon camarade le pianiste du second, mon frère et mes sœurs, nous avons entrepris une campagne de découverte dans les environs de Brest. Nous nous aidons du train. À chaque sortie, des chapelles, des églises de village éblouissent nos bonnes volontés. Nous ne connaissons que le B-A BA de l'archéologie et mélangeons les époques et les styles, mais nous admirons avec feu tant de science et de ferveur naïve, de sauvagerie et de grâce. Que le cimetière de l'église de Pencran, derrière le manoir des Rosmorduc, soit un chef-d'œuvre lui aussi, nous le sentons. Dans chaque grosse pierre de son enclos, dans toutes ses allées furtives et toutes ses branches d'arbres. J'ai commencé une collection de cartes postales. J'ai acquis à dix exemplaires la photographie en noir et blanc d'une statuette décolorée et qui s'écaille : *Pencran. La Pieta.* Comment un artisan qui n'était guère mieux formé qu'un sabotier ou un bûcheron a-t-il retiré du bois un visage qui exprime aussi net la beauté, la miséricorde et la douleur ?

Dans la vallée du Cédron, quand je reverrai l'œuvre, l'Ange lui aura-t-elle rendu sa polychromie originelle ? sa fraîcheur énigmatique de thonier peint de neuf ?

Et pourrai-je remercier le sculpteur ?

11

Ma mère avait retrouvé encore une bonne camarade du Calvaire : une dont le mari, colonel d'infanterie coloniale en poste à Madagascar, venait d'être nommé à Brest et qui la mit sur la piste d'une étrange location d'été.

Sis dans un des doigts de la presqu'île de Crozon (celui qui, par la pointe des Espagnols, vise la grande passe du port de Brest), il s'agissait d'un casernement déclassé au lendemain de la guerre, nommé avec emphase le *Pavillon Sourdis.* À trois cents mètres d'un isthme occupé par des étangs et barré par un jeu de fortifications – dans le style de celles de Brest, avec douves et ponts-levis –, il faisait face à la baie de Quélern et à la presqu'île de l'île Longue.

Dans le haut de notre cours d'Ajot, le mail militaire dont l'Ancien Régime avait doté Brest et qui dominait la rade, nous aurions pu voir, aux jumelles, le grand bouquet d'arbres derrière lequel s'élevait le *Pavillon Sourdis*. À l'œil nu, par temps clair, nous distinguions les deux petits mamelons que nous savions l'île des Morts et l'île Trébéron, mouillées dans la baie de Quélern comme des navires faits de terre…

Et d'ailleurs, nous les enfants, nous connaissions les lieux. Plus d'une fois, quand nous partions pour nos vacances de Morgat, sa politique d'économies avait conduit ma mère, en sa qualité de veuve de guerre, à solliciter près de la marine l'embarquement de sa tribu, *gratis pro Deo*, sur un des petits bâtiments de servitude appelés canonnières je ne sais pourquoi et qui touchaient Quélern. De là, où nous arrivions vers les midi, nous faisions à pied une dizaine de kilomètres, par Saint-Fiacre et Crozon, pour atteindre Lesquiffinec. Bien sûr notre premier soin, sur le sol ferme, était de pique-niquer dans l'herbe, à l'abri du soleil. Pas de meilleur endroit pour nous que les ombrages des grands arbres, pleins de chants d'oiseaux, plantés en avant d'une longue bâtisse bizarre, à deux pas de la grève et d'une source ferrugineuse.

À l'époque, ce *Pavillon Sourdis* (on ne pouvait ignorer le nom, il était peint sur une plaque vissée à la façade) ne nous intéressait guère. C'était la grève qui nous excitait. J'aimais le mystère de la source ferrugineuse, suintant et s'écoulant vaille que vaille dans les feuilles mortes et le cailloutis, où j'allais, avec adresse et patience, remplir une bouteille. M'aventurant pieds nus, par marée basse de faible amplitude, dans des herbiers boueux, j'avais eu le somptueux ébahissement de faire partir devant moi, dans un cancanement claqueur, un être marin où j'avais reconnu *la* coquille Saint-Jacques. J'avais bondi dessus. De pareils souvenirs créent une alliance. La grève descendait en pente faible. Ses petits cailloux plats, polis comme du gros verre, permettaient des ricochets remarquables.

P'tit Gwède avait sorti en traversant Quélern une phrase malheureuse. Son amour du verbe, pour une fois, l'avait égarée : « Quélern est un parent pauvre de Morgat. » Je regrette de ne lui avoir jamais dit combien sa manière de rabrouer un paysage qui ne pouvait se défendre me blessait. Elle qui aimait tant les pauvres ; qui priait pour eux de tout son cœur. Sans doute signifiait-elle que les plages de sable blond que la marée recréait sans cesse devant Morgat lui paraissaient beaucoup plus belles que les grèves caillouteuses et les herbiers de Quélern, mais il eût fallu un autre langage. Quélern existait. Si je n'avais pas repris P'tit Gwède, malgré ma prédilection farouche pour Morgat lieu originel de mes émotions marines je goûtais la barbarie d'une baie secrète que Dieu ne pouvait pas avoir abandonnée. À preuve la coquille Saint-Jacques. À preuve la silhouette d'un grand bateau de pêche couleur bleu-noir de coquille de moule, debout sur ses béquilles, attendant le réparateur. Mes sens avaient leur jugeote enfantine. Ils appréciaient les couleurs et les odeurs d'un étang à marée où montaient par un chenal, pressés tel un cortège, des centaines et des centaines de mulets.

Je n'avais pas oublié le succès que je m'étais taillé près de P'tit Gwède et de mes grandes sœurs en commentant le passage devant nous, sur la route, entre la cale de Quélern et notre boqueteau à pique-nique, d'un coq fier comme Artaban. « On dirait Mme Salaun. » J'avais huit ans. C'était la première fois que je déclenchais – et sans l'avoir cherché – les rires d'un public. Le coq renversait un peu la tête en arrière comme, à Morgat, l'importante Mme Salaun boudinée dans son corsage et marchant à pas comptés.

… Ma mère ignorait toutes ces petites choses. Tandis que P'tit Gwède et les enfants prenaient la canonnière de la Marine, elle traversait la rade avec P'tit Kêf, par le vapeur payant du Fret, pour convoyer nos malles. Mais tout ce que sa camarade racontait sur les avantages et les inconvénients du *Pavillon Sourdis* retenait son attention sans qu'elle eût besoin de recourir à nos souvenirs personnels. Elle décida le déplacement. Elle prit rendez-vous avec l'adjudant à la retraite qui habitait une petite maison dans le « Quélern d'en haut ». C'était lui qui s'occupait du domaine.

Loyer très bas. Vastes dimensions. Air et clarté. Grand jardin sauvage. Possibilité de restaurer un court de tennis.

Oui mais… Désinfectés, repeints, les « logements » que l'armée mettait à la disposition des familles de militaires, vivants ou décédés, dans les deux bâtiments accolés composant le *Pavillon Sourdis* (chacun à trois étages et à monumental escalier de granit), restaient l'habitat brut d'une troupe en campagne, dessiné autour des chambrées. Un large évier pouvant servir de bac, un emplacement de fourneau, des lits de camp, une table de huit mètres de long, des étagères et des bancs d'une solidité à toute épreuve, soit, mais ni eau courante, ni gaz, ni électricité. Le pavillon avait une grande citerne collective, mais il fallait communiquer avec elle par une pompe vétuste. L'adjudant assurait que, maniée par des gens raisonnables, elle marchait comme il faut. Il montra sans commentaires, d'un geste large, blotties tout au fond du jardin, une douzaine de cellules – les installations « à la turque » … Pas d'autres cabinets.

Ma mère fit semblant de réfléchir : sa décision était courue d'avance. Elle tenait toujours l'air et l'espace pour nos valeurs essentielles et les difficultés l'émoustillaient. Elle aimait les situations saugrenues. Dans la sauvagerie du *Pavillon Sourdis* elle humait l'atmosphère des postes perdus dans la brousse où son mari tenait tête au climat tropical et à la nostalgie.

Nous éclairer à la bougie ou à la lampe Pigeon nous rajeunirait. Les corvées d'eau exerceraient les muscles des garçons. Les grands-mères descendraient tous les jours à la grève se tremper les jambes, etc. Cet enthousiasme gagna les familles avec lesquelles nous avions découvert La Forêt-Fouesnant. Elles se joignirent à nous pour essayer Quélern. Ma mère pressentait-elle que nous inaugurions là un deuxième cycle de merveilles ? Qu'après le bloc des vacances de Morgat se constituerait dans les mémoires le bloc de celles de Quélern, irremplaçable lui aussi ?

*

Je revois l'image que j'avais emportée en Suède. Je la recréais à volonté, comme un schéma de son et lumière, pour me représenter mes bonheurs de Quélern.

Le soleil au zénith sur le plan d'eau d'une rade que je contemple alors qu'en plein effort de pêche dans la baie qui borde l'isthme, j'ai été distrait par un gros vrombissement : là-bas, devant un Brest lointain qu'un mirage dédouble, entre un Brest de terre et un Brest liquide, un hydravion décolle ou essaie ses moteurs, libellule bruyante. C'est l'étale de marée. Pour quelques minutes encore, pas de retroussis d'écume aux lèvres d'un flot qui commence à reprendre les herbiers. Le soleil écrase un pan de rade comme une orange trop mûre. Les rayons me jutent dans les yeux. Veille, pêcheur. Le congre et le chien de mer sont habiles à éviter l'haveneau du distrait !... Et puis voilà que j'entends les cloches. N'est-ce pas une autre forme de mirage ? Des cloches claires, glissant contre l'eau comme des cailloux plats, sautant de l'eau comme des poissons fous, venant de Brest ou de Roscanvel, de Saint-Fiacre, de la ville d'Ys... Perfection du monde. Les îlots Trébéron et des Morts dévoilent leurs estrans vert tendre, jaune paille, rose-noir, et se rapprochent l'un de l'autre comme à tâtons. Une mouette s'engrise dans l'azur.

Des dizaines de fois j'ai vécu ces points d'orgue...

Quélern le rude et Quélern le grandiose.

... Dès le lendemain de notre arrivée nous avions interrogé la marée basse. Du côté de la cale où accostaient les canonnières, nos haveneaux avaient bafouillé dans des parcs à huîtres qu'on n'exploitait plus, mais dont les propriétaires restaient les maîtres : des coups de sifflet nous avaient rappelés à l'ordre.

Le jour suivant, bien sûr, nous avions changé de secteur. La victoire fut pour nous, qui étions tous, à l'exception des grands-mères, descendus dans les grèves. Elles ne nous réjouissaient pas les yeux par les eaux limpides et les algues luxuriantes du Portzic, mais déjà notre religion était faite. Qu'importaient les petites anémones sales collées aux herbes, urticantes en diable pour les mollets et les genoux, qu'importait d'enfoncer dans la vase, d'avancer dans une eau trouble grasse et à l'odeur violente, puisque la fécondité de la mer était là, tout autour de nos corps, à la disposition de notre astuce. À pratiquer un terrain de chasse où des proies inconnues de Morgat abondaient, les nouveaux instincts nécessaires jaillissaient chez les Indiens de Brest dociles aux indications de tous leurs sens. Au bout de quelques minutes, Jean pour les praires, moi pour les pétoncles, nous avions deviné que la quête ne se contenterait plus du travail des yeux. Il fallait écouter l'espace. Repérer sur-le-champ d'où venait le chuintement ou le bruit de claquoir. Et il fallait marcher les pieds en alerte. Prêts à distinguer les berlingots que formaient les coquillages en s'emmitouflant dans les herbes et la vase.

Avant de regagner Sourdis nous aurions à nous nettoyer les jambes, longuement, dans une flaque, mais, Seigneur, quelle récolte, digne de vrais inscrits maritimes, de côtiers chevronnés. À nous tous, deux forts kilos de crevettes (la taille dite belle moyenne). Une vingtaine d'huîtres.

Une trentaine d'étrilles. (Nous ne gardions pas les crabes verts.) Une cinquantaine de praires et autant de pétoncles. Un grand bol de bigorneaux. Une grosse anguille. Une sole de huit cents grammes, deux carrelets. J'avais raté un congre mais au haveneau, sans le voir, attrapé un couteau. (J'ignorais le mot savant de solen.)

*

… et encore tout cela ne marquait-il qu'un début ! L'accès aux richesses vivantes de la mer, la familiarisation avec sa fonction matricielle, les herbiers de la rade n'allaient pas être les seuls à me les délivrer. La pointe des Espagnols avait son tribord et son bâbord. Le Quélern-sur-rade se doublait d'un Quélern-face-au-large qui, sur à peine un mille et demi entre la baie de Camaret et le resserrement du goulet de Brest, égrenait plage, falaises accores, grèves et îlets. Nous fréquentions souvent, pour nous baigner, la plage de Trez-Rouz, plus tentante avec ses eaux pures, ses galets et son sable que la grève trouble et glissante de la source ferrugineuse. J'eus vite fait de m'intéresser à la petite grève de type morgatien, principauté de rocs épars ou en massifs, de chenaux et de trous, qui la flanquait sur sa droite : le Pouldu. Des gens la disaient dangereuse, d'autres qu'on « n'y prenait rien ». Il fallait aller voir. Personne ne m'accompagna. La certitude que les herbiers de la rade procuraient de ne jamais revenir bredouille nuisait à l'esprit d'aventure. Jean le futur mathématicien se passionnait pour la recherche des prairies solitaires et rêveuses : il n'y avait pas d'herbier, donc pas de prairies, au Pouldu.

Aller seul à la pêche dans un endroit sauvage, j'inaugurais cette joie et je la découvrais profonde. Le sentiment d'accomplir un acte qui relevait du sacré, beaucoup plutôt que la peur, m'aura conduit à me signer en descendant vers la mer, par la pente d'un sable pâteux, gras comme de la glèbe. En principe, je faisais fi du résultat. J'étais seul avec une grève et avec le déroulement d'une marée, seul avec un lacis inconnu de rocs et de trous d'eau.

Seul avec Dieu…

Entre toutes les comparaisons susceptibles de dire mon bonheur, j'isolerais mes séances folles au piano. Je jouais une pêche sans partition. J'improvisais une sonate de la Solitude, un Diurne en la dièse majeur, *allegro ma non troppo*, de la marée basse. La mer m'avait prêté un instrument prodigieux, sans craindre comme les demoiselles de Brest que mes doigts le mutilent.

Je ne jurerais pas qu'il faille dater une certaine rencontre de ce premier Pouldu. Travail achevé, flot montant depuis une heure, j'avais dû me retirer simplement avec un sac plein d'étrilles et un panier où, au frais sous des brins d'algues, une petite centaine de belles crevettes, la noble espèce du large, couleur de raisin blond, somnolaient. Tableau de chasse déjà fort honorable.

Intriguées, mes sœurs vinrent donc au Pouldu. Jean le marin vint lui-même, soucieux de lire à marée basse un fragment de la côte bretonne… Élan sans durée. Il fallait ici escalader sans cesse. Traverser dans les trous des eaux glaciales. Et, sur la rade, il y avait tellement plus à prendre…

Le jour de *la* rencontre j'étais donc tout seul encore sur la grève. Cela se passa comme, ayant obtenu d'elle après une heure de pêche une vingtaine de bouquets couleur belle avoine, j'avançais dans le cher état second familier aux pêcheurs, aux navigateurs, aux artistes : alliance de prudence, d'extase, d'audace et d'aguet. Au pied d'un rocher élevé, j'avise une flaque peu profonde, étoffée sur les bords de goémons multicolores. Je braque l'haveneau… je m'arrête. Ce que l'œil, sur une petite pierre immergée, avait repéré un goémon bleuâtre, était un homard, ni plus ni moins, homard inquiet ou flegmatique, immobile dans tous les cas, ses deux pinces bien mises en valeur, on aurait dit les coudes d'un fort dîneur flegmatique appuyés sur une table.

L'enfant d'Afrique rencontrant son premier singe ou son premier éléphant m'habitait. Un homard sauvage, brut, réel. Comme tous les gosses, j'avais entendu dire en mon jadis que les homards se cachaient dans des trous de la côte, en cheville avec des congres, mais on m'avait toujours précisé que seuls de vieux bonshommes spécialistes, portant dans le crâne leur carte d'état-major de tous les repaires du rivage, arrivaient à les attraper. Et voilà ce matin que ma petite personne de cuistre des villes…

… Ah non ! Justement, je n'en étais pas un ! Puisque le homard était là, sous mes yeux, en position d'alerte peut-être, mais sûrement en position d'attente.

Les bateaux de liège que mon frère et moi ramassions au Portzic aussi aisément que des châtaignes ou des mûres, les marées les auraient-elles poussés vers nous si nous n'avions pas été des enfants de la mer ?

Une preuve : lorsque j'eus pris le homard, sans bafouillage aucun, dans mon haveneau et que je l'eus saisi immédiatement de la façon idoine, tel un collectionneur qui saisit un timbre ou une toile, pour l'introduire dans le sac des crabes, je n'ai pas déguerpi de la flaque. Je l'ai fouillée avec méthode. Elle me livra cinq bouquets magnifiques.

Je ne dissimulerai pas, cela dit, que je n'avais pas pêché un *Homardus gigas*. La bête pesait juste une livre.

Le poids, non plus que le temps, ne faisait rien à l'affaire !

... Un homard. La famille salua. Personne ne me jalousait. Les grands-mères, Thérèse, Jean, tous, avaient plus ou moins l'impression d'avoir capturé avec moi, et comme en moi, la merveille.

Et ce n'était, encore une fois, qu'un début...

*

... Les nostalgies marines que j'éprouverai au lycée Louis-le-Grand tireraient de l'ombre une autre de nos dettes envers Quélern : le chant rauque de la marée haute.

Cette image prolongeait mes Portzic sonores. Les chocs et entrechocs des galets écoutés à Morgat des heures durant, avec les immenses râles, épanouissement ou fureur, du flot qui se retire, occupaient déjà les rayons de ma mémoire…

… mais je sais qu'un après-midi de soleil, après un bain, je me suis allongé, seul, sur la gauche de Trez-Rouz, contre l'herbe rase d'une dune basse, cinq mètres en arrière d'un sillon de galets battus par la marée haute, et que je me suis laissé aller à m'endormir – contrairement à mes habitudes. Dans mon somme, je savourais, avec un film tachiste de lueurs sauvages, l'orchestre de la mer qui répétait son morceau de danse éclatant, obsédant, la Marée haute aux prises avec des Pierres. Liquide en marche contre solides mobiles. Le canevas d'une mélodie qui se cherche. Les doigts et le gosier énormes de la mer.

À Louis-le-Grand, au terme d'une journée de travail intense et de chauffage central trop poussé, lorsque les vers d'Homère flageoleraient devant moi et que je fermerais les yeux, je songerais à l'adjectif grec *poluphloisboios*[13] et je reverrais et réentendrais mon somme sur la dune de Quélern.

13. V. Bérard traduit par « retentissant ». L'étymologie donnerait : « aux nombreux fracas ».

12

Pêle-mêle avec ses révélations telluriques, Quélern charriait ses difficultés matérielles. À commencer par le domaine, essentiel, principal, du feu. La cuisinière au bois et au charbon n'appréciait pas la tuyauterie militaire. Rudement transportée de Brest, elle s'offrait des migraines. Ma mère, excédée, parlait d'elle comme d'une vieille folle. Je revois la fumée, par jour sans vent, qui monte inexplicablement du foyer, brume âcre, dissipatrice d'escarbilles, cependant que la flamme refuse de naître sous la cocotte des pommes de terre…

… Et la tragicomédie de l'eau ! L'unique pompe du casernement, dont je réentends le grincement rouillé de la mise en marche, accompagné de ressauts et de clapotements, puis les grognements du rythme de croisière, en vint à se désamorcer pour de bon. Tout notre village soldatesque affronta une crise. La source ferrugineuse avait tari. La fontaine où nous allions chercher l'eau potable (nous trempions les brocs dedans) et qui servait à tout le pays, menaçait de se tarir. Il y eut une solution, puisque j'écris en ce moment, combien d'années après ! la relation du drame-vaudeville, mais, à coup sûr, il y eut d'abord bruit et fureur au pavillon…

… un où l'absence de lumière, la nuit, entraînait combien de heurts et de chutes ! Une grand-mère manqua se casser une jambe dans l'escalier…

… et les aliments, faute d'une cave fraîche, tournent à qui mieux mieux par temps d'orage…

… et les grandes plaques d'urticaire, rouges, douloureuses, sur les jambes et les genoux, causées par les herbiers, ne guérissent pas…

et…

… mais quel pittoresque ! Des matériaux, à jet continu, pour Charlot et Jacques Tati, Jacques Prévert et Marcel Aymé.

Je revois l'ancienne chambrée clou de notre logement, qui remplissait conjointement les rôles de pièce de réception (!), de salle à manger, de cuisine, de buanderie, de cabinet de toilette (!) et où – origine oblige – on dressait encore à l'occasion un ou plusieurs lits de camp. J'y ai savouré les longs crépuscules, cisaillés par les cris joueurs des hirondelles au-dehors, qui ralentissaient les entretiens, dans une atmosphère de légende, autour de la table démesurée. J'évoquais la salle où le père de Chateaubriand, négrier rangé des voitures, marchait de son pas d'automate, inquiet de survivre au jour et entraînant François-René dans son inquiétude. Ou c'étaient les lourdes veillées des hommes d'armes qui, dans les vieux siècles, pillaient les campagnes. Ou même c'était la Cène, le silence d'après l'offrande et d'avant le « grand départ ».

Étranges vacances.

Le jardin lui-même, qui ne se souvenait plus ni de ce qu'il remplaçait ni de ce qu'il était, avait sa drôlerie. Depuis des années, personne n'avait touché aux hortensias, hôtes inattendus d'un terrain militaire : dans leur polychromie sonore, la pétulance de leurs feuillages et de leurs fleurs, ils composaient calmement pour nous un massif pour exposition d'horticulture. Chapeau de paille noire sur la tête et chacune son pliant attitré (P'tit Kêf n'usait que d'un Archinard, modèle sans doute créé en brousse par un officier original), les grands-mères venaient devant lui, l'une lire *La Croix*, l'autre repriser des chaussettes, toutes les deux bavarder.

Plusieurs fois par jour nous voyions passer comme chez lui le long du pavillon, casquette d'ouvrier sur le crâne, au rythme épais de ses sabots, un père Laouénan qui n'était le père de personne, vieux garçon quélernois que l'adjudant avait autorisé à monter aux environs des douze cellules son poulailler et ses semis. De derrière ses grosses lunettes, et sans vouloir du tout faire un mot, P'tit Gwède l'avait appelé aussitôt « l'homme bleu ». Habillé de toile bleue en effet, l'homme bleu était toujours suivi à deux pas d'un long chien jaune qui, selon le mimétisme des vieux couples, paraissait issu du même bloc de rêve. Deux vieux garçons. J'aimais le nom du chien : Route. Un Route qui n'avait jamais trouvé une Mme Route pour le retenir et qui avait cessé de courir les chemins, fidèle à la lenteur d'un homme.

Notre chien de prédilection était cependant un bâtard noir réglisse, affectueux et intelligent comme pas deux, émerveillé d'échapper un temps à une vie sans caresses dans le café-épicerie voisin : Zéphyr. Tandis que notre vieille tante Catherine aux robes archaïques écorchait le nom en Surphir, Jeanne le remplaçait par Soufflet de forge, tant le halètement de la bête après une course épuisante la fascinait. Zéphyr restait Zéphyr. À défaut de pouvoir déchiffrer son regard et son aboiement, je lui jouais des tours pendables. Il aurait pu – ou dû – me mordre. Il me considérait avec tristesse et ses cordes vocales fabriquaient un gémissement tandis qu'il me léchait la main. Si j'incline à croire à une intelligence des bêtes et s'il me semble que nous ignorons le vrai dessein de Dieu sur les animaux, tu y es pour beaucoup, modeste Zéphyr qui rendais le bien pour le mal.

Épave de la guerre et de la paix, masse d'inconnu, un personnage excessif avait encore droit, quoi que nous pussions dire et faire, à figurer dans le mystère de Quélern : un ancien légionnaire, dont la mère habitait le « Quélern d'en haut », Louis Le Gac.

Officiellement, il n'avait pas de titre, à la différence du père Laouénan, à pousser la barrière démantibulée du *Pavillon Sourdis*, à se promener dans les herbes du jardin sauvage, mais voilà, hein, c'étaient des lieux de l'armée, cela sentait toujours pour lui la soupe, la boîte à graisse et le godillot de caserne, et Louis Le Gac La Légion n'y résistait pas. Il entrait, il pérorait.

Insaisissable, déboulant un après-midi et rôdant une semaine pour s'évanouir un mois – et réapparaître violent et rieur comme devant. Nous admirions chez lui le verbe : ivre ou à jeun (l'était-il jamais, souffle ce que Descartes nomme « un malin génie »), Louis jetait à la volée des tirades verveuses d'avocat ou de poète. Nous redoutions l'homme : des rumeurs, fortifiées singulièrement par les éclats de ses prunelles dans la colère, l'accusaient de si vilains coups.

… À Morgat, nous avions eu Jean Braz, le jeune mendiant pitoyable à la tête pleine de poux, déshonneur de ses parents ; à Quélern, nous avions Louis, qui ne mendiait pas, savait se montrer charmeur, mais qui battait peut-être sa mère et portait dans sa poche un couteau à cran d'arrêt. Il nous a valu des scènes de *Légende dorée*, comme P'tit Gwède lui faisant un jour la morale avec tendresse et Louis médusé, tout repentant, au bord des larmes ; mais aussi des images écœurantes – quand, après avoir hurlé qu'il trouerait la peau du boucher, cet enculé et ce judas, il devenait apoplectique et s'écroulait dans un buisson.

13

Se mêlant à l'enchantement des paysages, au pittoresque du *Pavillon Sourdis*, plus ou moins issu d'eux et les nourrissant, un autre charme, classique, inévitable, s'était emparé de moi. J'étais amoureux. L'après-midi où, allongé sur la dune, je m'abandonnais à dormir en écoutant la musique tapageuse de la mer, l'image d'une jeune fille traversait ma rêverie marine.

Le vieux mot français, très simple ou très vague, de « sentiment », me paraît le plus juste pour définir la situation : j'avais un « sentiment ».

Drôle de sentiment, qui a refleuri à Quélern plusieurs années de suite avec la même force et qui vivait au ralenti entre deux étés.

Il compte si peu de péripéties, et des péripéties tellement enfantines, que je me suis interrogé bien des fois sur la réalité d'une passion timide, tellement différente des histoires sinueuses, frôlant le drame sinon y entrant, dont presque tous les romans font leur matière. Est-il croyable, par exemple, qu'ayant de nombreux camarades, jamais je ne me sois ouvert à l'un d'eux de mon agitation sentimentale ? L'amour ne se grise-t-il pas de lui-même ? N'a-t-il pas besoin de se confier ? D'ailleurs, comment se peut-il que personne dans ma famille ne m'ait provoqué, ne m'ait tendu la perche, par inquiétude, curiosité ou taquinerie, comme ma mère ou ma sœur Jeanne ? Si personne n'est venu près de moi aux nouvelles, cela ne doit-il pas signifier que le « sentiment », contrairement à ce que j'imaginais, ne crevait pas les yeux ? Et s'il ne crevait pas les yeux n'était-ce pas, bien sûr, qu'il était faible ? Très faible ! Un « semble-sentiment », eût dit Pagnol. Une mini-amourette.

Voire. J'étais bel et bien pincé. Les choses se déroulaient dans des familles bretonnes d'autrefois et je n'étais pas un Julien Sorel. Je lisais justement ces vacances-là *Le Rouge et le Noir* (dans le volume qui avait appartenu à mon père, comme je le détectais à son papier de couverture), emporté de Brest dans une caisse de livres. Si je suivais le fil de l'histoire avec une attention soutenue, je ne me sentais aucunement en camaraderie avec le personnage principal. L'amour était pour moi une grande force fraîche. Il se salissait en se compromettant avec l'ambition et le calcul.

Deux de mes ignorances d'alors m'amusent. L'accessit de thème latin au concours général ne m'empêchait pas, rencontrant le mot « courtisane » dans un texte, de lui donner le sens d'« épouse de courtisan ». Certains passages en devenaient absurdes, je ne m'en troublais qu'un quart de seconde… De même, lors des coups d'haveneau sous les roches ou dans les longues lianes, je tombais très souvent sur un couple d'étrilles se chevauchant et s'encastrant l'une dans l'autre, une grande et une petite. Chaque fois je m'attendrissais devant la puissance de l'amour maternel et filial chez les bêtes. Je ne me doutais pas que j'avais interrompu en réalité le noble et sauvage coït de deux crabes. Ma mère nous avait enseigné à respecter la maternité des crevettes grainées. Quand nous en attrapions, nous devions sur-le-champ les remettre à l'eau. Là s'arrêtaient, en matière de sexe, les révélations des adultes qui m'entouraient. Et pourtant l'immense monde marin, dans l'acharnement ininterrompu de son instinct de reproduction, dans son grouillement de semences et d'animalcules, eût fourni à cet égard un théâtre sans pareil.

*

Le cinquième été de Quélern, la jeune fille dont j'étais amoureux (un pas transi du tout, mais qui se refuse à dire son amour) ne reviendra pas, non plus que les siens. Elle se mariait. Deux années après, au lendemain d'un accouchement, elle mourait. Aujourd'hui, sa famille s'est éteinte. Je tairai quand même son vrai prénom… Je l'appellerai Juliette.

Les jeunes gens de notre époque trouveront-ils vraisemblable qu'après avoir partagé familièrement les vacances d'une jeune fille plusieurs années de suite, dans la violence douce de beaux paysages marins de Bretagne, je ne l'aie jamais ni embrassée ni tutoyée ? Nous étions toujours en bande, au moins quatre ou cinq, lorsque nous allions nous baigner, à mer haute, sur la grève de la source ferrugineuse. Au sortir de l'eau nous ne bronzions pas, nous nous hâtions de nous rhabiller. Tout de même, je ne pouvais pas me boucher les yeux et, sans nullement être un voyeur, je la voyais forcément entrer dans la mer, heureuse et de belle stature, le corps bien souple dans le maillot noir d'une pièce. Et tous nous riions et nous chantonnions, et tous nous feignions d'insulter la mer à cause de sa froidure, et tous nous étions fort jeunes, elle plus âgée que moi de trois ans, mais toujours suprêmement jeune fille, et la même vigueur était en nous que dans les crabes nerveux dont mon haveneau attrapait les couples, comme dans les mouettes que nous avions dérangées et qui tournoyaient en criant au-dessus de notre tapage…

Réfléchissant à cette période, j'ai voulu me faire contre Juliette *advocatus diaboli.* Ne dit-on pas que l'amour est aveugle ? N'avais-je pas besoin tout uniment d'aimer, fût-ce en le taisant et en fantasmant ? Peut-être avais-je inventé pour Juliette, en couturier idéal, un charme qu'elle n'avait pas en propre ?… Mais j'ai buté, avec joie, sur une objection excellente : d'autres que moi la voyaient jolie.

… Ce qui fut le cas, dès la première année, de gens beaucoup plus connaisseurs qu'un élève de lycée : la troupe folle des gens de cinéma qui tomba dans le coin en août, séduits par la sauvagerie et le bon état des fortifications de l'isthme de Quélern, pour tourner une histoire de la ville d'Ys. Ils s'étaient installés dans le parc de la grande maison voisine, qui portait le nom de la *Pagode*, et ils recrutaient à tour de bras, pour « faire » les habitants d'Ys, dans le pays. Une dizaine de garçons et de filles de Sourdis, dont mon frère et moi nous étions, furent promus bourgeois et bourgeoises du VIIe siècle déambulant très sûrs d'eux dans leurs habits saugrenus, puis envahis par la peur à mesure que l'inondation menace. « L'eau monte ! L'eau monte ! » hurlait dans un porte-voix, pour nous exciter, le metteur en scène, debout en haut d'une poterne style Vauban… Juliette ne participait pas à la débâcle de notre piétaille. Elle avait été engagée comme servante et confidente d'Ahès, la princesse maudite. Qu'elle restait gracieuse dans le déguisement qui la transformait en une bohémienne blonde, la poudre et le fard ne lui enlevant ni ses fossettes ni son sourire ! La vieille maquilleuse, ridée comme une reinette, qui opérait sous un mélèze, la complimentait. Je ne sais ce qu'il advint d'un film dont les figurants touchaient un sandwich, des pommes et de la limonade. Je sais au moins combien nous avons ri. Et combien j'en ai aimé davantage Juliette, pour la gentillesse narquoise avec laquelle elle recevait son succès d'actrice.

Il me semble que je dois rendre grâce à ma mère et à mes sœurs. Pas une fois elles ne m'ont blagué sur l'intérêt particulier qu'en dépit de mes efforts je montrais certainement pour une jeune fille. Jamais il ne m'est apparu qu'elles en bavardaient ou en avaient bavardé entre elles, malgré leur curiosité inévitable, que je connaissais bien, de filles d'Ève, sinon leur espièglerie. À Brest, Jeanne murmurait souvent, comme si de rien n'était, en passant près de moi : « Lys, garde ta blancheur ! » Elle nous décrivait en se tordant de rire le trouble où la visite d'un inspecteur de l'enseignement secondaire, un homme ! mettait les dames professeurs de la Maison de la Légion d'honneur de Saint-Denis. Elle imaginait des romans d'amour extravagants entre l'adjudant de Sourdis et l'épicière voisine, un sous-préfet de Brest qui se déplaçait en side-car et l'épouse d'un négociant. Mais Jeanne elle-même rentrait cette fois ses souriantes griffes. Cela n'a pas pu être un hasard.

Le charme bizarre, paradoxal, de ces vacances iréniques et marines au centre desquelles était une ancienne caserne, opérait pour une part, avec la sympathie affectueuse que Juliette inspirait à tous. Ces dames et ces demoiselles la connaissaient pour une « grande fille raisonnable ». Elles laissaient aller les choses. La belle saison avait une sagesse dont on ne dérangeait pas le cours. Notre famille, je le crois aussi, ne ressemblait ni à un nœud de vipères, ni à ce cercle de gens qui s'auto-admirent bâti par trop de spécialistes ès « sciences humaines ». Nous sentions qu'il existait entre nous une harmonie simple, et cependant farfelue et subtile, sûre et précieuse. Entre gens qui vivent quelque peu les uns sur les autres, elle demandait le respect de frontières secrètes. Elle imposait le silence au commérage et à la taquinerie dans des cas donnés. Les chevaliers de la Table ronde pratiquaient ce code. La cohésion d'un équipage de navire est à ce prix.

*

Et ainsi se faisait-il qu'un premier soir, sans nous être concertés, Juliette et moi nous nous sommes trouvés à la barrière du *Pavillon Sourdis* comme dans la plus innocente histoire enfantine, chacun balançant un pot à lait au bout des doigts. Comment ne pas rire ? Et comment ne pas cheminer ensemble, puisque nous allions à la même ferme ? Un itinéraire sauvage, le sentier se juche parfois sur un talus et d'autres fois il devient pente herbeuse. Occasion rêvée pour deviser Bretagne et poésie. Juliette a commencé à Rennes des études de pharmacie, mais elle entend ne jamais se couper de la campagne et de la mer. Elle envisage d'apprendre le breton. Je lui raconte la visite de notre famille chez Botrel, elle secoue la tête. La Bretagne, c'est tout autre chose.

Nous revenons à Sourdis par une « grand-route ». Ce n'est guère plus long et nous savons qu'en haut de la descente nous aurons une vue plongeante sur le site. Nous ne soupçonnions pas à quel point elle serait belle. Inconsciemment, je songe à un laque japonais rapporté d'Indochine par mon père, accroché dans le salon de Brest. Même épure des formes. Même profonde masse du ciel, même unité de la mer, même effet de lettrine dans la découpure nette et autonome de chacune des îles Trébéron et des Morts. L'artiste qui a réglé le paysage n'a rien omis. Le croissant de lune qui s'allumera tout à l'heure comme un ver luisant est déjà posé, encore blanc-bleu, infini et minuscule, tandis que là-bas sur la pente un pin unique, très grave, voilure dressée en misaine compacte, rêve, immobile.

… Je ne me doutais pas non plus qu'il n'est pas sans danger, quand on aime, de contempler ainsi…

Et ce n'était qu'un début.

*

À la différence de presque tous les pavillonnaires, Juliette, ni personne des siens, ne pratiquent la « pêche littorale ». Le père, commissaire de la marine, dispose d'un petit voilier blanc, mouillé devant la grève, sur lequel il bat la rade, l'après-midi, avec un ou deux de ses fils. Il m'a en estime. Sa conversation est sérieuse, mais je l'ai repéré fleur bleue. Le fils aîné m'attire : un songeur à qui l'on arrache les paroles, un visionnaire rieur. La mère passe pour neurasthénique. Elle marche par saccades, les yeux inquiets. Je me demande comment Juliette peut être sa fille. Je me persuade que Juliette ne lui ressemblera jamais.

Dans tous les cas, une famille discrète, dont les gens s'entendent. Les parents font confiance à une Juliette qu'ils ont testée depuis des années. Le lycée de filles de Brest se limitant à préparer le premier bac, n'ont-ils pas accepté qu'elle entre en math élem au lycée de garçons ? Événement dans la ville ! Le sexe faible qui s'émancipe !… Elles avaient été trois jeunes filles à se lancer en avant-garde dans l'aventure. Chapitrées, naturellement travailleuses, elles promenaient dans les couloirs aux piliers de granit l'image de grandes écolières en sarrau noir, cheminant toujours sur la même ligne, chuchotant la mine calme. Ainsi les rencontraient une fois le temps les élèves de ma classe. Nous étions troublés. Je les regardais avidement. Deux brunes. Une blonde... Ma préférence allait à la blonde. Celle qui s'appelait Juliette.

Les trois grandes fillettes en sarrau noir avaient eu droit à leur petit succès de saintes-nitouches. Assises au premier rang dans leur classe comme il était normal, le prof d'histoire et géographie les avait surprises durant une composition, sous son nez et ses lorgnons, qui se tuyautaient mutuellement. Tellement d'élèves copiaient chez ce prof, qui comptait beaucoup trop sur son gabarit pour décourager d'avance les roublards, qu'elles avaient été contaminées et avaient essayé leur chance. Le prof se livra à un numéro de théâtre. Il se déclara scandalisé, lui qui était parti au front en 14 ! Honte à vous, mesdemoiselles, vous vous déshonorez quand le pays attend de vous un exemple ! Quelle morale enseignerez-vous à vos enfants ? À ces mâles paroles, les garçons copieurs exultaient, poussaient des hou-hou, des rires gras, des cocoricos.

Je n'ai jamais questionné Juliette sur cet incident de parcours. J'avais beau détester la triche, d'office je lui pardonnais. J'en voulais au prof... Laissons cela de côté ! Sus aux vacances.

... Peu à peu, nous mettions au point un programme de sorties vespérales. Tous les environs étaient beaux.

Puissants. Notre bande – une dizaine de garçons et filles – marchait en désordre par les routes, chantant, s'exclamant, admirant, au long de deux trois heures. Les chiens des hameaux gueulaient. Nous gueulions plus fort qu'eux. La propriétaire d'une villa m'ayant rabroué un matin où je passais seul devant chez elle pour mon « verbe haut » (*sic*) et m'ayant invité à calmer la troupe, nous proférions de larges « chut ! » quand nous arrivions sous ses fenêtres.

Merveilles ce furent. Tels des loubards de l'ancienne « zone » parisienne, nous envahissions sans vergogne des terrains militaires interdits bien partis pour revenir à la nature sauvage avec leurs bruyères et leurs lacis de ronces où fuyaient les derrières des lapins. Sur les emplacements de batteries disparues nous dominions de mystérieux paysages de mer. Nous payant de culot, nous avons découvert un « trou d'homme », longue galerie basse, très étroite, qui donnait accès à l'intérieur d'une poudrière désaffectée : le sanctuaire de la défense des côtes. Le lieu agréa. Nous revînmes là-dedans avec allumettes et bougies. Nous faufilant à genoux dans le souterrain l'un derrière l'autre et nous écorchant le front et les coudes, nous pénétrions à la Jules Verne dans une caverne proche du centre du monde. Des conciliabules bizarres naissaient entre nous. La bougie dessinait des ombres folles sur les murs et la voûte. À de longs intervalles, une goutte d'eau tombait. Il nous semblait que nos yeux devenaient phosphorescents. Zéphyr, désorienté, se plaignait tout bas. Une fillette, je crois, me regardait plus souvent qu'à son tour. Mais moi je regardais Juliette, à l'aise dans une étrangeté digne de sa Bretagne.

Nous avons siégé bien des fois dans la poudrière loufoque et sacrée. Puis le désir d'admirer, avant que le soleil se couche, l'escadre de l'Atlantique débouchant du goulet de Brest pour une campagne extraordinaire, nous entraîna vers des falaises surréalistes proches du fort des Capucins. L'endroit gagna nos suffrages comme terme idéal des sorties du soir. Nous y trouvions une longue banquette naturelle. Passagers d'un paquebot, nous dominions de là l'ampleur d'une mer souveraine bordant la sculpture disloquée, dramatique, des côtes. Juste devant nous, un îlet difforme, protubérance dolichocéphale, un crâne de crabe-araignée ! et qu'on appelait – miracle supplémentaire ! – la Fraternité. Le chenal étroit, tortueux, plein de rocs, le séparant de la terre, servait aux marées hautes, dans la tempête, de caisse de résonance pour leurs vacarmes et de tremplin pour leurs lames de fond. Aujourd'hui cela se taisait. Le monde œuvrait, d'un seul et même élan, à offrir un paysage de ferveur.

Ce n'était pas Juliette qui créait les couchers de soleil, qui faisait dodeliner les rayons sur la houle et bleuir comme bateaux de guerre les rivages de Bertheaume et de Saint-Mathieu, mais sa présence aiguisait sûrement mes capacités d'admiration et d'observation. Je captais avec le plus d'intensité possible les tons, les méplats, les parfums, les murmures, pour lui offrir en secret mon zèle devant des merveilles inexprimables. De la même manière, tout petit garçon, j'avais tendu vers les mains d'Annie cette fleurette rare que j'étais allé chercher au bord de l'abrupt.

… Mais ici aucune récompense n'avait été promise. Je n'obtiendrais jamais rien d'autre qu'un sourire, qui pouvait tout dire comme ne rien dire. En quittant Juliette devant la porte de son bâtiment, je ne me permettrais même pas de lui presser les doigts. Les « à demain » que nous échangerions seraient ceux de camarades.

*

Drôle d'idylle. Juliette avait dû prononcer à mon endroit, une fois pour toutes, le « trop jeune ! » de mon prof de seconde. Moyennant quoi, sûre de savoir jusqu'où elle pourrait aller trop loin, elle m'admettait, pratiquement, comme son camarade le plus assidu…

… un créateur de grandes joies sportives. Ma mère avait fait reboucher les trous, repeindre les lignes du court du tennis en ciment grossièrement plaqué sur le sol, sans aucun grillage, devant le pavillon. Elle avait fait planter des poteaux de bois ultrasolides, reliés par un beau filet réglementaire à bande renforcée. Et puis que les familles se débrouillent ! Elles se débrouillaient. Une feuille d'horaires fut tout de suite établie, que les gens respectaient plus ou moins – je n'ai pas le souvenir d'une dispute.

… Et puis les zèles se ralentirent. Constatant que les progrès tardaient, la plupart des filles se retiraient de la danse. Des garçons mollasses les imitaient. Leur vocation n'était pas de jouer, mais de regarder jouer !…

Si nous ne fûmes qu'une dizaine à tenir bon, ceux-là montraient du zèle. Un championnat fut organisé, qui donna lieu à des parties enflammées, arbitrées par des copains, suivies du haut des fenêtres par pères et mères.

Juliette et moi, sans contestation, nous étions les deux joueurs les plus acharnés. Dès le milieu de la saison, nous nous sommes provoqués en simple. Quatre, cinq, six sets de suite ne nous effrayaient pas. J'admirais la résistance comme la loyauté de Juliette. Nous nous battions en Celtes, pour l'honneur et le défoncement. Comme le grillage manquait, à la fatigue de la partie proprement dite s'ajoutait celle d'une recherche lassante, décourageante parfois, de nos projectiles. Cinq, dix minutes à fouiller dans les hortensias, les buis, les orties. Mais quelle joie aussitôt que les coups reprenaient la cadence ! Je jouissais du bonheur enfantin et savant de mon adversaire, vrai chevalier-femme, qui appréciait autant perdre que gagner, pourvu que la trajectoire des balles fût belle.

Un corps qui « rend grâce » : nous éprouvions physiquement l'un et l'autre la vérité de l'expression. L'épuisement justifiait la vie, ennoblissait le jour.

Quand nous mettions fin à la lutte, je surprenais une lueur d'émerveillement dans les yeux de Juliette. Dans de tels instants, peut-être me voyait-elle sous une autre lumière ? Un homme, non plus un garçon ? Peut-être m'aimait-elle ? Je savourais cette apparition de la lueur comme un baiser.

*

Une autre folie nous a rapprochés. Sans que j'affirme que cette passion ne fût pas toute récente. Née à Quélern. Adoptée pour le plaisir de se réunir encore, de secouer les vacances. Je venais à peine d'apprendre le bridge et le sérieux officiel des parties dans les milieux maritimes brestois consternait mon esprit gamin.

Dès lors que Juliette acceptait les cartes, paraissait les aimer, comment ne pas les aimer à mon tour ? Avec acharnement. Quitte à tempérer celui-ci d'un sourire.

On nous eût pris, dans tous les cas, certains soirs, pour deux joueurs fanatiques…

Lors des visites dans la poudrière, il nous est arrivé d'y rester bridger tout le temps d'une bougie, en dépit des couinements de Zéphyr, des bâillements des camarades qui ne jouaient pas, de la torpeur qui gagnait les joueurs eux-mêmes, la « bande des quatre » …

J'hésite entre deux poncifs pour commenter notre attitude. Le tolérant : « C'est beau d'être jeune ! » Le sévère : « Ce qu'on est bête quand on est jeune ! »

… Sortis du tunnel de la poudrière, nous trouverions que la grande nuit avait pris position au-dessus de la presqu'île, dispersé dans le ciel tous les bivouacs de ses astres, et qu'un grillon solitaire, n'importe où dans l'ombre, tapotait la touche unique de son clavecin. Cela suffisait pour que le poids et la dignité du temps qui passe nous redeviennent tangibles. Nous avions plus ou moins tous, par nos familles, affaire avec la mer. Dans nos gènes traînaient les mémoires d'errance de marins qui se guidaient aux étoiles. J'ai gardé à l'oreille le cri qui avait échappé au frère aîné de Juliette, Maurice le Taciturne : « Véga ! Véga ! » Il répétait, répétait le nom, le patronyme d'une étoile, émerveillé comme s'il avait reconnu là-haut l'île ou la vérité fondamentale de ses rêves.

14

Dès avant le 15 août il fut clair que malgré l'absence de tout confort nous avions réussi nos vacances. Qu'il nous faudrait revenir l'été prochain à Quélern et au *Pavillon Sourdis.*

On devine pour quelle raison d'abord je me réjouissais : j'augmentais d'un an mes chances que Juliette cessât de me considérer comme trop jeune. Mais cette raison servait d'étendard à la foule des autres. J'avais subi le charme des sites. D'un mode de vie à demi sauvage. L'éducation sentimentale comprenait les homards du Pouldu, les marches d'une pleine journée – une dizaine de lieues – vers le cap de la Chèvre, une nuit sur la dune parmi les pèlerins de Sainte-Anne-la-Palud, cinq heures de tennis à la file, une discussion échevelée sur la relativité du temps accompagnant une recherche de la planète Mars, une mimique irrésistible de Zéphyr, une lecture des *Illusions perdues* seul tout au bout d'un cap…

La grand-messe dominicale de Roscanvel, qui se déroulait avec la rigueur ingénue d'un vieil opéra paysan, permettait une ouverture sur la Bretagne profonde. Elle me remuait, elle m'émerveillait, tout en me procurant de chaudes occasions de rire. L'énumération des paroissiens défunts inscrits aux prières du prône, par un recteur consciencieux mais excédé, avait une valeur involontaire de numéro comique. Je me rappelle un « Clémentine Manivel son frère et sa sœur » dont nous guettions le retour. La brusque sensation du fourre-tout d'un ossuaire avec le « famille Congar et famille Thomas… ». Compte était rendu, scrupuleux, du contenu en monnaie des différents troncs, du total des quêtes différentes. (Il y avait trois quêteurs.) Le prêtre s'interrompait dans un *Pater* de gratitude galopante pour rectifier : « J'ai oublié, mes frères, le tronc de saint Joseph. Huit francs soixante-dix. » Comme j'ai entendu : « Dimanche dernier on a trouvé dans l'église un coupe-papier en forme de poignard… »

Le boulanger-pâtissier du bourg, gaillard blond, tenait l'harmonium. Ingrate envers le créateur de pommets délicieux, Jeanne lui attribuait des amours tumultueuses avec une Bérénice ou une Phèdre locales (il s'appelait Hippolyte). Nous avions beau savoir l'archifausseté de ce propos, nous surveillions notre homme, qui activait comme un rémouleur les pédales de sa soufflerie en donnant des coups de tête et vociférant[14].

L'église était pleine, mais deux ou trois personnes seulement communiaient. Pas un d'entre nous. Le bourg se trouvait à une lieue de Sourdis, nous ne reviendrions pas avant midi et demi, ma mère ne voulait pas que nous partions à jeun. Et donc... Le clergé, sur le jeûne eucharistique, était strict. Ayant mangé par mégarde un morceau de sucre à Brest avant une messe de huit heures, je l'avais signalé naïvement à un capucin qui, loin de rire, m'avait défendu de recevoir l'hostie. À Roscanvel, la pratique du pain bénit tempérait la rigueur. Chaque dimanche, choisie par roulement, une famille de la paroisse offrait le pain. Veillant qu'il fût onctueux. Je flairais le goût de brioche, car j'évitais de manger mon morceau, pour l'apporter intact, dans un bout de papier, à P'tit Kêf, que ses vieilles jambes privaient de messe. Je procurais à mon aïeule un instant de bonheur pur qui me lavait de mes rires pendant l'office. Elle se signait. Ses yeux gris se voilaient. Elle revoyait son Joseph bien-aimé. Elle se retrouvait dans son Pleyben natal. Elle communiait.

Avec père, mère et frères, Juliette suivait ces messes dans le même coin de l'église que nous. Il arrivait que nous échangions un sourire. Je me doutais de l'ardeur avec laquelle elle s'efforçait de lire la présence de sa

---

14. Je ne me doutais pas qu'un jour je serais logé à la même enseigne. Au lycée Louis-le-Grand, pour la distribution des prix de 1929. Le chef de chorale me mettrait à l'harmonium pour que j'y joue, tout en la chantant, la partition de basse de *La Marseillaise*.

chère Bretagne dans la messe universelle. À deux ou trois reprises, Hippolyte entonnait un cantique breton et l'on terminait toujours par un *A*, en breton également, dont les femmes se réservaient les répons, voix très enfantines, caressant les mots de la langue sauvage comme des coquillages, les tressant comme de l'osier. Une fois sur deux, le sermon était en breton. Les annonces du prône se faisaient en français, puis en breton.

Si les « courses » dans les magasins du bourg ne nous séparaient pas, l'on revenait en bande, par le sentier de côte déchiqueté, tournicotant, soleil presque au zénith, campagne et mer paisibles, des vaches, des anémones, des ajoncs, des criques où le flot grasseye, des herbiers qui rissolent. Une Bretagne que le tourisme dédaigne. Il n'y avait aucun Parisien à la messe. Les étrangers au pays ne sont ici que des Brestois. Des enfants de la même rade. Des gens qui ont la mer et les bateaux dans la peau. Qui mangent des crêpes le vendredi…

15

Malgré l'absence (un rite ?) du professeur principal durant une moitié du second trimestre, la nouvelle année scolaire eut une coulée sans heurts. Elle était le fait d'un garçon qui ne se prenait pas au sérieux, qui avait un « sentiment » et gambadait parmi les disciplines. Parler, réfléchir, écrire, jouer du piano, le mettaient en joie. Et la curiosité inépuisable dont les hommes avaient fait preuve dans le domaine de la connaissance. Histoire et géographie, cosmographie, zoologie, géologie, botanique, physique et chimie, géométrie dans l'espace, etc., toute discipline le passionnait, lui proposait un voyage au grand large.

Mon oncle Joseph Avérous, titi brestois pur jus malgré un nom méridional et ancien élève de mon lycée, m'apprendrait un jour qu'il avait dû rejoindre sa classe de philo avec pas mal de retard (ayant échoué au premier bac en juin, il l'avait repassé avec succès en octobre). Le prof lui souhaite la bienvenue. Lui trouve une place au premier rang. Le cours portait ce matin-là sur « l'abstraction et la généralisation ». Sûr de lui, plongeant volontiers les yeux dans ceux du nouveau disciple, une force toute fraîche, le prof déambulait, ronronnait. « Il n'existe pas, messieurs, de lion en-soi. C'est une convention de l'esprit qui nous fait parler *du* lion, d'un lion général. Nous ne rencontrons jamais que des lions particuliers… » C'en fut trop pour l'oncle Joseph. Dans les rues de Brest, il rencontrait de tout, mais pas de lions. Quant à l'idée qu'un lion pût être général, se promener avec des galons ou des feuilles de chêne de général, elle était par trop désopilante. La force toute fraîche éclata de rire. Déconcerté, le prof édicta : « Avérous, sortez. »

Mon premier contact avec les cours de philosophie n'eut pas cette rudesse. Le prof, pour des néophytes, adoucit les angles. N'empêche que, toute habileté pédagogique mise à part, il aurait pu nous sidérer lui aussi. Nous nous sommes contentés de blaguer la présentation, administrative péremptoirement, qu'il donnait à ses plans : *première partie, grand a, premièrement, petit a…* Il rangeait les idées comme des paires de chaussures, des bocaux de pharmacie, encore qu'il usât à leur endroit de la même courtoisie qu'envers des personnes. Je le revois, ses longs doigts blancs de pianiste battant l'air, sa tête frisée penchée de soixante-dix degrés comme celle de Zéphyr, prononçant :

« Ce qui est vrai, messieurs, dans une certaine mesure. Mais dans une certaine mesure seulement. Mais dans une certaine mesure tout de même… »

Je garde reconnaissance à un prof qui aimait ses élèves et respectait toute opinion, et ne perdait pas le sourire dans un climat brestois redoutable pour ses bronches. Il m'avait en sympathie parce que j'intervenais beaucoup. Il me reprochait d'écrire lourd. D'abuser des « qui… » et des « que… ». Ce qui me rendait perplexe. Dubreuil ne m'avait jamais asticoté là-dessus. Je ne m'inquiétais pas trop d'ailleurs puisqu'un compliment suivait le reproche : beaucoup d'idées. Je me rappelais en riant mon sobriquet de Socrate.

Tout l'ancien Brest goguenard et dru habite une scène de cette année-là. Elle aurait dû mériter à notre vieux lycée que les bombes l'épargnent en 1944… Composition de philosophie du troisième trimestre. Grand soleil sans vent. Le sujet porte sur les procédés que la société emploie pour régenter les individus. Le prof, il nous l'a dit, se considère pour un disciple du sociologue Durkheim, mais la douceur émue avec laquelle il nous a lu le texte de son sujet laisse entendre qu'il veut limiter quand même la pression sociale. N'importe, nous verrons bien. Les idées, ces idées qui paraît-il m'ont à la bonne, accourent telles des mouches au Portzic par temps d'orage. Je me frotte les mains. Défends-toi, individu ! Examine donc plutôt toutes les ruses de la société pour malmener ton indépendance…

… et, tandis que chaque élève carbure à son rythme et que le prof s'est plongé dans un volume blanc tout neuf qui sent le pain frais et dont il coupe les pages avec un canif de gosse, des lointains de la rue Voltaire qui longe presque à niveau les fenêtres de notre classe une voix caractéristique se met à glapir : une poissonnière. Nous essayons de nous boucher les oreilles. D'espérer l'invraisemblable : que la gêneuse écoule sur place, dès à présent, toute sa marchandise… Peine perdue. Avec la régularité d'un courant de marée, la vigueur d'une bonne conscience, la voix s'amplifie, monte, s'approche, proclame la litanie : « V'là les maque*reu* ! V'là les maque*reu* frais qui arrivent ! V'là les maque*reu*… gros comme des bœufs ! » Des élèves soupirent, d'autres remuent les pieds, le prof fronce les sourcils et hâte sa lecture, la poissonnière insoucieuse du combat des idées continue à glapir et la catastrophe se produit sous nos fenêtres. Une éructation a coupé en deux la litanie. Nous voyons le fait divers brestois comme si nous y étions. Une femme s'est approchée de la marchande : « Vous voulez des maque*reu*, madame ? Combien vous en voulez ? Ils sont pas chers… »

Ah ! Seigneur ! Pour une minute, plus de composition de philosophie qui tienne. Nous nous esclaffons. « Voyons, voyons, messieurs », dit gentiment le prof, qui trouve l'incident ridicule : il n'est pas comme nous enfant de Brest. Il se passe un événement rabelaisien et il ne le sent pas ! Là dehors, ce sont tous les peuples des poissons de la rade qui viennent chahuter pour rappeler notre jeunesse à l'ordre. Petits abrutis, vous vous enfermez par beau temps pour mijoter des sottises. Fichez le camp en vitesse, venez pêcher, venez vous baigner.

Je rêve du côté de mon Pouldu. Je revois *mon* homard. Je n'ai pas attrapé une idée de homard, un homard en soi. J'ai attrapé un homard dense et nu, garni de tous ses organes, né dans l'eau de descendance naturelle : *mon* homard.

… et le porte-plume reprend sa besogne. La philosophie ne s'évacue pas non plus aussi facilement. Les petits maquereaux de rade, mon Socrate, ne sont pas venus d'eux-mêmes te distraire. La société les a entraînés. Vas-y, mon gars ! Il reste plus d'idées à découvrir qu'il n'y a de grains de sable dans le fond de la mer.

Quand le prof rendra les compositions, il tiquera encore sur mon style. Mais il dira lentement, sur le ton d'un aveu qui lui coûte, que voilà une copie pleine d'idées. La poissonnière de la rue Voltaire ne m'a donc pas desservi.

*

Moins que Dubreuil, beaucoup tout de même à sa manière plus froide, le prof de philosophie m'a aidé à émerger des brouillards matinaux. Il me semble que je dois citer son nom : Roger Lacombe. S'il ne m'a jamais inspiré la ferveur presque filiale que je ressentais pour Dubreuil, j'ai deviné et suivi chez lui avec un humour attendri le même combat loyal de l'universitaire français intellectualiste qui s'interroge sur la Bretagne. L'homme qui voudrait savoir à quelle force obéir plutôt, l'enthousiasme admiratif ou le mouvement de répulsion… Une variante du combat de Jacob avec l'ange.

Un jour, comme s'il cédait à une lubie, Lacombe a enquêté près de nous sur le mode journalistique. Quels sont ceux qui ont lu du Claudel ? du Valéry ? du Gide ? du Péguy ? du Marcel Proust ? du Mauriac ? Personne n'a levé la main une seule fois. Aucun des noms cités ne m'était au reste inconnu – en tellement d'occasions, pour étayer une plaisanterie ou corser une réflexion, Jeanne s'était référée à l'un d'entre eux. À des œuvres telles que *L'Annonce faite à Marie*, *La Jeune Parque*. J'aurais même pu allonger la liste du prof par des noms comme ceux de Jacques Rivière ou de Jacques Copeau, non moins mystérieux.

Lacombe n'a pas ricané ni tempêté, ni haussé les épaules. Il estimait que la leçon parlait d'elle-même. Il a marché devant le front de la classe le temps de deux ou trois allers et retours et il a commencé un cours sur la morale kantienne : « Première partie. Grand A... »

C'est vrai que nous restions de grands gosses. Au troisième trimestre, parce qu'il faisait trop chaud les jours de soleil, nous remplacions en récréation les parties de football effrénées singeant le grand sport, deux équipes de onze joueurs, pelote de caoutchouc et sabots qui volent, par un « football aux sous » considérablement plus sommaire. Une quinzaine, une vingtaine de terrains minuscules se traçaient à la chaussure dans la cour, lignes maladroites figurant des stades et des buts. Une pièce de cinq centimes en bronze – un sou – servait de ballon. Chacun à son tour les deux adversaires dans la partie, ayant tiré un camp au sort, la visaient avec une grosse pièce de dix centimes – deux sous – chargée de l'atteindre par le fil de sa tranche. Atteinte habilement, la pièce d'un sou était capable de bonds sérieux. Nous nous passionnions, moi tout le premier, le fanatique du football aux perles.

Du Breughel brestois…

… Lacombe, cela dit, aurait pu inviter tout le corps des professeurs de lettres à une autocritique. Ce corps, tacitement, usait d'un index. Il pratiquait une méfiance de principe, quand ce n'était pas une hostilité, envers tout écrivain contemporain. Une certaine poésie était suspecte. Le prof qui m'avait accompagné l'année précédente dans une librairie m'avait recommandé Samain, Sully-Prudhomme, non pas Verlaine. Le manuel d'histoire de la littérature qui représentait le nec plus ultra, celui de Lanson, bouquin épais comme un crâne, consacrait à Baudelaire quelques lignes banales dans une note de bas de page…

*

L'année s'achevait. Dans deux jours, nous attaquerions, par la philosophie, les épreuves écrites du second bac. Elles auraient lieu à Brest, celles-là, dans la salle des fêtes qui jouxtait le musée municipal et où notre distribution des prix se déroulait chaque année. « Un examen, c'est l'inconnu », répétaient les parents, les candidats ne pouvaient pas contredire. Je me souvenais seulement d'un succès farfelu au premier bac. Je m'accordais avec une expression qui commençait d'être à la mode : « Ne pas s'en faire. »

Le complice de latin-grec s'en faisait encore moins que moi pour le très court terme, mais pour le long terme il se préoccupait bien davantage. « Dis donc, mon vieux, il faut penser à nos premières supérieures ! Où serons-nous cet automne ? Est-ce que tu te sens gaillard ? »

Je m'en voulais quelque peu de ne pas frémir comme lui. Je pensais à Quélern, à Juliette, au Pouldu... En tout cas, j'ai approuvé sans discussion l'idée de parler à Lacombe.

... La cloche électrique avait sonné. Nos camarades, avec ou sans sous-cul, ramassaient leurs affaires. Lacombe fermait sa serviette. Il faisait très beau. Nous avançons vers le prof.

Le complice avait préparé son laïus. Il invite M. Lacombe à voir en nous deux garçons qui nourrissions le projet, si le bac marchait bien, de préparer en octobre Normale supérieure, soit dans la khâgne de Rennes, soit dans une khâgne parisienne. M. Lacombe nous avait eus comme élèves : que pensait-il de notre projet ? N'étions-nous pas trop ambitieux ?

Lacombe réfléchissait. Il se lissait le haut du front. Il avait des mains très blanches. Avec des vêtements blancs, il aurait eu l'air d'une statuette.

... – Oui, M'sieur, est-ce qu'à votre avis nous avons des chances ?

Lacombe tressaillit. Il eut un petit sourire. En regardant plutôt mon complice, qui l'avait harangué, mais sans m'oublier, il nous remercia de notre confiance et puis il nous dit son embarras. Nous étions deux bons élèves, doués, travailleurs. Il rit. De bons élèves doués et travailleurs, il y en avait dans d'autres lycées de France ! Combien de candidats se présentaient-ils à Normale supérieure chaque année ?

– Dans les trois cents, répond le complice.

– Pour combien de places ?

– Moins de trente.

Lacombe se lisse le haut du front.

– Je ne vous le fais pas dire, ce sera dur, très dur.

Il souriait. Sans méchanceté. Sans enthousiasme.

– … Est-ce que nous aurions tort ?

– Oh non ! Ne me faites pas dire ce que je ne dis pas.

Toujours le même sourire, désarmant, en demi-teinte.

– Vous avez tous mes vœux. Je vous souhaite bonne chance.

Il soulevait sa serviette. Il nous tendait la main. C'était la première fois qu'il montrait cette familiarité. Mais j'avais beau en être ému, ranger brusquement Lacombe parmi les hommes qui auraient pu remplacer mon père, je note combien les longs doigts musiciens étaient froids.

Je décide qu'après le dîner, je m'offrirai une heure de piano…

Rendus l'un à l'autre, le complice et moi nous contemplons la cour de récréation où des pensionnaires s'attroupent près du gigantesque broc d'eau en zinc tout en mordant leurs grosses tranches de pain. Près du pilier habituel, le concierge a disposé son panier de brioches, de vieilles madeleines, de bâtons de chocolat. Des fanatiques du football à sous ont déjà entrepris une partie.

Une minute, nous voici dans un état second. Si jamais nous avons regardé notre univers lycéen avec les yeux du cinéaste Clouzot, ce fut bien alors. La manche de lustrine qui pend à une porte de cabinet pour signifier la présence d'un occupant. Un pensionnaire qui crache un noyau de cerise. Un autre qui se lave les mains dans un caniveau. Un rouquin dépenaillé déployant contre un pilier un journal sportif. Un surveillant qui secoue d'un air dégoûté son fume-cigarette sur le sol…

Mon complice et moi nous ignorons – serait-ce dommage ? – que deux hommes se sont peut-être appliqués un jour à saisir de semblables images dans le vieux lycée rustaud des extrémités de la France où ils enseignaient et qu'ils ne les ont pas trouvées indignes. Deux hommes qui s'appelaient Henri Alain-Fournier et Louis Farigoule[15].

Aucune malédiction ne pèse sur Brest.

– Tu te rappelles quand il a interrogé toute la classe à propos de Claudel, Valéry et consorts rêve soudain à haute voix le complice. Il nous en veut, Lacombe, à nous qui postulons pour l'enseignement, de ne pas nous être, ce jour-là, montrés plus trapus que les camarades. On ne peut pas dire que son langage, tout à l'heure, ait été bien encourageant.

Je pince le bras du complice. Je chuchote :

– Dans une certaine mesure.

Un éclat de rire me répond, que suit un :

– Mais dans une certaine mesure tout de même… lâché par deux lurons.

---

15. On a reconnu Jules Romains.

*

Le soir, place du Château, Jeanne, qui aide à débarrasser la table cependant que Jean et moi nous terminons le riz au lait, me met au passage une casserole vide sur la tête en déclamant une fin de chapitre de l'*Atlantide* :

Soudain son regard devint fixe : Antinéa était devant lui.

Je pique évidemment une rogne et s'ensuit une dispute, que maman, une fois encore, refuse d'arbitrer. Plus tard, je joue au piano depuis déjà une demi-heure quand elle ouvre la porte. Elle s'assied, écoute et, après un temps, comme une fillette demande une friandise, m'invite à lui chanter *Ah ! cher Augustin :*

… Ah ! cher Augustin, j'ai perdu ma maîtresse
Mangé mon argent et j'ai bu tout mon vin.
La belle a fui quand j'étais en détresse,
Ah ! cher Augustin, comprends-tu mon chagrin.

Moi aussi j'aime cet air. Je m'amuse de la liberté que maman me fait prendre, elle si pudique, de chanter une *maîtresse* dans laquelle il est difficile de voir un professeur de piano ou une institutrice. Un musicien a des privilèges. Je ne l'ai jamais interrogée sur le pourquoi de sa prédilection pour ces mesures guillerettes. Elle a dû les entendre et les fredonner en compagnie de mon père.

Quand je m'arrête, elle me remercie et ajoute qu'elle voudrait bien encore *Pauvre Jacques*, la chanson de la tour du Temple.

Va pour *Pauvre Jacques*.

16

Je suis admissible au bac. La distribution des prix a été célébrée. L'amiral Guépratte a présidé en uniforme après avoir longuement, ostensiblement, déposé son sabre sur une table. La musique des Équipages de la Flotte m'a mis les larmes aux yeux en jouant dans le fond de la salle un scherzo de Mozart.

Maman me trouve fatigué. Elle estime que je peux préparer aussi bien mon oral à Quélern. Elle m'y laissera seul quelques jours. Je prendrai mes repas en compagnie de Zéphyr dans la petite épicerie.

Pas de Juliette. Il n'y a pour l'heure, dans tout le pavillon, qu'une famille, et que je connais à peine.

Il fait un temps orageux, dispensateur de lumières magnifiques et de beaux concerts d'oiseaux après les averses. Je travaille comme un ange. Un matin, comme dehors il pleuvote et que monte du jardin sauvage un vaste parfum d'herbe mouillée, de jeune feuillage, on frappe à la porte de la chambrée où, seul sur un banc immense, je lis mon manuel d'histoire, Napoléon III, l'empire libéral. Je jette machinalement : « Entrez » et en effet on ouvre la porte. Mais on n'entre pas. Je ne distingue pas qui est là. Un gosse ? Une femme du pays ?

– Entrez… Qu'est-ce que c'est ?

À peine si je perçois le mot « bachot » dans une réponse timide. Je vais donc voir… une jeune fille. Elle n'a même pas relevé le capuchon trempé de sa pèlerine sombre, rabattu sur une tête que j'imagine blonde à cause des yeux clairs. Elle me regarde intensément. Je lui rends la pareille, tandis que j'attrape le télégramme offert à bout de bras tel un objet dangereux.

« Une femme de la poste est venue l'apporter chez nous. Elle était à bicyclette. Elle s'est perdue. Elle avait hâte de retourner à Roscanvel. Elle disait que c'était votre convocation. »

Je ris, à part moi, du naïf embrouillamini. Il est tout à fait digne de la Bretagne ! Et maintenant je reconnais la visiteuse pour une fille – dont j'ignore le prénom – du pasteur protestant de Brest : il passe l'été à cinq cents mètres d'ici, une famille qui se tient à l'écart.

… Le papier n'est même pas clos, il me suffit de le déplier, de jeter un coup d'œil. Je suis convoqué à Rennes, pour l'oral du bac, dans cinq jours.

– Merci, mademoiselle.

Je me sens bizarrement ému. Alors que j'appartiens à Juliette, je ne peux tout de même pas tomber amoureux d'une jeune fille parce qu'elle frappe à la porte alors que je suis seul et parce qu'il pleut dehors et qu'elle est protestante !

Elle esquisse déjà un pas de recul. Elle me regarde, sans sourire, fixement. Une jupe bleue plissée dépasse de la pèlerine. Les grosses chaussettes blanches, les fortes sandales, iraient très bien à une jeune fille catholique. J'aime la mèche, blonde en effet, qui descend brusquement devant l'œil droit.

Très vite, elle incline la tête et la redresse. Elle se retourne, elle a disparu, laissant derrière elle le parfum de garenne et de grève de sa pèlerine et une honnête trace de terre boueuse.

… Toute la journée je penserai à elle. Tantôt je me reproche de l'avoir très mal remerciée. Tantôt je lui reproche de m'avoir remis sans explication une dépêche non close. Mais tantôt je nous reproche aussi, à elle comme à moi, la gaucherie de notre jeunesse. N'aurions-nous pas dû, sinon débattre de nos différentes confessions chrétiennes, nous présenter l'un à l'autre ? Confronter nos études, nos sentiments envers Quélern ?

J'ai été élevé dans un catholicisme très strict, mais j'ai toujours été heureux spontanément qu'un roi dont je porte le prénom, mon préféré de sa série de quatre, ait eu l'intelligence et la loyauté de publier – daté d'une ville bretonne – un édit qui assurait aux protestants la liberté d'exercer leur culte dans une France fidèle à Rome.

Comment le catholicisme aurait-il l'esprit moins large que des professeurs qui, à l'exception de *Crâne pointu*, respectaient le quant-à-soi religieux d'un élève ? Étant en classe de troisième, j'ai visité un après-midi, dans la campagne brestoise, un château. Nous étions quatre familles. Les dames m'ont envoyé jouer dans le parc avec deux filles de mon âge, cousines l'une de l'autre, et l'une blonde – une catholique –, l'autre brune – une protestante. Je n'avais pas tranché laquelle j'aimais le mieux. J'aimais la catholique, jolie, délurée, qui grimpait aux arbres. J'aimais la protestante, réservée, délicate, qu'il fallait aider à franchir les talus.

Dans mes cercles d'études, je n'ai jamais discuté encore, tout en l'estimant sévère, le règlement imposé par la hiérarchie de l'Église à un foyer protestant-catholique. Pourtant, j'ai commencé à élever la voix dans les réunions. J'ai réclamé des lumières sur la dureté beaucoup plus grande que les prêtres manifestent en matière de mœurs envers les femmes qu'envers les hommes. Je n'ai pas caché ensuite que les arguments sacerdotaux ne me persuadaient pas. J'ai critiqué aussi, comme témoignant d'un esprit de ghetto, d'un manque de confiance envers le Saint-Esprit, les recommandations instantes données par le clergé aux anciens élèves des écoles religieuses, de se grouper, pour se soutenir farouchement.

*

Ma mère m'accompagne à Rennes. Rennes est à mi-distance d'Argentan, où elle voudrait revoir les vieux amis qui nous avaient relancés un jour à La Forêt-Fouesnant.

En gare de Brest, comme nous nous installons, une dame entre dans le compartiment. Elle se présente à ma mère pour lui confier durant le voyage ses deux enfants, le frère et la sœur, qui vont aussi à Rennes passer l'oral. Immédiatement, malgré Juliette et malgré la fille du pasteur (ou à cause d'elles ?), j'éprouve un petit sentiment pour la demoiselle, oiselet timide et dont la robe neuve a un ton en même temps doux et vif, entre coquelicot et bouton d'or (ou est-ce que je déraisonne ?), qui sied à sa chevelure et au teint de ses joues.

Comme si elle poussait à la roue, maman, et cela m'étonne, complimente la jeune fille sur son élégance et sa gentillesse. Nous bavardons, rions tous les quatre. Nous partageons nos provisions de pique-nique – nous arriverons à Rennes pour l'heure d'un café. La demoiselle et son frère, qui ont des chambres dans un établissement de bonnes sœurs, acceptent l'invitation de ma mère à dîner le soir dans un restaurant.

… Douces heures de jeunesse, qui me paraissaient irréelles sur le moment même. Elles cadraient si bien avec mes rêves de joie irénique ! Heures fragiles comme des ailes de papillon, des fleurs de coquelicot, dont j'emporterai le souvenir à Quélern près de Juliette.

Nous nous étions promis de nous revoir, la jeune fille à la jolie robe neuve et moi. Nous étions reçus tous les deux à ce fameux bac de philosophie avec la mention assez bien.

Je ne comprenais pas le charme qu'Aristote et Durkheim pouvaient présenter pour une jeune fille. Peut-être de son côté la jeune fille songeait-elle que j'avais plutôt l'air d'un Brestois rigolard et rêveur que d'un philosophe.

Nous ne nous sommes jamais revus.

*

Germaine depuis un an, Renée depuis deux mois, viennent de se marier. Leurs maris, tous les deux militaires, ne s'effraient aucunement à l'idée de vacances à Sourdis… Il y aura de savoureux échanges entre eux et Louis Le Gac le légionnaire.

Maman, une riche idée ! a loué à un ancien marin de Quélern une baleinière qu'il avait achetée aux Domaines et bien entretenue. Nous la garderons au mouillage devant la grève de la source ferrugineuse. Elle fera une sérieuse concurrence au tennis. J'équilibre de mon mieux les deux exigences ou passions, en fonction du climat, en fonction d'une Juliette qui ne peut monter dans la baleinière d'un jeune camarade quand elle s'abstient du voilier paternel.

… Et puis la belle baleinière blanche, longue et plate comme un os de seiche, entraîne la rêverie en plein romantisme dès qu'elle s'ébranle, au premier coup d'aviron, docile et juste comme un piano frais accordé. Juliette et le voyage, l'amour et la beauté du monde, la découverte à deux d'une planète immense, d'un jardin de bonheur.

Tout de suite devenus rameurs acharnés, Jean et moi nous battons le secteur, déjà singulièrement vaste, dont le propriétaire du bateau, avec l'interdiction de débarquer aux îles Trébéron et des Morts, nous a établi les limites : ne jamais déborder la pointe des Espagnols ni la pointe de l'île Longue. Un plan d'eau qui s'étend sur une dizaine de milles carrés, entre des rivages que le ciel et l'heure de la marée renouvellent sans cesse. Nous sommes là en prise directe avec les vents et les courants, pluie, brume, et soleil, seuls avec tout l'air du monde.

Maman a découvert que sur l'isthme de l'île Longue existe un vivier à crustacés, dont la patronne est encore une ancienne du Calvaire. Des relations naissent. De temps en temps, Jean et moi nous prenons la baleinière pour aller chercher des « langoustes faibles », vendues très bon marché. Je repère dans le coin une petite grève basse et sauvage, où personne ne va. Si Jean m'a laissé partir seul, je goûte une joie âcre, privilégiée, à gagner le site. J'y échoue la baleinière sur le sable vasard. Descends me baigner. M'offre en maillot de bain une bonne course, plus du saut en longueur, du lancement de galet. Je me rhabille. Je lis ou je somnole, allongé dans le bateau parmi les chers parfums tout-puissants d'une grève et de la mer… Je me rappelle que ma camaraderie avec Heinrich Heine, dont j'avais emporté un *Choix de poèmes* – oui, monsieur Roger Lacombe –, remonte à une de ces visites sur l'isthme de l'île Longue. Il faisait soleil éclatant, léger noroît. Un clapotis, raisonnable, agitait la mer.

*

Le lycée de Brest, par lettre officielle, m'informe en août que le transfert de ma bourse d'études a été agréé par le lycée Louis-le-Grand de Paris pour sa classe de première supérieure première année, où je figurerai donc à dater du 1er octobre comme élève pensionnaire. La nouvelle émeut P'tit Kêf encore plus que moi. Elle ne fait pas de différence entre le lycée Louis-le-Grand et un lycée Saint-Louis où mon père a été deux années pensionnaire. Je ne cherche pas à l'éclairer. Elle ignore Louis XIV. L'on peut considérer, d'autre part, qu'un saint est forcément un grand personnage.

Va donc pour Louis-le-Grand cet automne ! J'ose blaguer Juliette, qui m'a complimenté chaleureusement comme si j'étais admis à un concours. « Nous avons une sacrée veine », m'écrit mon complice. Le même jour que moi, il a reçu du lycée de Brest, au sujet de sa bourse, une lettre identique à la mienne. « Louis-le-Grand, je te le répète, est le bahut le plus couru. Ses haricots ne doivent pas être meilleurs que ceux du *baz* de Rennes – surtout quand on les sert à la bretonne – mais, pour le niveau de sa classe, on ne trouve rien de plus fort sur le marché. Même pas le *baz* Henri-IV. »

La perspective de quitter Brest avec un copain m'enchante. Pour le reste, si j'admire le savoir universitaire de mon complice, je ne vibre pas du même enthousiasme. N'importe où nos maîtres nous enverraient, nous entamons une période nouvelle de notre vie. La lettre de mon camarade en poche, je descends à la grève faire des ricochets, puis je prends la baleinière pour me défoncer une demi-heure.

J'écris à Jacques. La réponse me parvient de Morgat, où il m'invite à déjeuner chez oncle et tatate. Entrevue rapide : au retour comme à l'aller, je fais la route à pied. Mon amertume est grande à constater qu'au-dessus du Portzic tant de villas se sont construites. Pourtant j'aurai mes joies : le déjeuner a eu lieu finalement dans un hôtel de la Grande Plage, le rose, qui fascinait mon enfance, il ressemblait à un coquillage énorme. Et puis je retrouve presque intacte l'aura dont je parais au début Simone et Jacques. Ah oui ! ils sont Parisiens cent pour cent. Ils me décrivent le Quartier latin comme un pays où il y a un grand jardin, le Luxembourg, entouré de lycées et de grandes écoles. Un boulevard, le Saint-Michel, où le petit train des Halles passe le soir, utilisant les mêmes rails que les tramways. Sur les bords de ce Saint-Michel qui aboutit à la Seine devant Notre-Dame, rien que des librairies et des cafés. Louis-le-Grand ? Il s'ouvre – ou se ferme – dans le haut d'une rue Saint-Jacques, à deux pas du Panthéon. Ah ! Henri, il faudra venir à Saint-Mandé…

… Le Panthéon. Il existe donc ! Comme la tour Eiffel et toute une ville où des gens le nomment aussi aisément que les Brestois la rue de Siam, la place du Château.

… Le Panthéon, n'était-ce pas non plus ma toute petite enfance ? Quand mes sœurs, jouant à la corde, chantaient en mesure :

J'ai été dans plusieurs batailles
Sans jamais avoir été blessé…
En Russie comme en Espagne
C'est le ciel qui m'a protégé […]Si je meurs je veux qu'on m'enterre
Sous les marches du Panthéon…

Seul sur la route de Quélern, je fredonne le vieil air, pêle-mêle avec *C'était une frégate…*, *Le Petit Navire…* Les pies jacassent et les merles sifflent. Je détache des pétales d'ajonc. Ils sentent le verger.

*

Que l'automne vienne à son heure !

Savourons comme unique chaque journée d'un été qui passe.

Les longues batailles sur le court de tennis, face à une Juliette dont l'acharnement n'a pas une ride…

La rencontre impromptue du poète Saint-Pol-Roux devant l'épicerie-café.

Les bains en eau glaciale, avec Jean, sur des grèves originelles situées entre Roscanvel et la pointe des Espagnols.

…J'ai attrapé mon second homard. (Ou mon deuxième ?) Il faisait tout près d'un kilo. Même si ma capture de l'année dernière bénéficiera toujours du prestige qui s'attache aux premiers d'une série, ce successeur m'émerveille. C'est le cœur battant, et dans des conditions scabreuses, que je l'ai pêché. Il se mouvait en eau libre et si j'avais, ou retardé, ou brusqué, mes gestes, il m'échappait bel et bien. J'ai pu craindre sa fuite lorsqu'il s'est dérobé aux approches de mon haveneau par cinq ou six bonds telle une coquille Saint-Jacques.

Je constaterai cependant, et je m'en réjouis, que je n'entre pas dans la catégorie des pêcheurs insatiables. Ayant ramassé un autre jour bonne quantité de crevettes et de crabes, et tandis que la mer montait, j'avais mis en lieu sûr haveneau et sacs pour me promener sur les roches. Je voulais contempler à en avoir plein les yeux la marche irrésistible du flot envahissant le réseau des chenaux avec la sûreté d'un grand pianiste dans un allégro de quadruples croches. Brusquement, je Le vois. Celui que je ne pêcherai jamais. Nageant, entre deux eaux, dans la profondeur d'un chenal où palpitaient de grandes laminaires. Un homard bleu ardoise clair, tacheté de pastilles blanches, élégant et solide, glissant en silence dans le toboggan du courant avec la sûreté d'un navire. Me voyait-il ? Me sentait-il ? Deux secondes, j'ai subi une poussée de dépit devant une proie qui narguait l'audace humaine, mais j'ai eu honte de cet orgueil. C'était la trêve. Le bel errant du Pouldu figurait un camarade. Il offrait une image de liesse. Bonne chance, vieux frère.

J'ai raconté à Jean, comme j'ai pu, ma bizarre petite aventure et ma réaction. Ses yeux noirs se sont perdus, puis il a ri. Sans un mot, il m'a frappé sur l'épaule. J'ai senti combien il approuvait son Zèphe.

*

Nous sommes en petites marées. En fin de matinée la grève de la source ferrugineuse, qui fait face au midi, offre une excellente baignade et j'en use.

Un matin de septembre, je suis venu me baigner tout seul dans un calme d'idylle. À peine, chaque minute, un léger frisson de la mer qui s'infiltre entre les cailloux, semblant s'humecter les lèvres. Les îles Trébéron et des Morts composent dans la distance deux statues sauvages. Entouré d'un soupçon de halo, le soleil s'arrondit, palpite en silence, coquillage fabuleux du ciel.

Je prolonge le bonheur du bain par une séance d'aviron où je ne force pas. Plutôt que de filer au large, je vais, je viens devant la côte, savourant les criques, les caps, le dessin des sentiers, les massifs de buissons, un bosquet, un arbre.

C'est alors qu'en haut du rivage, de la haie qui dissimule une route, *elle* jaillit. Je ne l'ai pas revue depuis le matin pluvieux, aujourd'hui elle est habillée léger, blouse bleue et jupe blanche, mais c'est bien elle. Les pieds nus dans des espadrilles blanches, j'admire comme elle avance vite, esquivant une ronce d'un coup de hanche, dansotant pour contourner un trou. Elle manifeste la même liberté animale que le homard baladeur du Pouldu. Serviette et maillot de bain sur l'épaule, c'est Ève, c'est Didon, c'est Nausicaa. J'ai envie de l'appeler ou de l'applaudir.

Quelle bêtise aurais-je faite ! La jeune vierge protestante vient de m'apercevoir. Elle s'arrête pile. Elle regarde, le simple temps d'un battement de cœur, et déjà elle se sauve, agile et prude, en coupant dans les broussailles pour aller plus vite. Bientôt sa tête blonde ne dépasse plus du taillis. Je me retrouve esseulé comme un idiot dans la beauté du paysage. Continuer les coups d'aviron me dégoûte. Je mets la baleinière bout à terre.

… « Vous ne savez pas ce qui m'est arrivé ? Une des filles du pasteur a dû croire que j'étais le diable. Dès qu'elle m'a vu – j'étais à plus de cent mètres d'elle – elle a pris ses jambes à son cou. »

Non, je ne raconterai rien…

… D'ailleurs, si je tenais un langage pareil, je mentirais.

Tandis que je me hâte vers le pavillon, et comme déjà les aboiements de Zéphyr et les cris des joueurs de tennis me réconfortent, j'ai réfléchi. Je ne révélerai à personne la scène que je viens de vivre. Je la garderai, comme des milliers de visages et de paysages, pour mes nostalgies parisiennes.

Dommage que le vieil Elcke n'ait pu traverser la rade. Quel andante j'aurais aimé à y bâtir !

Yann Queffélec

MIROIRS D'ENFANCE

À ma grand-mère Anna Pénau née Bodet,
belle-mère d'Henri Queffélec, mon père.

À mon cousin Gilbert Richarme, intelligent et drôle,
qui n'a jamais su combien je l'appréciais à l'Aber.

À mon cousin Yves Pénau,
qui sait combien je l'aime et l'apprécie.

Sans voix, sans mains, sans genoux,
sardines, priez pour nous.

Georges Fourest, *La Négresse blonde*

La vie que j'ai reçue, rien en moi ne la repousse
Et le malheur n'a rien pu contre mon cœur
Je ne suivrai pas toutes les routes de la Terre
Et je ne verrai pas au loin se lever toutes les îles,
Mais je crois comme en Dieu dans la splendeur du vent
Et ne finirai pas de m'émouvoir des hommes.

Henri Queffélec

Lannion
L'Aber-Wrach
L'Aber-Benoît
Morlaix
Île d'Ouessant
L'Aber-Ildut
Lanildut
(Kervaly)
Elorn
Île de Molène
Brest
Îles des Morts et de Tréberon
Île de Quéménès
Crozon
Morgat
Baie de Douarnenez
Châteaulin
Aulne
Pointe du Raz
Île de Sein
Odet
QUIMPER
Scorff
Baie d'Audierne
Pointe de Penmarc'h
OCÉAN
Lorient
Île de Groix
ATLANTIQUE
Belle-Île

Île de Bréhat
Golfe de St-Malo
Baie du
Mont-St-Michel
Saint-Malo
Guingamp
SAINT-
BRIEUC
Dinan
Fougères
Rance
RENNES
Pontivy
Oust
Redon
VANNES
Vilaine
Baie de
Quiberon
Île d'Hœdic
Saint-Nazaire
NANTES

PREMIÈRE PARTIE

LA SPLENDEUR DU VENT

0

Les lieux, pour commencer.

Ils sont trois dans ma nostalgie.

Brest, la ville où je ne suis pas né. Lanildut et l'Aber-Ildut, deux villages bretonnants qui se touchent au nord de Brest.

C'est là-bas qu'étaient nos enfances à la mer, nos rêves, nos maisons. Lorsque j'en parle à mes frères et sœur, c'est peu dire qu'ils ont l'air ému. Et mes cousins, *idem*, mais prudence avec les souvenirs, boîtes de Pandore.

Le temps passe et j'en suis encore à regretter cet avenir d'autrefois. Et je n'ai qu'à fermer les yeux pour franchir les miroirs de ces belles heures carillonnées jadis par les cloches de Lanildut, jour et nuit, celles-ci toujours à leur poste de granit à la minute où j'écris ces mots essentiels : Brest, Lanildut, l'Aber-Ildut.

Années cinquante, soixante, mes âges d'or aux frontières volages de l'Atlantique et de la Manche.

Les maisons s'appelaient l'Aber et Kervaly. L'Aber à l'Aber, à gauche de la cale pavée, les pieds dans l'eau quand la mer montait, et Kervaly à Lanildut, un manoir dans un parc entouré d'horizons à perte de vue. L'Aber c'étaient mes grands-parents maternels ; Kervaly c'étaient ma tante Jeanne et mon oncle André, son fils unique, lequel n'habitait plus Lanildut mais en Indochine où il plantait du poivre et du thé. De sorte que ma tante Jeanne vivait seule à Kervaly de l'automne au printemps.

L'été, quatre familles débarquaient à l'Aber. Les Queffélec Henri, les Pénau Marc, les Pénau Jean-Marie, les Richarme Jean. Tante Jeanne ouvrait la maison, mes grands-parents arrivaient fin juin. Les vacances duraient trois mois, mais tout le monde ne restait pas jusqu'à la fin. La pluie contrariait les uns, d'autres c'étaient les réflexions à voix basse sur les enfants mal élevés, d'autres la promiscuité, d'autres encore, allergiques à la corne de brume du phare du Four, se demandaient s'ils n'iraient pas faire un tour au soleil du Midi, sans attendre une seconde de plus, au revoir et merci. Les cousins s'entendaient à merveille comme tous les cousins, tous les enfants : les grands tapent sur les petits, les petits se vengent, les filles se moquent des garçons, des flirts se créent, le bonheur bat son plein. Et d'une année sur l'autre, pas un ne manque à l'appel.

L'oncle Jean Richarme, ingénieur renommé, vidéaste de génie, nous filmait discrètement avec sa caméra argentique 16 mm. Il ne montrait jamais ses films aux intéressés. Ils sont accessibles aujourd'hui par Internet, et chacun d'entre nous peut enfin découvrir ses profils et mimiques d'enfant qu'il ne soupçonnait pas. À croire que l'oncle Jean visait la postérité, sa meilleure alliée désormais.

« Été 1955, Dominique au trapèze dans le jardin. » Ma grande cousine, short beige, queue-de-cheval, espadrilles, une acrobate née. Elle rayonne à l'image, éclate de rire en silence, belle d'une joie de vivre qu'elle paiera cher.

« Pâques 1953, 15 avril, église de Lanildut, communion privée de Joël Bodet. » Ma tante Jeanne à l'harmonium, coiffée d'un petit chapeau noir à plume. On n'entend rien de ce qu'elle joue, mais je parie qu'il s'agit d'un cantique breton repris en chœur par les paysans, puis les paysannes. Ma tante est veuve de guerre, toujours en noir, une guimpe à ressorts brodée autour du cou. C'est à pied qu'elle fait la route entre Lanildut et l'Aber, par n'importe quel temps. On l'aime, dans la région, on la vénère. Non seulement elle tient l'harmonium à tous les offices, en toutes saisons, mais elle rend visite aux anciens du pays quand ils ne sortent plus. Et que leur dit-elle ? Parlez breton si ça vous chante, Dieu parle breton, la Vierge Marie parle breton, le silence est une mauvaise compagnie.

Dans la famille, on voudrait qu'elle vive cent ans. Elle suit un régime alimentaire strict, sans sel, sans alcool, elle extrait de son médaillon ovale un comprimé violet à chaque repas. Mais que des crêpes se montrent au dessert, du *farz buen* ou du *kouign-amann*, et la tante Jeanne oublie régime et comprimé, hypertension ou non. Son rire aussi lui joue des tours. Il devient fou pour un rien qui la prend au dépourvu. Cramoisie, sa veine frontale enflée comme une saucisse, elle pleure à s'étouffer sans plus émettre aucun son… Ma grand-mère, chaque fois, désigne un coupable idéal prié d'aller lui demander pardon. « Ne pas faire rire tante Jeanne » : telle est la consigne à l'Aber chaque été, comme « Ne pas fumer » dans une station-service.

« Été 1952, l'Aber, Marie Cloarec, Yvette Bossard. » Marie Cloarec est si l'on veut la bonne à tout faire des deux maisons. Elle l'est bel et bien, toujours à la tâche, à la vaisselle, au ménage, aux fourneaux. Elle n'est pas moins la sage-femme des lieux au sens germanique des contes de Grimm. Toujours là quand le destin passe, quand on naît, quand on souffre, quand on meurt. Et toujours là pour cafter les bêtises de ses petits-enfants à ma grand-mère. Dans le film d'oncle Jean, elle est en train d'écailler un poisson éventré sur le muret du jardin. Assise à côté d'elle, allaitant mon cousin Alain, j'imagine, c'est la jeune Yvette qui m'a nourri deux ans plus tôt. Lait, sueur de fille, iode, une odeur mêlée qu'on n'oublie jamais.

« Été 1953, le *Saint-Gildas.* » Sous le béret noir, au premier plan, c'est mon grand-père Henry Pénau dans la barque d'occasion qu'il vient d'acheter au seul pêcheur de l'Aber, François Tepot. Il se demande s'il a bien fait. Si la barque est en aussi bon état qu'elle paraît. S'il ne faut pas d'abord ôter sa cravate et son gilet bourgeois pour émettre un avis. Derrière lui, mon père, en chemisette blanche à col ouvert, lui répond qu'a priori c'est un excellent canot. Mon père et mon grand-père sont deux intellectuels, deux savants. L'un dans le domaine des lettres et du rêve écrit, l'autre dans celui des sciences pharmaceutiques. Comme ils sont godiches, nos deux intellectuels, soudain, et comme ils ont l'air de tout ignorer. Pourquoi ne sont-ils pas des manuels, des bricoleurs, des marins ? On dirait les deux Dupondt sur le *Karaboudjan* du *Crabe aux pinces d'or*. Leurs voix sont inaudibles, mais leurs lèvres bougent et des mots semblent bourdonner autour d'eux, l'ancre rouillée en est tout ouïe sur l'étrave du *Saint-Gildas*.

Assis en chiens de faïence à l'arrière, ma sœur Anne et moi. Elle six ans, moi bientôt cinq. Elle cheveux au vent, moi coupe au bol, renfrogné… Pas un mot si vous embarquez, les enfants, pas un !… Et pas un geste ou vous redescendez immédiatement… Et toi, « chôme tranquille » !

« Baignade à la cale, été 1954. » Mes oncles et tantes plongent, s'éclaboussent, rient. À peine si je reconnais mes oncles sans leur calvitie. Aïe, les maillots de bain ! Ça ne pardonne pas, la mode balnéaire de l'époque. Ceux des hommes, tricotés à la vieille laine détricotée, bâillent inopinément. Ceux des femmes ont l'indécence du coton mouillé sur la peau mouillée. Dans l'ordre d'apparition mon oncle Marc, beau, hilare, grassouillet déjà, mon oncle Jean-Marie, son frère cadet, beau lui aussi, maigre, le visage émacié, mes tantes Fern, Marie-Rose, Denyse, leurs épouses et grande sœur. Jolies femmes, oh que oui ! Avec une Fern qui pourrait doubler Ava Gardner dans *Pandora*. Ah ! voici maman, la « tante Yvonne », sœur aînée de la tante Denyse appelée « marraine » par tous les cousins, son sosie, de grands yeux songeurs comme les aura mon frère Tanguy. Belle, ma mère l'est deux fois. Belle de la beauté d'une maman pour son fils, et belle de la beauté qui fait rougir les messieurs.

Elles enlèvent leurs vilains bonnets à fleurs de caoutchouc, secouent leurs chevelures, se frictionnent ; on sort les gauloises, on a l'insouciance des jeunes gens à la Libération. Mais qu'ils sont bavards, tous, joyeux, et comme ils ont l'air de bien s'entendre !

– Oui.

– Non.

– La mer.

– Le vent.

– La pluie.

– Le Sud.

– Ho !

Qui a dit « Sud » ? Toi, Maman ? Tu n'as pas honte ? Un terme scandaleux, à l'Aber, tu le sais. Un jour, tu seras punie.

« Juillet 1936. La *Marmotte*, tourelle du Lieue. » Mon oncle André en pantalon blanc à la barre d'un yacht blanc à la gîte, voiles hautes, mer belle.

Oncle André, fils de tante Jeanne, orphelin de père. Il a ses deux yachts à l'Aber dans l'anse du Gour Bihan au bas du parc de Kervaly. Ses deux yachts ne l'ont plus jamais, lui. La *Marmotte* et le *Petit Charlot* se morfondent en l'attendant sous les pins. Il leur dit qu'il reviendra du Viêtnam, un jour, ou plutôt l'écrit à sa mère qui descend au Gour Bihan leur porter la nouvelle. Est-ce qu'il revient pour autant ? Quand il tiendra parole, quelque quarante ans après l'avoir promis, ni ses yachts ni sa mère ne seront plus là pour s'en féliciter : « Tu es revenu. »

Mon oncle est riche, et d'aucuns se risquent à évaluer sa fortune, un œil sur le testament qu'il serait bien aimable de rédiger pas trop tard. Il envoie des cadeaux à l'Aber, de loin en loin. Un jour l'argent d'un goûter à Kervaly pour ses neveux et tous les enfants du pays ; un jour un tigre empaillé – hurluberlu caractériel qui convoitait ses chiens –, un jour son meilleur chien empaillé lui aussi. Mais encore des bracelets d'or et des petits chevaux d'ivoire aux vertus miraculeuses, tel le ti punch au bois bandé à la Caraïbe.

« Été 1955, retour de pêche à l'île de Molène. » Marie Cloarec fait voir un homard sensationnel à mes tantes installées sur des transatlantiques dans le jardin. Tout le monde fume, à part le homard dont les pattes remuent, tout le monde rit – à part le homard –, les pommettes luisent.

Mes tantes ont le sens de l'humour, celui-ci dominé par un amour-propre à fleur de peau qui peut assombrir les meilleures vacances. Et l'argentique a beau exulter sur la pellicule irréelle de l'oncle Jean, la petite bête n'est jamais loin dans les prunelles, ses pattes ne demandent qu'à remuer elles aussi.

La maison n'en pense pas moins derrière les voilages au crochet, la maison ne dort que d'un œil, une oreille, la maison se demande si quelqu'un n'a pas chuchoté derrière un mur et quelqu'un répondu. Pour dire quoi ? Se plaindre de qui ?... La maison ne veut pas d'histoires, cette année, mais qu'est-ce qu'elle y peut, la maison mal aimée, quand le vent souffle ses calomnies sur les ingrats, répand ses légendes, et quand les histoires se mettent à ricaner dans les chambres fermées, à gémir qu'elles en ont assez, assez, plus jamais !

1

Mes grands-parents maternels sont nos hôtes, à l'Aber, surtout ma grand-mère Anna, maîtresse femme au cœur d'or. Notre sainte aïeule chérit la perfection, exècre le mal incarné par le péché des sens, sujet tabou. On enseigne la vérité aux enfants chrétiens, pourvu qu'elle n'attente pas à la pudeur, à la pureté. Halte à la vérité quand elle en fait trop : quand elle fait l'amour au motif d'engendrer. C'est vrai, Grand-Mère, qu'on naît dans les choux ? Voyons, ne dis pas de bêtises. Est-ce que tu crois sérieusement que tu es né dans un chou, ou que moi ta grand-mère j'y suis née ! Ils arrivent comment, les enfants ? Mais tout naturellement, mon petit chéri. On se marie, on pense très fort au bon Dieu, on ferme les yeux très fort, et la maman, eh bien, la maman n'a plus qu'à laisser le bébé germer dans son ventre. Un bébé différent à chaque fois… Le bon Dieu, c'est lui qui donne la vie.

En tout cas, ce n'est pas le bon Dieu qui donne le sein aux derniers-nés du clan, sous le lilas du jardin, mais une créature de vingt ans qu'on emmènerait bien voir pousser les choux à la tombée de la nuit.

À l'Aber, on fait bombance le soir de l'arrivée. On bâfre à seize ou vingt – dormeurs, araignées, bigorneaux, crevettes, à qui fera le plus honneur à cette lippée océanique, et les mieux éduqués ont l'air de sucer le sang de la mer et de s'en repaître comme des vampires. Allez, tout va bien se passer, le *Télégramme* annonce du beau temps pour juillet.

Tu parles ! Il fait déjà moins beau, il fait mauvais, on se les gèle. Ma grand-mère n'en peut plus du baromètre calamiteux et des belles-filles insensibles aux attraits des intempéries en chapelet. Elles fument, elles tricotent, elles se taisent au petit salon, un silence injurieux dans un ramdam de gouttières engorgées. Et quand le soleil revient, c'est du soleil breton avec des nuages et du vent, – en route ! Un supplice, la baignade en famille ! Il faut se plonger, choisir entre deux froids aussi grotesques l'un que l'autre : celui de la mer et celui du vent. Il faut encaisser les regards, exhiber son nouveau maillot de bain. Eh oui, un deux-pièces, et alors ? On fait moins de chichis sur la Côte d'Azur ! Elles montrent leur foufoune, aux îles du Levant ! Et les hommes on leur voit le machin, même les vieux.

J'aimais beaucoup les belles-filles de ma grand-mère, tante Fern et tante Marie-Rose, « femmes distinguées » comme il se disait à l'époque. Adolescent complexé, j'ai reçu d'elles une attention que ma grand-mère n'aurait pas encouragée. Sous la « distinction », j'ai découvert un naturel de bonnes fées qui m'a donné confiance en moi. « Allons, tu es bien fichu », me dit un jour ma tante Marie-Rose, femme au vocabulaire châtié, toujours à l'heure à la messe et à table. Il n'en fallut pas davantage pour que je mette un jean blanc extorqué à maman, déclarant qu'il y allait de ma vie. Et fort du jean blanc serré à craquer, j'osai m'emparer des doigts gourds d'une Labéroise en bermuda blanc, dans la pénombre du film *Les Deux Orphelines* projeté sur le mur du bowling de chez Sassa, *alias* le défunt Roc'h Melen rebaptisé Neptune.

Merci, ma tante… On n'oublie jamais ces femmes qui vous ont conseillé d'aller vers les femmes, un jour, d'y aller et d'attendre l'avenir en confiance.

Il pleut, il pleut, c'est vrai qu'il pleut depuis toujours, que les pages des livres collent aux doigts et qu'on ne sait plus quoi inventer pour oublier qu'il pleut : le ping-pong, le canevas, le rotin, le bridge, le café au lait à toute heure, les sorties harnachées sur la côte, face aux éléments, pour voir les vagues escalader les vagues, les rafales escalader les rafales, sus au rocher du Sphinx enneigé jusqu'au front, top chrono : deux fois par minute. Il pleut, ma grand-mère en avalerait tous les nuages du ciel pour qu'on ait chaud, une bonne fois pour toutes, trop chaud, et ras le bol des soleils du sud.

Pourquoi pleut-il ?... Qu'est-ce qu'on nous fait payer encore une fois ? La faute à qui, dans cette maison à la dérive ? Est-ce qu'il manque un seul brin de buis derrière un crucifix ? Un seul *mea culpa* dans les âmes de bonne volonté ?

Il pleut, oui, comme vache qui pisse, et l'Aber me va par tous les temps. Mon optimisme vital n'a pas l'heur d'amadouer Grand-Mère. Qu'est-ce qui vaut mieux ? Une belle-fille qui boude au premier crachin ? Un petit-fils turbulent, mais bien dans sa peau ? Assez bien pour jouer à la pétanque dans l'entrée mouillée, avec la salière en guise de cochonnet et les reines-claudes du dessert du jour en guise de boules ? Nous sommes en délicatesse, Grand-Mère et moi. J'ignore éperdument les horaires et les décibels autorisés dans la maison, je dis des gros mots, je réponds. Là où je suis, elle me préférerait ailleurs. Tu n'as rien à faire ici ! Vous avez remarqué ? C'est souvent que les enfants n'ont rien à faire ici. Alors ils vont jouer plus loin, si loin qu'on les perd de vue.

Enfants d'un côté, adultes de l'autre, à l'Aber. À chacun sa génération. On se croise à l'improviste au fond du jardin. Il y a deux couvercles bien différents dans les cabinets contigus. Un couvercle en bois pour les enfants, une faïence de Gien pour les grands, vestige vieux rose d'une soupière au rebut. Imaginez aussi deux planches de bois brut percées, comme deux lunettes d'échafaud béant sur les ténèbres, bruissant des échos tentaculaires de la marée qui pénètre dans la fosse et la nettoie jour et nuit. Quelquefois on ne se croise pas, mais c'est occupé chez les grands. De qui proviennent ces respirations ? La cloison ne monte pas jusqu'au toit, arrêtée par une ampoule jaune à collerette, l'acoustique est troublante. On a l'impression d'épier un criminel à l'œuvre, on a des doutes. Ou des certitudes. On entrouvre la porte à la première occasion pour voir le coupable se débiner. Lui ? Elle ?... Je n'aurais jamais cru. On ferme les yeux, enfin seul. La marée cogne en contrebas, chasse d'eau réglée par la lune, la fraîcheur donne le *la* d'un nordet glacial en train de tourner au coup de vent.

Au fond du jardin, vers huit ou neuf ans, je chantais à tue-tête la messe en breton, déployant sans ânonner ces puissantes hymnes de la nuit des temps. Les grands n'osaient pas m'interrompre, mais on m'informait de leur indignation. Mon père, ma grand-mère, ma tante Yvonne Marotel, ils étaient révoltés.

Un matin que je revenais des cabinets, ma tante Jeanne m'appela dans la cuisine. Elle prenait son petit déjeuner, seule, cassait du pain rassis dans son bol de lait caillé.

– En latin, tu connais quoi ?

Elle parlait à voix basse en fredonnant.

– Le *Kyrie eleison,* ma tante.

Je lui chantai le *Kyrie.*

– Tu as la voix juste... On n'entend que toi, à la messe... et dans le jardin. Le *Christe* ?

Je lui chantai le *Christe*, puis le *Salutaris Hostia*, puis *Adorom oll*, mon cantique finistérien préféré avec le *Da Feiz.*

Tante Jeanne m'accompagnait d'un fredon soutenu. Elle fredonne en chantant, fredonne en mangeant, fredonne au fond du jardin. Il y a de quoi rire et l'on ne s'en prive pas, ignorant qu'il s'agit là d'une faiblesse cardiaque. Son fredon l'emportera d'ailleurs un soir de printemps, et Marie Cloarec nous soupçonnera d'y être pour quelque chose, nous qui la faisions rire à pleurer, chaque été, et qui trouvions ça comique.

– Le *Suscipiat* ?

Jamais entendu parler du *Suscipiat.*

– Ni en latin ni en breton, ma tante.

– Alors ouvre grandes tes oreilles : *Suscipiat dominus sacrificium de manibus tuis, ad laudem et gloriam Nominus sui, ad utilitatem quoque nostram, totiusque Ecclesiæ suae sanctæ.*

Je ne fus pas emballé, mais tante Jeanne reprit aussitôt :

– Quand tu sauras cette oraison par cœur, je te présenterai au recteur de Lanildut et tu seras enfant de chœur, toi aussi, comme François Jacob.

François Jacob est un saint, pour ma tante. Il a eu sa photo dans *Le Pèlerin* en servant de messe à genoux entre deux flambeaux, mains jointes. Il est fils de fermière, de fermier, futur fermier. Il passe à la maison chaque vendredi livrer du beurre à la motte : non salé pour ma tante, salé pour les autres. Et quand il frappe à la porte, on dirait que le Messie nous fait l'honneur d'une résurrection à domicile.

– Apprends ton *Suscipiat,* et c'est toi qui serviras la grand-messe du 15 août avec lui. Mais de grâce, ne l'apprends pas dans le jardin. Que ça reste entre nous.

C'est un rendez-vous qu'elle me donne, je ne rêve pas, à moi gosse de huit ans, à moi l'insolent montré du doigt dans la famille. Une vieille dame peut se vouloir l'amie d'un enfant. Se lier à lui par un secret dont le silence est l'unique témoin, le silence du bon Dieu son meilleur ami.

Tante Jeanne me tendit les bras et j'eus un fredon mouillé dans le creux de l'oreille. Elle était émue, moi aussi. Dans son émotion battait le cœur d'une maman qui ne voyait plus son fils, mais le revoyait dans les enfants de chœur de Lanildut quand ils parlaient latin ou breton, le langage des anges et des saints.

– Et je te donnerai un gros billet pour le Pardon.

J'avais un mois pour le mériter.

Au bout d'un mois on aurait pu m'ordonner prêtre sans examen, et les mouettes de la grève les envoyer bonnes sœurs au couvent des Oiseaux, pénétrées de tous les *oremus* dont je les gavais contre vents et marées. L'impossible *Suscipiat*, on peut dire que je l'avais dans la peau quand j'eus à le réciter au dîner du 14 août entre Caprice des dieux et *kouign-amann*, pour solenniser mon entrée chez les enfants de chœur de Lanildut.

– Bravo, lança ma grand-mère, et elle me toisa d'un regard olympien. Dorénavant tu chanteras la messe à la messe, uniquement à la messe. Sinon, c'est bien simple, tu ne viendras plus à l'Aber.

C'est une question d'amour, entre Grand-Mère et moi. C'est toujours une question d'amour avec elle, et pas qu'avec moi. Elle pense qu'on ne l'aime pas ou pas assez. Est-ce que Grand-Père lui a jamais dit qu'il l'aimait ?

Grand-mère elle est, maman jusqu'au bout des ongles, mais femme elle ne l'est pas moins. En la narguant, je bafoue sa féminité, jadis l'objet des plus tendres adulations. Elle se venge en refusant chez moi ce qui chez les autres la ravirait. J'aime l'Aber sous la pluie : peine perdue. J'aime chanter : j'aime casser les oreilles à tout le monde, oui ! Je dessine bien, mais pour caricaturer mes professeurs, écoper une menace de renvoi. Mon cousin Yves Pénau, lui, peint divinement : il ne met pas son couteau dans le poisson ni ses coudes sur la table, il joue du piano… Ah, si je jouais du piano ! Mais non, aucune envie, des mains de bûcheron. C'est grave, ça, dans une famille où pas un des petits-enfants Pénau ne viendrait chez sa grand-mère au jour de l'an sans un morceau travaillé dans les doigts.

Le soir, persiennes fermées, tic-tac au ralenti, la maison baisse la voix. Grand-Mère s'est couchée, on monte l'embrasser. Dors bien, Grand-Mère, à demain. Une femme aux cheveux gris dénoués dans son lit peut oublier qu'elle est la reine et qu'elle vous a rabroué toute la sainte journée. Elle peut vous sourire tendrement, et d'un regard en écho vous demander pardon.

… Tellement mignons, mes grands-parents, dans leur lit de fer grinçant, bien étroit pour un lit conjugal. Grand-Mère en longue chemise de lin blanc, Grand-Père en pyjama de soie grenat boutonné jusqu'au menton. Chacun son livre ouvert entre les mains : elle un roman, lui un ouvrage historique ou politique, son dada. Ils ont eu quatre enfants, mine de rien. Il en faut des nuits partagées pour avoir quatre enfants… Des centaines de nuits, des milliers, et des milliers de secrets parfois douloureux. Un jour maman est arrivée dans leur vie. Un jour dans la mienne.

2

Ce n'est pas maman qui ferait des histoires, à l'Aber et nulle part. Elle se dit parfois qu'elle irait bien à Venise et elle y va sans y aller. Elle descend faire un tour à Morgat avec ses enfants, Finistère sud, trahison. Il pleut à Morgat, elle descend rêver d'Italie à Belle-Île-en-Mer, trahison aggravée. Il pleut à Belle-Île, le sud est trempé, l'Italie claque des dents. Des gondoles, ces pédalos rouillés ?... Pédalons, les enfants, rêvons, évadons-nous sous une petite pluie fine comme il en est déjà tombé sur le pont des Soupirs ou la place Saint-Marc. Et sachez que l'on peut s'enrhumer aussi du côté du Lido, sur les traces de Thomas Mann ou d'Alfred de Musset. Je t'en prie, maman, rentrons, allons boire un grog à l'auberge, il fera beau demain, il fera sud, juré...

Et de sud en sud on remontait à l'Aber où il pleuvait, mais pas plus qu'en Italie, pas plus que ça.

L'Aber qu'elle aimait comme un dieu fatal lui volait son âme d'enfant, de petite fille à qui l'on avait promis qu'elle irait dans les avions, sur les paquebots, verrait les baleines souffler au soleil couchant… L'Aber la privait des ailleurs fabuleux dont les romanciers lui parlaient. Papa voyageait autour du monde, maman allait à l'Aber avec les enfants. Et ce pays beau comme pas deux, à la longue, elle finissait par le détester.

… Mon père nous emmena en Suède au bord du lac Värmeln, en juillet 1956, chez des amis qui possédaient une maison peinte en bleu. Lorsque nous repartîmes à la fin du mois, par train, maman se mit à pleurer. Papa nous fit sortir du compartiment. Le train roulait depuis un bon moment vers Stockholm quand il revint nous chercher, muet sur l'origine des larmes de maman, pensif… Maman souriait, pleurait, s'excusait, nous embrassait, heureuse et triste en même temps, follement heureuse d'avoir vu la Suède avec nous tous, la danse des soleils de minuit, cette nature incroyable des forêts du Nord, et pas une goutte d'eau sauf un orage brûlant… Et maintenant le sempiternel mois d'août à l'Aber nous attendait, le baromètre bête et méchant, les coups de vent, les coups de pluie, les bouderies… « Les bigorneaux, les enfants, les crevettes, les dormeurs, les déjeuners de crêpes du vendredi, les îles, l'horizon, ah quelle chance nous avons d'être bretons ! » Mon père acquiesçait, on lui disait merci pour la Suède et pour tout, maman pleurait.

Papa n'était pas marié qu'il avait déjà pour les ciels secs un faible inavoué, lui aussi. Il se marie, le grand amour. Il passe l'été à l'Aber avec ses beaux-parents, il est heureux, choyé. Mais l'écriture est fruit d'une solitude acharnée, comme la foi. D'accord avec maman, il se cherche une retraite où méditer au mieux, venir à bout du manuscrit qui n'attend pas. C'est au sud de Belle-Île-en-Mer, parfois, qu'il va prendre le sud et travailler, un sud monacal à l'île d'Hoëdic aussi torride qu'une île du Midi. Pas un arbre n'y pousse, pas une cigale n'y crisse dans l'air embaumé, pas un compagnon d'Ulysse n'y vient mouiller sa nef exténuée à l'anse du Château. C'est papa, le compagnon d'Ulysse égaré miraculeusement à Hoëdic, un compagnon moins à l'aise en breton qu'en grec de l'Antiquité. Il regarde la mer ivre de soleil et s'écrie : « *Thalassa ! Thalassa !* » Puis tartiné à la crème Nivea, spartiates aux pieds, il s'en va d'un pas chaloupé conquérir l'horizon vibrant d'infini – c'est-à-dire se baigner.

Un beau matin, il reçut un appel téléphonique de ma grand-mère à l'hôtel du Sémaphore où il occupait la chambre 1, face au quai des Pêcheurs. C'est un garçon, lui dit-elle, 3,3 kg. C'était moi, pardi.

3

Moi, le 4 septembre 1949, année zéro. Je lançai mon cri natal à la clinique Sainte-Félicité chez les Petites Sœurs maternelles, peu après minuit. Zut, alors, c'est à Paris !... Deux ou trois jours plus tôt nous étions à Ouessant, maman et moi, et j'entendais la houle monter sur le granit, retomber, les mouettes me supplier de naître à l'ouest. Le vapeur *Roi Gradlon* se balançait dans la baie de Lampaul, me dirait maman par la suite, une suite que j'aurais voulue sans fin.

Paris ? Je suis parisien ?

Maman eut soif au cours de la nuit, elle sonna. Plus tard, madame, reposez-vous. Vous boirez quand la sœur doctoresse aura vu l'enfant. Vous boirez, il boira. Maman sonna, sonna, supplia. Des peaux de vache, me dit-elle, ces filles, comme si c'était un péché mortel d'être mariée. Tu m'as manqué toute la nuit, tu n'as rien bu toi non plus.

Maman ne me laissa jamais avoir soif, plus tard, contrairement à papa pour qui j'aurais toujours assez bu comme ça, trop bu. Et qui se lèverait la nuit pour m'ôter de la bouche le gant de toilette mouillé dont je faisais ma tétine et mon rêve, petit, le sein paradisiaque de maman.

Je me suis demandé bien des fois où j'avais été conçu. À Brest, à l'Aber, à Paris, ailleurs. Dans une maison, dans un bateau, sur la plage ou dans une forêt, sous un feuillage au bord de la rivière. Et pourquoi pas dans un train, mes parents raffolant du chemin de fer ? Le Brest-Paris ou le Paris-Brest à vapeur, celui qui va presque jusqu'à Molène et Ouessant, et se couvre de sel après Rosporden ? J'aimerais mieux un bateau, entre nous, mais va pour le romantisme d'un wagon-couchettes emporté vers l'ouest. Va pour avoir été fabriqué n'importe où par ce grand amour de mes parents qui n'imaginaient pas le genre de loustic que Mère Nature leur réservait après deux enfants aussi bien lunés que mon grand frère et ma sœur, Hervé, Anne, que j'appellerai Bouéboué et Tita. Voilà ce qu'il en coûte aux amoureux de faire crac-crac en voyage, cajolés par les essieux lancinants des express de nuit, loin, loin, pour se multiplier au nom du Père et du Fils, soi-disant… Je blague, Maman. Ça t'apprendra à n'être pas restée sur l'île d'Ouessant le 3 septembre 1949. Paris, franchement !

4

À Paris je nais, à Paris j'ai mon adresse avenue du Parc-Montsouris, au 52. Sixième gauche avec ascenseur. C'est grand, chez nous, on a un piano dans la chambre des parents, un Pleyel. Par le bow-window de la salle à manger la vue porte loin, mais loin. Jusqu'au rocher du zoo de Vincennes, comme une île à l'horizon. Il y a des platanes, en bas, et des rails un peu plus loin, la ligne de Sceaux. Pour moi tous les rails vont à Brest, à l'Aber, à la mer. Surtout quand il pleut. Ils y vont pour toute la famille, j'ai l'impression, et ce bow-window n'est pas aussi neutre qu'il en a l'air. Il permet à chacun de regarder à l'intérieur de soi en regardant au dehors. Et mon père, je ne serais pas étonné qu'il voie Brest à travers le rocher du zoo, sa ville en flammes qu'il a perdue en août 1944.

À Paris je me dis comme les juifs : l'an prochain. L'an prochain l'Aber, l'an prochain Kervaly, tante Jeanne, Yvette, Marie, et peut-être l'oncle André. Mais je suis petit et « l'an prochain » est un grand mot en trois syllabes qui m'arrachent le cœur. L'été, Pâques, Noël, où êtes-vous ? Nulle part sur la pendulette de la cuisine où je parle de l'Aber avec maman, où je la tanne avec l'Aber encore et toujours en buvant du café au lait. Non, je n'ai rien à faire à Paris.

À quatre ans, je vais à l'école paroissiale Saint-Dominique avec ma sœur, passage Saint-Jacques. Berk, les friands aux épinards de la cantine ! À tout le monde je dis que je ne vais pas rester longtemps, que c'est Brest chez moi, l'Aber-Ildut, la mer. À six ans, je dis pareil à mes copains du 12, rue d'Alésia, l'école communale. Je ne suis pas d'ici, vous savez, pas comme vous. À sept ans, à huit ans… Vous verrez, l'an prochain. J'ai pour accréditer mon babil de vantard les souvenirs de mon père qui remontent à la Grande Guerre, toujours d'actualité pour certains d'entre eux. Les « vapeurs » qui sifflent dans la rade, les canons des bateaux gris pointés sur les Anglais, les phares avec des yeux si grands qu'on croirait des hiboux la nuit. Et les îles que vous apercevez entre les hiboux, c'est là-bas que je suis né.

La mémoire de papa est ma cagnotte à mensonges, une cagnotte qu'il garnit jour après jour. Il ne sait pas que j'écoute tout ce qu'il dit à maman pendant les repas, et que sa voix s'imprime dans ma cervelle sans même que j'en sois conscient. Ensuite, je n'ai plus qu'à mettre ma voix dans sa voix pour oublier qu'il n'y a pas un mot de vrai dans mes souvenirs qui sont à lui. Et que mes hiboux, j'ai presque peur en les voyant s'allumer dans la nuit noire, comme si c'était moi qu'ils cherchaient, moi leur proie.

C'est comme un trésor interdit, les histoires de papa, sa voix douce. Est-ce qu'il écrit ce qu'il raconte à maman ? Est-ce que c'est du vent ? Il parle de tout et de rien, et soudain j'entends « Brest » et j'en ai la chair de poule. J'entends qu'il a vu Brest brûler et qu'il n'y avait pas d'autre lueur dans le ciel noir. Et que le ciel noir empestait la fin du monde, cette nuit-là, comme si la mer et toutes les étoiles brûlaient aussi. « J'avais trente-quatre ans, ce n'était pas mon premier deuil pourtant… Mais ce vide, belle mignonne, ce néant, non, je ne voyais pas comment lui succéder. » Il se tait. Il boit du vin.

Dès qu'il a le dos tourné, je fouille sa corbeille à papiers dans son bureau. Je cherche Brest en feu, sa maison calcinée, son piano, des carcasses d'avions, mon père lorsqu'il avait trente-quatre ans. Je cherche sa petite écriture bleue quoi qu'elle ait pu noter, raturer. À moi les prospectus, les tickets de métro, les pense-bêtes studieusement barrés, les journaux, les vieux courriers. À moi les cartouches de verre vides du Waterman 40 : vides – vidées du sang de la mémoire de papa, témoins de quelque chose que je veux posséder comme le bleu dans ses yeux.

Homme renfermé, m'en as-tu livré, des secrets, aux époques où tu pensais que je n'écoutais rien, ne m'intéressais à rien.

Liste des souvenirs de papa sur lesquels je n'ai jamais eu aucune lueur, ni par ses livres ni par sa corbeille à papiers, ni par ses échanges avec maman :

1 Son premier baiser d'amour.

2 …

3 …

Etc.

Eh oui, rien que ça !

Qui donc était mon père, lorsqu'il ne l'était pas ? Mon père enfant, adolescent ? Est-ce qu'il dansait ? Est-ce qu'il allait avec les filles ? tombait amoureux ? Ses rêves, est-ce qu'ils ressemblaient aux miens ?

L'amour ne se fait guère dans l'œuvre d'Henri Queffélec, si ce n'est l'amour de la mer. Il ne dévêt pas le corps des femmes, ne le désire pas expressément, fuit les mots qui mènent « à Satan et à ses pompes ». À la peinture des amants enlacés aux portes de l'orgasme, il préfère le tableau d'un monde où la force des éléments est créature, elle aussi : qu'elle soit tempête ou qu'elle soit crocus au printemps, perçant la neige – elle est Dieu le Père à la poursuite de l'homme en détresse. Ma grand-mère apprécie chez son écrivain de gendre la pudeur, le non-dit, le voile jeté sur la génitalité du mystère humain, divin. Vous parlez si bien des passions, Henri. Sous-entendu : Merci de nous épargner toutes ces cochonneries.

Contrairement à Grand-Mère, un peu de cochonneries me manque dans l'œuvre de papa, j'avoue. Ce qu'elle appelait des « cochonneries ». Ce que d'autres, dont moi, appellent les choses de la vie. On s'aime, pourtant, chez

Henri Queffélec. Les mots disent qu'on s'aime, qu'on s'est aimés, qu'on va s'aimer. Ils ne font jamais l'amour comme la chair a besoin de vivre ses pulsions : à la folie. Qu'est-ce qui les arrête ? La foi ? La timidité ?

Je me suis fait débarquer par une petite amie, un jour. Elle m'a dit : Rentre chez toi. Je suis arrivé à la maison plus mort que vif. Papa m'a regardé sans un mot, puis il a tourné les talons en soupirant. Quand je lui ai rappelé cet épisode, longtemps après, il n'a pas nié. Il a éludé à la jésuite, son péché pas si mignon. « Est-ce que tu es sûr au moins que ça s'est passé exactement comme ça ? » Autrement dit : « Est-ce que tu n'es pas en train de me bourrer le mou ? »

Le problème, c'est les filles. On a beau leur tourner autour, leur demander ce qu'elles pensent… on pénètre le corps des filles, on ne pénètre jamais leurs pensées. Les filles, il faut vite les changer en mères, on est tranquille. On peut en parler entre hommes, après un verre ou deux. Mais surtout, ne pas aborder la question des filles avec son fils, de quel droit ? Un bon mutisme vaut mieux qu'un discours oiseux sur un désarroi qui ne regarde que lui… Ainsi gambergeait mon père selon moi. Ainsi noyait-il un poisson qu'il avait peut-être eu du mal à pêcher en son temps. Un poisson merveilleux dans une mer d'intranquillité.

La Bretagne habite à la maison, prend ses repas avec nous, parle du temps présent, du temps passé. Quand elle a planté les menhirs sous les étoiles, quand la ville d'Ys a coulé devant la pointe du Raz, quand elle s'est battue sur la mer avec les Romains et que tout son or est parti au fond de l'eau. Quand la duchesse Anne était sa reine et que tous les rois d'Europe venaient se prosterner à Nantes, quand elle est partie retrouver le général de Gaulle en Angleterre pour l'aider à chasser les Allemands, quand la ville de Brest s'est couchée sous les flammes, et quand le cargo *Ocean Liberty* a sauté dans la rade… De temps en temps la Bretagne lance un mot breton qui fait plaisir à tout le monde, et de temps en temps elle demande à maman la permission de boire un peu plus que d'habitude, et de 25 cl la dose de gamay passe à 35 dans le bock de verre de papa…

J'avais dix ans lorsque je bus mon premier gamay avec la duchesse Anne et François Ier, son gendre, mon frère aîné buvait du saint-émilion. Ah ça, trinquer à la Bretagne, on peut dire qu'on s'y est mis très jeunes, avec mes frères et sœur, pas vrai Papa ?… Et qu'il nous arrivait de chanter à la fin du repas *Yec'hed mat !* maman au piano.

Bretons de Paris, c'est bien ça qu'on est pour les Bretons du littoral, mais Paris ne s'y trompe pas. Paris se fiche de nous les « ploucs » à chapeaux ronds, et nous on se fiche des Parisiens les « têtes de chiens », les « têtes de veaux ». Papa voit la Bretagne partout, à Paris, la salue partout. Même les merlans du poissonnier d'Alésia, à l'ouest du 52, juste avant Montparnasse, il veut savoir s'ils ont une petite chance d'avoir été pêchés dans la rade, du côté du Portzic, et leurs grands-parents d'avoir connu son père qu'il n'a jamais connu, lui, ou si peu.

Né à Brest, papa, moi aussi j'aurais eu les yeux bleus, ton regard d'océan.

5

– Notre lignée, déclara papa, s'enorgueillit d'un preux guerrier à particule, celle-ci gagnée sur le tas… Le chevalier de Kerkaradec, Léon Queffélec de Kerkaradec adoubé par le roi Philippe VI de Valois à la bataille de Crécy, une défaite française de derrière les fagots. Trop lourds, nos destriers. Si les éléments bretons à pied ont fait mordre la boue du Nord à une tripotée d'archers anglais, ils ont fini par la mordre à leur tour.

Ma claque, de ce déjeuner. On part à l'Aber ce soir, je ne vais jamais tenir jusque-là, moi. Du coin de l'œil, j'aperçois la valise de papa dans le salon. Il ne l'a pas encore fermée, qu'est-ce qu'il attend ?

J'imagine… J'imagine le radio-taxi qu'on va commander tout à l'heure, j'imagine l'arrivée à la gare du Maine sous la verrière, le Paris-Brest à quai, l'odeur salée du Paris-Brest, nos couchettes réservées dans un express où d'autres enfants vont voyager assis, j'imagine le bruit des roues, la sonnerie des passages à niveau, comme je vais bien dormir sous la veilleuse… Et comme il sera bon, demain matin, mon croissant sur le port de Brest.

– C'est un pléonasme, « Queffélec chevalier », sachez-le.

Queffélec vient du celte *kefel* qui veut dire « cheval ». *Mac'h* qui se prononce « mar » veut aussi dire « cheval », mais surtout « jument »…

Jument, tu mens, il ment, nous mentons… La dernière fois ça voulait dire « bécasse », Queffélec, ou je ne sais plus quel oiseau dont tu dis que c'est une honte de lui tirer dessus.

– … On l'entend dans « cauchemar » et dans *nightmare*, en anglais, « la jument de la nuit ».

– Et dans « Y en a marre », Papa, on entend quoi ?

Ça m'a échappé, j'avais la tête ailleurs, dans la valise du salon.

Le silence, dis donc ! Tous les yeux braqués sur moi, tous ceux que je vois.

– Pauvre andouille !… Pour la peine, tu passeras tes vacances à Paris, voilà ce qu'on entend !

J'ai honte, je vais pleurer à la fenêtre. C'est la fin du monde qui m'arrive d'un seul coup, ça tourne… Il est fou ou quoi ?… Paris, l'Aber, la mer, mes quatre-vingt-dix-huit jours à l'Aber après deux cent soixante-sept jours de 52, mes bateaux, mon grenier, mon Kervaly, ma tante Jeanne, mes huit ans à l'Aber en septembre prochain, l'oncle André qu'on attend demain soir, un secret, m'a dit maman, mais qu'est-ce qui se passe, qu'est-ce que j'ai fait de mal ?... S'il te plaît, papa, te vexe pas... Déjà que Grand-Mère se vexe dès qu'elle me voit.

En bas les rails qui vont à Sceaux vont bien à Sceaux, pour une fois. Et si jamais il leur prend la fantaisie d'aller à Brest, cette nuit, ils arriveront sans moi... Je pleure, je pleure et mon père s'en fiche, il adore qu'on lui demande pardon.

Je reviens à table.

– Je m'excuse, Papa.

– On dit « Excuse-moi » quand on parle français. Mais « pardon », c'est mieux.

6

Brest, on y est enfin, tout le monde descend. On cherche un porteur. Non, pas de porteur cette année, pas d'argent pour un porteur. Je croyais que tu étais musclé ? Ce n'est pas Brise-Fer ton surnom ? Et pas de croissant sur le port. On va chez tante Marie-Rose, elle a ce qu'il faut. Et la vue sur la rade vaut tous les croissants.

Retour à la gare de Brest en fin de matinée, la gare des cars est à deux pas.

Elle n'y est plus. Ils ont encore bougé la gare des cars. Ce n'est pas elle, là-bas, tous ces gens ? Allez !

Paf, une gifle ! Bien fait ! Le tarif quand au lieu de porter la valise on s'appuie dessus. La voilà sanglée sur la galerie de l'autocar de l'Aber avec les bicyclettes et les cages à poules. C'est Jézéquel, le chauffeur. Il habite une maison neuve sur la route du Crapaud, « Les Buissonnées ». Son fils joue au foot avec mon grand frère. Et sa femme se demande pourquoi elle s'est mariée. On monte, je reste à l'avant appuyé au capot du moteur. Ça cause le breton chantonnant des abers autour de moi. Je les connais, ces fermières au teint de brique, et j'ai l'impression de connaître les poules qu'elles ont sur les genoux.

Le car s'ébroue, démarre, s'enfonce à travers une ville de planches raccommodée à coups de marteau. Le Brest d'après la mort de Brest. Baraques, tournants, baraques, tournants, je ne connais que ce Brest-là depuis ma naissance. On me dit qu'il est moche, je le trouve beau. On me dit qu'il redeviendra beau, qu'il se reconstruit avec les moyens du bord, et qu'un jour ou l'autre il nous en mettra plein la vue. J'en ai plein la vue comme c'est là, je ne suis pressé de rien sauf d'arriver à l'Aber.

C'est bientôt, j'ai changé d'histoire, de rêve. Et peu à peu je me laisse posséder par les sensations familières en sommeil sous ma peau, je renais. C'est chez moi, sous ma peau, c'est chez moi, ici. Est-ce que j'ai des mots pour y penser ? Me demander pourquoi mon cœur bat comme un fou ? Mais non, voyons. C'est aujourd'hui, le stylo à la main, que je me revois à l'avant du car de l'Aber, appuyé au capot tiède, ne perdant pas une miette de mon bonheur retrouvé. Les champs, les ajoncs, les vallons, les coquelicots du talus, les croix de granit échouées un peu partout, les paysannes à varices, la route bleue rapiécée au coaltar, tout cela me remplit les yeux d'un miroir de bien-être où la vie me fait signe qu'elle passe et qu'elle est passée.

À présent la mer brille au fond du pare-brise et Paris n'a jamais existé. On arrive et c'est toujours le même écriteau noir et blanc, « LANILDUT 29 N », à l'entrée du bourg de Lanildut, après un virage à l'ombre, et c'est toujours sur l'apparition des grilles du parc de Kervaly que s'ouvre le livre enchanteur de mon enfance – la page se tourne d'elle-même, c'est chose faite.

DEUXIÈME PARTIE

ÉPONGE DU CHRIST, LAURIERS DE CÉSAR !

7

On est sans nouvelles de l'oncle André. Il a dit qu'il viendrait passer l'été à l'Aber, et depuis silence… L'angoisse est à son comble dans la maison.

Mon oncle André n'a pas de femme et pas d'enfants. « Pas qu'on sache », dit maman, répercutant l'avis général. Il vit en Indochine, l'ex-grande colonie française, au sud de la cordillère annamitique où il a des plantations chez les Moïs, ses amis. Il vend du poivre et du thé aux altesses de la planète, reine d'Angleterre ou shah d'Iran. Et le jour où la guerre tournera mal pour les Américains, il pliera bagage et rentrera cacher ses millions à Kervaly déjà bourré d'objets précieux.

C'est à lui, Kervaly, un domaine de conte de fées avec manoir et maison brûlée. On marche, on marche, on s'y perd, et ça m'est arrivé bien des fois en cherchant les yachts de mon oncle à l'anse du Gour Bihan, la *Marmotte* et le *Petit Charlot*. Plus jeunes, ils étaient blancs comme des oiseaux. Ils ont raflé tous les critériums des abers, dans les années trente, et maintenant ce sont des épaves. Des épaves sacrées, pour ma tante Jeanne. Elle crèverait les yeux à quiconque oserait s'en approcher, lui conseiller de les remettre en état. On n'y touche pas, on n'y pense pas, aucune allusion. On n'a pas l'air de considérer que l'oncle André ne reviendra jamais s'en occuper et regagner les courses au large qu'il gagnait autrefois. Et quand on descend faire un tour au Gour Bihan avec tante Jeanne, on passe à côté d'eux comme s'ils n'existaient pas.

Ils me crèvent le cœur, moi, les yachts. Bien sûr je m'en approche, au risque de m'enliser dans la vasière où ils croupissent. Je fais bouger leurs gouvernails déglingués, je caresse les lettres de laiton qui disent leur nom sur le côté, je monte à bord et nous voilà partis en rêve dans une odeur de bois pourri. Et c'est moi qui gagne les régates autour des balises du chenal, moi qui reviens à l'Aber sous les hourras des filles.

Les grandes vacances avaient commencé, mal commencé. Où était passé l'oncle André ? Où se renseigner ? Qui connaissait un ministre ? Il n'était plus question du baromètre paranoïaque, au cours des repas, mais de l'oncle André, et de lui uniquement. Les regards en parlaient, les silences en parlaient, les soupirs, les fredons arythmiques de ma tante Jeanne… Les oncles et tantes, la mine grave, bredouillaient entre le présent et l'imparfait pour évoquer leur introuvable cousin. Et les dérivatifs oratoires rivalisaient d'absurdité.

– Oh ben ça !

– Quand ils vont nous tomber sur le paletot !

– André nous avait prévenus.

– La moindre boule de riz leur fait quinze jours.

– Au bas mot !... C'est en 1929 qu'il s'est acheté son monotype ?

– L'avenir nous le dira, ma loute, mais sans leur piste « Hô Chi truc » ils n'auraient jamais eu Diên Biên Phu, cette bande de...

– Un monotype ou un *Sharpie* ?

– Il l'adorait, son *Sharpie*... Je veux dire : l'adore, mille excuses !

– Reprends du potage, bichette, est-ce que j'ai l'air de m'inquiéter ?

– Le facteur, au fait, il est passé ?

Le facteur passa : pas de nouvelles. Le Service national des messageries passa à bord d'une camionnette de la SNCF qui fit sensation sur le port. Dans les deux caisses de bois qu'elle apportait, les deux originaires du Viêtnam – les deux adressées à Mme Jeanne Chauvel le 19 mars de l'année en cours –, gisaient deux individus munis chacun d'un mot agrafé dans sa peau.

Un tigre adulte.

Un python sans tête.

On les déposa sur la cale entre les prames retournées.

Pour le tigre le mot disait : « Tu vas bientôt recevoir la femelle, Maman. Tu n'auras qu'à l'offrir à Marie. Tendres baisers. A. » Pour le python décapité, long de huit mètres : « Toi qui tricotes si bien, Maman, tu pourrais peut-être lui confectionner une prothèse de laine ? Tendres baisers. A. »

Tante Jeanne rit, pleura, fredonna comme jamais, ne sachant quel signe lui était envoyé par ces deux ambassadeurs muets. Signe d'un retour imminent ? d'un malheur imminent ? Qui logerait dans la prochaine caisse livrée par les Messageries ? Où se trouvait son fils à l'heure où les villageois attroupés sur la cale se rinçaient l'œil devant les beaux monstres vietnamiens, comme ils faisaient pour les requins ou les poissons-lunes de la fosse d'Ouessant ?

Une question décrivait des cercles sans fin autour de la soupière, chaque soir, faisant loucher certains. Elle tournait, tournait, ne prenait pas la parole, pas encore, ou la prenait tout bas. Est-ce qu'il avait fait un testament, au moins, même un brouillon ? Une fortune pareille ? Est-ce qu'il allait tout laisser à tante Jeanne ?

Lorsque l'oncle André fit irruption à Kervaly en tenue de brousse, deux ou trois jours plus tard, tante Jeanne cueillait des fruits pour le dîner. Elle réagit comme à la vision d'un spectre et tourna de l'œil aussitôt, sans proférer un son. Elle resta longtemps évanouie dans la serre à raisins, son sécateur dans une main, une grappe de muscat dans l'autre.

– Je devais acheter un couple de bullmastiffs à Paris, maman. Et les mettre à l'avion. Désolé si tu t'es inquiétée… C'est toi qui as fait peindre en rouge les grilles du parc ?

8

Édouard Gouzien, le mari de Marie Cloarec, gagnait sa vie chez les particuliers. Il bricolait, nettoyait, déplaçait des fardeaux, aucun effort manuel n'étant trop ingrat pour lui. Il n'avait rien contre les travaux de peinture, ayant servi dans la Royale où le moussaillon boulanger, après la fournée, va gratter et peindre son bâtiment porté à rouiller. Édouard était un garçon réservé, timide, gentil avec les enfants quand le vin ne lui courait pas sur le haricot. Son passé alcoolique se tenait à carreau, par chance, sauf le jour du Pardon ou titillé par une contrariété imprévue.

Timide comme je l'étais moi-même, j'aimais bien le retrouver à la cale où il passait les soirées accoudé au muret. Qu'est-ce qu'il faisait ? Ce que font tous les anciens marins des villages de la côte : ils chiquent, ils surveillent la mer sans parler. Est-ce la mer qui leur donne soif au bout d'un moment ? un regret subit qui les fait déserter l'horizon du grand bleu pour l'horizon étroit du rouge limé ? Quel regret ?

Je regardais la mer à côté d'Édouard, je l'écoutais. Il se détendait lorsque brume et crachin effaçaient jusqu'à la sortie du port. Le teuf-teuf épars des moteurs marins le renseignait sur les bateaux qui s'éloignaient au ralenti, manœuvraient, s'approchaient. L'*André Yvette*, la *Girelle*, la *Molénaise*, la *Mad a tao*, l'*Aviateur Mermoz*, la *Gérard Nicole*, la *Roz Lohan*, la *Pieuvre*…

– C'est Édouard qui l'a passée au minium, la *Pieuvre*, après la guerre.

Il parlait de lui gravement, commençant toujours par son nom : Édouard est un grand marin, Édouard est un grand boulanger, Édouard est un grand guerrier…

Il avait reçu deux lettres au printemps. Ou plutôt Marie, gardienne du courrier, les avait reçues pour lui. Les lui avait lues.

La première, signée André Chauvel, provenait du Viêtnam :

… *Outre la grille du parc, je vous serais reconnaissant de vouloir bien repeindre avant l'été les volets du rez-de-chaussée du manoir et la chaudière. Et si les lignes du tennis ont besoin de raccords, je compte également sur vous…*

La seconde était signée Henry Pénau, mon grand-père de Paris :

... *Je souhaiterais que soit verni pour le 24 juin prochain l'esquif* Sainte-Anne *en hivernage au Gour Bihan, chez mon neveu Chauvel. L'annexe de l'esquif est à repeindre aussi, mais en noir et gris.*

Marie se tut. Édouard chaussa ses lunettes et découpa les timbres du Viêtnam. Mme Chauvel en faisait collection, et Mme Chauvel saluait Édouard dans la rue.

– Peindre tu sais faire, Édouard, tu fais bien.

– Édouard a passé la *Pieuvre* au minium, Marie. Il a passé au minium l'ancre du *Mogador* à Toulon.

Le 27 novembre 1942, le contre-torpilleur *Mogador* se suicida à Toulon, et quatre-vingt-dix autres bâtiments français se suicidèrent au même moment. Démobilisé, le moussaillon matelot boulanger Gouzien rentra chez lui, travailla quelque temps au fournil Pérhirin, et fut renvoyé du jour au lendemain pour cause de pain trop cuit, pas assez, pas du tout, sous-entendu pour cause de vin.

– Édouard peindra pour M. Pénau, Marie, Édouard peindra pas les barreaux du parc. Et pourquoi pas les petits oiseaux ?

– Faut peindre les barreaux, Édouard, faut tout peindre ! Ils ont envoyé des sous pour les frais !... Faut peindre, que je te dis !

Et quand Marie dit, Édouard fait. Et quand Marie dit : Faut peindre, Édouard peint. Et quand Marie dit rien, c'est qu'elle dit sans rien dire et qu'il est temps de mettre à la cape au bar du Roc'h Melen. Un ballon, deux ballons, trois ballons… Elle dit rien, mais elle va dire, Édouard la connaît, sa Marie !

Début juin, Édouard passa au minium le grand portail de Kervaly. Il avait d'abord gratté, pas trop. Dans la marine on vous apprend deux dictons : « Peinture sur merde égale propreté. » Et aussi : « Qui pisse contre le vent se rince les dents. » Ma tante Jeanne lui demanda s'il avait l'intention de « rougir » ainsi tous les barreaux de la grille. Et la question n'ayant pas l'air de l'inspirer, elle le pria de ranger sur-le-champ minium et pinceaux.

Mon grand-père Henry Pénau, le 22 juillet, se rendit au Gour Bihan où l'attendait enfin le *Sainte-Anne* caréné. Un canot qu'il se rappelait verni dessus, blanc dessous, comme chez les yachtmen britanniques. Il est chic, son canot. Il n'a pas son pareil à l'Aber où le noir domine sur l'eau, gabarre ou goémonier. Est-ce bien lui, cette embarcation couleur d'incendie, d'extincteur, de foutage de gueule ? Mon grand-père est pris d'un rire nerveux, il me broie la main… À la colère de mon grand-père succéda la rage de Marie sous la forme d'une raclée retentissante lorsque Édouard rentra chez lui après la fermeture du Roc'h Melen. La fenêtre du couple donnant sur la rue, bien des insomniaques, cette nuit-là, virent les ombres du ceinturon de marine gesticuler à travers le tulle des rideaux, bien des insomniaques entendirent les cris de Marie Cloarec épouse Gouzien. Bien des insomniaques – mais pas moi.

Édouard ne se montra pas les jours suivants. Tout le monde jasait à la maison, ricanait, se moquait de lui. Pauvre Marie, vraiment ! Quelle dignité !... Un homme qui boit !... « Il boit du rouge, il peint en rouge, c'est un malade ! » Par sa faute, on serait privé de bateau cette année, d'ailleurs le *Sainte-Anne* était fichu, bon à vendre et encore. Édouard nous avait gâché les vacances et en plus Marie nous criait dessus, c'était le pompon !

Pour nous consoler, Grand-Père nous proposa une sortie aux îles sur l'*Enez Eussa*, prestigieux tacot jadis allemand, et même nazi, qui desservait l'archipel en face de l'Aber. On irait début août passer la journée à Molène, on pêcherait la crevette, le « bouquet », et si l'été se poursuivait sans histoires, après un commencement laborieux, on irait à Ouessant courant septembre et l'on dormirait chez l'habitant. La nouvelle enchanta les cousins. Non mais quelle veine, merci grand-père ! Molène, Ouessant, l'*Enez Eussa*, vous vous rendez compte ? Le yacht personnel d'Adolf Hitler qu'il avait dû laisser aux Bretons pour s'excuser. Je me voyais déjà fureter dans les coursives à la recherche du pistolet du Führer.

Mais Hitler se méfiait, m'attendait au tournant... Et lorsque Grand-Père voulut nous acheter nos billets à Brest, une semaine à l'avance, le terrible *Enez Eussa*, anciennement *Celuta*, ne pouvait prendre à son bord – faute de ceintures de sauvetage en nombre suffisant – que sept de ses petits-enfants. Or nous étions huit aussi désireux les uns que les autres d'aller aux îles, et d'y aller sur l'*Enez Eussa*. Qui resterait à la maison ? Personne ?... On tira à la courte paille et Dieu soit loué je gagnai contre mon cousin Gilbert, le chouchou numéro 2 à l'Aber. Tu en as de la chance, me dirent les uns et les autres. Et c'est exactement ce que je me dis sur le moment. Un moment qui n'allait pas durer jusqu'au départ, et je ne mettrais jamais les pieds sur le bateau qui passait pour avoir appartenu au diable en personne.

9

Non mais quel talent, cet Édouard ! Son minium de perlimpinpin raflait la vedette à nos actualités habituelles : sermon dominical, Algérie française, guerre du Viêtnam, baromètre mal luné… Même le retour de l'oncle André Chauvel, digne d'un miracle comme il y en a dans la vie de Jésus, semblait moins intéressant. À croire que l'on s'ennuyait beaucoup, chez nous, en règle générale, à l'Aber, pour en venir à s'esclaffer en imaginant passées au minium la chaudière de Kervaly, les persiennes du manoir et la totalité des barreaux du parc, ce qui, par parenthèse, représentait pour un homme seul un travail de Romain, de plusieurs Romains. On n'avait jamais autant ri pendant les repas : les rires chevauchaient les rires, les voix se télescopaient sous les bobèches, et sur le front de tante Jeanne la petite saucisse bleue se congestionnait sans plus inquiéter personne. Qui écoutait qui, on ne savait pas trop, les nerfs vous mettaient les mots dans la bouche et ce qu'ils signifiaient semblait compter pour du beurre.

– Fou, saoul, pour Édouard Gouzien !

– Plus foufou que fou, même saoul.

– Tu l'as senti, André ?… Sens-le, mon chéri.

– Les chiens sentent tout, maman… Le voleur était saoul quand mon brave Nuôc l'a attaqué.

– Comme tous les poissons mal vidés, tiens !… Surtout la raie, une odeur d'urine… Tu as beau poivrer, poivrer…

– Piquer Nuôc ? La prunelle de mes yeux ? Une bête qui mourrait pour moi ?

– Je ne veux même plus qu'il change la bouteille de gaz.

– Pour qu'il nous la passe au minium !

– Une bouteille de rouge !

Ces repas en roue libre revêtaient une importance capitale aux yeux de tous, et pardonnez-moi si je donne l'impression d'instants superficiels, bourgeois au sens patricien du mot. Personne n'en voulait à Édouard Gouzien, dans le fond. Et dans le fond celui-ci n'existait pas vraiment, dans nos conversations débridées, prétexte aux anecdotes louvoyantes qui nous détournaient des sujets sensibles : l'éducation des enfants, la météo, et pas que ça vous pensez bien.

Gilbert me proposa un accord et je crus dans mon intérêt d'accepter. Je lui cédai ma courte paille en échange du « badge de petit saint émérite », un diplôme de son invention. Comment dire non quand on prétend devenir enfant de chœur à Lanildut et maîtriser tous les *Suscipiat* de la liturgie ? À mon cousin l'*Enez Eussa* du mois d'août et la journée à Molène ; à moi l'*Enez Eussa* promis en septembre, sous condition, et la nuit chez l'habitant à Ouessant, la maîtresse île de l'archipel, sept fois Molène en superficie.

– Deux auréoles te couronneront, cousin, à cette date-là. On te baisera la main comme aux évêques et aux lépreux.

Badgée, ma sainteté supposait un dévouement aveugle au cousin Gilbert, tel celui du malinois Nuôc à l'oncle André. Je me sanctifierais au cours de l'été par des brimades consenties : rester accroupi au grenier dans l'obscurité, faire à cloche-pied le tour du jardin sous la pluie, lécher le ventre d'un escargot vivant, m'abstenir de gagner au ping-pong… De plus, privations et sacrifices alimentaires me constitueraient un pécule de rachat en cas de sainteté compromise ou déficiente, la nature humaine étant sujette à faux pas.

– Peut-être qu'un jour tu monteras sur un crucifix, cousin, et qu'on t'appellera Jésus grâce à moi.

L'apprenti Jésus dut renoncer à tout dessert issu d'un arbre fruitier, tel le cep de vigne ou le prunier. Se priver de reines-claudes en faveur de Gilbert lui donnait accès au saint des saints, la partie du muret du jardin où les grands cousins se parlaient à voix basse. Et de quoi parlaient-ils ? De rien qui puisse concerner un apprenti Jésus. Mirabelles, quetsches, muscat de Kervaly, agrumes que ma grand-mère appelait *grape-fruit* – elle un dragon de bon français – ne rapportaient que sourires entendus et clins d'œil, pas davantage. La Perfection des perfections, incalculable sur un plan matériel, ne rapportait rien. Cette Supériorité des supériorités, grade ultime avant la canonisation, se méritait par un rituel sans chichis de type « Aussitôt dit aussitôt fait ». Celui-ci consistait à livrer à Gilbert, chaque jour et de préférence au réveil, sa pitance de centenaire, à savoir deux livres de reines-claudes pas trop mûres de chez Guénan, la plus chère épicerie de l'Aber. Loin l'époque où Gilbert devenait centenaire en mâchant son grain d'orge quotidien ou un pépin de raisin. L'époque où il tétait la panacée du lait concentré sucré au grenier, à raison de trois ou quatre tubes par jour ; tubes que je ramassais aplatis, poisseux, pressés et sucés jusqu'à la dernière goutte.

Non content de le fournir en reines-claudes, je devais ramasser les noyaux dont Gilbert parsemait ses allées et venues. Tant de reines-claudes, tant de noyaux. Qu'il en manque un seul et j'encourais le « débadgeage » honteux, fatal à mon statut de « petit saint », d'apprenti Jésus, et, par capillarité, à mon entrée chez les enfants de chœur de Lanildut le 15 août prochain.

– Il en manque un.

– J'ai cherché partout.

– Pas sur la cale… Tu m'inquiètes, cousin. J'espère pour toi que la mer est basse, sinon…

Marée basse à la cale, soleil déclinant, aucun noyau nulle part. C'est l'heure où les crabes verts salivent à qui mieux mieux sous les goémons, où les hirondelles des fils télégraphiques migreraient bien vers le sud, où la mer se pose des questions sur la lune, et la lune couleur de fumée des questions sur la mer et sur la nuit. Accoudé au muret du port, Édouard Gouzien regardait monter la marée. Non, c'était moi qu'il regardait, et d'un air si…

10

… et d'un air si piteux que je lui rendis son regard avec un signe amical de la main.

– Ça va, Édouard ?

J'arrivais à sa hauteur. Il était bien rasé, bien habillé, cravate et casquette à pont des jours fériés. Il portait une ancienne veste en tweed de mon grand-père dont on n'avait pas retiré la Légion d'honneur, une rosette rouge sur canapé blanc. Et c'est en commandeur de la Légion d'honneur qu'il soupira :

– Pour aller ça va toujours… C'est…

Je connaissais la suite, mais il se coupa la parole à lui-même :

– Édouard a serré la main à ton père, mignon, aujourd'hui.

Il le répéta à la bretonne, sourdement :

– La main qu'il a serrée à Édouard, ton père, à moi.

Mon père ne s'était jamais associé au ricanement général dont Édouard faisait les frais chez nous. Mon père avait pour l'alcoolisme breton l'indulgence d'un Breton bien au fait du tempérament des natifs. On boit par solitude en Bretagne, on boit par amour et par chagrin d'amour, on boit par mélancolie naturelle, on boit parce que la mer agitée vous manque sous les pieds et parce que l'horizon n'est plus là pour vous dire au large : « À la maison ! » Et qui se moque de l'ivrogne breton ne comprend rien au film de la vie, à Jésus comme à la Bretagne. Et pas qu'à Jésus, d'ailleurs, pas qu'à la Bretagne.

Dans le tortillard qui va de Stockholm à Edane, l'été précédent, un jeune blond des scieries m'avait montré la Suède à travers la baie vitrée du couloir. Papa trouvait ça charmant, maman beaucoup moins. « Il travaille au bois flotté », lui disait papa. « Il est ivre, disait maman inquiète, il lui donne de l'argent. » De temps en temps papa venait nous voir tout sucre tout miel. Mais le blond le considérait comme un intrus, un ennemi des enfants. « Rends-lui son argent », me disait papa, et moi je ne rendais rien. Pièce après pièce, couronne après couronne, mes poches s'alourdissaient au grand dam de papa.

Arrivés chez nos amis du lac Värmeln, il me confisqua l'argent qu'il m'en voulait d'avoir accepté. Les neuf couronnes suédoises iraient aux œuvres pies du cardinal Jean Daniélou, grand humaniste, homme saint, breton par-dessus le marché. Et elles y allèrent.

Le 20 mai 1974 l'homme saint mourait à soixante-neuf ans chez Mimi, vingt-quatre ans, au 56 de la rue Dulong à Paris. Mimi dans la journée, Gaby la nuit sur le pavé. Dans l'œuvre du cardinal il est écrit quelque part : « La sexualité est un don de Dieu. » J'espère, je crois, j'ai l'intime conviction que l'argent du bois flotté des scieries n'a quitté ma poche au bord du lac Värmeln que pour soutenir financièrement la grâce de Dieu célébrée de cinq à sept à Paris par l'éminent cardinal breton, homme à ne mépriser personne et surtout pas une « mauvaise femme » ou un ivrogne, *ô salutaris Hostia* !

– Édouard aime pas quand Marie crie sur Édouard.

Il me fixait, regardait Marie dans mes yeux avec effroi.

– Au lavoir de la boucherie, qu'elle est.

Nous allâmes au lavoir de la boucherie dans la montée du Crapaud. Marie était bien là, seule, savonnant et frottant agenouillée dans la lumière du couchant.

– Marie.

– Va de là !

– Les sous, Marie !

Marie frotta de plus belle, ses mèches grises en travers des yeux.

– Va de là, bu que tu es !

– Les sous que j'ai, Marie !

– Va de là ! cria-t-elle. C'est pas de rester dans mes pieds que c'est.

Nous redescendîmes à la cale. Édouard plongea la main dans sa poche et sortit une poignée de billets. Je n'en avais jamais vu autant, si grands, avec autant de zéros.

– Tu mangeras des bonbons, mignon.

Il me fourra un billet dans la poche, comme le blond des scieries l'argent du bois flotté. Qu'est-ce qu'allait dire papa ?

– Édouard aussi va s'acheter des bonbons… Des bonbons rouges qu'il va s'acheter.

Le lendemain matin, tout l'Aber était en émoi. Qu'était devenue la pension d'Édouard Gouzien ? Quatre-vingt mille francs. Huit billets de dix mille francs. Quelle idée le facteur avait eue de les lui remettre à lui, pauvre homme !

À la mi-journée, on y voyait déjà plus clair, et chez nous le déjeuner sut de quoi parler, Marie servant et racontant en même temps. Six galopins des lieux-dits lui avaient rapporté les six billets qu'Édouard leur avait jetés à la figure, la veille, sur le port. À sa décharge, on l'injuriait, on lui lançait des cailloux. Dans ses poches, elle avait repêché neuf mille sept cents francs, soit la monnaie du billet qu'il était allé casser au bar du Roc'h Melen. Il restait donc un billet de dix mille francs dans la nature, on ne le reverrait jamais.

– C'est toi qui l'as ? me demanda mon père, prêt à monter sur ses grands chevaux.

– Non, Papa, ce n'est pas moi.

Il plut à seaux l'après-midi. Les cousins répétèrent au petit salon la pièce de théâtre *Mademoiselle passe son bachot*, une comédie légère dont le nom de l'auteur m'échappe aujourd'hui, si je l'ai su.

Dans le rôle de mademoiselle : ma sœur Anne.

Dans le rôle du père de mademoiselle : mon frère aîné, Bouéboué.

Dans le rôle de la mère de mademoiselle : mon cousin Gilbert, lequel vient de me débadger pour les raisons qu'on sait.

Dans le rôle du petit frère de mademoiselle : mon frère Tanguy.

Dans le rôle de la voyante Ramanaya : ma cousine France, une voyante que j'invite tout jeune homme attiré par la voyance ou non à venir voir de près.

Mon rôle, moi, je n'en ai pas. Il faut bien que j'en aie un. Maman s'est chargée de me concocter une apparition sur scène, harnaché en destin et même en diable. Dix secondes de traversée à pas lents, les bras le long du corps, ma prunelle diabolique fixée sur le faillible genre humain représenté par nos familles et les gens du pays invités au spectacle.

– Et j'aurai quoi, Maman, comme costume ?

– Une robe, mon chéri. Ta robe de Satan. Une robe noire comme les enfers.

Elle s'y connaît, maman, elle parle bien. Le diable a sa place partout, dans tous les cœurs, même celui d'une petite lycéenne agitée par des secrets où le diable prend son malin plaisir à touiller des noirceurs la veille du bachot. On ne verra que toi.

Est-ce que j'ai vraiment l'air du diable ? Est-ce qu'il a les oreilles décollées ? un cou de poulet ? une robe noire ? Ma funeste prunelle, je la trouve où ? Dans ta conscience, mon chéri, là où tu as peut-être commis un péché récent, cherche bien. Et si tu vois qu'« ils » ont trop peur, on ne sait jamais avec le diable, tu n'auras qu'à tousser pour les rassurer, la main devant ta bouche s'il te plaît !

La répétition au petit salon a lieu costumée pour la première fois. Comédiens et comédiennes ont pioché dans les malles et placards du grenier qui débordent d'oripeaux et de vieilleries. Maman a déconseillé à Bouéboué le port de l'épée ou celui du masque à gaz de Grand-Père, à moi les échasses landaises de l'oncle André, à ma sœur Anne un face-à-main d'ivoire par trop suranné, à mon cousin Gilbert des bottes d'équitation qui donneraient, comment dire, une touche « cavalière » à cette maman dans les affres d'une veille d'examen, à Tanguy des patins à glace négligemment portés autour du cou, à France les knickerbockers d'on ne sait plus qui.

Moi je campe un diable en robe de plage, mais oui, une robe que maman s'est taillée dans les années quarante et qu'elle me jure n'avoir portée qu'une fois. Elle est plus rouge que noire, ma robe, avec des fleurettes orange qui représentent les flammes de l'enfer, un incendie qui lui remonte jusqu'au décolleté. L'ourlet décousu dans le dos, mon chéri, c'est Satan qui cherche à se mordre la queue. Les manches gigot ? Ah, les manches gigot !... Tu sais bien, quand on repousse les damnés à coups de fourche et qu'on fait saillir les muscles de ses avant-bras, tu adores ça !

Me voyant songeur devant son armoire à glace, maman me fit ôter ma robe apocalyptique, battit son Flaminaire à gaz et la brûla en plusieurs endroits. Le feu, mon chéri, le feu insatiable de la géhenne !... Les plaies noirâtres du châtiment éternel ! Ah bon ?... C'est donc ça, maman ?... Et moi qui croyais que les damnés fumaient des gauloises en enfer les jours de pluie.

Il fut l'heure de passer à table, après la répétition. J'avais été parfait, d'après maman. Diabolique à souhait. Ni trop ni pas assez... Bon, je n'avais peut-être pas besoin de tousser tout le temps. Est-ce que le public allait bien comprendre que j'étais le prince des ténèbres ?... Même pas une princesse en haillons ! ricana Gilbert... J'ai cru qu'il faisait une petite pisseuse secouée par une quinte de toux. D'ailleurs je croyais que le diable avait des cornes ? Et comment ! répondit maman. Et si tu avais regardé ses yeux tout à l'heure, tu aurais juré qu'il en avait, j'en tremble encore.

On dîna en tenue de scène, un souhait de ma grand-mère à quinze jours de la représentation du 15 août pour ses noces d'or. Ce fut un dîner moins bon enfant qu'il n'aurait dû l'être. Cet argent perdu, quand même, c'était bizarre. Marie n'arrêtait pas de pleurer, mon père gardait les yeux baissés, la parole se traînait. J'avais beau gonfler mes biceps dans mes manches gigot et rouler des yeux d'outre-tombe, personne ne faisait attention à moi. Dans le grand miroir de la salamandre, tout le monde avait l'air habillé pour entrer en scène, les comédiens comme leurs futurs spectateurs, et la comédie se jouait, si l'on peut dire, avant même d'avoir commencé.

Au dessert, Gilbert se plaignit du riz au four carbonisé, et il me fixa d'un œil soupçonneux, moi l'ex-apprenti Jésus, moi Satan… Maman voulut m'envoyer chez Guénan lui chercher des reines-claudes, mais quand elle ouvrit son sac à main sur ses genoux, elle ne put retenir un « Juste ciel ! » horrifié qui fit sursauter la tablée. Et tous, éberlués, de la voir déplier alors un billet tout neuf à quatre zéros, billet qu'à l'évidence elle découvrait dans son sac : billet sur le deuil duquel Marie se lamentait en passant distraitement des plats mal cuits.

Je baissai les yeux sur mon immangeable riz au four, mais quand je les relevai mon père était là et ses yeux m'accusaient : « Je le savais ! » Ils accusaient ce diable de fils habillé en fille, ce garçon que sa bonne humeur ne trahissait jamais, même quand il avait tort, même quand il lui mentait. Quand ne lui mentait-il pas ?

Le dîner tourna court, je voulus m'éclipser, mais papa m'attendait au pied de l'escalier.

– Tu vas à Molène, demain ?

– Gilbert y va à ma place.

– À ta place ? Demain tu iras te confesser à Lanildut. C'est là-bas qu'elle est, ta place.

Aux aurores, j'entendis leurs bruits de pas dans l'escalier, leurs voix chuchotées. Aucun Gilbert n'entra dans ma chambre en disant : Tu as eu la courte paille, cousin, c'est à toi d'y aller, vas-y. Aucun papa compréhensif ne me souffla : C'est bien d'avoir rendu le billet, c'est très bien, bon garçon, viens à Molène avec moi. Et maman ne me posa pas la main sur le front sans me demander aucune explication, juste la main sur le front pour m'adresser un message, à moi qui faisais semblant de dormir : Tout cela n'est pas si grave, mon chéri… Dans l'après-midi j'allai me confesser à Lanildut, dépité qu'il fît aussi beau pour la sortie sur l'*Enez Eussa* qui m'avait obsédé toute la nuit. J'avais révisé mes péchés sans prétention en cours de route, cinq braves petits péchés, toujours les mêmes, qui m'épargnaient la honte et les pénitences à rallonge. Je les connaissais par cœur depuis longtemps, mais lorsque le guichet s'ouvrit dans la pénombre je ne trouvai plus rien à dire au recteur de Lanildut, pas une faute, pas un péché. Pas un ? Non, monsieur le recteur, pas un. Mais alors pourquoi tu viens ici ?…

11

Ici ?... Ma place ?... Oh, mais il ne fallait pas me le dire deux fois. J'ai pris les cliques et les claques de ma conscience mortifiée et je suis parti faire un tour au Gour Bihan, j'imagine, voir ce qu'il restait des deux misérables yachts de l'oncle André, moins déjetés sur leur litière de vase et moins seuls que ma conscience dans ma tête en feu où j'enrageais : Ils peuvent toujours se brosser avec leurs « C'est ma faute ! », leurs péchés mortels !

Je n'ai jamais vraiment compris ce mot de « péché », il faut dire. On en parlait beaucoup, à l'Aber, entre cousins, dans les années cinquante, on en riait beaucoup, on en avait peur. Un mystère l'environnait, une vérité cachée troublait son aura. Le mal, quand même, c'était lui qui vous poussait en enfer avec ses pieds fourchus. Et l'enfer, disait je ne sais plus laquelle de mes tantes qui n'aimait pas les enfants, c'est long, mes petits, mais long comme le temps que mettrait une hirondelle de mer à user le grand rocher du Crapaud qu'elle effleurerait du bout de son aile une fois tous les mille ans. Elle disait ça.

On allait se confesser en bande, avec mes cousins, la veille du Pardon, mais Dieu nous recevait séparément, à tour de rôle, et personne ne savait quelles fautes il entendait, pardonnait, taxait d'un Notre Père ou d'un Je vous salue Marie à réciter mains sur les yeux au fond de l'église. Ou de plusieurs Notre Père, plusieurs Je vous salue Marie, le prix à payer des pensées impures, les seules à nous intéresser, nous exciter, quand elles ne nous mettaient pas nous personnellement sur le gril des aveux... En voyant les socquettes blanches de mes cousines à genoux sous le rideau tiré du confessionnal, je me demandais ce qu'elles pouvaient bien raconter. S'il était question de moi. Des garçons qui leur faisaient de l'œil à la plage ou dont elles répétaient avec un drôle d'air qu'ils étaient mignons. Qu'est-ce que tu lui as dit, au recteur, Toutoune ? Ça ne te regarde pas.

Les grandes personnes aussi, le péché les titillait, l'usure du rocher du Crapaud, l'hirondelle de mer. Elles en parlaient à table, quand il avait beaucoup plu, que les rafales s'acharnant sur le toit ne pouvaient plus s'interpréter que dans le sens évangélique du crime et du châtiment. Les langues se déliaient, les opinions fusaient, les cœurs s'ouvraient à des regrets anciens jamais entendus ni peut-être exprimés en public. Non, tante Jeanne n'aurait pas dû souffler la suite de *Perrette et le pot au lait* à sa voisine de classe de la Légion d'honneur au bord des larmes. Ce n'était pas bien, pas bien du tout, et soixante-cinq ans après le souvenir de ce péché d'orgueil la bouleversait encore. Et moi, soupirait Grand-Mère, une ancienne de la Légion d'honneur elle aussi, quand je me suis servie d'une bible de Jérusalem pour soutenir la table à repasser du dortoir. C'est pire, Jeanne, je crois. J'ai d'ailleurs été bien punie : je me suis brûlée au deuxième degré avec le fer.

Le péché, vieux dada catholique, révoltait les plus intelligents dont mon père, l'intellectuel admiré, jalousé, en quête des mots les plus humbles pour donner un avis sans avoir l'air de pontifier, ni de savoir mieux que Dieu lui-même ce qu'il convenait d'entendre par là. Est-ce qu'on allait en enfer, Henri ? Est-ce qu'on nous aimait vraiment, là-haut ? Est-ce qu'on nous jugeait ou est-ce qu'on nous aimait ? Est-ce qu'on était bien conscient des couleuvres qu'on nous faisait avaler ici-bas ? Quand ce n'étaient pas des vipères ? Et ces péchés-là, Henri, ces tragédies superflues, est-ce qu'il y aurait quelqu'un pour s'en excuser, un jour, ou s'en expliquer ? Demander pardon à l'être humain du mal qu'il ne fait pas, mais qu'on lui fait ? Papa n'allait pas si loin dans la divination des choses, il en appelait à Victor Hugo, son maître à penser. Il était Victor Hugo lorsqu'il citait l'« œil », la « tombe », « Caïn », « Tsilla », tout à la fois l'enfant blond et l'esprit féminin aussi subtil que le diable et le bon Dieu.

Autour de la table on l'écoutait, on fumait, on commentait à voix basse, on suivait gentiment ce brouhaha du péché qui, parti comme il l'était, pouvait tenir jusqu'au café, pousse-café, reprendre au dîner.

Un soir, maman, guère moins instruite que son normalien d'époux, déclara que Dieu n'était peut-être pas aussi puissant ni bon qu'on voulait bien l'enseigner aux enfants, et que le mal, visiblement, il ne savait pas comment s'en dépêtrer.

– Bichette ! souffla ma tante Jeanne interloquée, et l'on n'entendit plus une seule cuiller tinter dans les veloutés de tomate au tapioca.

Et sur le toit les rafales redoublèrent de mauvais présages.

Moi, sous le grand miroir, dos à la salamandre, j'avais mes pensées de gosse de huit ans. Vivement que je puisse sortir de table, aller voir dans le jardin où en était la marée, si le *Dieu Protège* avait pris sa bouée en face du Roc'h Melen, si dehors il se passait quelque chose digne d'intérêt... Une fille qui marchait sur la grève, un pigeon voyageur exténué. Et sur mes rêveries se greffaient des interrogations liées aux mots qui m'arrivaient dans l'oreille. Coupable, tante Jeanne, mais de quoi ? Grand-Mère, mes oncles et tantes, de quoi ? Est-ce qu'ils avaient leurs petits secrets, eux aussi ? des pensées impures ? Est-ce qu'ils allaient au confessionnal ?

Ce fut à Paris que je découvris le pot aux roses, pour les pensées impures, et comment ceci, et comment cela, le garçon, la fille, les bébés... Rien que le découvrir me fit l'effet d'un irrésistible péché mortel et j'eus une envie folle d'y succomber. Peut-être bien qu'il m'expédierait en enfer, celui-là, mais je ne pourrais plus m'en passer, foi d'animal !

Les années cinquante, soixante, soixante-dix filèrent comme l'éclair… Un seul et même éclair pour effacer mon âge d'or labérois dans son immuable décor de Genèse. Il était, n'était plus, ne serait plus, et chacun de son côté, ma famille et moi, peignit d'aimables illusions le souvenir qu'il en gardait. C'est vague, le souvenir, la mémoire, mais rien n'est perdu sous la peau d'un enfant. Les images affluent au décrochez-moi-ça d'une histoire finie pour laquelle l'ordre calculé des choses et le pas-à-pas du calendrier ne sont aucunement une priorité. Mes émotions demeurent, à la fois passées et vivantes, nostalgiques et joyeuses d'avoir tapissé d'un tel cinéma les murs de ma jeunesse : le lilas bleu du jardin, les nourrices de dix-sept ans, le port de l'Aber en plein soleil à marée haute, les salles de granit aux échos lancinants, dans la rivière, les gabarres aux voilures cachou, la côte sauvage de Lampaul, les rouleaux phosphorescents du Gouerou, avec leur voix de stentor, les yachts de l'oncle André qui ne prenaient jamais la mer que dans mes rêves, et pour des filles de rêve, l'harmonium du dimanche à Lanildut, les saouleries du Pardon, Marie Cloarec, Édouard, Sassa, Jacky, vous tous, vous toutes, oh comme elle fut douce et vivante, cette vie-là, comme je l'ai toujours su… Que je m'approche un tant soit peu j'entends les voix et les rires intacts, j'entends se tourner la clé d'une maison qui n'est plus habitée que par du silence et des miroirs aveugles. Le livre labérois se referme, et je puis me demander s'il contient vraiment mon histoire ou les bribes dispersées d'un roman que je prends pour ma vie.

12

Le vendredi 15 mai 1970 à 5 h 12, heure légale du lever du soleil, le téléphone sonna dans le bureau de papa. Il sonna, sonna, et papa n'y allant pas je courus à travers l'appartement silencieux. J'avais bu du gamay, la veille au soir, avec papa. On s'était couchés tard. Je n'avais pas du tout la tête à parler à qui que ce soit. Je me souviens du ton furibard avec lequel je répondis « Allô », prêt à m'exciter. Et que me chante cette personne au bout du fil ? Une infirmière de la clinique Notre-Dame du Bon Secours ? Qu'elle est désolée, monsieur Queffélec, désolée ?... « On a tout essayé, monsieur Queffélec, on a... Vous m'entendez ?... » Je comprends, oui, je fais surface... Je suis en train d'usurper le nom du M. Queffélec auquel cette infirmière croit annoncer en pleurant la vérité sur sa « femme », et je veux tout savoir, ne rien savoir, me boucher les oreilles et retourner au lit…

Je lâche le combiné sur le manuscrit, j'entends pleurer au bout du fil, j'entends ronfler mon père dans un fauteuil du salon, juste à côté. Qu'est-ce que j'y peux, moi, si le malheur vient d'appeler au 52 ? Qu'en savais-je, moi, qu'il allait appeler ? que maman venait d'être hospitalisée ? J'arrive du pensionnat, on me dit qu'elle se repose chez des amis et ce n'est pas vrai ?

– C'est pour toi.

13

L'été qui suivit la mort de maman fut un été sans l'Aber, sans bateau, un été bellilois et pluvieux. Jamais je ne lus autant de romans policiers en si peu de temps, jamais je ne vis si peu la mer en étant si près. J'écrivis à des copines qu'elles m'avaient toujours plu. Râteau. La plus vilaine m'expliqua qu'elle vivait le grand amour avec son ex-beau-père et qu'elle comptait sur ma discrétion. La plus jolie que ma lettre l'avait fait rire aux larmes et que ses parents avaient bien ri aussi. C'est drôle, non ? J'écrivis à toutes les filles dont j'avais les adresses dans mon cahier de maths. Romantisme, érotisme, humour, gentillesse, rien n'y fit, personne. On me laissa fantasmer dans mes polars américains, moi le plus sympa, le plus rigolo des orphelins en mal d'affinités sur l'oreiller. C'était vexant pour moi, vexant pour maman, c'était frustrant. J'imaginais les filles plus samaritaines que ça. J'écrivis des poèmes, des nouvelles, des n'importe quoi à la manière de mes auteurs préférés. Albert Cohen avait écrit *Belle du Seigneur*, moi j'écrivis *Belle du Fou*. Une dizaine de pages peuvent en supplanter mille. Quand c'est bien torché, quand c'est mieux et qu'on a le sang chaud.

Un jour ce fut la rentrée, l'affreuse rentrée à l'est par le rafiot *Guedel*, le retour au sol parisien. L'avenir se présentait comme un océan sans limites, urgent. On y va comment ? À la nage ? C'est sur un beau voilier que j'imaginais mon avenir d'écrivain, ma vie. Autour de ce monde infranchissable où je ne voyais pas très bien quoi faire de ma peau.

Sur ce l'armée fit appel à mes services, et comme je tardais à réagir on vint me chercher au 52.

Permissionnaire en août 1971, je débarquai à Molène en uniforme d'artilleur. Le courrier des îles du Ponant s'appelait toujours *Enez Eussa*, mais ce n'était plus le yacht légendaire des dieux moustachus du Troisième Reich, celui que j'avais provisoirement gagné contre Gilbert à la courte paille, en juillet 195… L'*Enez Eussa 2*, un diesel mis en service à Brest en 1961, était rouleur et malodorant. Il se traînait à onze nœuds qui pouvaient tomber à six avec le courant du chenal dans le nez. Humains et bêtes voyageaient sur le même pont. C'est merveilleux sur le papier, biblique à souhait, mais épouvantable à la mer quand les cochons se goinfrent du vomi des passagers, puis, malades à leur tour, nourrissent les poissons amateurs de n'importe quel vomi.

Papa m'attendait sur le quai :

– Maréchal des logis.

– Bravo !

Il sait déchiffrer les galons, mon père, c'est un fils et un arrière-petit-fils de soldat, un frère de soldat. Peu lui importe mon grade, sa modestie. Au bas de l'échelle, on s'apprête à gravir les échelons d'une volonté à toute épreuve, on est mûr pour une ascension au sommet. À condition que l'échelle ne soit pas un voilier fou furieux, la quête de nulle part et n'importe quoi à n'importe quel prix.

– EAA ?

C'est écrit en rouge sur mon épaule gauche.

– École d'application de l'artillerie, Papa. Quartier Chanzy.

J'étais sous les drapeaux depuis neuf mois. J'aurais préféré la Royale, l'arme chic des pistonnés. Mon frère Tanguy, lui, ferait le tour du globe sur la frégate *Duquesne* en 1976, une expérience qui vous marque à vie. Artilleur contraint et forcé, je ne prenais aucun plaisir, deux fois par semaine, à pilonner au plâtre des squelettes de chars « ennemis » disséminés dans les fourrés du camp de Suippes. À part ça j'étais affecté aux loisirs culturels de la troupe, une planque de rêve. Tables tournantes, invocations, médianoches, bras de fer, hypnose, films X, chaque troufion apportait son fantasme et sa « patte » à l'animation des longs soirs du quartier Chanzy. Il y eut même un bellâtre d'adjudant Santini pour nous amener deux copines à lui du « bar à Moules », des jumelles aussi pigeonnantes l'une que l'autre, ne demandant qu'à déniaiser des pigeons tels que nous.

– Content d'arriver au « pays », grand ?

– Ah ça !

... Comme un retour au pays natal, en effet, comme si j'étais né la veille sur le câblier *Roi Gradlon* mouillé à l'Aber, et même au Gour Bihan, comme si c'était moi que je retrouvais en retrouvant la mer celtique, l'Iroise, comme si maman rôdait par là.

Cette fois j'étais l'invité de papa. J'allais passer une semaine au Kastell An Daol, l'auberge de Robert et Cécile Masson sur le port. Mon premier séjour à Molène où je n'étais venu qu'à la journée, en voilier ou sur le ligneur *Intrépide* de François Réguer, ancien cap-hornier de Melon.

Robert Masson nous attendait à l'entrée du Kastell. Kir de bienvenue sur la terrasse au-dessus du « sillon » : l'aire de mouillage et la passe entre Molène et l'îlot du Ledenez Vraz. Amarré sur bouée au milieu du courant, étrave à l'est, le canot de sauvetage est prêt jour et nuit pour les appels au secours. Et s'il savait parler, celui-là, les éditeurs se bousculeraient pour l'enregistrer.

– Ça gaze, l'armée ?

Robert Masson souffre d'un enrouement chronique, on dirait qu'il a un poignard dans la gorge. Il est bilingue, son poignard, aussi volubile en breton qu'en français.

– Ça gaze.

– C'est pas l'Aber-Ildut, ton coin ?

– Oui… Mais là je viens de Châlons.

– Sur-Saône ?

– Marne.

Le cœur serré au nom de l'Aber-Ildut, je regarde vers l'est où l'horizon s'agrège en fumée bleu ciel aux rayons volages d'un soleil diffus. Depuis quand n'y suis-je plus retourné, à l'Aber ? Je cherche à travers l'étendue mes souvenirs changés en rêves depuis que maman n'est plus là. La tourelle du Lieue, le rocher du Crapaud, le clocher de Lanildut, l'harmonium de tante Jeanne, l'horloge de la salle à manger dont j'entendis une nuit le dernier tic-tac, comme si la maison venait de couper court aux heures qui l'encerclaient, qu'elle encerclait, plus rien… Molène est mon île de prédilection, ma première île : l'Aber ma naissance de prédilection, même si je n'y suis pas né. Et je n'oublie jamais que j'ai failli naître dans le coin, Brest ou l'Aber. Il s'en est fallu d'une grève des chemins de fer, d'une crevaison de pneu du car, d'un rien qui m'aurait enraciné plus encore dans ma terre finistérienne et dans mon sang.

Excellent dîner de crevettes et d'ormeaux au persil. Nous sortons marcher, papa et moi. Et bien sûr nous marchons vers la mer qui ne peut pas nous échapper, sur cette miniplanète où l'immensité du flot est partout. La nuit s'avance à pas de loup, le vent s'est tu. Ne restent plus dans l'air fortement iodé que le murmure réitéré des grèves et des appels d'oiseaux. Que la terre sent bon, en pleine mer, que la mer sent bon dans cette île-jardin qui chérit l'agapanthe et l'ormeau, cette île-prairie qui s'enivre de laminaires à marée descendante. Mon père la connaît bien, Molène, et toutes les îles de l'archipel du Ponant. Pas une grève où la crevette n'ait fui son haveneau. Car tueur de crevettes, ne l'oublions pas, mon père le fut avec passion, adoration, aussi vrai que l'oncle André fut tueur de tigres et charmeur de chiens méchants.

Papa est impatient de prendre part à la cérémonie du crépuscule à l'entrée de la Manche, notre balcon molénais sur les points cardinaux. C'est bien ce mot, « cérémonie », qui convient pour l'allumage fantastique des phares dans ces lieux parsemés d'épaves. Un phare : un tombeau, rappelons-le, un cimetière à bateaux et disparus dans la mer où les hommes ont planté cette bougie, tant pour les veiller que pour dissuader les candidats au naufrage. Et que de bougies à l'ouvert de la Manche, côté Bretagne.

Papa, guère causant depuis mon arrivée, se met à citer leurs noms souvent riches en consonances bretonnes : le Créac'h, Nividic, Kéréon, Men Korn, la Jument, le Stiff… Il se tait, soudain, ne marche plus, se fait vigie. Il veut être le premier à s'écrier « Là-bas » quand le cyclope ouvrira son œil de survie, à proférer son nom. Moi, il m'oublie, j'ai l'impression. Déjà qu'il n'a pas dit grand-chose au dîner, à part qu'il travaillait bien, dans le calme, et qu'il avait boulonné comme jamais cette année. Et moi, alors ? Moi qui ne boulonne pas ? Il n'a rien à me dire ? Il m'en a parlé, de maman, depuis le 15 mai 1970 ? J'espère au moins que je ne suis pas venu à Molène uniquement pour cette retraite aux flambeaux. Pour une fois que nous sommes tous les deux et qu'il n'y a personne pour le distraire, à part les cyclopes et la nuit. Plus ma mère n'est pas là, j'avoue, plus mon père me manque. Et je crois bien que c'est lui, mon phare. Et que j'aimerais bien qu'il s'allume aussi pour moi, l'artilleur d'opérette.

Dans l'horizon sombre et muet une palpitation rouge enflamma les ténèbres. « Là-bas, s'écrie papa, le Stiff, là-bas… » L'horizon n'est plus seul, la nuit n'est plus seule – d'un noir d'encre avec ces phares de partout qui la transpercent comme une bête échouée.

– Ah, me dit papa en rentrant à l'hôtel. Comme tu le sais, j'ai la cloison nasale déviée. Il se peut que je ronfle, cette nuit.

14

Barre-toi, j'ai pensé au petit matin. C'est à moi que je parle, en disant ça tout haut. Tout bas ou tout haut, d'ailleurs… Je suis toujours au lit avec papa, un méchant sommier à ressorts de 120 où je n'ai pas fermé l'œil de la nuit. Jamais je ne tiendrai sept nuits sans dormir, ni sept ni deux. Barre-toi, va à l'Aber, appelle tante Jeanne et débarque à Kervaly, raconte-lui. Papa ne ronfle plus, mais la tempête qu'il a semée des heures durant m'a déboîté le cerveau, et j'ai honte d'avoir supporté ça. Mon frère Hervé, le dormeur attitré de papa en vacances, riposte à ses ronflements *manu militari.* Il s'arme du polochon et vlan ! jusqu'à ce que le nez paternel s'avoue vaincu. Je n'ose pas, moi. Je suis le cadet. Non seulement j'ai peur du nez, mais j'ai peur des yeux bleus. Il m'en coûterait cher de lever la main sur mon père endormi. Maman sifflait, suppliait : j'ai sifflé, j'ai supplié, j'ai chanté la messe en latin comme je faisais à l'Aber dans le jardin, mais le nez ronfleur n'a rien entendu. Et tout compte fait je préfère le chant du canon de 155 à Suippes à celui de la cloison nasale de papa à Molène, le 155 ne chantant pas la nuit sur l'oreiller à côté du mien. La solution : m'en aller, partir maintenant sans prévenir et pas sur la pointe des pieds.

Je me lève, je descends l'escalier, je sors de l'hôtel, c'est l'aube.

– Bien dormi, grand ?

J'ai bien entendu, vous avez bien lu. Petit déjeuner sous la véranda avec papa. Il attend ma réponse, je lui souris stupidement. Il est rasé de frais, déjà crémé pour affronter l'air marin. Je regarde son nez comme on regarde le bébé qui ne vous massacre plus les oreilles de ses cris, et cette vision me fait bâiller. Un ange, le bébé, le nez. Je me suis renseigné pour les horaires de bateau. Pas de bateau avant ce soir, et pas de bateau arrivant à Brest à temps pour avoir le car de l'Aber. De toute façon, je ne tiens plus à partir d'ici. Comme si je me doutais qu'il allait se passer « quelque chose », ce jeudi 5 août 1971, à Molène. Le « quelque chose » qui m'a donné envie d'écrire ce livre.

– Comme un loir, Papa. Et toi ?

– La Petite Côte chalonnaise de Robert Masson, hier soir... Du gamay, je crois. Un peu traître, non ?

L'après-midi, nous sommes allés pêcher la crevette au sud-ouest de l'île, la côte exposée. Mon père a pris vers le nord, moi vers le sud. « On ne se gênera pas », m'avait dit papa. Les cirrus filamenteux prévus par la météo, comme le petit vent qu'ils entraînaient à l'est où l'on dirait qu'il fait toujours beau, et chaud, purent voir deux points s'éloigner, s'éloigner, et soudain converger, converger comme s'ils progressaient en zigzags sur le bord dentelé d'une horloge ne mesurant pas plus d'une heure cinquante-cinq de tour à mi-marée. Lorsqu'ils se rejoignirent à la cale Charcot, une zone sableuse à la sortie du port abrité, la cloche de l'église tintait. Ma mémoire me joue des tours et je ne sais plus combien de tintements j'entendis (mieux vaut tintement que ronflement).

Nous comparâmes nos gibecières, papa et moi, pieds nus dans le courant glacé qui donne fort par ici. Papa est riche de onze « bouquets » diaphanes, et, reclus dans une pochette à part, d'un jeune homard bleu roi dont il m'annonce au pifomètre : « 700 grammes. » Je suis moins riche, je suis d'une pauvreté crasse : un crabe mou, un crabe pas mou, un crabe sardine pas bien épais parfumé à l'eau de toilette des laminaires, une étoile de mer pour faire genre…

– J'ai eu de la chance, dit papa, et tu as toute une semaine pour te rattraper.

Me rattraper ou te rattraper ? Ou n'attraper dans mon filet que ces mollassonnes d'étoiles blanchâtres aux tétines urticantes ?

– Et peut-être n'as-tu pas le bon haveneau…

C'est Robert Masson qui me l'a prêté, mon haveneau. Il a des mailles marron, celui de papa des mailles bleues. Je ne sache pas que les crevettes préfèrent les bleues, comme les garçons préfèrent les blondes. Je crois sincèrement que je n'ai jamais été doué pour aucune sorte de pêche et que j'ai du mal à l'accepter. Or la vie surprend nos convictions les mieux chevillées et c'est maintenant, dans une seconde exactement, que le quelque chose dont j'ai parlé plus haut va modifier mon rapport avec moi et tout ce qui n'est pas moi, disons « l'univers » même si c'est un grand mot.

Le « quelque chose » ou « pas grand-chose », découvrons-le ensemble à travers les mailles ruisselantes du haveneau, ne laissons pas le courant dissiper ma chance. Et tendons la main à ce Jésus-Christ à moitié enfoui dans le sable entre mes pieds. Ramassons-le. À voir les poils verts dont il est fourré de pied en cap, on comprend qu'il a toujours vécu dans la mer, et que ce Christ-là ne sait rien du souffle de l'âne et du bœuf à Nazareth. De pied en cap non, vu qu'il est sans pieds, sans bras – sans croix –, une face de Buffalo Bill proprement tabassé, le nez brisé. On le reconnaît aux épines de sa couronne rongée de sel et à je ne sais quelle touche de gravité sur toute sa personne amoindrie. Il tient dans ma main, statuette de bazar à bondieuseries, et je commence à croire que je ne suis pas venu à Molène pour rien.

– Eh, Papa, t'as vu ?

Maintenant j'en reviens à mon cousin Gilbert, mon cousin des reines-claudes et du lait concentré, centenaire à l'âge de treize ans. Il m'avait racheté ma courte paille, l'été 195…, un été à marquer d'une pierre blanche, et c'était lui que le yacht du Führer avait débarqué à Molène plus mort que vif, l'estomac retourné par plusieurs nausées dont aucune n'avait tenté les poissons, ceux-là intolérants, je présume, aux reines-claudes avec la peau.

– Molène, me dit-il de retour à l'Aber, ça ne se raconte pas, alors fiche-moi la paix !

La Lune ne se raconte pas. La planète Mars ne se racontera pas. Gilbert se drapa dans un mutisme interrompu de cette phrase peau de banane : « Le silence est d'or, petit saint, tu verras. » La planète Molène, à quelques encablures de l'Aber, ancrait l'infini dans un ciel étoilé par le mystère de chacun d'entre nous lorsqu'il ouvre sur les choses un regard d'enfant. Et je ne doute pas que Gilbert ait pu connaître là-bas, à treize ans, de ces émotions enfantines qui vous disent « chut » quand on veut les révéler trop tôt, et « bas les pattes » quand un cousin farfelu cherche à s'en barbouiller. Pour ma part, j'attendrai une bonne cinquantaine d'années avant d'oser dévoiler par écrit mes émotions molénaises du mois d'août 1971, et ce n'est pas uniquement ce Jésus-Christ surgi des fonds marins qui m'incita au motus prolongé, mais la mer autour de l'épave du Jésus-Christ, le ciel autour de la mer, l'inconnu gigogne autour du ciel, ce mélange de grand et de rien du tout. Mon père à côté de moi.

15

– L'oncle André ne t'a jamais dit ça, grand !

Nettoyé de ses herbes de mer et concrétions, mon crucifix gît sur la nappe en papier entre le pichet de gamay et le homard fumant que nous nous apprêtons à manger, bavoirs autour du cou.

Peut-être qu'il ne m'a jamais dit ça, l'oncle André, en effet. Ni lui ni personne en particulier. Mais c'était la rumeur, à l'Aber, et la rumeur s'enrichissait en courant de nouveaux bruits jaillis d'on ne sait quelles sources cachées. J'ai eu tort de m'avancer en me donnant l'oncle André pour caution. Et papa qui se pique de n'avoir que la vérité à la bouche n'a plus qu'à me dire à présent ce qu'il sait, lui, et comment il l'a su. Son nez ronfle mais ne bouge pas lorsqu'il prétend : « Il était une fois… »

– Pardonne-moi, mais il se trouve que j'ai connu Jean Le Bot, le capitaine de l'*Enez Eussa*, après la guerre. Et je tiens de lui l'histoire précise de son vapeur sur lequel s'est dit tout et n'importe quoi. Comme tu viens de le faire, je suis désolé.

Non, le petit caporal autrichien qui mit l'Europe à feu et à sang en 1939 ne faisait pas du yachting sur l'*Enez Eussa* sur le lac Léman. Et pas davantage ses tristes sires de ministres à tête de mort. Si l'on fantasma sur cette ineptie, c'est que l'occupant nazi l'avait réquisitionné pour transporter ses troupes. Yacht, oui, l'*Enez Eussa* l'avait été bien avant sous le nom de *Yoskil* pour Ferdinand Ier, le tsar de Bulgarie, allié des Allemands en 1914-1918. Le *Yoskil* ravitaillait les sous-marins allemands lorsque les Français l'avaient saisi après la Grande Guerre. Et par la suite, c'est une paisible carrière française qu'il avait menée dans les eaux normandes et bretonnes jusqu'à l'Occupation.

– Alors ne viens pas me raconter que ce crucifix a pu tomber du yacht personnel d'Adolf Hitler, c'est juste aberrant. Tu veux savoir d'où il sort ?

– Tu le sais ?

– Je le sais, je le sens, oui, j'en suis sûr. Je n'ai qu'à le regarder.

Le 16 juin 1896, le steamer anglais *Drummond Castle* heurta une roche immergée des Pierres Vertes au cours de la nuit, entre Molène et Ouessant. On mit sur le compte d'un généreux champagne d'arrivée le roulis qui fit tituber danseuses et danseurs au salon des première classe. On ne revient pas d'Afrique du Sud après une croisière de rêve entre gens fortunés pour craindre la mer au dernier moment. Arraché de son lit, le capitaine William Pierce fut précipité contre la cloison. *My goodness!* se dit-il aussitôt. J'avais raison !

Depuis deux jours il avait raison. Depuis deux jours le brouillard couvrait la mer, une mer fantôme, un tunnel de néant. On avait sondé, stoppé les machines, écouté, scruté… *Yes or no*, avait-on doublé la pointe de Bretagne, leur fichue *Pen ar bed*, ce tas de cailloux infects ? *Yes or no*, pouvait-on sans risque enfiler la Manche et rentrer *at home* ?

Yes, affirmait le livre de bord, sûr de ses points sextants, de ses lochs, de ses milles parcourus depuis Las Palmas, de ses marins formés à la navigation par tous les temps sur le meilleur des bateaux, *yes*, nous avons arrondi Molène et Ouessant, *go* !

– *Yes*, affirmait le second, barre à l'est.

– *No!* affirmait le commandant William Pierce. Attendons l'embellie, prudence, barre au nord !

Et de barre au nord en barre au nord jour et nuit, le charbon ne faisant pas de petits et la brume installant ses fadaises à la passerelle, il parut raisonnable d'infléchir la route en direction de Sa Gracieuse Majesté Victoria, cap au nord-est…

Pas assez nord, pas assez nord, se répétait le capitaine William Pierce au fond de son lit lorsque le roc fatal éventra le steamer sur un bon tiers de sa longueur.

Papa leva son verre au-dessus du crucifix, la mine grave.

– Un désastre, grand… L'eau s'est engouffrée, le steamer n'a pas mis quinze minutes à sombrer… Imagine l'horreur, les cris. Et pas une seule chaloupe à l'eau, pas le temps, des centaines de gens précipités à la mer dans l'obscurité, des enfants, des nouveau-nés…

Les pêcheurs de Molène ignoraient tout du drame, lorsqu'ils ont découvert les premiers noyés. Ils en ont repêché quatre-vingt-seize au lever du jour, des cadavres en tenue de fête, robes longues, smokings. Mais aussi des corps de fillettes en chemise de nuit, des petits garçons en pyjama. Des Anglais, grand, les ennemis jurés des Bretons devenus des frères de sang. Ils les ont recueillis ou plutôt cueillis et veillés, ils les ont inhumés religieusement, pleurés, chantés. Des Anglais !

Nous trinquâmes aux Bretons, aux Anglais, à la mer, et du regard nous trinquâmes avec le crucifix.

Il y avait eu trois rescapés dont un certain Charlie Marquart, grand admirateur de Zola comme il le signala à la préfecture de Brest en déclinant son identité. La gendarmerie s'appuya sur ses dires pour étayer son procès-verbal. Se trouvaient à bord quelques veuves et veufs, et coureurs de dots, et majoritairement des familles traditionnelles du meilleur milieu. Une certaine appréhension régnait à bord juste avant l'accident. Charlie Marquart venait de lire au fumoir un chapitre de *Germinal* que ses auditeurs avaient applaudi.

– Et maintenant j'en arrive à ton crucifix, grand. Les Anglais sont comme nous, des chrétiens avertis par la mort. De l'église ou de la chapelle, ils ont besoin de pratiques religieuses, surtout en mer, utopie symbolique, où le signe du Ciel vient du ciel. Nous mourrons tous, mais pas tout à l'heure, de grâce… Et tu penses bien qu'il y avait un pasteur, sur le bateau, un *clergyman* chargé de célébrer les offices, de rassurer les croyants. Appelons-le Jim, ce brave homme, si tu permets ce clin d'œil à Joseph Conrad. Jim, à l'instant du naufrage et du sauve-qui-peut stupéfiant, n'a pu qu'emporter avec lui son bien le plus précieux, à savoir la petite valise contenant son nécessaire liturgique de campagne. Je laisse à présent ton imagination déborder sur ces pitoyables objets livrés aux courants marins les plus meurtriers d'Europe, et te représenter par quels itinéraires dignes d'un miracle ce crucifix britannique s'est frayé un chemin jusqu'à nous, dernier héros d'un naufrage de quatorze ans plus vieux que moi.

Le lendemain nous vîmes le cimetière anglais en contre-haut du cimetière molénais, sous l'église. Le silence est particulier chez les Anglais, si j'ose dire : plus silencieux. Il est tel que le décrit Charlie Marquart après que les cris se furent tus dans la nuit noire, le 16 juin 1896. Il y a de la douceur, par ici, des oiseaux, des fleurettes, des croix argentées, des galets blancs délimitant les chacun chez-soi. Petites croix, petits bouquets, petits galets pour les enfants. Il s'appelle John, celui-là, c'est écrit. Il avait douze ans quand le capitaine Pierce lui a dit : Rejoins ta chaloupe, *boy*, couvre-toi bien. John a rejoint la mort dans les flots noirs, habillé comment, pensant quoi ?

Après le cimetière anglais, nous vîmes les présents de la Couronne britannique aux dévoués Molénais : la citerne royale et l'horloge royale de précision, jamais à l'heure du soleil molénais.

Pas grand-chose à voir au musée du *Drummond Castle.* On est accueillis par une maquette au cinquantième du paquebot blanc. Il semble défier l'horizon par ses deux larges écubiers ovales. Derrière lui, tendu au mur de granit, un immense drapeau anglais donné par la reine Elizabeth II.

Mais si dérisoires qu'ils en aient l'air, le peu d'objets réunis sur les tables et dans les vitrines – tasses, porcelaines ébréchées, fourchettes, lave-mains bleu Wedgwood, babioles dépareillées – suffisent à l'imagination pour franchir les époques et retrouver dans les limbes du temps perdu le fatal soir du 16 juin 1896 à 22 heures GMT, lorsque le capitaine anglais William Pierce, miné par le pressentiment du marin dans la brume, fit mettre la barre au nord-est, à contrecœur, pas assez nord pour duper les étoiles.

Ma permission prit fin. Papa m'avait beaucoup parlé du steamer, de politique, des îles bretonnes qui se désertifiaient, de ses livres. De moi non, si ce n'est pour m'inviter à « rendre » son crucifix au *Drummond Castle*, à son musée. Je n'en fis rien, j'emballai ma prise de mer dans un *Télégramme de Brest* et la fourrai, dans mon sac. À moi, pas à moi, qui sait ? À moi pour le moment. Avec moi.

Ce furent nos adieux sur la digue du bon retour, au pied de l'*Enez Eussa 2*.

– À propos, grand…

Ça y est, il va me dire quelque chose, mieux vaut tard que jamais.

– … Les oreilles de fellaghas conservées dans du génépi par ton adjudant Santini… Est-ce que tu les as vues ?

16

Quartier Chanzy, 31 août 1971

– 30 !

Salut, P'pa,

C'étaient des châtaignes sèches, les oreilles de fellaghas. Sèches pas sèches, il raconte ce qu'il veut. Les dents de requin primitif que tu m'as données, tu te souviens ? Ce sont des griffes de chat. C'est ce que m'a dit mon copain brocanteur. Il ne comprend pas que tu aies pu les trouver sous une souche d'arbre. Un chat primitif, peut-être ? Mon copain me propose de raccommoder mon crucifix avec des bras et des jambes de poupée. J'ai refusé. C'est cassé, moi, qu'il me plaît, mutilé de guerre, bon pour les places assises dans le métro aux heures de pointe. Il va faire un miracle, un de ces jours, comme il faisait avec les aveugles et les paralytiques. J'attends. Encore merci pour Molène, c'était bien. Je n'arrête pas de penser au Drummond Castle *et au petit cimetière anglais. Dans un mois pile la quille ! Pas trop tôt. J'ai hâte, je ne te dis pas. Je reviendrai habiter au 52, si tu n'y vois pas d'inconvénient. Bons baisers, Papa, bon travail. Jean.*

Il me répondit :

Paris, samedi 4 septembre 1971

Cher grand,
Bon anniversaire ! Tâche d'être sérieux cette année. À vingt ans, on gagne sa vie. Regarde ton frère aîné. Il te faut un métier. Je compte sur toi.
Des châtaignes ? J'espère que c'est vrai. Ton adjudant Santini m'a l'air d'un drôle de zigomar, et je suis poli ! Pour les dents de requin je suis formel. Ce sont les canines supérieures d'un Xenacanthus *cannibale, une espèce éteinte. D'autres que moi en ont trouvé dans la forêt de Compiègne après un orage. Rien d'étonnant. La mer ceinturait la planète il y a trois milliards d'années. Les dents étaient extrêmement rares à cette époque et ceux qui en avaient s'empiffraient. Tu as rudement bien fait de refuser les raccommodages de ton brocanteur. C'est une idée scandaleuse pour un chrétien. Est-ce qu'on raccommode le Christ ? Avec des morceaux de poupée par-dessus le marché ? Je me suis remis au boulot d'arrache-pied (pardon pour cet enchaînement mal à propos). Garde-le pour toi, mais je vais faire un roman sur le* Drummond Castle, *j'ai d'ailleurs commencé. Pourrais-tu s'il te plaît me prêter le crucifix anglais ? Si tu l'as toujours. Si tu ne lui as pas fait greffer*

des bras et des jambes… ou des châtaignes ! Préviens-moi quand tu reviens à Paris. J'achèterai des œufs de cabillaud et du beaujolais. Bons baisers, Papa.

Papa est mort en 1992 et son absence ne m'a jamais autant pesé. Probablement le fait d'écrire sur lui. Sur son fils cadet. Sur la Bretagne dont il est comme le grand-duc absent. Il ne s'intéressait guère à moi, pourtant. Mes notes irrégulières, mes indisciplines, ma scolarité fantasque et mes difficultés à suivre en classe, mes retards, c'était maman qui devait s'ingénier à les comprendre. Et ma joie de vivre à jet continu, c'était maman aussi qui devait la lui présenter comme une qualité sous un toit où le bonheur se méritait au lycée, un bonheur de zéro à vingt.

On m'envoya chez le psychiatre avec mes poèmes et mes dessins à l'encre de Chine dévoilant les appas et l'acné de mes différents professeurs des deux sexes. Je passai un agréable moment chez le psychiatre, un quinquagénaire à favoris poivre et sel. Ayant regardé mes œuvres, il me posa des questions sur ma famille. Mon père l'intéressait beaucoup, il n'avait pas l'air commode. Il jugeait opportun de s'entretenir avec lui, jugement qui fit monter mon père, ennemi juré de Freud et de ses disciples, sur ses grands chevaux. Cinq cents francs ! Ma consultation lui avait coûté cinq cents francs, bordel ! Pour s'entendre dire qu'il lui fallait une camisole de force ?

J'étais content quand je reçus sa lettre au quartier Chanzy. J'aurais volontiers lu son roman sur le *Drummond Castle*, sans attendre qu'il l'eût écrit. Je lui fis parvenir mon crucifix en recommandé, bien enveloppé dans un gilet de corps de l'armée. Je ne savais pas précisément pourquoi il en avait besoin s'il en avait besoin. Il n'avait besoin que de m'en déposséder quelque temps, à mon avis, Jésus-Christ étant plus son affaire que la mienne, et Dieu s'étant payé sa tête en lui faisant largesse d'un homard, en août 1971, tandis que moi je pêchais dans la mer, à mains nues, son fils unique bien-aimé. Ce n'était pas bien, pas juste. On récompensait l'ivraie. C'était comme le psychiatre à cinq cents francs. Une ironie du sort du plus mauvais goût. Ou mon ironie à moi tout simplement.

Son roman sur le *Drummond Castle* s'intitula *Les Îles de la Miséricorde*, et il eut beaucoup de succès. Papa me remercia comme si j'y étais pour quelque chose. Oui, car il s'était rendu compte en me contant les mésaventures du steamer anglais – et molénais – que d'autres que moi pourraient s'y intéresser. Et, tout comme moi, ouvrir des yeux ronds en les écoutant ; ou en les lisant, ce qui est la meilleure manière d'écouter avec les yeux.

Drummond Castle devint un mot magique entre mon père et moi. On aurait dit que le steamer ne pouvait plus se passer de nous, et nous de lui qui semblait naviguer dans nos théâtres intérieurs et ne plus être à la merci d'aucun brouillard. Et lorsque papa, en 1988, me téléphona pour m'en raconter une bien bonne à son sujet, j'étais moi aussi en mesure de l'épater. Mais avait-il envie d'être épaté ? En l'épatant je l'aurais privé du plaisir de m'épater. Je l'aurais peiné, mauvais plan.

– J'arrive.

17

J'habitais la Vache-Noire, à l'époque, la banlieue sud à deux pas du 52. Je n'avais pas vu mon père depuis un bon bout de temps qui se chiffrait en années. Il m'ouvrit la porte et mon cœur se noua. C'était bien lui, mais en moins grand, moins fort. Il se voûtait et la mer avait pâli dans ses yeux.

– Mieux vaut que tu le saches, grand, m'annonça-t-il d'une voix gênée, installé avec moi dans le coin salon du bow-window, au-dessus des rails de Sceaux. Ma vue n'est plus ce qu'elle était, on va m'opérer.

Il voyait flou, ces derniers temps, sans couleurs. Et pour écrire, ce n'était pas simple, vraiment pas, non… Il s'obligeait à sortir l'après-midi, faisait toujours ses courses à Alésia, mais il avait peur de trébucher dans la rue, ce qui lui arrivait quelquefois. Les choses s'aggravant, il avait pris rendez-vous à l'hôpital des Quinze-Vingts, les meilleurs pour les problèmes d'yeux.

– La « cataracte », soupira-t-il, en faisant sonner l'allitération.

La nouvelle me fait battre le cœur. Je m'attendais si peu à ça. Je suis habitué à un père qui ne vieillit pas, ne vieillira jamais, l'égal de la mer quand il observe l'horizon comme s'ils échangeaient des secrets universels d'eux seuls compris. Et soudain je pense au *Drummond Castle* avec ses écubiers tels des regards écarquillés qui voient tout dans la brume et ne voient rien, et le bateau se fait happer sous la mer et disparaît. Mes yeux s'emplissent de larmes et je comprends pourquoi mon père s'intéresse tant au steamer. Parce que le bateau lui rappelle quelqu'un d'un peu perdu qu'il connaît bien, lui-même.

C'est quoi, ce mot, cataracte ? Ce n'est pas quand il pleut à verse comme aujourd'hui ?

– Pas de morosité, dit papa, et se remet à parler, me dispensant de commentaires oiseux sur les progrès de la médecine et sur le regard de jeune homme qui l'attend à son retour des Quinze-Vingts.

– Est-ce que tu connais Jean Retornaz ?

– Je devrais ?

– À toi de voir.

Jean Retornaz n'était pas connu du grand public et s'en passait fort bien. Sa femme et lui, deux plongeurs de Morlaix spécialisés dans les épaves du Finistère, avaient lu son roman sur le *Drummond Castle*. Et le ministère de la Culture, eu égard à l'intérêt historique du projet, avait donné une suite favorable à leur demande de plongée sur les restes inexplorés du steamer anglais. Le titre officiel d'« inventeur » leur serait décerné pour cette épave immergée située dans les eaux françaises, et tous les objets qu'ils en remonteraient, à l'exception des valeurs en or, leur appartiendraient.

– Ils ont plongé, grand. Ils sont les premiers à avoir vu le bateau depuis son naufrage, à l'avoir touché.

À la chaleur de sa voix je comprends que je dois m'extasier et je m'extasie. Je le fais sans conviction, sachant des choses que je ne veux pas dire à papa maintenant. Je le fais pour lui faire oublier qu'il est dans le brouillard et qu'il me voit flou.

– Je leur ai serré la main à Molène, l'autre jour. C'est mon roman qui leur a donné l'idée de plonger sur le bateau.

J'entends les mots, mais je n'y prête plus attention. C'est mon père que je vois dans la brume et dans l'anxiété, pas le steamer. Il regarde vers moi sans croiser mon regard, sans me fixer. Il est en train de vivre la pire chose qui puisse arriver à l'écrivain qui navigue à vue sur la page. Il perd la vision des choses, des mots. Il pourrait devoir sous peu revisser pour toujours son Waterman 40. Pourvu que la médecine ait fait des progrès.

18

À la même époque, j'avais à Perros-Guirec – petite mais opulente cité voileuse du Trégor – un ami qui travaillait dans les dents. Les dents humaines, pas les dents de requin ni les griffes de chat. Et pas les dents préhistoriques. On disait prothésiste, pour son métier, terme qu'il jugeait rébarbatif. Jack se disait sculpteur, potier, ne se disait rien, l'orthodontie ne s'expliquant pas mieux qu'un don pour n'importe quoi. Outre son art dentaire, où il passait pour le roi du sourire, il avait une passion dont il ne soufflait mot à personne. Il plongeait sur les épaves, et, crack diplômé de la survie en apnée, descendait plus bas que n'importe qui, surprenant des bateaux uniquement fréquentés par les poissons. Il était marié, mais son vrai bonheur se cachait loin sous la mer, et plus loin il se cachait plus heureux était Jack. Et plus riche.

Il habitait une villa isolée sur les hauteurs de Perros, face à la mer. Dans un atelier à l'écart, son lieu de travail quotidien, ce n'étaient sur plusieurs niveaux que mâchoires restaurées, moulages et sourires en attente d'implantation. Une porte dérobée donnait sur la caverne d'Ali Baba, lieu climatisé dans un parfum d'agrumes. N'y pénétraient que sa femme et lui, et quelques rares privilégiés dont moi. Là, fortune des fortunes de mer, séjournaient les divers butins glanés par Jack au fond de l'eau. Il ne se prétendait l'« inventeur » d'aucune épave, surtout pas. Il n'inventait rien, si ce n'est le silence de la mer, si ce n'est la nuit noire lorsqu'il allumait sa lampe au cœur des ténèbres et qu'il voyait se déployer le bateau qu'il cherchait, qui l'attendait patiemment dans son théâtre sans lumière et sans bruit, sans visiteur à visage humain. « L'orgasme, disait Jack, la Belle au bois dormant. Tu n'imagines pas, n'essaie même pas… »

Jack me dit un jour :

– C'est dans ton coin, mec, un coup fumant. J'ai besoin de toi.

On y va, on y est une veille de Toussaint, dérivant à l'étale au milieu du Fromveur. On ne risque pas d'attirer l'attention avec un rafiot comme le mien, sorte d'épave en sursis. On a mis un vague treuil sur l'arrière, au cas où…

Quelques mois plus tôt, Jack a repéré le steamer anglais, son idée fixe depuis qu'il est gosse. Une opération discrète. Il s'est baladé en zodiaque entre Molène et Ouessant, traînant des grappins et des plombs suiffés. Il a remonté l'énorme pomme de mât du *Drummond*. L'épave est bien là, elle l'attend.

Jack sait tout du steamer par la Sorima, une société italienne de plongée venue le fouiller dans les années trente. Elle cherchait l'or du Transvaal que le navire passait pour avoir chargé à Natal. Elle s'en est retournée bredouille, écœurée, le Fromveur lui déconseillant d'insister.

– À plus, me dit Jack avec un beau sourire narquois, et il se laisse basculer dans l'eau d'un gris tombal.

Il est midi comme s'il était minuit.

Le câble se déroule en miaulant. J'attends depuis une seconde, et j'ai l'impression qu'une heure s'est écoulée, que mille heures vont s'écouler. Qu'est-ce que je fous là ? Première fois de ma vie que je fais la sieste entre Molène et Ouessant, au-dessus d'un paquebot mort. Avec un copain descendu pour le dévaliser… Descendu comme on descend chercher une bouteille à la cave. Et si c'était un rêve, son paquebot ? S'il ne le remontait pas à temps, l'escalier ? Si la lune, à perpète les oies, était moins éloignée d'ici qu'une illusion gisant sur le sable à soixante-cinq mètres sous l'eau ? Je pense à ma mère, je pense au steamer naufragé, ça cause autour de moi : « Eh, John, couvre-toi bien, *my boy*… Eh, Jack !… »

Je n'y croyais plus quand il est remonté, surgissant d'un remous livide, même sourire qu'à l'aller. Je l'ai aidé à se déchausser, embarquer, se frictionner, jamais vu des orteils aussi bleus.

– Rembobine !

Le câble est si tendu au sortir de l'eau qu'il projette des gouttes à l'horizontale. Quelque chose apparaît dans la mer, un curieux objet massif qui se balance et prend tout son temps pour se laisser voir. Il émerge et ces deux mots tragiques me sautent aux yeux :

DRUMMOND CASTLE

Une inscription en relief entre deux ancres en relief, le tout moulé en arc sur un pourtour de métal jaune surmonté d'une béance ovale… Aucun doute possible sur la nature de la chose : c'est d'un siège hygiénique que Jack s'est emparé sur le steamer, un trône de première classe en parfait état.

Il éclate de rire :

– Part à deux s'il est en or.

19

Je viens de raconter mon histoire à papa. Il est grave, tourné vers le bow-window où la voie ferrée du métro-train constitue la nuit la seule attraction pour un esprit rêveur. Et je ne serais pas étonné qu'il apprécie le sifflement tchékhovien de l'air froid sous la croisée, comme si l'on habitait une isba.

– Tu n'imagines pas le bonheur que tu me donnes, grand.

Il me regarde. Il a recouvré ses bons yeux, mais le bleu n'y est plus comme autrefois. Nous occupons les fauteuils Empire hérités de Grand-Mère dont l'un est une copie.

– En disant la vérité.

Il paraît prendre les rails à témoin de l'importance du moment, comme si les rails de Sceaux allaient prévenir les rails de Brest, et les rails de Brest le répéter à la mer.

– La vérité, sacré Fourneau !… Tu sais que je ne serai pas toujours là ?

Mais que se passe-t-il ? Papa se lève et vient me poser la main sur la joue, les deux doigts joints d'une mère inquiète pour son enfant. Nous nous regardons, nous nous taisons, son regard se brouille dans mes yeux.

– Non, dit-il au loin, pas toujours là.

20

13 janvier 1992. Ma sœur Anne prononça trois mots au bout du fil : « Papa, cette nuit. »

Il est mort, le ciel est faux, Brest est faux, la mer n'existe plus, ma mère n'est jamais née. Je…

J'ai commencé par lui téléphoner. Port-Royal 97 33. J'ai raccroché, rappelé. J'écoutais la sonnerie tempêter dans son bureau, raturer son manuscrit, défoncer les fauteuils du bow-window, tordre les rails et fouiller dans tous les recoins d'un silence de fou.

Pas là, pas toujours là, plus jamais là.

J'ai rappelé ma sœur. Les quatre enfants d'Yvonne et Henri sont allés voir papa à la clinique, l'ont vu. De la clinique on s'est rendus chez lui dans la soirée, apportant qui un fromage, qui une tarte aux fraises ou du chocolat, qui le pain. Dans son réfrigérateur soldé par Thomson, on a retrouvé des bigorneaux et un merlan qu'on s'est partagés. Sans tête le merlan, comme le crucifix molénais. Où pouvait-il être, celui-là ?

On a pique-niqué dans la cuisine et bien rameuté nos souvenirs sous l'ampoule jaunâtre, et je ne mens pas en disant que le gamay paternel s'appelait « Reviens ». Reviens, gamay, reviens, papa, reviens, maman, l'Aber, premier temps d'une enfance où l'on se crêpait le chignon au 52, les frères et sœur, comme si notre jeunesse avait l'éternité pour ange gardien. Et ce n'était pas un mort de plus dans la famille, fût-il papa, après avoir été maman et bien d'autres, qui lui prendrait ses plumes, à cet ange de rien du tout, et nous ferait voir qu'il était nu.

Ma sœur s'est mise au piano dans le salon, elle a chanté *La Fille des parias*, *La Nuit*, et si les voisins n'aimaient pas Mozart, ce n'était pas une raison pour en dégoûter les autres à 2 heures du matin.

Un train passa et l'heure fut l'heure qu'elle n'était plus. Ma sœur emporta le reste des bigorneaux, Tanguy le tam-tam de son enfance, Bouéboué un manteau, moi le crucifix. Et le 52 fermé à double tour ne nous a plus jamais revus.

Après ça nos familles qui se clairsemaient depuis déjà pas mal de temps, perdant ceux qui l'aimaient et la réunissaient plusieurs fois dans l'année, qu'il pleuve, qu'il vente, se sont rejointes autour des actes notariés à valider. Larmes et gros sous mélangés. On héritait dans la méfiance, et des lots se tiraient au sort dans les appartements vides où résonnaient la brouille et le refus. Qui veut quoi ? Qui veut tout ? Qui rien ? Pas trop rien non plus ?

Un jour *Le Figaro* publia cette annonce :

À VENDRE
Maison de famille
sur le port de l'Aber-Ildut en Lanildut (29 N).
Pieds dans l'eau. Dépendances, jardins,
eau courante, électricité.
Prix à débattre.
Écrire André Chauvel. Kervaly, Lanildut (29 N).

21

Les Américains sortirent du Viêtnam en mars 1973, deux mois après le cessez-le-feu du 27 janvier. Mon oncle André, par un beau matin d'avril débarrassé de l'odeur du napalm, monta dans sa Jeep garnie d'assez de jerrycans pour aller sur la Lune, et, huit cents kilomètres plus tard, attrapait le vol Air France Saigon-Paris *via* Bangkok, lequel, onze mille kilomètres plus tard, le déposait à Orly. « Température extérieure – 1 °C », les informa le pilote. En chemisette beige et short assorti, au volant d'une Renault Dauphine louée à Guipavas, l'aéroport de Brest, mon oncle n'était même pas attendu par son jardinier Perchoc lorsqu'il remonta l'allée des hortensias, à Kervaly, pour couper le contact devant son manoir aux volets clos. Sitôt descendu, il monta se coucher.

Sur sa traversée en Jeep d'un Sud-Viêtnam à feu et à sang, mon oncle André se tairait, si j'ose dire, à voix haute, souriante. Peu dire en redisant ce peu d'un ton monocorde, et en l'émaillant de « mon petit » destinés à petits et grands, était une ruse narcotique qu'il avait améliorée en Asie, mon petit… Des trombes d'eau dans la jungle, mon petit : des trombes d'eau, des pillards drogués à l'opium : à l'opium, et des Hilton déserts où l'on dormait le Colt à la main, mon petit, mon petit, sans manger grand-chose et sans vraiment dormir plus d'une minute à la fois…

Il était si fatigué en arrivant à Kervaly qu'il s'était affalé dans l'escalier après deux ou trois marches, et s'était endormi comme s'il avait affaire à un édredon.

Signalons, par parenthèse, que ce même édredon le tuerait violemment quelques années plus tard, le crâne chauve de mon oncle se fracassant sur la boule de cristal de la rampe, et sa main droite arrachant deux barreaux.

Le lendemain, ce ne fut pas un *Télégramme de Brest* réexpédié qu'il trouva dans sa boîte aux lettres, mais un journal tout frais du jour qu'il débagua aussitôt. La première page annonçait une recrudescence des combats Nord-Sud au Viêtnam, et il eut tout lieu de penser que son poivre et son thé, l'œuvre de sa vie, et même ses chiens féroces qu'il adorait, étaient partis en fumée. À l'avant-dernière page, un encart annonçait la vente de la maison de l'Aber, le même que j'avais lu dans *Le Figaro*. Certes il avait donné son accord pour cette mise en vente, mais la voir publiquement exposée dans un grand quotidien breton, à peine rentré en France, fit évoluer son point de vue.

« Viens dès que tu peux », me disait sa lettre que je reçus à la Vache-Noire. Je me rendis en autostop à Kervaly, et nous allâmes au restaurant La Baie des Anges manger des huîtres tièdes aux amandes.

C'est au cours du dîner qu'il me proposa d'acheter la maison aux ayants droit : de l'acheter sur des fonds à lui qu'il nous prêterait à mon frère Tanguy – son filleul – et à moi. « L'argent, mon petit, ne sert jamais qu'à simplifier l'avenir : l'avenir… » Il s'alluma une gauloise, et je vis onduler de longs poils noirs sur son avant-bras. Il avait les mêmes sur son large crâne brûlé par le soleil, similaire à un astéroïde tacheté de lunules foncées. Un homme invulnérable, mon oncle, et j'aime à penser qu'il serait avec nous aujourd'hui, plus que centenaire, si ses vieux chaussons de lisière d'adolescent ne lui avaient pas compliqué l'avenir.

Il me souriait. Je lui répondis « non », les mots « argent » et « avenir » me donnant des sueurs froides, et l'Aber me faisant l'effet d'un miracle indigne de moi. Avec la mer je n'aurais bientôt plus ce martel en tête, et je comptais sur un grand voilier pour effacer l'avenir à mes trousses. On partirait, on écrirait des romans dans les îles désertes, et les perroquets nous diraient quoi raconter. On donnerait des cours de voile à de jeunes héritières cousues d'or. Pas de femmes, pas d'enfants, pas d'ennuis d'aucune sorte pour casser l'azur autour de nos chimères. Et le premier qui lèverait un sourcil dubitatif n'aurait rien compris. Ce qui s'appelle avoir le nez creux.

Revenus au manoir, mon oncle me dit en guise de bonsoir : « Va la voir demain, mon petit : mon petit, mon petit… » Et il me remit la clé de l'Aber : de l'Aber, de l'Aber…

22

… de la maison à l'Aber dont j'étais l'ombre, me semblait-il, la face cachée, et peut-être la meilleure part en tant qu'être vivant relié aux êtres défunts qui l'avaient habitée de leurs angoisses et de leur orgueil. Mes cousins la trouvaient laide, pas moi, quelle idée ! Je l'aimais dans son jus, ses craquements, et telle qu'elle ne bouge plus dans mes souvenirs avec son physique ingrat ou non. C'est une vieille bâtisse aux parois crépies, coincée entre la rue du village et la grève, une porte à l'avant, une porte à l'arrière. En perçant le mur de la salle à manger on arriverait chez Phrasie, la marchande de pantoufles, et le mur du salon chez Mathilde, veuve de marin, veuve en noir. Côté mer une pelouse ne serait pas de refus, au moins quelques arbustes ou quelques fleurs des champs, mais rien si ce n'est un méchant lilas bleu livré au vent d'ouest, le même qui rudoie la baraque hiver comme été. Alors oui, la mer lui fait un jardin qui part de l'horizon, enjambe une série d'obstacles dont les îles du Ponant, le chenal du Four et le rocher du Crapaud, pour venir se ratatiner en courette à l'ombre devant chez nous, sous les fenêtres de la cuisine et du petit salon. Pas plus grand jardin, à part les étoiles – même Kervaly s'y perdrait.

Maison à vendre, maison vendue. J'avais la clé depuis six mois, quand j'y suis allé. Un acquéreur brestois avait payé un acompte, et, sauf préemption ou dédit, il aurait soldé son achat sous huitaine. Il était chez lui chez moi dans ces lieux inoccupés où je débarquais tel un souvenir parmi les souvenirs, me demandant si j'avais bien fait.

J'ai commencé par tapoter le baromètre du vestibule, et vu rappliquer les fantômes des ongles qui se déchaînaient sur lui du temps de ma grand-mère, comme s'ils voulaient tuer la pluie, le vent – quelqu'un. L'instant d'après, j'étais à la cuisine où mon propre fantôme buvait du café au lait avec Marie Cloarec et les petites paysannes que ma grand-mère engageait l'été, dont certaines ignoraient que la mer descendait, montait, et qu'à l'horizon c'étaient des bateaux qu'on voyait passer. Je lui dirais bien quelque chose, à mon fantôme, mais il est timide, le bougre, et moi aussi. Il est tellement heureux avec ces filles qu'il fait rigoler. C'est le fantôme du « p'tit frère », celui-là, trois ou quatre ans, je suis encore le benjamin. « Rappelle-toi », voilà ce que je lui dirais avec un clin d'œil, et je lui dis.

Oh, je le connais, je vais l'avoir dans les pattes jusqu'à la fin. Je monte à l'étage sur ses talons, et c'est lui qui m'ouvre les portes et se regarde affleurer dans les glaces au mercure au-dessus des cheminées. J'ignore à quel moment il n'est plus là, se met à grandir à vue d'œil ou de mémoire, disparaît. Il a dû se faufiler dans l'une de ces hautes glaces labyrinthiques où l'attend plus d'un passage secret. Me voilà seul en compagnie des absents dont la maison, par ses bruits, ses loquets, ses clenches, ses voix, ses effluves confinés d'arrière-saison, me redit les noms que je ne risque pas d'oublier. Et des instants entiers se reforment dans mon esprit, en quête d'un tic-tac dans l'air silencieux.

En arrivant au grenier par cet escalier mille fois descendu pour faire le mur, au cœur de la nuit, j'ai l'impression d'être Jack accueilli en seigneur dans une épave au fond de l'eau. Un navire s'avançait, il a sombré, il reste de lui ces reliefs d'une île au trésor engloutie. Et pas un objet qui ne se rappelle à mon plus ou moins bon souvenir dans ce pêle-mêle poussiéreux, vestige d'une comédie humaine ayant perdu ses comédiens.

Du tiroir de la table à repasser, où je me revois peinant sur mes cahiers de vacances, dans une odeur de molleton brûlé, je sors un morceau de papier kraft déchiré. « Pommes », « Vin », « Poisson », « Fromage »... Qui a écrit ces mots barrés avec soin ? Papa ? On peut lire en bas, non barré : « Anniversaire de Jean ». Eh, p'tit frère, c'est nous ça, on avait le même âge. Et on s'appelait pareil, rappelle-toi.

TABLE DES MATIÈRES

Ouvrages du même auteur

Henri Queffélec

Romans

Journal d'un salaud, Stock, 1944
Un recteur de l'île de Sein, Presses de la Cité, 1944
Chemins de terre, Stock, 1948
Un feu s'allume sur la mer, Presses de la Cité, 1956
Un royaume sous la mer, prix du roman de l'Académie française, Presses de la Cité, 1957
Combat contre l'invisible, Fayard, 1958
Frères de la brume, Presses de la Cité, 1960
Tempête sur la ville d'Ys, Presses de la Cité, 1962
Solitudes, Presses de la Cité, 1963
Celui qui cherchait le soleil, Le Seuil, 1963
Quand la terre fait naufrage, Presses de la Cité, 1965
La Voile tendue, Presses de la Cité, 1967
La Mouette et la Croix, Presses de la Cité, 1969
La Faute de Monseigneur, Presses de la Cité, 1969
Le sursis n'est pas pour les chiens, Stock, 1972
À fonds perdus, Presses de la Cité, 1973
La Culbute, Le Livre de Poche, 1973
Tempête sur Douarnenez, Mercure de France, 1973
Le Phare, Presses de la Cité, 1974
Laissez venir la mer, Presses de la Cité, 1974
La Lumière enchaînée, Presses de la Cité, 1976
Ils étaient six marins de Groix… et la tempête, Presses de la Cité, 1979
Le Voilier qui perdit la tête, Presses de la Cité, 1980
Les Îles de la Miséricorde, Presses de la Cité, 1980
Au bout du monde, Mercure de France, 1985
La Fin d'un manoir, Séguier, 1987
Les enfants joueront jusqu'à la nuit, R. Laffont-Archimbaud, 1987

Poèmes

Sur la lisière, La Caravelle, 1936

Livres pour enfants

Histoire d'un bateau, Rouge et Or, 1978
Beau-joli, le lapin mal aimé, Casterman, 1982
Un cirque à la mer, R. Laffont, 1983

Récits

Le Grand Départ, Charcot et le Pourquoi pas ?, Presses de la Cité, 1977
Ce sont voiliers que vent emporte, Presses de la Cité, 1984
La Boudeuse ou le Tour du monde de Bougainville, Seghers-Archimbaud, 1984

Nouvelles

Un homme à la côte, Stock, 1945
La Cache éternelle, Presses de la Cité, 1973
De par les sept mers, Presses de la Cité, 1982
À quoi rêvent les navires, Presses de la Cité, 1983
Pas trop vite, s.v.p., Mercure de France, 1985
Sous un ciel noir, Mercure de France, 1985
François Malgorn séminariste, Mercure de France, 1985
Les vivres vinrent à manquer, Presses de la Cité, 1986

Essais

Portrait de la Suède, Hachette, 1948
Ce petit curé d'Ars, Fayard, 1959
Le jour se lève sur la banlieue, Grasset, 1962
La technique contre la foi ?, Fayard, 1962
Je te salue, vieil océan, Plon, 1968
Le folgoët ou le lys aux lettres d'or, S.O.S., 1972
Un Breton bien tranquille, Stock, 1978
Les Enfants de la mer, Hachette, 1980
Ma Mer, Wesmaël-Charlier, coll. « Raisons d'aimer », 1980
François d'Assise, le jongleur de Dieu, Calmann-Lévy, 1982
Saint Yves, Ramsay, 1987
Saint Antoine du désert, Séguier, 1988

Albums

L'Évangile des calvaires bretons, Hachette, 1957
Bretagne des îles, Hachette, 1959
Ports de pêche en Bretagne, Hachette, 1960
La Bretagne intérieure, Hachette, 1961
La Bretagne des pardons, Hachette, 1962
La Peine capitale, Daragnes, 1962
Franche et secrète Bretagne, Arthaud, 1965
Manoirs et châteaux des Côtes-du-Nord, Éditions F.E.R.N., 1970
Ar Mor, marins, ports, bateaux de Bretagne, Éditions des quatre seigneurs, 1975
Le Paris des jardins, Éditions Ouest-France, 1992

Yann Queffélec

Béla Bartók, Mazarine, 1981
Le Charme noir, Gallimard, 1983
Les Noces barbares, prix Goncourt, Gallimard, 1985
La Femme sous l'horizon, Julliard, 1988
Le Maître des chimères, Julliard, 1990
Prends garde au loup, Julliard, 1992
Noir animal ou La Menace, Stock, 1993
Disparue dans la nuit, prix Relay, Grasset, 1994
Le soleil se lève à l'ouest, R. Laffont, 1994
La Boîte à joujoux, lu par Sophie Marceau pour accompagner *La Boîte à joujoux* de Claude Debussy, sous la direction de Kent Nagano, Nathan, 1994,
Et la force d'aimer, Grasset, 1996
Happy Birthday Sara, Grasset, 1998
Osmose, R. Laffont, 2000
Boris après l'amour, prix Breizh 2003, Fayard, 2002,
Vert cruel, Librio, 2003
Moi et toi, Fayard, 2004
Les Affamés, Fayard, 2004
Les Soleils de la nuit, Pocket, 2004
La Dégustation, Fayard, 2005
Ma première femme, Fayard, 2005
L'Amante, Fayard, 2006
Mineure, Fayard, 2006
Le Plus Heureux des hommes, Fayard, 2007
L'amour est fou, Fayard, 2007
Passions criminelles, Fayard, 2008, coécrit avec Mireille Dumas
Barbaque, 2008
Tabarly, Fayard-L'Archipel, 2008,
Adieu Bugaled Breizh, Éditions du Rocher, 2009
La Puissance des corps, Fayard, 2009
Le Piano de ma mère, L'Archipel, 2009
Les Sables du Jubaland, Plon, 2010
Les Oubliés du vent, Éditions du Rocher, 2010, recueil de nouvelles.
Beau parleur, L'Archipel, 2012
Dictionnaire amoureux de la Bretagne, Plon, 2013
La Traversée du Petit Poucet, Éditions du Rocher, 2013
Chaque jour est une fin, 2014
Désirable, le cherche midi, 2014
L'Homme de ma vie, Paulsen, 2015
Dictionnaire amoureux de la mer, Plon, coll. « Dictionnaire amoureux », 2018

Naissance d'un Goncourt, Calmann-Lévy, 2018
Demain est une autre nuit, Calmann-Lévy, 2019
La Mer et au-delà, Calmann-Lévy, 2020
D'où vient l'amour, Calmann-Lévy, 2022

Imprimé en France par CPI
en mai 2023

N° d'éditeur : M17640/01
N° d'impression : 3050816